남도
1

남도

정형남 **장편소설**

❶ 붉은 수탉

애플북스

1

북은 쇠가죽으로 만든다. 하지만 정작 그 울림을 소의 영혼이라고 말하지 않는다. 북치는 사람의 혼이 함께 깃든 울림이기 때문이다. 세상의 이치가 바로 그런 것이다. 우리의 삶, 그 무한한 공동체적 존재성도 따지고 보면 북처럼 두들겨 울리는 가운데 자신을 인식하고, 세계를 아우르는 것이다. 그것을 흔히 삶의 아름다움으로 가늠하고, 영혼의 빛살로 채색한다.

원래 우리말에는 인간이라는 단어가 사람을 지칭하는 말이 아니라, 사람이 사는 세상을 지칭한 것이다. 공동체를 뜻하는 것이다. 정월대보름날의 지신밟기는 징, 꽹가리, 장고, 북, 소고, 심지어는 포수의 주먹총까지 어울리는데서 흥겨움의 절정을 이룬다. 그게 바로 우리네 공동체적 삶이다.

우리의 삶 속에서 북이 된 자는 누구이고, 그 북을 울려 영혼을 일깨우는 자는 누구인가? 모두가 북일 수 있고, 북을 울리는 자일 수 있다. 군이 이기주의를 내세우며 권위주의적인 단순논리로 객관성을 가름짓고자 한다면 북과 북치는 사람을 구분 지을 수도 있을 것이다. 살아 숨쉬는 가운데 너무나 많은 부류들이 자신의 우매함을 모른 채 우월성을 내보이기를 좋아하므로.

그러나 구조적인 단순논리를 앞세워 북이라고 단정짓는다 해서 북이 되는 것은 아니다. 땀 흘리며 살아가는 그 과정이 북일 수 있기 때문이다. 마찬가지로 북을 치는 자라고 스스로 자부한다고 해서 북을 울리는 자라고 할 수 없다. 오만과 편견과 부조리한 권위주의적인 아집을 내포한다면 북을 울릴 수 없을 것이다. 자신도 의식할 수 없는 평상하고도 무심한 영혼으로 북채를 휘둘러야 한다. 살아있는 존재라면 누구나 북과 북채를 가슴에 안고 있으므로.

2

한겨울 바람을 떨구는 나뭇가지처럼 고독하고 쓸쓸한 당신은 머리 위를 떠도는 차가운 방랑자였다. 봄은 더디고 여름은 더욱 아득하기만 한데, 어느새 당신의 가슴에는 낙엽을 떨구었으니 마음은 언제나 겨울을 품을 수밖에.

하루해가 노을로 물들 때, 당신은 동트는 새 아침과 따스한 둥지를 얼마나 갈망하였던가? 당신께서 차가운 방랑자로 언 땅을 내딛는 동안 세상은 봄날의 따사로운 햇살로 꽃을 피우고 무성한 여름을 향하여 노를 저어간다. 흐르는 세월 속에서 망각의 늪은 깊어만 가는데, 어찌하여 머리 위에 떠도는 한 점 구름처럼 차가운 방랑자로 오늘에 이르렀는지, 그 해답을 얻기 위해 나 또한 서럽고 궁핍한 발길로 산과 바다를 바람처럼 넘나들었다. 파도가 일어서니 세상이 새롭다는 당신의 묵시적인 말을 암각화처럼 새긴 채……

당신의 발자취를 따라 드디어 《남도(南島)》 5부작(전5권)을 완성하였다. 이십 년 훌쩍 뛰어넘은 세월, 참으로 많은 고통이 따랐다. 새삼 감회가 새롭다. 남도 5부작이 완성되기까지 자료를 모아주시고 격려를 아끼지 않았던, 이제는 고인이 되신 초등학교 은사님이신 최호성(崔浩成) 교장 선생님과 이제는 팔순을 바라보는 박문재(朴文在) 형님께 이 자리를 빌어 감사를 드린다. 더불어 흔쾌히 출간을 해 주신 이범상 대표님께 고마움을 드린다.

그리고 어머님! 당신이 있었기에 오늘이 있었습니다.

-고희원년 매화 향기를 맡으면서

어산재(語山齋)에서

| 목차 |

제1부 붉은 수탉

붉은 수탉

돛폭에 실린 봄바람

1

영등할미가 한 차례 분탕질을 치고 눈썰미 차갑게 올라간 뒤에도 날씨는 여전히 영등할미의 쌉쓰름하고 새침한 치맛바람이 파도를 일으켜 세웠다. 그러나 삼월로 건너뛴 계절은 곧바로 훈풍을 실어올 것이다. 기나긴 혹한 속에서 깨어난 춘궁기. 마냥 추위로 얼어붙었던 동절기 속에 갇혀 지낼 수 없는 게 삶의 인고요, 여정이 아닌가. 봄볕 따사로운 둔덕에 나앉으면 새 쑥이며, 가만스레 움 솟은 산나물이 향긋하게 입맛을 돋울 것이고, 그 위에 톳이며, 미역이며, 우무가사리 따위의 해초와 고동, 소라, 꼬막, 바지락을 비롯하여 자잘한 조개류와 멸치, 숭어, 참돔, 볼락, 광어 등 생선 따위가 식탁에 오르면 비록 꽁보리밥일망정 넉넉히 배를 채울 것이다. 더구나 올해는 갯 흉년이 들지 않아 빈곤한 가정마다 한숨을 덜지 싶었다.

한대진은 새벽같이 일어나 의관을 차려입었다. 배 서방에게 김을 두어 궤짝 짊어지우고 집을 나섰다. 아이고, 저 여편네 속곳 좀 봐라. 선창 머리를 돌아나가는데, 남보다 일찍 일어난 죽정이네가 영등할미 치맛

바람에 반쯤 열려진 석류알 같은 엉덩짝을 들어낸 채 허리 굽혀 낙지를 잡고 있었다. 남편은 노름판에 코를 박고 있는데도 억척스럽기가…….

배 서방은 닻을 끌어올리고 돛폭을 달아 올렸다. 배는 읍내로 향하였다. 배 서방은 노련하게 배를 다루며 감돌아 흐르는 조류를 헤쳐 나갔다. 십여 년 전만 하더라도 배 서방은 한대진의 집에서 머슴살이를 하였다. 사람이 성실하고 믿음직하여 별 나무람 없이 둘째 여동생을 설득하여 배필로 삼은 다음 죽선골 전답 한 자락을 떼어주고, 그 주위의 농사일을 도맡아 하도록 하였다. 첫째 누이 또한 객지에서 흘러 들어와 숨어 지내듯 하며 농사일을 주관한 박 서방과 짝을 지어 무덤골 전답을 관장케 하였다. 일찍 남편을 여의고 아들 하나, 딸 둘을 애지중지 기른 대감할미는 한대진의 파격적인 혼사에 아연실색하였으나, 한대진은 끝내 대감할미를 설득하였다. 아직도 반상의 그늘이 뚜렷한데 무슨 우사냐고 결혼을 시키고 나서도 한동안 놋쇠 화로에 담뱃대를 탕탕 두드렸다. 첫째 누이동생보다 둘째 누이동생의 결혼을 더욱 반대하였는데, 첫째 매제인 박 서방은 동학혁명농민군으로 참전하였다가 쫓기는 몸으로 조약도에 숨어들어 한대진에게 몸을 의탁한 터라 순 무지랭이 상놈은 아니라는 점에서 이해하고 받아들였다. 그러나 둘째인 배 서방은 사정이 조금 달랐다. 영암 월출산 밑 가난한 집안에서 자라나 흉년이 들자 한철 배고픔이나 면하기 위해 섬으로 들어왔다가 한대진의 맺고 끊는 인품과 가난한 사람들을 헤아려 주는 넉넉함에 반하여 머슴살이로 눌러앉은 것이다. 그만큼 성정이 올곧고 무던하였다. 그런데도 대감할미는 딸을 머슴에게 시집 보냈다는 데에 못마땅해 하였다.

"아무리 유배지에서 뿌리를 내린 집안일지라도 뼈대가 있는 가문인디 이런 궁색한 혼사가 어디 또 있냐?"

대감할미는 여장부다운 고집스러움을 좀체 허물어뜨리지 않았다. 한대진은 그러한 대감할미를 긴 시간을 두고 이슬비에 옷자락 적시듯 서두르지 않고 설득해 나갔다. 한대진의 현실적인 판단은 대감할미의 명분론과는 달랐다. 단발령 이후의 세태의 물결은 봉건주의 사상이 무너져 내렸고, 이제는 케케묵은 반상의 개념이라든가, 신분의 우열을 따질 때가 아니었다. 실학사상을 중요시하였던 한대진으로서는 만민이 평등하다는 원칙 아래 신분 그 자체를 배제하였다. 그리고 무엇보다 주위가 허전하였다. 말하자면 울타리가 없었다. 유배되어 온 선조께서 외척들의 발호와 권력의 암투에 진저리를 친 나머지 청해의 아름다움에 반하여 이곳에 터전을 닦은 이래 한대진에 이르기까지 6대가 유배지에 뿌리를 내리고 나서 독자로 일관, 팔과 다리를 붙들어 줄 혈육이 필요하였다. 더구나 거대한 살림을 머슴과 하루 품을 파는 품앗이로는 제대로 경작할 수 없었다. 농사일을 함께 해결할 수 있는 길은 두 누이동생을 신분으로 보나 인물 됨됨이로 보나 크게 하자가 없는, 튼실한 울타리와 다를 바 없는 남편감에게 시집보냄으로써 가능하다는 결론이었다. 결국 한대진의 끈질긴 설득에 고집을 풀어헤친 대감할미는 손자며느리와 손녀사위만은 그럴듯하게 버금가는 집안에 시집 장가를 보내겠다고 한 가닥 마음을 접었다.

배는 임진왜란 때 격전지로 유명하였던 묘당 앞 물살 드센 덕동 나루를 지나쳤다. 고금도를 왕래하는 나룻배가 물살에 떠밀리며 힘겹게 건너고 있었다. 물목이 가장 비좁은 이쪽과 저쪽에 매달아 적의 함대를 유인, 어싸 소리와 함께 거꾸로 처박았던 쇠사슬이 아직도 시퍼런 물속에 잠겨 있었다. 배는 신지도를 지나 읍내에 도착하였다. 한대진은 읍내에서 볼일을 보고 나서 선창가로 나왔다. 그 동안 배 서방은 가지고 간 김을 처분하고 먼저 와 기다리고 있었다. 반주로 술을 한잔 걸쳤는지 얼굴이 알맞게 익었다.

"해태 시세는 어떻던가?"

"끝물 아닙니까."

배 서방은 간단하게 대답하고 닻줄을 사렸다. 배 서방의 말에서 별로 기대치를 바랄 수는 없을 터였다. 그때 젊은이 하나가 숨 가쁘게 다가왔다. 머릿결은 더부룩하였고, 옷은 땟물로 얼룩졌다. 먼 길을 온 듯싶었다.

"저 좀 태워 주십시오."

젊은이는 대답도 듣기 전에 성큼 배에 올라탔다. 배 서방이 난감해하며 한대진을 올려다보았다.

"우리가 가는 행선지도 모르면서 동행하겠다는 겐가?"

"어르신, 저를 모르시겠습니까? 관산리 최…….."

"맞네. 최 부잣집 아드님이네."

배 서방은 젊은이의 말끝을 낚아채며 놀라는 표정을 지었다. 삼일만세 사건 때 몰래 독립선언서를 가져와 한대진의 집에 들렀을 때, 한대진은 배 서방더러 연판장을 돌리듯 몇 몇 지기들에게 돌리게 하였다. 그리고 곧바로 체포되어 감옥에 수감되었다.

"자네를 내가 몰라보다니. 고생이 많았네. 그간 소식을 몰랐는데, 언제 풀려났는가?"

한대진은 배 서방더러 술과 생선회를 한 접시 떠오게 하였다. 배 서방은 한 달음에 달려가 술과 안주를 푸짐하게 사왔다. 그리고 돛폭을 올렸다. 배는 물살을 가르며 앞으로 나아갔다.

"감옥에서 풀려난 지는 한 두어 달 됩니다. 그 동안 압록강까지 돌아다니며 바람을 쏘였습니다."

"신산한 마음이었군. 한잔 들게나."

"제가 감히…….."

"괜찮네. 어서 들게. 배 서방 자네도 한잔 들고."

"세발낙지. 이게 바로 고향의 향수입니다."

최사열은 꿈틀거리는 세발낙지를 나무젓가락으로 집어 올렸다. 죽음에 이르렀는데도, 육체와 영혼이 난도질을 당하였는데도, 살아 움직이며 마지막 순간까지 저항하고 있다. 최사열은 문득 세발낙지에서 자신의 모습을 발견하였다. 죄인의 몸으로 온갖 고문을 받고 감옥에 내던져졌을 때는 나라와 자유를 잃은 자였고, 육신은 토막 쳐 분리된 희생양에 다름 아니었다.

"무얼 그리 생각하는가? 어서 술잔 비우게."

한대진은 스물 너댓 살 나이보다 훨씬 초췌하고 피폐해 보이는 모습에 마음이 짜안하였다. 최사열은 한쪽으로 몸을 돌려 술잔을 비운 다음 정중하게 술잔을 쳐 올렸다.

"읍내에는 무슨 볼일이 있었습니까?"

"좀 심각한 문제가 있어 겸사겸사 나왔네. 이제 본격적으로 황국신민화를 꾀할 모양이네."

한대진은 서서히 놀빛으로 물드는 날선 바다를 바라보며 새삼 분노를 삭였다. 노리끼리한 몰골의 김유사가 눈앞에 다가온 때문이었다.

"말 못할 회유를 하더이까?"

"향교를 신사 참배소로 하겠다는 거네. 아무리 폐허처럼 버려지다시피 한 낡은 향교라지만 말이 되는가? 유림의 한 사람으로 자처한 나로서는 그간 소홀히 한 점을 부끄럽게 여기는 터인데, 충격이 아닐 수 없었네. 순국선열과 성인들을 모시는 향교가 아닌가."

한대진은 가슴에 담아 두었던 분노가 술잔 속에 묻어났다. 대원군의 서원 철폐 이후 향교가 뿌연 먼지에 쌓였고, 단발령이 시행되고부터 일제는 음성적으로 향교 출입을 달가워하지 않았다. 그리고 삼일만세 사건이 일어나자 일제는 향교를 비밀장소로 지목, 일체의 출입을 금하였다. 각 면의 유림만이 겨우 출입을 허락할 정도였다. 사정이 그러다 보니 수 십리 뱃길로 흩어진 섬에 살고 있는 유림들은 자연 발길이 뜸하였고, 향교는 점점 쇄락하였다. 한대진도 오랜만에 읍내 나들이였고, 착잡한 마음으로 향교를 들어섰었다.

"죽일 놈들입니다. 듣자니 어느 곳에서는 서낭당이나 충효각까지 신사 참배소로 만든다 합니다."

"어떠한 일이 있어도 향교만은 제대로 지킬 것이네. 이참에 새롭게 보수도 할 것이고."

한대진은 다시 한 번 다짐을 놓았다. 향교를 신사 참배소로 만든다는 사발통문을 받은 것은 닷새 전이었다. 바다 멀리 각 섬에 흩어져 침묵을 지키던 유림들은 발끈하였다. 지체 없이 모인 것이다. 오랜만에 동문수학하다시피 한 얼굴들을 서로가 반겼고, 이유 불문 향교를 신사 참배소로 만들 수 없다는 결의를 다졌고, 한 걸음 나아가 향교를 복원하기로 하였다. 회의 결과를 살피던 주무부서 담당자들은 예상외로 강경한 유림의 결의에 당황하였다. 자연 그 책임과 원망은 김유사에게 돌아갔는데, 일제의 앞잡이가 되어버린 김유사의 역량을 그 만큼 믿은 터였다. 아닌 게 아니라 한대진도 김유사의 전언을 들었다. 어차피 황국신민이 된 이상 어쩔 수 없지 않느냐고. 쓸개도 없는 작자 같으니라고. 한대진은 일언지하에 노기를 띠운 나머지 다른 유림들에게 비밀스레 김유사의 말에 현혹되지 말 것을 당부하였다. 몇 몇 참석하지 못한 유림들은 전체의 결의에 동의한다는 위임장을 보냈는데, 유감스럽게도 그들은 읍과 가장 가까운 거리의 사람들이었다. 그들의 고충을 모르는 바가아니었다. 읍과 가까운 관계로 김유사의 입김을 무시할 수 없을 터였다. 아무래도 생활권이 읍과 밀접하여 이래저래 처신이 난망하였을 것이다. 그러나 이 눈치 저 눈치 살피는 뜨뜻미지근한 그들의 입장 표명이 불만스러웠다. 문제는 김유사였다. 유교의 근본사상이 무엇인가? 충과 효와 의와 예와 신이 아닌가. 누구보다도 그 점을 잘 아는 사람이 하루아침에 자신의 지조와 색채를 깡그리 짓뭉개버리고서 유구한 절개와 대의를 헌신짝처럼 내팽개치다니. 한대진은 평소 김유사의 품격을 높이 샀었다. 그런데 일제의 앞잡이로 떨어질 줄이야. 단단한 나무가 먼저 부러진다던가? 인생이 불쌍하였다. 들리는 말로는 그의 아들이 관가에 발탁되었다고 하였다.

"어쩌면 마지막 자존심인지도 모르지요."

"어떠한 난관과 박해가 있을지라도 예전의 향교로 복원할 것이네. 그래서 젊은 인재들을 모아 민족혼을 불어넣을 것이야. 자네는 학교를 다 마쳐야 하지 않겠는가?"

"복학을 허용해야 말이지요. 그 동안 감옥에서 함께 풀려난 벗들을 찾아보며 시름을 달랬습니다."

최사열은 그간의 행보가 아슴하기만 하였다. 어디를 가나 감시의 눈초리는 번득였고, 그들의 눈초리를 따돌리며 함경도에서 전라도까지 동지들을 찾아 보았는데, 더러는 병고로, 고문의 후유증으로 근신하고 있었다. 그러나 마음만은 불타는 전의로 가득 차 있었다. 최사열은 그러한 벗들을 대할 때마다 지그시 자신의 가는 방향을 눌러 담았다.

경성공업전문학교 염색과 일 학년. 타이쇼오(大正) 9년(1921), 출판법과 보안법 위반으로 검거되어 경성지방법원으로부터 예심 판결을 받고 삼 년여를 옥살이하였다. 죄목은 동지 김세룡으로부터 '동지여 일어서라'의 등사판 인쇄물과 독립선언문을 배포하고 조선독립의 사상을 고취하고, 그 목적을 달성하기 위해 민중을 선동하였다는 것이다.

3월 1일, 파고다 공원에 집결하여 유인물을 뿌리고 독립만세를 외친 동지들은 검거, 또는 체포되어 구금된 3월 5일에도 재차 독립만세 운동을 전개하였다. 최사열은 여러 동지들과 조선독립이라는 붉은 깃발을 높이 들고 서대문역전에서 출발하여 합세한 군중들과 독립만세를 외치고, 인력거 위에 올라 조선독립을 고취한 신조선 신문을 살포하였다. 그와 함께 군중들에게 민족자결주의를 설명하고 독립사상을 연설하였다. 그리고 노도와 같은 민중의 함성은 대한문전에 이르렀다.

최사열이 체포되어 경성으로 압송된 것은 그로부터 닷새 뒤였다. 고향에도 가만히 있을 수 없다는 판단 아래 유인물과 깃발을 가슴에 지니고 내려왔다. 고향에는 광주와 일본 등지에서 검거 대상이 된 선배들이 숨어 지내고 있었다. 최사열이 고향에 내려왔을 때는 그들도 군민과 섬 사람들을 모아 한차례 만세를 불렀다. 그런 관계로 긴장이 고조되어 있었고, 더러는 검거되었거나, 행방을 감추었다. 워낙 무인도가 많은지라 숨을 곳은 많았다. 그러나 만세의 열기는 가라앉아 있지 않았다. 최사열은 남아있는 선배들과 한차례 더 조선독립만세를 외치기로 하였다. 비밀리에 유인물을 뿌리고 조선독립이라고 새겨진 붉은 깃발을 휘날렸다. 그러나 시위의 행렬은 정오를 넘기지 못하였다. 사전에 그러한 분위기를 인지한 일제는 무자비한 탄압으로 함성을 잦아들게 하였고, 최사열은 그 자리에서 검거되어 서울로 압송되었다.

"누구보다도 자네 아버지의 충격이 컸느니."

한대진은 지난 봄 관산 부락 결혼식에 갔다가 최 부자를 만나 한잔 술로 위로를 하였다. 아들이 만세사건으로 옥고를 치르는 동안 마음고생이 말이 아니었다. 조선독립이라고 새겨진 붉은 깃발 때문에 아들을 숫째 공산주의자로 몰아 부치는 일제의 심술 사나운 핍박은 최 부자의 마음을 시퍼렇게 멍울지게 하였다. 자타가 알아주는 부잣집 아들이 무엇이 부족하여 공산주의자란 말인가. 오로지 젊은 가슴에 조선독립 뿐이지 않는가. 사회주의 건, 공산주의 건 그것은 젊은이들이 나름대로 섭렵하고 넘나드는 사상이요, 학문탐구가 아니겠는가. 붉은 깃발을 들고 군중들을 선동하였다는 그것 하나만으로 단칼에 무 베듯 공산주의자로 분류하다니. 아무리 생각을 곱씹어도 나라 잃은 설움이요, 냉대였다.

"저의 아버지께서는 이해하실 것입니다. 일제의 눈에는 모두가 불령선인으로 비치지 않습니까."

"그러게 말일세. 만세사건이 일어난 뒤로 눈초리가 예사 날카롭지 않네. 더욱 한심스러운 작태는 거기에 빌붙어 밀정 노릇을 하는 의식 없는 작자들이네. 정말 개탄스러운 현실이 아닐 수 없네."

"어느 시대나 그런 부류들이 있기 마련입니다. 민족의 이름으로 그들을 철저히 응징해야 하고요."

"일제의 사냥개들이 아닌가."

한대진은 김유사의 얼굴 너머로 조동의 능큼스러운 모습이 보였다. 그래도 한 겹 자림은 있는지 한대진을 보자 새털구름 같은 면구스러움을 드리웠다. 출신이 불쌍하여 그 어미의 간곡한 사정을 인정상 뿌리칠 수 없어 해태조합 창고지기 겸 임시직원으로 심어 주었더니, 눈치 빠르고 계산속이 밝아 허드렛일이나 다름없는 잡역부 일을 잘도 매김하여 금방 신임을 얻었다. 그 어미는 아들이 무슨 출세라도 한 듯 꾀죄죄한 웃음을 입가에 매달고 다녔다. 하기야, 아들의 취직으로 덕지덕지 내려앉은 궁기를 몽당 빗자루로 쓸어 낼 수 있었다. 고얀놈, 임시직일망정 그냥 착실하게 조합 일이나 충실히 할 것이지, 제깟 놈이 분수도 모르고 일본순사 나부랭이의 언감생심에 넘어가 양심을 팔고 민족을 배반해? 은근히 위세를 내보일라치면 가소롭고 인생이 불쌍하였다. 오늘도 언제 달려왔는지 김유사 어깨너머로 코를 킁킁거리는 꼴이라니. 밀정 노릇을 단단히 할 모양이었다. 앞으로 얼마나 많은 사람들이 저놈의 밀고로 죽음의 땅을 넘나들 것인지, 생각만 해도 소름살이 돋았다. 어쩌면 은혜를 원수로 갚는다고 한대진에게까지 비슷날을 들이댈지 모른다. 능히 그럴 가능성이 엿보였다. 그것도 모르고 그 어미는 뒤뚱거리며 포시랍을 떨었다. 자고로 사람은 근본을 무시할 수 없음인가. 암만해도 녀석을 해태조합에 밀어 넣어 준 것이 잘못이지 싶었다.

"향교를 보수하고 나서 야학을 열었으면 좋겠습니다. 자라나는 아이들이 의식을 찾아야 합니다."

최사열은 놀빛 속으로 아슴하게 잠기는 읍내를 바라보았다.

"좋은 생각이네. 자네, 그런 사명감으로 고향에 내려온 건가?"

"제가 아니더라도 누군가 해야 합니다. 민족의식을 어린 가슴에 심어주는 것이 가장 절실하고 중요한 일입니다."

"다른 계획은 안고 오지 않았는가?"

한대진은 깊숙한 눈길로 물었다. 삼일만세 사건 이후로 무언가 심상치 않은 공기가 떠돌고 있다는 것을 감지하였다.

"항일농민운동의 필요성을 여러 동지들과 함께 절실하게 느꼈습니다. 그래서 함경도에서 제주도에 이르기까지 각자 고향을 찾기로 하였습니다. 저 또한 그 가능성을 타진하기 위해 내려왔습니다."

"자네는 앞장 설 수 없을 텐데?"

"저는 어디까지나 뒤에서 협력해야겠지요. 가장 밑바닥 조직이랄 수 있는 농어민들의 결사고 보면 철저한 보안이 제일로 필요하니까요."

"비밀결사 조직이라……?"

한대진은 비로소 은밀히 떠도는 심상치 않은 공기의 정체를 알아 차렸다.

"어르신께서 여러모로 협조해 주시고 방패막이가 되어 주십시오. 어르신의 말씀 한마디는 많은 사람들의 공감대를 형성하지 않습니까. 지난번 삼일만세 사건 때도 그랬고요."

"자네들의 항일정신이 갸륵하기만 하네. 암만······."

한대진은 뱃전에 부서지는 파도에서 대지의 고뇌를 엿들었다. 고해의 바다를 열린 마음으로 나아가야 하는데, 닫힌 가슴으로 한숨짓고 있다. 어디메쯤 나아가야 빗장을 풀 듯 드넓게 가슴이 열릴까? 배는 신지도를 뒤로하고 고금도를 비껴 돌아 묘당을 지나쳤다. 임진왜란 때 덕동 나루터 묘당 쪽에는 이순신 장군이 거느린 조선 수군이 진을 쳤고, 건너편 천동 울목에는 명나라의 구원병이 진을 쳤다. 임진왜란, 그 촉박한 위기 속에서 고군분투, 나라를 구한 이순신 장군의 탁월한 구국애. 그런데 오늘의 이 나라는 어찌 되었는가. 백척간두에 놓인 나라를 간신히 구한 그 호국정신은 간데없고 무능한 군왕과 외척의 발호와 당파싸움으로 고사 직전의 나락으로 떨어뜨렸고, 급기야 을사오적에 의해 나라를 일제에 헌납하기에 이르렀다. 국운이 다하였다고 한탄하기에는 너무나 가슴 쓰라린 오욕이 아닐 수 없었다.

"자넨 천동에서 내릴 걸 그랬나?"

"지금이라도 뱃머리를 돌릴까요?"

배 서방은 그걸 핑계로 선창가에 내려 담배 한 대를 피우고 싶었다.

"괜찮습니다. 바다를 끼고 돌며 고향을 감상하는 것도 좋지 싶습니다. 일찍 집에 들어가나 좀 늦게 들어가나 마찬가지고요."

최사열은 정겨운 고향을 뱃길로 쓸어보노라니 마음이 한없이 느긋하였다. 이 나라 강산은 가는 곳마다 넉넉하고 아름다운데 어찌하여 마음은 답답하고 메마른가. 배는 넙고리를 돌아 화가리 섬목을 지나쳤다. 감돌아 흐르는 물살은 바다 속에 거꾸로 드리운 후박나무 군락을 실어냈다. 일찍이 이렇듯 아름다운 청정해도를 유배의 볼모지로 삼았다. 오로지 궁궐과 멀리 떨어져 있다는 이유 하나만으로 궁핍한 유형지로 지목하였으니, 더러는 북쪽 하늘을 바라보며 목이 긴 기린이 되었고, 당파 싸움과 외척의 세도에 환멸과 염증을 느낀 사람은 모든 기득권을 훌훌 벗어 던지고 자연으로 돌아가 어부로 자족하였다. 한대진의 선조를 비롯하여 대부분 후자의 편이랄까, 이곳에 유배되어 온 그날로 자연인으로 돌아가 일생을 묻혀 지냈다.

"화가리 들녘이 풍족해 보입니다."

최사열은 후박나무 군락 너머의 개간지를 가리켰다. 논배미마다 푸릇하게 보리들이 자라고 있었다.

"화가리 원막이는 이 섬의 역사를 새롭게 하였지. 뒤따라 관산리, 장용리, 가래리 개간답이 자급자족을 더하게 하였고……."

한대진은 화가리 원막이가 새삼 눈에 밟혔다. 본래 조약도는 궁장토(宮壯土)로, 해마다 섬에서 나는 해산물과 이백 가지가 넘게 자생하는 약초와 심지어는 흑염소까지 궁중에 진상하였다. 사계절 섬사람들은 약초 채취와 바다에서 나는 미역, 다시마, 톳, 우무가사리, 돌김 따위의 해초류와 종류도 다양하게 잡히는 생선류를 진상하는데 동원되었다. 그 때문에 삼별초 이후 조선조 초기까지 공도(空島)로 버려진 땅이었는지라, 유배지로서 알맞은 장소였는지도 몰랐다. 이곳에 파견된 관원들이 자연스레 유배 온 자들의 동태를 살필 수 있었을 것이다.

그렇게 해산물이 풍부한 궁장토를 조선조 말 고종의 아들 영친왕의 왕실 수라미(水剌米) 장토로 정하여 왕실관방에 조세를 바쳤는데, 일제는 영친왕을 강제로 일본으로 보낸 다음 조약도를 그들의 장토로 삼아 온갖 수탈을 자행해 오다 한일합방 뒤에는 고종황실을 달래기 위해 왕실의 관방에 양도하였다. 그 뒤 일제는 왕실의 재정을 돕는다는 구실로 왕실장토인 조약도를 숙명여대 전신인 숙명여전 재단에 팔아넘기는 한편, 주민들에게는 그때까지 왕실장토에서 조세만을 내고 토지를 경작하면서 살아왔으니 조약도에서 계속 땅을 경작하고 살려거든 땅값을 내놓으라고 경고하였다.

아니, 이런 후안무치한 조치가 어디 있나. 나라 잃은 것만도 억울하고 분한디, 우리 땅을 우리더러 물어내라니. 주민들은 들고일어났다. 그러자 일제는 반대하는 섬사람들을 잡아다가 수소의 성기로 만든 쇠좆매로 두들겨 패고 주동자를 감옥에 가두었다. 섬사람들은 하는 수없이 울며 겨자 먹기로 가가호호 돈을 할당하는 한편 모자라는 돈은 화가리 갯벌을 막아 보충하기로 하였다. 그날로 섬사람들은 힘을 합하여 원막이를 하였다. 일제가 정해준 기일 내에 돈을 갚자면 밤낮을 가리지 않고 돌을 나르고 흙을 쏟아 부어야만 하였다. 천신만고 끝에 원막이를 끝냈을 때, 흙을 퍼 날랐던 산 다랭이 웅덩이는 저수지로 변하였고, 개간답은 강진 김 부자에게 사정사정하여 헐값으로 절반을 떠넘겨 돈을 마련하였다. 당시 삼천 육백 냥을 짊어지고 주민 대표 몇 사람이 털맹이를 신고 서울까지 걸어 올라가 총독부에 납부하였다. 돌아오는 길에 대표자 격인 사립학교 교장인 정환중이 노독에 못 이겨 나주에서 객사하였다. 감옥에 갇힌 주동자들은 무사히 풀려났으나, 정환중 교장의 죽음은 슬픔과 분노를 자아냈다. 하여 그 어느 곳보다 일제에 대한 반일 감정이 드높았다.

"아무튼, 일제가 섬사람들을 두 번 죽였습니다."

"그 수치와 분노를 잊어서는 안 되네."

한대진은 최사열이 믿음직스러웠다. 배는 장용 포구로 들어섰다. 초승달이 서산머리에 비껴있고 노을빛은 어둠 속에 묻혀들었다.

2

봄 햇살이 따사로웠다. 학교 사택 잔디밭에 이제 갓 깨어난 병아리
가 잔디에 걸려 넘어질 듯하며 어미 닭을 뒤따르고 있었다. 연신 어미
닭을 흉내 낸답시고 여린 잔디 순을 쪼아도 보고 쫑쫑 앞지르기도 하였
다. 땡땡땡, 종이 울렸다. 어미 닭이 종소리에 놀라 구구거리며 병아리
들을 모아 품에 안았다.

"정말 귀엽다, 그쟈?"

"우리 집 토깽이 새끼도 이쁘다."

학생 서넛이 쪼그리고 앉은 채 어린 눈망울로 병아리를 좇다가 종소
리에 자리에서 일어났다.

"오늘은 새 학기를 맞아 선생님이 새로 오신다매?"

"그 땜새 종소리가 다르잖어."

"쪽발이 선생은 싫은디."

"말이 선생이지 순사처럼 행동하지 않든가배."

"우리 아부지는 쪽발이 선생만 보면 영 술맛이 떨어진다고 하더라."

"인상도 더럽게 생겨 묵었잖어."

학생들은 잔디밭을 가로질렀다. 운동장 교단 앞에는 책걸상이 한 줄
로 늘어서 있었고, 학생들이 조용히 줄지어 섰다. 조금 있자 교장을 비
롯하여 면내 유지들과 교직원들, 그리고 학부모들이 차례대로 책걸상
을 차지하고 앉았다. 식이 거행되었다. 새 학기를 맞아 교장 선생님의
훈시가 있었고, 훈시가 끝나자 새로 부임한 선생님을 소개하였다. 이십
대의 새파란 청년이었다. 머리에서 발끝까지 깔끔하였다. 어찌 보면 계
집애처럼 예쁘장한 모습이었다. 그러나 부임 소감을 말하는 우렁한 목
소리와 힘찬 기백은 생김새와는 사뭇 달랐다.

"장래가 있어 보여."

한대진은 혼잣소리로 만족해하였다. 일본인 교장의 반대를 물리치고 추천한 보람이 있었다.

"자네들이 보는 안목이 있네."

최 부자도 새로 부임한 선생에게 신뢰를 보냈다. 그만하면 자라나는 아이들을 믿고 맡길 수 있을 듯하였다. 무엇보다 자라나는 아이들은 나라의 동량이 아닌가.

"최 부자께서 만족하시니 반드시 이 나라 인재들을 배출해 낼 것이오."

한대진은 은근히 최 부자의 심기가 불편하지 않을까 염려하였었다. 처음에는 최 부자의 아들 최사열을 강력하게 천거하였다. 지난번 향교 일로 읍내에 나갔다가 돌아오는 길에 최사열과의 몇 마디 대화에서 적지 않은 믿음과 공감대를 얻은 터여서 마침 일본으로 돌아가는 일본인 교사의 빈자리를 메꾸기 위해 최사열을 천거한 것이다. 그 배경과 속내는 일본인 교사가 부임해 오기 전에 이 나라 청년 교사를 심자는 묵계에서였다. 일본인 교장은 예상하였던 대로 난색을 드러냈다. 한 마디로 형을 언도 받은 요주의 인물을 교사로 채용할 수 없다는 것이었다. 최사열 본인도 아버지의 마음을 안심시키고 고향의 인재들을 가르치고 싶으나, 아직은 배우는 단계고, 드넓은 광장에서 항일운동을 하고 싶다고 하였다. 대신 믿을만한 친구를 소개하였다. 그 친구가 우여곡절 끝에 오늘 새로 부임한 박성래 선생이었다.

"자네들의 끈질긴 노력의 결과물이제."

"아드님께서 소개한 덕분이지요."

"그래? 허면 저쪽 사람들이 잔뜩 세모꼴 눈으로 보지 않것는가?"

"아직은 그러한 속내를 모릅니다."

한대진은 순간 최 부자의 한쪽 얼굴에 그늘이 지는 것을 보았다. 최 사열은 더 넓은 공간으로 잠적하였으나, 박성래를 통하여 서로의 연대를 꾀할 것이며, 고향사람들이 품고 있는 반일감정을 항일운동으로 집약해 나갈 것이다.

"비밀로 부친다 해서 그게 얼마 가것는가."

최 부자는 아들과 새로 부임한 박성래와 서로 연계된다고 생각하자 마음 한구석이 편치 않았다. 아들로 인하여 마음고생이 이만저만 아니었다. 세상 부러울 것 없이 자라나 불편 없이 서울로 유학을 시켰는데 공산주의 사상이라니. 사상범으로 취급한 일제의 가혹한 처사가 그저 못마땅하였으나, 고향에 내려와서도 마음 편히 부자지간의 온정을 따뜻하게 누리지 못하였다. 거지 모양새로 제 집인데도 몰래 숨어들 듯 찾아왔을 때도 행여 냄새나 맡지 않을까 마음이 쓰였다. 밤을 이용하여 비밀스레 고향 벗들을 만나보고 뜻 깊은 사람들을 찾아다닐 때마다 가슴이 졸였다. 그러한 심기 불편함을 헛기침으로 드러낼 수밖에 없었다. 다시금 학업을 계속한답시고 야반도주하듯 집을 나섰지만 그 말을 액면 그대로 받아들이지 않았다.

"어쨌든, 자제 분 친구라는 점을 잊지 마시오."

한대진은 최 부자의 마음을 쓸어안으며 자리에서 일어났다. 줄을 서서 교실로 향하는 학생들은 키가 들쭉날쭉이었다. 까까머리가 있는가 하면 여드름이 돋은 더벅머리가 있었다. 그래도 학교에 다니는 아이들은 선택받은 있는 집 아이들이었다.

"그냥 헤어지기도 무엇하고, 어디 가서 점심이라도 들까?"

해동리 신 생원이 한대진을 돌아보았다. 오리 넘는 길을 허정거리며 타박걸음으로 돌아가자니 무언가 아쉬웠다. 면 소재지 나들이가 오랜만이었다.

"그게 좋겠네. 점심은 내가 사지."

어두리 박채복이었다. 어장막이로 풍요를 누리며 한껏 풍류를 즐기는 한량 기질이 있었다. 모험도 즐겨 두 폭 짜리 돛단배를 몰고 목포, 부산, 여수로 험난한 뱃길을 오르내리며 교분 또한 넓은 터였다.

"최 부자께서도 같이 가시지요."

"아녀. 난 기제사가 있어 집에 가봐야 하네. 저녁에 마음이 움직이면 관산재를 넘어오게나."

"허허, 미리 구두로 단자를 띄우요."

한대진 일행은 최 부자와 헤어지고 나서 주재소 앞 주막거리로 향하였다. 주막거리래야 술집을 겸한 음식점 두서너 집이었다. 그나마 겨울 김철 말고는 대부분 파리를 날렸다. 대개 면사무소나 주재소, 어업해태조합에 볼일이 있어 나온 손님들이 고작이었다.

"최 부자, 아들 땜새 부쩍 수심이 늘었어."

"아들 가진 자의 신고 아니겠는가. 우리도 언제 그런 위치가 될지 시국을 장담할 수 없으니."

세 사람은 장 주모네 집에 들어섰다. 이 집은 다른 집보다 퇴락하였으나, 손수 빚은 동동주와 그때그때 나는 해산물을 솜씨껏 푸짐하게 내놓는 안주가 입맛에 닿았다.

"음마, 오늘은 뭔 바람이 불었당가? 이쪽저쪽 난다하는 유지들이 어깨동무로 오시고."

장 주모는 파리를 날리고 있다가 세 사람을 반겼다.

"술안주는 제대로 있는가?"

"엇따, 염뱅. 저수지 물이 말랐으면 말랐제, 우리 집에서 안주거리 타령을 하다니."

"저, 새치름한 눈 흘김은 아직도 요염삼삼한 색기가 흐르는구만."

세 사람은 마음 편하게 자리에 앉았다. 술안주가 들어오고, 한잔 술을 돌리는데 장용리 김고운과 화가리 차헌도가 들어섰다.

"여기 있는 줄 알았제."

"왜, 늦었어?"

"고금도 볼일이 있어 갔다가 나룻배가 파도치는 바람에 개학식에 참석할 수 없었네."

"하여지간 앉게나. 새로 부임한 젊은 선생의 눈빛이 살아있어 마음 흐뭇하였네."

"자네들이 그렇게 봤다면 아이들을 안심하고 맡겨도 되것네."

그러고 보니 학부형이랄 수 있었다. 왕실의 궁장토요, 유배지인 이곳은 일찍부터 교육열이 높아 마을마다 서당이 있었고, 1920년 마을의 서당을 취합하여 사설개량서당으로 출발하여 그 이듬해 사립학교로 개교, 향학열을 더욱 드높였다. 그리고 그것도 부족하여 서울과 광주를 비롯하여 일본까지 유학을 보냈다. 비록 일제가 교육기관마저 침탈하여 전횡을 일삼았으나, 그 가운데 민족의식을 고양시키는 의식 있는 교사들이 있어 민족자결주의를 싹 틔우고 있었다.

"자네는 풍류남아답게 양자로 들어가서 자식농사를 잘 지었어. 똘망똘망하니 영글더구만. 특히 큰 녀석은 장차 인물이 되지 싶어."

"그런 자네는 사대 독자 집안에 아들을 벌죽하니 두지 않았는가."

한대진의 말에 박채복은 웃음으로 받아넘기며 술잔을 돌렸다.

"어쨌거나, 잘 가르치고 잘 키워사 할디 미래가 도무지 치막한 안개라……."

"정말 한치 앞을 내다볼 수 없는 터여서 좌불안석이네. 최 부자만 보더라도 그렇지 않은가."

"그럴수록 자식들을 올바르게 가르쳐야 하네."

좌중은 술을 거듭할수록 밝은 쪽으로 나아가지 않았다. 소위 풍류를 알고 면내 유지들로써 존경을 받으며 걸림이 없는 삶을 누려왔는데, 일제의 싸늘한 눈초리는 어디를 가더라도 마음 답답하고 불편하게 하였다. 그렇다고 일제로부터 드러내놓고 행동의 제재를 받는다든가, 불이익을 당하는 것은 아니었다. 오히려 그 반대였다. 깍듯이 협조를 구하고 말 한마디에 귀를 기울였다. 하지만 그것은 어디까지나 유화정책의 일환이라는 것을 삼척동자도 아는 터였다. 일제는 주위의 존경을 받는 그들을 필요로 하였다. 하여 은근히 식민정책에 성의를 다하라고 무언의 압력을 가하였다. 더구나 최 부자의 아들이 삼일만세사건으로 검거, 감옥으로 보내진 뒤부터 보다 색다른 시선으로 면내 유지들을 묶어둘 필요가 있다고 감시의 눈초리를 보냈다. 그들의 행동 하나, 말 한마디는, 그렇지 않아도 화가리 새원안 간척사업 사건으로 항일정신이 남다른 터여서 각별히 신경을 곤두서게 하였다.

"아니, 오늘은 워째서 술좌석이 그렇고롬 처연하다요? 한다하는 풍류남아들만 모였음시러."

장 주모는 후렴으로 해삼과 세발낙지를 들여놓으며 분위기를 일깨웠다.

"더러는 비장할 때도 있느니."

"새악시라도 있으면 니나노 가락으로 분위기를 돋울 텐디, 어째? 나라도 선소리 한마디 해 볼게?"

"신 생원에게 허락을 받고 하는 소린가?"

"워따, 이 양반이 언제는 한 살림 차려 주었다요. 눈만 흘기다 말았제."

김고운의 말에 장 주모는 신 생원을 돌아보며 된통 눈을 흘겼다.

"짝사랑도 아니고, 자네가 뭘 섭섭게 하였는가 보네."

"다 지난 옛 추억일세. 가만, 밖에 누가 왔는가 싶네."

신 생원은 귀를 모두었다. 방문 곁에 앉은 차헌도가 방문을 열었다. 조동이 수박 서리하다 들킨 얼굴을 하였다.

"네가 여긴 웬일이냐?"

한대진의 눈썹이 꿈틀 치켜 올라갔다.

"술심부름 왔다가 여그 계신다기에 인사나 올릴까 하고……."

"언제부터 그렇게 예의가 발랐느냐?"

김고운이 회초리를 내리치듯 내쳤다. 똥개만도 못한 코를 벌름거리며 일본순사 똘마니 노릇을 한다는 것을 세상이 다 아는 터였다. 못난 놈…….

"울 엄니께서……."

"그만 가 보거라."

차헌도가 무색하리만큼 방문을 소리 나게 닫았다. 불쾌한 기분이 술상 위에 떠돌았다. 술좌석까지 감시의 눈초리를 보내다니.

"고녀러 자식. 어디서 쥐새끼 눈깔로 기웃거려? 저런 녀석 뭘 보고 해태조합에 심어 주었는가?"

"지 어미가 불쌍해서 입에 풀칠이라도 하라고 했더니만, 저런 속성을 지니고 있을 줄이야 누가 알았는가."

신 생원의 말에 한대진은 속으로 혀를 찼다. 한마디로 실농이었다. 사람의 자질은 본디 어디서 나오는 것인가?

"보면 봐도 저놈이 앞으로 큰일을 저지를 것이네. 빗나간 화살이 우리 심장을 꿰뚫을지도 모르고……."

"맞는 말이네. 조심해야 할 것이야."

술병은 바닥이 났으나 조동의 출현으로 술기운이 싹 가셨다. 모처럼의 만남이 영 말이 아니었다. 그들은 다음을 기약하고 쉬엄하게 헤어졌다.

다음날, 한대진은 강녕들에 나가 논을 갈아엎는 현장을 돌아보고 큰 밭재를 치어 올라 겨울을 이겨 나온 보리밭을 둘러본 다음 숫돌바위산 산림을 돌아 약낭골 할미섬을 마주한 석방렴을 내려다보고 나서 대문을 들어섰다. 뜻밖에도 손님이 기다리고 있었다. 어제 부임한 박성래 교사였다.

"예고 없이 찾아뵈었습니다."

박성래의 목소리는 활기에 차 있었다.

"편히 앉으시게."

한대진은 차를 내오도록 하였다. 지난 가을 담은 유자차를 내왔다. 노란 개나리꽃잎이 그 속에 떠돌았다.

"최사열, 그 친구가 제일 먼저 찾아뵈라고 하더군요."

"일전에 읍내를 다녀오는 길에 함께 배를 타고 돌아왔지. 기대해도 좋을 훌륭한 청년이야."

"그래서 말인데, 앞으로 그 친구와 뜻을 같이 하여 자라나는 제자들을 올바르게 가르치고 싶습니다."

"당연히 그래야겠지. 나도 학부형의 한 사람으로서 협조를 아끼지 않을 테니까 어려운 일이 있거든 언제라도 찾아 주시게."

"행여 그로 인하여 불이익이라도 돌아올까 저어됩니다."

"조금치도 염려 마시게. 일제와는 힘으로 대항할 수 없으나, 그럴수록 정신적인 무장이 필요해요. 박 선생께서 굳건한 자세로 그러한 정신을 아이들에게 심어 주시게나."

"고맙습니다. 최선을 다하겠습니다."

"가만, 최 부자께도 인사를 드려야 하지 않을까?"

"그럴 생각입니다."

"일어서시게. 나하고 같이 찾아뵙는 게 좋을 듯싶구만."

한대진은 박성래를 일으켜 세웠다. 대문을 나서는데 낚싯대를 걸머 멘 박 서방이 아이들을 앞세우고 대문을 들어섰다. 아이들은 새로 부임한 박성래를 보는 순간 떠들썩하던 몸가짐을 단정히 모두고 인사를 하였다. 졸지에 놀라는 모습들이었다.

"어디 가시려고요?"

박 서방은 고기 통주리를 내보였다. 횟감이 더러 있었다.

"관산리 좀 다녀올까 하네. 마침 잘 되었네. 빈손으로 가기도 무엇하고 횟감 몇 마리 챙겨 주게."

"여부가 있습니까요."

박 서방은 익숙한 손놀림으로 고기를 추려 주었다. 배 서방과는 달리 큰 매제인 박 서방은 동작이 재빠르고 머리 회전이 남달랐다. 그 때문에 간혹 잔꾀를 부릴 줄 아나 심지가 무던하여 아이들이 잘 따랐다.

"그리고 배 서방과 약낭골 석장을 손봐야겠더구만. 돌무더기가 많이 무너져 내렸어."

"손 볼 건 신속하게 봐야지요. 염려 말고 다녀오시게라우."

두 사람은 아이들의 인사를 뒤로 하고 수문께를 돌아 원뚝을 가로질렀다. 강녕들 논 자락에는 아직도 쟁기질이 한참이었다. 해태조합 창고를 지나 일장기가 펄럭이는 주재소 앞을 지나칠 때는 애써 외면하였다. 고작 일본순사 두어 사람이 면내 치안을 유지하다니, 얼마나 가소로운 나라꼴인가.

"여기 어디에 선사시대의 조개무지가 있다고 들었습니다만……."

여동을 돌아들자 박성래는 여동천을 눈으로 가리켰다.

"바로 저기 뚝방 근처네. 그 위로 대장간이 있고. 저것도 우리의 값진 유물인데 저렇듯 방치하고 있으니, 큰물이라도 들면 휩쓸려 나가지나 않을까 걱정스럽기도 하고. 곳곳에 전설이 있고, 소중한 삶의 유래가 잠들어 있는데도 의식 있는 사람들이 애써 채록하고 보존할 줄 모르네. 나부터."

"그 점 잊지 않겠습니다."

박성래는 한대진이 비껴가는 말로 한 가지 과제를 부여한 데에 멀리 내칠 수가 없었다. 진달래 꽃망울이 맺혀난 관산재는 보기보다 가팔랐다. 휘돌아 오르는데 숨이 가빴다. 이 좁은 바닥에 이 고개로 말미암아 남과 북의 소통이 원활하지 못하다는 것을 박성래는 한눈에 느꼈다. 고갯마루에 오르자 시원한 바람이 이마를 후려쳤다. 널푸른 바다가 널려있고, 갯벌막이를 한 들판을 내려다보고 백여 호가 되지 싶은 마을이 산을 의지하고 있었다. 한눈에 부촌이라는 것을 알아볼 수 있었다.

"저건 천도교당 아닙니까?"

박성래는 고갯마루 바로 아래 초라하게 바람을 맞고 있는 교당에 시선이 머물렀다.

"동학농민혁명군의 잔군들이 숨어 들어와 지었구만."

한대진은 그들이 교당을 지을 때 힘을 보태 주었다. 그렇다고 신심이 두터운 것은 아니었다. 다만, 그들이 내세우는 인내천 사상이 올곧았고, 민심을 제대로 아울렀다. 그들은 강진과 장흥에서 최후까지 싸우다가 하는 수없이 몇몇 무리들이 이곳에 숨어들었다. 심정적으로 그들을 동정하였는지라 누구 한 사람 그들을 밀고하지 않았다. 그들은 그러한 인심에 힘입어 은밀히 포교를 하였다. 가만가만 신도들이 생겨나고, 천도교에 대한 일본군의 탄압이 어느 정도 느슨해진 때를 틈타 고갯마루에 야학당을 곁들여 교당을 지었다. 그때가 삼일만세사건이 일어나기 삼년 전으로, 삼일만세사건 때 유인물을 지니고 온 최사열은 그들을 앞세워 섬사람들의 의식을 일깨웠다.

"일제가 눈엣가시처럼 여기겠습니다."

"삼일만세를 부른 뒤로 박해가 심했어요. 아예 교당을 없애자는 강경론까지 나왔는데, 섬사람들의 여론에 밀려 책임자 두어 사람만 문책하는 선에서 끝났지. 저놈들이 우리의 얼을 이어받은 신앙의 자유마저 박탈하려하다니, 어찌 개탄스럽지 않은감."

"지금도 야학을 하는가요?"

"야학은 엄두를 내지 못하네. 아직은 가만히 숨을 죽이고 있을 수밖에. 앞으로 의식 있는 청년들이 나서야 할 거야."

"굳이 야학을 하지 않더라도 소학교가 있지 않습니까."

"소학교는 소위 있는 집 자제들의 배움터요. 야학당은 가난한 코흘리개들이 땅바닥에 낙서를 하듯 나뭇가지로 글을 배우는 곳이지. 박 선생께서 그 점을 잘 헤아려야 할게야."

박성래는 한대진의 말에 아차, 하였다. 학교를 보낼 수 없는 무지랭이 가난한 아이들이 얼마나 많은가. 그 애들을 가르쳐 깨우쳐야 한다. 그러기 위해서는 누군가의 힘이 필요하다. 교당을 지나쳐 내려온 두 사람은 마을 고샅길을 들어섰다. 공기받기를 하던 아이들이 길을 내주었다. 손때가 새까만 코흘리개 아이들의 눈망울이 초롱하였다. 고샅길을 돌아올라 대나무가 울창한 기와집을 들어섰다. 황구랄 놈이 우멍하게 짖었다.

"어서 들어오시게."

최 부자는 손님이 왔다는 머슴의 말에 두 사람을 반갑게 맞아들였다. 박성래는 큰절을 올렸다.

"사열이, 그 친구 때문에 고초가 많으셨을 것입니다."

"이 시절에 어디 나만의 마음고생인감. 사람은 모름지기 시운을 타고나야 허는디, 제놈 팔자요, 운명이제."

최 부자는 동의를 구하듯 한대진을 곁눈질하였다. 나라 없는 황망한 세상에 입신출세는 바랄 수 없으나, 한편으로는 아들의 기개 높은 젊은 행동이 앞날을 염려스럽게 하였다.

"삶의 과정은 바로 역사가 아니오. 그런 점에서 새로 부임한 박 선생께 덕담이나 한마디 해 주시지요."

"덕담이라……?"

최 부자는 장죽을 손에 들었다. 방문이 조심스레 열리면서 앞가슴이 봉싯 솟은 댕기머리 처녀애가 술상을 들여왔다. 나이보다 숙성한 티가 났다. 한대진은 처음 보는 애였다.

"손녀인가요?"

"질손녀네. 집이 허전해서 우리 집에 있으라고 했어. 학교를 다니겠다고 하도 졸라 싸서 뒤늦게 소학교를 보냈는디, 올해 졸업반이여. 박 선생이 잘 좀 가르쳐 주어. 과년한 여식이라 멀리 상급학교는 보낼 수 없고, 그것만도 제 복이고 분수제. 공부는 제법 한다는구만."

"총명하게 생겼습니다. 무엇하면 상급학교에 보내십시오."

"사열이 그 녀석도 똑같은 소리를 하는디 위험혀. 그 물이 들까 겁이나. 한잔씩 드시게."

"제사 단자를 이제사 받는갑소."

"그런감. 자네도 그렇지만 기제사가 너무 많아도 마음고생이야."

"조상 덕으로 목욕계제하고 맛있는 음식상 대하지 않소이까."

"있는 사람들이야 그렇다지만 허리 휘어지게 가난한 사람들은 머리 싸맬 일 아닙니까."

박성래는 예의 바르게 술잔을 비우고 나서 최 부자에게 술잔을 처올렸다. 한대진이 가져온 횟감을 장만하여 들여왔다.

"회가 아주 입맛을 돋우는구랴. 담배 한 대통 할려는가?"

이번에는 최 부자가 박성래에게 술잔을 안기며 한대진의 의향을 물었다.

"저는 담배를 멀리 하잖소. 어머님께서 청춘에 홀로 된 가슴앓이를 시도 때도 없이 담뱃불로 다스리는 바람에 질렸어요."

"맞아. 자당께서는 여걸이여. 한다하는 남정네는 치마폭에 휘둘리제."

"그래서 제가 이 나이가 되도록 시집을 삽니다."

"호랑이 새끼는 호랑이가 키우는 법일세. 내 말이 틀렸는가?"

최 부자는 담뱃대를 놋쇠화롯가에 탕탕 두드렸다. 대숲에서 이는 바람이 창문을 두드릴 때마다 참새 떼들이 졸급을 하며 호들갑을 떨었다.

"시절은 춘삼월인데……. 참, 아드님은 어느 방향으로 간다고 합디까?"

"그걸 내가 어떻게 아는감. 사열이가 박 선상에게 무어라 하던가?"

"대신 고향의 지킴이가 되어 달라고 하더군요. 그 말에 선선히 승낙하였고요. 와서 보니 할 일이 많은 듯합니다."

"할 일? 아이들만 제대로 가르치면 되는 게 아닌가?"

"배움도 중요하지만 무엇보다 의식을 깨우쳐야 합니다. 학생들뿐만 아니라 그 부모들도 혼돈에서 깨어나야 합니다."

"이 사람이 큰일 날 소리를 하는구만. 시방 의식이라고 하였는디, 그걸 그렇게 쉽사리 입에 담는 겐가?"

최 부자는 흠칫하였다. 아들의 친구라기에 설마 하였는데, 그 친구에 그 벗이었다.

"자라보고 놀란 가슴 솥뚜껑보고 놀란다더니만 똑 그렇소. 저는 박 선생의 그 의지와 사명감을 전적으로 믿겠어요."

"왜, 그 점을 모르겠는가마는……."

최 부자는 말꼬리를 흐렸다. 장차 어떤 비바람이 들이칠 것인지…….

3

썰물이 지기 시작하였다. 바람이 파도를 거스르며 썰물을 밀어내고 있었다. 모래밭이 드러나고, 갯벌이 펼쳐지면서 짱뚱이랄 놈이 배때기를 드러내고서 팔딱이고, 초라니게들이 게거품을 물며 촐랑거렸다. 바닷물 속에 숨죽이고 있던 생명들이 활개를 치면서 갯벌은 살아나기 시작하였다. 그래, 바로 갯벌이야. 박성래는 생각에서 놓여났다. 조무래기 아이들이 솜사탕 같은 웃음을 매달고서 갯벌로 뛰어들었다. 초라니게들이 놀라 게거품을 문 채 갯벌 속으로 숨어들었고, 짱뚱이랄 놈들은 모로 나뒹굴었다. 아이들과 갯벌. 찰지디 찰진 갯벌 속에서 생명들이 나고 자라듯 저 아이들도 이 강토가 살아 숨 쉬는 한 굳세게 자라날 것이다. 일제가 아무리 이 땅을 침탈하였을지라도 땅의 훈김, 그 생명력만은 어찌하지 못할 것이다.

"저 선상님은 짬만 나면 바닷가에 나오든마이."

선창머리에서 고동을 잡던 아낙네 하나가 허리를 폈다.

"지난 공일에는 꼬막을 수월찮게 잡아왔드만."

"술안주라도 할라고?"

"술안주야 꼬막 말고도 지천이제. 뭐라드라? 생태계 어짜고 하드만."

"애들 숙제도 뭘 잡아 오라, 만들어 오라 한담시러?"

"금메 말시. 공부는 제대로 안 가르치고 엉뚱한 발상만 하는구랴. 그 따위 숙제사 안 가르쳐도 애들이 더 잘 알제이."

"그뿐만 아니여. 밤에는 마을을 돌며 뭔녀러 강연도 할 거라고 하던디."

"허면, 우리들까지 가르치것다?"

"워따, 이 나잇살에 가르친다고 까막눈이 제대로 떠질 것이여. 다른 속셈이 있것재."

"다른 속셈이라니?"

"두고 보면 알것제. 그란디, 요즘 죽정이네는 왜 안 보여? 갯물 둘러
쓰고 파고 사는 여편네가."

"주재소에서 오라고 했다는구랴."

"어째서?"

"그것도 모르는가? 서방놈이 노름을 하다 붙들려 가지 않았는가."

"마선이가? 어따, 젊으나 젊은 놈이 일 할 생각은 하지 않고 노름에
빠지다니. 그 여편네도 볼 것 없이 생과부 신세여. 그 여편네가 가면 금
방 풀어줄 것 같은가? 벌써 전과가 있는디."

"조동이 가만 슬쩍 불렀다는구랴."

"지놈이 뭔 뒷배가 있다고 생색이여."

"물에 빠진 놈 지푸라기라도 잡는다 안 하든가."

아낙네들은 방앗간 참새 떼처럼 박성래를 건너뛰어 죽정이네를 쪼
며 부지런히 고동을 바구니에 담았다. 죽정이네는 신지도에서 노름꾼
에다 손버릇이 좋지 못한 마선에게 시집을 왔다. 갯벌 뒤집어쓰고서 가
난하고 험상한 집안에서 자랐다고는 하나 생활력이 강하고 맺고 끊는
점이 분명하여 좀체 남에게 손을 내밀지 않았다. 노름쟁이 마선에게 어
떻게 시집을 오게 되었는지 자세히는 모르나, 들리는 소문으로는 친정
아버지 또한 이골 난 노름꾼으로 노름 밑천이 딸리자 혼기가 찬 딸을
걸고 핏발 선 눈으로 마선과 한판을 겨루었다는데, 운수 사납게 딸을
잃었다고 하였다. 그러한 소문을 뒷받침이라도 하듯 마선이 그녀를 신
행으로 데려올 때도 전혀 혼례를 치른 신부답지가 않았다. 머리를 틀어
올렸다고는 하나 낡은 보따리 하나 덜렁 가슴에 안고 장날 팔려온 소처
럼 이끌리듯 마선의 뒤를 따라왔다. 그런데 행색은 비록 초라할망정 마

선과는 어울리지 않았다. 가만히 뜯어보니 이목구비가 귀염성 있고 아담하여 천박해 보이지가 않았다. 시집 온 날부터 없는 살림에 부지런하기 이를 데 없었다. 사철 갯벌을 누비며 낙지며, 문어며, 장어며, 고동이며, 조개며, 해삼이며, 미역, 다시마, 우무가사리 따위의 해초류를 따와 살림을 일구었다. 도무지 말이 없고 예의 또한 발라 마을 아낙네들의 눈 밖에 나지 않았다. 마선도 새색시의 부지런함과 살뜰한 정에 묻혀 한 일 년 노름을 잊고 착실히 살림을 거들었다. 그런데 제 버릇 개 못 준다고, 신혼의 단꿈에서 어지간히 풀려나자 노름판을 기웃거렸고, 닷새 전에 주재소에 붙들려 갔다.

새참 때, 죽정이네는 윗뚝을 가로질러 가면서 아이들과 갯벌을 둘러 쓰고 있는 박성래를 곁눈질로 훔쳐보았다. 이목구비가 시원스러웠다. 자신도 모르게 한숨이 새어 나왔다. 저런 낭군님을 모시고 살면 얼마나 좋을끄나. 순간, 노름꾼으로 전락한 남편의 얼굴을 떠올렸다. 노름빚으로 저당 잡히듯 평생을 기약하였을 때, 노름쟁이 아낙네만은 되지 않게 해 달라고 맹세를 시켰건만 도로아미타불이었다. 죽정이네는 부질없이 박성래와 남편을 비교하는 가운데 주재소를 들어섰다. 발길이 더디고 무거웠다.

"와 주셨구만이라우."

주재소를 들어서자 조동은 기다리고 있었다는 듯 그녀를 맞았다. 주재소는 을씨년스럽게 조용하였다. 조동은 마선과는 고추자지 친구로, 어려서부터 죽이 맞아 말썽이 날만한 짓거리는 도맡아 하였다. 수박서리야, 닭서리야, 물동이 이고 가는 처녀애의 봉싯한 젖가슴 만지기, 길 가는 아이 괜한 트집을 잡아 싸움 붙이는 일 등등 어디를 가나 골칫거리였다. 그리고 끝내는 한 사람은 노름꾼으로 떨어지고, 또 한 사람은 모든 사람이 눈 흘기는 주재소 똥개가 되었다.

"저그, 저의 집……."

"면회를 시켜줄 텐께 따라오시오. 까딱 잘못하면 내일이라도 읍내로 넘어갈 판이라 가만히 부른 것이오."

조동은 죽정이네를 유치장으로 안내하였다. 유치장에는 마선뿐이었다. 마선은 아내를 보자 벌떡 자리에서 일어났다.

"당신 보기가 민망하기 그지없네. 나가면 다시는 이녀러 손을 깨끗이 씻을 것인께."

죽정이네는 멀뚱한 눈으로 그저 말이 없었다. 왈칵 치미는 그리움보다 자신과의 다짐을 저버린 그 몰골이 밉기만 하였다. 노름꾼 애비를 둔 죄로 결국 이 신세가 되지 않았는가.

"쬐끔 시간을 줄텐께 조용조용 말을 나누시요이."

조동은 마선에게 한눈을 찔끔해 보이며 자리를 피해 주었다.

"저, 말시. 내가 나가고 못나가고는 오로지 자네하기에 달렸응께, 조동이 저 친구 하자는 대로 해주어. 아까도 말했지만 나가기만 하면 당신허고 따북따북 등 뚜드려가며 아들놈 앞세우고 살 것인께. 알 것는가?"

"……."

그녀는 여전히 눈꼬리를 내려뜨린 채 말이 없었다. 노름꾼의 말을 누가 곧이곧대로 새겨듣는가. 친정 아부지도 골백번 넘게 장지짐을 하듯이 다짐하고 약속하였으나, 매번 공염불로 끝나지 않았는가.

"어서 말해 보란 말시. 안 그러면……."

"콩밥이 뭔지 정신을 차려야 할 것이요."

그녀는 마선의 말이 채 끝나기도 전에 성깔지게 발길을 돌렸다. 미움이 와락 밀려들면서 두 눈에 후두둑 눈물방울이 맺혀 떨어졌다. 팔자기박한 년. 백년 세월 내 속을 썩히느니 감옥에서 지내는 것이 나을래

라. 마선의 애타는 소리를 뒤로하고 조동이 뚜렷한 얼굴로 바라보는 사이 그녀는 주재소를 나와 선창가에 이르렀다. 시원한 바닷바람이 폐부를 찔렀다. 답답한 가슴을 안고 그대로 바닷물에 뛰어들고 싶었다.

"노여움을 가라앉히시오. 여그 좀 앉읍시다."

조동이 따라 나와 마음을 진정시켰다. 그녀는 넋장을 잃은 사람처럼 선창가 바위 모서리에 엉덩이를 내려놓았다. 노랑나비 한 마리가 그녀의 어깨 너머를 순례하였다. 나도 너처럼 산 너머 바다 너머로 훨훨 날았으면 좋것다. 그녀는 눈가에 맺히는 눈물을 저고리 고름으로 찍어냈다. 전생에 무슨 업보를 졌기에 노름꾼의 딸로 태어나 노름쟁이 마누라가 되었는가. 엄니요, 울 엄니요!

"오늘 가시지 마시고 담당 순사를 만나보면 어떻겠소? 지가 말을 잘 해 두었응께."

"그냥 갈라요. 정신 좀 차리게 콩밥 묵어도 싸요."

"남편을 사랑하지 않는가라우?"

"애시당초 물 건너 간 인연이었응께요."

"그렇게 냉정하고 매몰찰 줄 몰랐구만요."

"우리 집 양반과의 인연을 잘 알면서 여그까지 불러낸 저의는 뭔가요?"

"저의요?"

조동은 입꼬리에 미묘한 웃음을 매달았다. 매몰찬 그녀의 입매가 마음을 흔들었다.

"저의 남편과 사전모의라도 하지 않았남요? 노름꾼들이 흔히 하댔기 저의 남편을 방면해 주는 대가로 지 몸이라도 담보로 하지 않는가라우?"

"뭔, 그런 해괴한 말을 하시오. 남의 우정과 성의도 모르고……."

"변명 따위는 듣기 싫구만이라우. 당신들은 다 한통속인께요. 노름꾼이자, 거간꾼이요. 얼굴에 그렇게 쓰여 있소."

죽정이네는 찬바람을 일으키며 돌아섰다. 그대로 바닷물에 몸을 던지고 싶었다. 조동은 너무나 당돌하고 맵싸한 그녀의 말과 행동에 잠시 어리둥절하였다. 졸지에 당한 발길질만 같았다. 저런 여자가 다 있나. 아니여, 보기보다 당찬 여자여. 마선에게는 과분한 여자랑께. 조동은 그녀의 모습이 아슴하게 멀어질 때까지 장승처럼 멀뚱히 지켜보았다. 어린 날, 한대진네 탱자 울타리 곁 감나무가지 끝에 매달린 홍시를 따먹고 싶었던 충동이 되살아났다.

죽정이네가 주재소에서 돌아온 다음날 마선은 읍내로 송치되었다. 그녀는 그 소식을 일주일 뒤에서야 알았다. 아무도 그 사실을 알려주지 않았다. 그날은 마침 박성래가 마을순회 강연 차 나온 날이었다. 나이 찬 학생들을 앞세우고 처음으로 강연을 나온 것이다.

"학생들은 안 가르치고 웬 강연이여?"

"우리 아그가 핵교에 다녀와설랑 여자들이 들어야 한담시러 어찌나 졸라대던지 허는 수없이 나왔구만."

"금메, 여자들이 따로 들어야 할 말이 뭐가 있다고. 괜히 눈총이나 안 맞을랑가 모르것네."

마을 아낙네들은 저녁 설거지를 마치고 지침지침 동회관으로 나갔다. 삼월삼짇날 마을 대동계걸이 때나 동회관에 나갈까, 남정네들의 전유물이나 다름없는 동회관은 그만큼 아낙네들로서는 서먹하였다. 죽정이네도 남편 일로 심란한 마음을 어찌하지 못하면서도 맹그름한 얼굴로 나왔다. 아무리 좋은 말이라 할지라도 귀에 들어올까마는 지난번 주재소를 출입할 때 보았던 박성래의 귀공자 같은 모습이 떠올랐다. 아낙네들뿐만 아니라 남정네들도 뜨막해 하기는 마찬가지였다. 특별한 지시사항이나 안건이 있는 것도 아니고, 뜬금없이 강연을 한다니, 동회관에 나오긴 나왔어도 떨떠름한 얼굴들이었다.

"에, 오늘 특별한 자리를 마련한 것은 다름이 아니고, 박성래 선상님께서 우리가 개화된 세상에 걸맞게 평등하게 살아가는 방법을 진지허게 이야그 해 주신다해서입니다. 여그, 박성래 선상님을 말할 것 같으면……."

구장은 다소 장황하다싶게 박성래를 소개하였다. 아낙네들은 앳되어 보이면서도 기상이 넘쳐흐르는 박성래의 모습을 가까이 곁눈으로 뜯어 보며 호기심을 나타냈다. 그와는 달리 남정네들은 큼큼 목소리를 다시며 사뭇 근엄한 표정을 지었다. 박성래는 처음 부임할 때의 파리한 얼굴 모습과는 달리 갯바람에 검게 그을린 얼굴빛을 내보이며 앞으로 나갔다.

"여러분, 반갑습니다. 제가 이렇게 마을을 순회하기로 한 것은 우리도 깨어나야겠다는 생각에서 용기를 냈습니다. 보다시피 우리는 너무나 시대의 흐름에 뒤떨어져 삽니다. 무지몽매할 정도는 아닙니다만, 구습에 젖어 스스로 자신을 열등민족으로 체념하기에 이르렀습니다. 우리가 어떠한 민족입니까? 슬기롭고 용감하며 따사로운 마음을 지니고 살아왔습니다. 그런데 지금은 일제식민 지배 아래 민족의 정기는 흩어졌고, 개개인은 핍박을 받는 가운데 삶의 의욕을 잃고 있습니다."

박성래의 카랑한 말에 사람들은 아연 긴장하였다. 일본의 침탈행위라든가, 핍박 운운은 분명 시국에 반하는 것이었다. 그렇다면 이 모임 자체가 불량스럽고, 자신들에게 결코 이익이 돌아오지는 않을 것이다. 그러나 박성래의 연설은 주위의 분위기를 앞질러 나갔다.

"잘 알다시피 우리는 구습부터 과감하게 버려야 합니다. 그렇다고 구습이 꼭 나쁜 것만은 아닙니다. 유구한 전통을 이어받은 예스러운 미풍양속은 더욱 보존하고 지켜나가야 합니다. 그리고 새 것이라고 무조건 줏대 없이 마구잡이로 받아들여서도 안 됩니다. 하지만 버려야 할 것은 버려야 합니다. 새 술은 새 부대에 담는다고, 시대의 흐름은 그걸 요구하고 있습니다."

버려야 할 것이라니? 남정네들은 귀꿈스럽게 반문하였고, 아낙네들은 버려야 할 것들이 선뜻 떠오르지 않았다.

"무엇보다 조혼으로부터 자유스러워야 합니다. 이제 한참 사춘기 시절 인생의 무게를 사고할 나이에 결혼이라는 멍에를 짊어지게 하고서 삶의 질을 고통스럽게 내몹니다. 생각해 보십시오. 조혼의 폐단이 얼마나 큰지. 열일곱 여덟 나이에 시집을 가서 평생을 가정의 울타리 속에서 헤어나지 못하지 않습니까. 남자는 또 어떻습니까. 코흘리게 시절에 사모관대를 쓰고 얼마나 후회스럽게 삶을 경작합니까. 부모의 강요에 의한 조혼의 폐단은 오늘의 우리에게 크나큰 장애물이 아닐 수 없습니다."

맞네. 똑부러지게 맞는 소리여. 아낙네들은 자신도 모르게 머리를 끄덕였다. 철없을 때 시집이라고 와서 진자리 마른자리 다람쥐 쳇바퀴 굴리듯 살아오지 않았는가. 시어머니가 물려준 곳간 열쇠를 받아들라치면 쥐뿔이나 나오느니 한숨이요, 귀밑머리 하얗게 변하지 않던가. 젊은 날의 그 황홀한 꿈과 낭만은 아예 꾸지도 못한 채 시든 꽃잎 신세로 떨어졌다. 우리 딸들은 정말이재, 지 좋은 신랑 찾아가라 해야제. 남정네들은 더욱 자세를 바로 하였다. 철부지적 부모의 손에 이끌려 사모관대를 쓰고 초례청에 나가는 길로 두어 삽 뜨면 그만인 가계를 짊어지고 한 평생 허리 펼 날이 없었다. 남들이 올려다보는 학문 따위는 쳐다볼 수도 없었고, 그저 무지랭이 촌부로 자처하며 지겟다리나 두드렸다. 사내라면 어찌 이상이 없고 드넓은 세상에 나가 장부의 기개를 펼치고 싶지 않겠는가. 그저 수굿이 운명이거니 체념하며 젊은 시절을 보내고 나면 도리 없이 허리 휘어진 늙은이가 되었다. 박성래의 말이 저저이 옳은 만큼 그들도 이미 알고는 있었다. 기실 새로울 것도 없지만 가슴에 와 닿음에랴.

"이제부터는 여러분의 자녀들에게 젊음을 누리게 해야 합니다. 우리에게 젊음은 소중한 것입니다. 그리고 눈을 뜨게 해야 합니다. 생각해 보십시오. 가난하다고 학교를 보내지 않으면 그 자식은 평생 노예나 다름없는 생활을 할 수밖에 없습니다. 더러는 식자우환이라는 말로 자식들을 호도 내지 자위하나, 그것은 어디까지나 구차한 변명에 지나지 않습니다. 남자고 여자고 평등한 마음으로 배워야 합니다. 그래서 자기 앞을 스스로 가릴 줄 알아야 합니다. 지금은 빈부의 격차는 있을지 몰라도 신분의 높낮이는 없습니다."

허, 그 참. 맞는 말만 허는디, 그게 마음먹는 대로 되는 게 아니지 않는가벼. 나이 지긋한 노인네들은 어느 사이 곰방대를 풀풀 빨았다. 그려. 배움은 재산이제. 헌디, 지집애들까지 배워사 쓴다는 말은 어째 좀 그렇구만. 아낙네들은 까막눈을 서러워하면서도 다소곳이 난색을 드러냈다. 암탉이 울면 집안이 망한다고 했잖은가비여. 지집년 똑똑혀서 어디다 쓸 것이여. 아니여, 여자도 배워사 써. 암만 암만……

"그리고 우리는 홍익인간이라는 점을 잊어서는 안 됩니다. 비록 나라를 잃었어도 민족의 혼마저 두 발로 짓뭉개서는 안 됩니다. 삼일만세의 함성을 여러분께서도 외치지 않았습니까?"

그려. 우리도 힘차게 불렀제. 헌디 그 뒤로 돌아온 게 뭣이었남? 참, 마음이 아리아리 하당께. 장년들은 아득한 눈길을 보냈다.

"앞으로 일제의 핍박은 점점 가위눌리듯 거세게 우리의 가슴을 짓누를 것입니다. 시련이 아닐 수 없습니다. 그러한 핍박을 꿋꿋하게 이겨나가기 위해서는 구습에서 벗어나야 하고, 누구나 배워야 하고, 홍익인간 이라는 자긍심을 저버려서는 안 됩니다."

홍익인간이라? 그라면 곰이 여자가 되어 한울님과 혼인하여 단군 조상을 낳은 그것 아닌감. 노인네들은 곰방대를 꾹꾹 눌러가며 연신 담배 연기를 빨아댔다. 박성래의 순회강연은 계속되었다. 순회강연에 빠짐없이 따라다닌 제자들로는 한귀재, 정문두, 정병생, 박천세, 정병래, 이영직 등이었고, 유일하게 최 부자의 질손녀인 최성분이 수줍음을 담은 채 귀염성 있게 함께 하였다. 그들은 박성래의 열정 어린 순회강연이 거듭 될수록 박성래의 제자로서의 긍지와 자부심을 가졌다. 강연이 끝나면 토론도 마다하지 않았는데, 대체로 그들이 이해하기 어려운 대목을 질문할라치면 박성래는 대답해 주는 식이었다. 때로는 조심스럽게 사상 문제도 도마 위에 올랐는데, 유산계급과 무산대중계급의 역사적 소급 이라든지, 마르크스 사상과 무정부주의의 차이점 등이었다. 제자들은 잘 이해할 수 없어 하면서도 진지하게 귀담아 들었다.

"유산계급과 무산대중계급의 역사는 원시 공동체까지 소급해 올라 가지 않으면 안 된다. 씨족사회의 분화, 남성지배사회에서의 지배와 소유개념에서 발아되었다고 해도 과언이 아니다. 지배자와 피지배자의 양극화가 점점 확대 재생된 것이다. 마르크스 사상은 노동으로부터 즐거움이 유리되고, 수단은 목적으로부터, 노력은 보수로부터 각기 분리되었다. 거기에서 소외되어왔던 인간 자신의 자아와 자기와 동일한 인류, 그리고 자연과의 통합을 이루려는 갈망이 그 시발점이라 할 수 있다. 그것은 인간적인 감정과 이상을 품고 있는 모든 인간들의 공통적인 것이다. 아나키즘은 무정부주의를 말하는데, 무강권주의로 공동체적 인간의 삶의 본질을 신뢰하는 것을 바탕삼는다. 다신교처럼 복잡한 점이 있으나, 자유로의 지향이라고 할 수 있다. 그것도 단순한 자유가 아니라 강제를 배척하고 자유사회에 이르고자 하는 정신이다. 너희들로서는 전체적으로 명료하게 소화할 수 없겠지만 차차 눈을 뜨게 되면 이해할 것이다."

박성래는 또렷한 눈망울을 굴리는 제자들이 미더웠다. 최성분은 또 다른 눈빛으로 박성래의 한마디 한마디를 가슴에 새겨 넣었다. 사춘기에 접어든 연모의 눈빛이라고나 할까. 그러나 박성래의 순회강연은 순탄치가 않았다. 섬을 절반쯤 돌았을 때, 일본순사가 조동의 보고를 받은 것이다.

"뭐시야? 조선인 청년 교사가 불온한 사상을 퍼뜨린다고? 그렇지 않아도 요주의 인물인데, 부락민들을 선동하고 다녀? 그대로 보아 넘길 수는 없지."

일본순사는 조동을 앞세우고 신흥부락에서 한참 강연을 하고 있는 현장에 나타났다. 히야, 듣던 대로 아주 반동적이구만. 그대로 놔두어서는 안 되겠어. 일본순사는 강연이 끝나자 그의 제자들과 함께 연행하였다.

"이 애들은 아무런 잘못이 없으니 집으로 돌려보내시오."

박성래는 카랑한 목소리로 나무라듯 말하였다.

"이 애들 머릿속에 무엇을 집어넣었는지 가늠해 봐야겠소."

"그렇게 하시오. 우리가 겁낼 줄 알고요?"

최성분이 앙칼지게 되받았다.

"흠, 얼굴은 제법 곱상한데 의외로 당돌하구만. 뉘집 딸이지?"

일본순사는 아니꼬운 눈초리로 조동을 돌아보았다.

"관산부락 최 부자 질손녀인 듯싶구만요."

"최 부자? 그 노인네의 아들놈이 아주 고약한 요주의 인물인데, 질손녀까지 물들다니. 이건 문제가 심각하다이."

일본순사는 순간 난감한 표정을 지으며 벌레 씹는 얼굴을 하였다. 최 부자로 말할 것 같으면 이쪽으로 끌어당겨야 할 인물이었다. 그런데 자식 놈이 문제였다. 다른 사람 같으면 아들 문제로 주리를 틀어도 시원찮을 것이나, 최 부자의 막강한 재력과 주위에 미치는 영향력을 생각하면 어떻게든 설득력 있게 전향을 시켜야만 하였다. 그게 대일본제국의 유화정책이었다. 사재를 선뜻 소학교에 희사한 것이라든지, 주위의 인심을 잃지 않은 최 부자는 결코 만만하게 대할 위인이 아니었다. 저 질손녀를 미끼로 좋은 방법이 없을까? 일본순사는 마음속으로 주판알을 튕겼다. 무언가 좋은 방법이 있지 싶었다.

"최 부자 질손녀는 돌려보내는 것이 좋을 듯 싶구만이라우."

"왜, 겁이 나나? 내일 아침 직접 노인네더러 질손녀를 데리러 오라고 해."

일본순사는 조동에게 명령조로 퉁명스레 말하였다.

"저 애들을 오늘밤 돌려보낼 수 없다면 따로 편히 잠자리를 내 주었으면 하오."

"스승의 심문을 구경하는 것도 하나의 본보기가 될 거야. 당신과 최 사열과는 어떤 묵계가 있는 게요?"

"묵계라니요?"

"허어, 시침 그만 떼시오. 두 사람은 우정이 남다른 만큼 분명 선이 닿을 것 아니오?"

"당신들은 당신들의 잣대와 사고의 틀에서 벗어나지 못하지요."

"나는 논쟁을 싫어하오. 당신이 계몽을 합네 하고 마을을 돌아 댕기면서 마을 사람들을 선동하는 그 불온한 저의는 무엇이오?"

"나는 교육자요. 구습에 얽매어 있는 삶의 질을 깨우치자는데 무어 잘못이 있다는 게요."

"삶의 질이라 했소?"

일본순사는 박성래의 막힘없는 대답에 자신을 단단히 벼리며 박성래의 말을 깨씹었다. 예로부터 백성은 우매할수록 다스리기 편하다고 하였다. 조금이라도 깨어나면 반문이 생기고, 회의가 일어나고, 반동의 파장이 곤두선다고 하였다. 하여 조선인들의 교육은 어디까지나 대일본제국을 위한 황국신민화의 일환이어야 한다. 그런데 조선인의 삶의 질을 향상시킨다고? 어림 반푼 없는 소리.

"우리에게는 억압에서 벗어난 자주, 자립의 정신이 무엇보다 소중하고 필요하오."

"뭐요? 그 따위 소리를 함부로 내뱉다니. 그것은 대일본제국을 겨냥한 반동이오. 당신 정말 본때를 봐야겠소."

일본순사는 설핏 삼일만세 사건을 떠올렸다. 이 조그마한 섬에서 만세소리가 지축을 울릴 줄은 생각지도 못하였다. 그때를 떠들리면 자다가도 벌떡 일어났다. 그들의 함성을 잠재우기 위해 얼마나 진땀을 흘렸던가. 그런데 자주 자립을 감히 입에 올리다니. 더 자라기 전에 싹을 자를 필요가 있었다. 아니, 뿌리 채 뽑아야 한다.

"너무 고깝게 듣지 마시오. 백성이 스스로 주인의식을 찾고, 스스로 자립을 한다면 얼마나 다행스러운 일이오. 한끼 밥을 먹더라도 피와 땀, 그리고 부끄러움이 없는 떳떳함이 담겨있다면 행복하지 않겠소. 나의 실천행을 침소봉대하거나 이상한 쪽으로 비끌어 매지는 마시오."

박성래는 비아냥치듯 말하였다. 하잘 것 없는 순사 나부랭이가 일본제국을 대신하다니. 다시 한 번 민족의 비애를 느꼈다.

"장황하고 난삽한 논쟁은 접어 두겠소."

일본순사는 흘깃 벽시계를 올려다보았다. 자정이 가까웠다. 박성래와 그의 제자들을 구치소에 처넣었다. 무언가 쓸쓸한 기분이 들었다. 조동이 조달한 계집을 끼고 농탕하게 술잔치를 벌였어야 할 시간을 아깝게 허비한 것이다.

"저는 이만 물러갈깝쇼."

"그래. 내일 아침 일찍 최 부자에게 연락해야 한다."

"염려 놓으란께요. 조촐하게 술상이라도 올릴까요?"

"오늘은 됐다."

일본순사는 손을 들어 내쳤다. 조동은 주재소를 나섰다. 사위는 달빛으로 괴괴하였다. 불현듯 죽정이네가 눈앞에 어른거렸다. 그 언젠가 훔쳐보았던 그녀의 허연 속살이 떠오르면서 갑자기 욕정이 솟구쳤다. 바람결로 내달아 그녀를 찍어 누르고 싶었다. 그리고 그 같은 욕망은 죽정이네 집 앞까지 이르게 하였다. 조동은 불문곡직 문고리를 따고 돌진하였다. 자다가 놀란 그녀가 어마 소리를 내지르기 전에 그녀를 덮쳐눌렀다. 그녀의 곁에서 새근새근 잠들어 있던 아들 녀석이 울 엄니 죽이네, 외마디 소리를 지르며 울음을 터뜨렸다. 조동은 화닥닥 놀라 사추리를 부여잡고 방문을 뛰쳐나왔다. 죽정이네는 아들을 얼싸안고 달래며 그 자가 누구라는 것을 미루어 짐작하였다. 찢어 죽일 작자 같으니라고. 친구를 배신한 그 저의가 따로 있었구나!

한편, 구치소에 갇힌 박성래의 제자들은 당당하게 일본순사와 맞서는 박성래를 다시금 존경스러운 눈으로 바라보았다. 우는 아이도 잠재운다는 일본순사가 아니던가. 그러나 시간이 흐르자 생판 낯선 살풍경한 구치소의 음습한 공기에 두려움을 느끼기 시작하였다.

"선생님, 금방 나갈 수 있을께라우?"

"괜찮을 것이다. 오늘밤만 참자."

박성래는 어린 제자들을 볼모로 삼는 처사에 분노하였다.

"저희들은 선생님이 염려스러워요."

"너희들이 걱정할 일이 아니다."

박성래는 제자들의 머리를 쓰다듬었다. 암울한 이 시대에 태어난 아이들의 장래를 생각하니 가슴이 미어졌다. 이 아이들은 아직은 분별력이라든가, 현실을 제대로 직시하지 못한다. 그러나 자신을 추슬러 우뚝하게 서는 날 닥쳐올 시련과 압제를 제대로 버티어 나갈 수 있을까. 분명 알몸뚱이로 황량한 벌판에 선 그 비애로움과 고통을 이겨내지 못하리라. 아이들은 어느새 앉은 채 잠이 들었다. 박성래는 아이들의 자는 모습을 바라보며 전의를 다졌다. 저 아이들을 위해서라도 교사로서의 본분을 다하고, 일제에 항거하자고. 밖은 어느새 희붐하게 밝아왔다. 아스라이 파도소리가 새벽의 침묵을 가만가만 일깨웠다. 그리고 그 파도소리는 여명을 부시는 천년의 함성처럼 가슴을 울렸다.

"궁상떨지 말고 아이들 데리고 나오라구."

일본순사가 상념에서 깨어나게 하였다. 아이들이 부시시 겁에 질린 얼굴로 눈을 떴다. 박성래는 아이들을 일깨워 일본순사의 뒤를 따랐다. 뜻밖에도 최 부자가 그들을 기다리고 있었다. 이렇듯 이른 새벽에? 박성래보다 최성분이 더욱 놀라고 반겨하였다.

"할아부지!"

"오냐. 얼마나 고생스러웠냐?"

최 부자는 가슴에 안겨드는 질손녀를 두 팔로 안았다.

"아, 그렇게 천진난만한 질손녀를 어째서 어두운 가시밭길 위에 서도록 내버려 두었습네까?"

"철이 없어서 그렇지요. 앞으로는 각별히 주의를 기울일 테니까 선처를 베풀어주시오."

"할아부지, 선생님과 저희들은 죄가 없어라우."

"허어, 벌써 물이 배어들었다니까요."

"알았소. 알았어요. 잘 타이를 테니까 한번만 봐 주시구랴."

"그냥 돌려보낼 수는 없구만요. 여기 보증을 서고, 손도장을 눌러 주시오."

일본순사는 종이와 펜을 내밀었다.

"박 선생까지 포함해서 말이오?"

"저는 괜찮습니다."

박성래는 최 부자의 사려를 사양하였다.

"당신, 배짱 한번 당차구만. 좋게 말할 때 순순히 듣는 게 이로울 것이오. 관용은 이번뿐이오."

"박 선생 부담 갖지 마시오."

최 부자는 눈 질끈 감고 일본순사가 불러주는 대로 보증을 섰다. 이건 어처구니없는 굴욕이요, 수모였다. 그 어떤 자리에서도 당당하고 위엄을 흩트리지 않았는데 하찮은 순사 따위에게 이 무슨 마음 낮춤이냐, 그래. 질손녀만 아니라면 잉크병으로 일본순사의 낯짝을 후려치고 싶었다.

"최 부자의 낯을 봐서 특별히 방면해 주니까 이후로는 말과 행동에 각별히 책임을 져야 할 것이오."

일본순사는 한마디 훈시를 곁들이고 나서 주재소를 나서게 하였다. 아침 해가 붉게 바다를 불들이고 있었다. 너울거리는 파도에 실려 오는 붉은 햇살. 더없이 신선하고 장엄하였다. 동트는 아침 해는 오늘의 이 쓰거운 가슴을 아는가.

"괜히 저 때문에 마음이 무거우셨습니다."

"아닐세. 제깟 놈들이 박 선생의 사상과 행동을 적색경보로 매김 하는 게 마음 아프네. 그럴수록 아이들을 똑바르게 가르치게나. 무엇이 우리를 서럽게 하는지, 일깨워주어야 하네."

"그 깊은 뜻을 잘 알겠습니다."

"앞으로는 한대진을 자주 찾아뵙고 모나지 않게 계몽운동을 하시게. 그 사람이 여러모로 방패막이가 되어 줄 걸세."

"제가 그 점을 미처 몰랐습니다."

"매사 젊은 혈기를 너무 앞세워도 좋지 않느니. 모양새라는 게 있고, 순리 또한 거스를 수 없네."

"저저이 옳으신 말씀이십니다. 관산 고갯마루에 있는 천도교당 말입니다."

"신도는 많지 않네만, 그건 왜?"

"일전에 어르신을 찾아뵈었을 때, 한대진 어르신과도 이야기를 나누었습니다만, 그곳에 야학을 열고 싶어서요."

"야학? 소학교가 있는디, 굳이 그게 필요하나?"

"헐벗고 가난한 아이들이 학교 문턱에도 오르지 못하는 사실을 잘 아시겠지요? 그 애들을 위해서요."

"뜻이 거기에 있다면 내, 도움을 줌세. 그리고 그 문제도 한대진과 의논하게나. 한대진의 말이라면 교당에서도 내치지 않을 걸세."

"고맙습니다. 그럼, 저는 이만 출근 준비를 해야겠습니다."

"그러게나. 앞으로 행동에 신경을 쓰시게. 이 아이들을 봐서라도. 너희들도 싸게 집에 들어가거라. 부모님들이 얼마나 애타게 기다리겠느냐."

최 부자는 질손녀의 손을 잡고 모퉁이를 돌아나갔다. 아이들도 꾸벅 인사를 하고 제각기 흩어졌다. 박성래는 하숙집으로 향하였다.

4

"올 여름은 유난히 더울 모양이여."

"여름이 무더우면 태풍이나 홍수가 진다고 하였는디."

한차례 후적후적 김을 맨 일꾼들은 새참을 내오자 잠시 둘레둘레 앉아 땀을 식혔다. 모내기가 끝나고, 초벌 김을 매는 강녕들은 제법 푸른 빛을 드리우고 있었다. 일꾼들은 돌아가면서 품앗이를 하는데, 배 서방과 박 서방도 예외는 아니었다. 두 사람이 머슴과 더불어 한대진의 농사일을 맡아하는지라 한눈 팔 수가 없었다. 엄연한 처갓집 일이어서 더욱 게으름을 피울 수가 없었다. 농사뿐만 아니라 겨울철 김발이야, 물때를 맞추어 석방렴을 보랴, 두 사람은 머슴을 앞세우고 쉴 짬이 없었다. 말하자면 일종의 처가살이라 할 수 있겠는데, 장가 들여주고 살림 떼어주어 각자 독립을 시켜주었는지라 불만이 없었다. 한대진네 사위되기가 어디 그리 쉬운 일인가. 남들 말처럼 복이 넝쿨째 굴러 들어온 것이다. 아무리 곱씹어 따져도 손해는 그쪽이었다. 더구나 바람처럼 굴러 들어와 더부살이를 하지 않았는가.

"오늘은 처제가 새참을 장만하였는가 보네."

"언니 반찬새가 아니어서 유감인감."

"그 말이 아니제. 처제의 손맛은 앞가슴만큼이나 풍성하당께."

"어이구, 저 입심 좀 봐. 처제에게 말을 함부로 해도 되는겨?"

배 서방 마누라는 눈을 흘기며 새참을 꾹꾹 눌러 담아 돌렸다. 처녀시절 오라버니가 박 서방과 언니의 혼사를 추진할 때 그녀는 입을 비죽거리며 반대를 하였다. 사람이야 신실하고 흠잡을 데 없다지만 더부살이를 하는 사람에게 출가를 시키려하다니, 말이 되지 않았다. 가문의 위신을 생각해서라도 외지의 그럴듯한 혼처자리를 마련해야 옳았다. 그런데 너무나 뜻밖의 혼사였다. 주위사람들이 더욱 놀랐는데, 언니도 박 서방의 인물 됨됨이를 탓하지 않았다. 그러니께 즈그들끼리도 무슨 내통이 있었구만, 그랴. 그녀는 속으로 눈을 흘겼는데, 막상 자신도 배 서방과 한 배를 탈 줄 몰랐다. 그녀는 언니와는 달리 대감할미와 오라버니의 처사를 심히 못마땅해 한 나머지 고모네 집으로 도망을 칠까 마음 먹었다. 오라버니의 설득은 집요하였다. 지금은 반상을 따질 때가 아니며, 집안의 높낮이보다 당사자의 품성이 중요하다고 하였다. 그 점을 생각할 때 배 서방의 품성을 따를 자가 없다는 것이었고, 한 집안에서 한 솥밥을 먹고사는지라 그 속내를 명경지수처럼 환히 들여다 볼 수 있지 않느냐는 것이었다. 딴은 그랬다. 인간성 하나만을 볼 때 배 서방만한 사람도 없었다. 말없이 신실하였고 그만큼 믿음직스러웠다. 결국 고집을 접고 말았는데, 지금에 와서는 크게 불만이 없었다.

"야, 문어다, 문어!"

갑자기 원뚝 너머에서 아이들의 환호성이 들렸다.

"저, 아그들이 또 하란 공부는 하지 않고 바다실습 나왔는가배."

"자연을 제대로 아는 것이 참 공부여."

"아따, 그라면 바다 가운데에서 사는 우리는 배울 것도 없겠네, 그 랴."

"아니여. 자연과의 하나 됨이야말로 최고의 경지구만."

"제법 유식한 소리를 하시오. 하여지간 총각 선상님 사고방식은 요상튼만. 어떻고롬 생각하면 시상을 앞질러 가는 것도 같고……."

"강연 안 들어봤는감. 구습에서 벗어나야 한다. 평등한 시상을 만들자면 배운 만큼 일을 할 줄 알아야 헌다, 참 나를 알기 위해서는 역사를 바로 새겨야 헌다. 말마다 똑부러지게 공감을 주드만."

"듣자하니 핵교 못간 아그들을 가르칠라고 야학을 한다던마는."

"우리 새끼들도 거기에 보내야겠네. 당최 까막눈이라 자식들만은 눈을 뜨게 해야혀."

일꾼 하나가 볼이 미어지게 밥숟갈을 우겨 넣으며 말하였다.

"암만. 사람은 없을수록 눈을 똑바로 떠사 써."

새참을 들고난 일꾼들은 끄윽 트림을 하고 나서 담배를 말아 피웠다. 더위는 한낮이 차오를수록 더욱 기승을 부렸다. 원뚝 너머에서는 아직 물속에 발가벗고 뛰어들기에는 이른데도 아이들이 물장구를 치며 방금 파도에 밀려온 문어를 가지고 장난을 쳤다. 문어는 아이들이 장난을 칠 때마다 넘실거리는 파도를 타며 아이들의 손이며 발목을 사정없이 휘감았다. 문어의 빨판으로부터 벗어난 아이들의 손이며 발목은 홍진처럼 벌겋게 도드라졌다. 박성래는 아이들의 그 모습을 바라보며 동심을 쓸어안았다. 그래, 너희들은 건강해야 한다. 영혼과 육신이 건강할 때 이 나라는 살아 숨 쉰다. 나라는 비록 잃었어도 너희들의 육신과 영혼이 영글면 미래는 밝기 마련이다. 자연과의 친화력. 이 강토의 산과 바다를 가슴으로 느끼고 새길 때 너희들은 진정 이 나라의 주인인 것이다. 박성래는 자신도 모르게 더위에 떠밀리듯 팬티바람으로 한발 한발 바다 속으로 걸어들어 갔다. 그리고 아이들과 물장구를 쳤다.

"이봐? 박 선상. 아, 내 말 안 들려?"

누군가 거만스레 원뚝에 서서 박성래를 불렀다.

"저녀러 쪽바리가 또 뭔 냄새를 맡고 찾아왔는고?"

박 서방이 김을 매다말고 허리를 폈다.

"똥개처럼 혀를 빼물고 따라 다니는 조동이 저것이 더 밉상이여."

"캄캄한 야밤에 저것들을 콱 어떻게 해 뿌렸으면 속이 후련하것는디, 조동 저놈 절친한 친구인 마선을 읍내 경찰서로 보내놓고 죽정이네에게 흑심을 품었다면서?"

"죽일 놈, 사람새끼가 저렇게 변할 줄 몰랐네."

일꾼들은 침을 뱉으며 부지런히 일손을 놀렸다. 원뚝 너머에서 까르르 물장구를 치던 아이들의 웃음소리가 일본순사의 출현으로 잦아졌다. 박성래는 그런 아이들을 다독이고 나서 모래밭에 나와 옷을 입고 천천히 원뚝 위로 올라갔다.

"갑시다."

일본순사는 강압적으로 등을 떠밀 듯 말하였다.

"가다니요? 이유가 있을 게 아니오."

"몰라서 묻소? 이제는 야학당까지 차려놓고 반일감정을 노골적으로 심어 주겠다?"

"왜, 그렇게 생각하시오. 학교를 보낼 수 없는 가난한 아이들을 위해 배움의 길을 열어주는 것이 무어 불순하다는 거요?"

"그거야, 대의명분이고, 따라오시오."

박성래는 묵묵히 뒤를 따랐다. 아이들이 멀어져 가는 박성래의 뒷모습을 바라보며 입술을 깨물었다. 입술이 바닷물에 절어 새파랬다. 박성래는 그 길로 읍내로 송치되었다. 지난번과는 상황이 달랐다.

한대진이 면회를 갔을 때는 박성래의 모습이 초췌하였다. 보나마나 가혹한 심문을 받았을 것이다. 죄목은 들어보나마나 빤한 것일 터였다. 한대진을 찾아와 동학교당에 야학을 개설하였으면 좋겠다고 하였을 때, 한대진은 흔쾌히 찬성하였다. 얼마나 좋은 일인가. 교육자로서의 사명의식이 아니고 무언가. 곧바로 동학교당을 찾아가 취지를 말하고 설득을 하였다. 장소만 빌려주면 나머지는 책임을 지겠노라고. 동학교당 쪽에서도 별반 이의가 없었다. 어찌 생각하면 장소를 제공해 준만큼 포교가 될 터였다. 더구나 인내천사상은 만 사람이 평등한 세상을 염원한 이상세계가 아닌가. 남녀노소 할 것 없이 평등한 세상이 잘사는 나라며,

개벽의 지향점이 아닌가. 일은 순조롭게 진척되어 이제 개학 날짜만 잡으면 되었다. 그런데 미리 싹을 도려내겠다? 무지한 백성들일수록 다스리기 쉽다는 제국주의의 발상이 아니고 무엇인가.

"어려운 걸음을 하셨습니다."

면회를 마치고 돌아서자 담당형사가 입가에 냉소를 머금으며 뼈있는 한마디를 하였다. 향교를 온전히 보존하려는 고집스러움을 익히 아는 터였다.

"내, 긴말은 하지 않겠소. 교사로서의 신분을 참작하여 방면해 주시오. 크나큰 죄를 지은 것도 아니지 않소. 보아하니 건강도 좋지 않고."

"그 마음은 알겠습니다만, 명분 뒤의 그늘이 너무 짙어요. 햇살이 생각보다 강렬하단 말입니다."

"그건 보기에 따라 다르지요. 여름 땡볕 아래에서 만물은 짙푸르고 열매를 제대로 맺소. 그게 가르치는 사람의 참 모습이 아니겠소?"

"반일사상이 농후한 혈기 넘치는 저 선생을 얼마나 믿고 신뢰하시오?"

"조선 청년의 본 면목이라 할 수 있소. 교사로서의 신뢰와 믿음을 의심하지 않고요."

"책임을 질 수 있겠소?"

"어쩐지 협박처럼 들리오."

한대진은 다소 여유를 찾았다. 저놈들도 들추어보니 나올만한 건수가 없을 터였다.

"이후에 일어날 일을 전적으로 책임을 질 수 있는가 말이오. 안 그러면 서로가 불행을 짊어지게 될 것이오. 관용은 한번으로 족하오."

"좋소이다. 전적으로 책임을 지겠소."

"그러면 참작을 하겠소. 정말이지, 바다 속에 떠있는 섬들을 다스리자니 애로가 많소이다. 민심을 제대로 파악할 수가 없어요. 이게 오늘의 과제라는 것을 이해해 주시오."

"그 때문에 죄 없는 사람을 죄인으로 만들지 마시오."

다소 분위기를 누그러뜨리는 담당형사의 저의를 한대진은 어느 정도 헤아렸다. 바다로 둘러싸인 섬 지방인지라 정보수집이라든가. 민심의 동태, 불순한 자들의 행동망을 제대로 파악할 수 없을 것이다. 더구나 수배자들이 도주하여 은신하기에는 딱 알맞은 곳이어서 골머리를 앓는 터였다. 그래서 은근히 유화책을 내비치는 것이리라.

"대일본제국에 반하는 행동은 아무리 작은 것일지라도 범죄행위요."

"민심은 천심이라고, 누구나 부끄러움이 없으면 두려움이 있을 수 없지요."

"구름 잡는 식의 원론적인 논쟁은 원하지 않소이다."

담당형사는 식자들의 비유적인 공론을 원하지 않았다. 당근과 채찍, 그 두 가지면 제 아무리 기개가 높고 지조가 강하다고 할지라도 꺾이고 길들여지기 마련이었다. 박성래도 거기에 준한 경고성이었다. 담당형사는 박성래를 방면하라고 지시를 내렸다. 두 사람은 경찰서를 나와 간단한 요기를 하고 귀가 길에 올랐다.

"저 때문에 심려를 끼쳐드렸습니다."

"몸이 말이 아니구만. 고문이라도 당한 겐가?"

한대진은 순간 최사열을 떠올렸다. 쫓기는 신세가 되어 병색이 완연한 모습으로 배에 뛰어들던 최사열. 그 모습과 흡사하였다.

"그 정도는 각오해야지요."

"죽일 놈들……."

한대진은 바다 위에 떠있는 섬들을 새삼스러운 눈으로 바라보았다. 그 많은 세월을 말없이 간직한 채 바람과 비구름을 넘나들게 하였고,

허옇게 뒤채는 파도를 온몸으로 받아 안으며 아우르고 있다. 그러나 그 속에서 삶의 둥지를 틀고 있는 사람들은 어떠한가. 그 어느 때보다 궁핍한 세상을 몸에 바르고 있다. 비단 오늘의 핍박과 압제가 최사열이나 박성래로 끝나지 않을 것이다. 언제 어느 때 머리 위에 처들린 쇠메가 이마를 부실지 모른다. 자신은 물론 아들도, 조카도, 어쩌면 손자에 이르기까지 시련의 멍에를 짊어질지 모른다. 그게 잃은 자의 고통이요, 삶의 여정이다.

읍내에서 돌아온 박성래는 고문의 후유증으로 건강이 좋지 않았다. 그렇잖아도 병약한 모습이었는데, 몰라보게 건강이 나빠졌다. 그런데도 자신의 본분과 사명의식을 잠시도 놓지 않았다. 뜻 맞는 제자들을 앞세우고 순회강연을 멈추지 않았고, 야학을 일으켜 세우는데도 열성이었다. 야학은 제일로 아이들을 불러 모으는데 애로가 많았다. 지지리 가난하여 정식으로 학교를 보내지 못한 자녀들을 위한 것이었으나, 예상외로 호응도가 낮았다. 일손이 부족한 탓에 하루 종일 집안일을 거들다보면 잠자리에 눕기 바쁘다는 것이었고, 여자 애들은 야심한 밤길을 함부로 내보낼 수 없다는 것이었다. 더구나 행여나 일본순사의 눈도장이 찍힌 선생에게 배우다가 무슨 불이익이라도 당하지 않을까 저어하였다.

"선상님의 바다 같은 마음은 백 번 이해하고, 우리들도 다른 집 자식들처럼 반듯하게 가르치고 싶지만, 사정이 그러는디 어쩔 것이오."

학부모들을 붙잡고 설득할라치면 한결같이 궁색하게 변명하였다. 그 위에 교재의 부실과 필기구였다. 공책과 연필을 제대로 구할 수 없어 대부분 땅바닥에다 낙서를 하듯 나뭇가지로 셈을 풀고 글자를 익히는 터여서 한심지경이었다. 박성래의 마음은 이래저래 참담하기만 하였다. 그런 가운데 배우고자 하는 아이들의 반짝이는 눈망울에서 위안을 얻었다. 그러나 박성래의 건강은 끝내 한계를 내보였다. 당숲에서 마을사람들을 모아놓고 강연을 하던 박성래는 갑자기 피를 토하며 쓰러졌다. 건강도 건강이었지만 심장을 친 충격에서였다. 아끼는 제자 가운데 한귀재와 정문두가 붙잡혀 간 것이다.

한귀재와 정문두는 가장 뛰어난 제자들이었는데, 수업을 마치고 뒷동산에 올라 또래들을 모아놓고 순회강연 때 들었던 박성래의 신념과 사상을 진지하게 이야기 한 것이다.

"허면, 우리들이 어쩟고롬 일본의 압제에서 벗어날 수 있느냔 말이여. 한마디로 새 발의 핀디."

"선생님은 그러셨다. 민족의식을 일깨우라고. 한 알의 쌀이 모이면 한 홉이 되고, 한 되가 되고, 한 말이 되며, 한 가마니가 된다고. 우리는 쌀 한 알의 존재라고 하셨다. 마음 마음이 하나가 되어야 한 그릇의 밥이 되고, 한 그릇의 밥은 만 사람의 양식이 된다고 하셨다. 나아가 쌀 한 알이 우주라고 하셨다. 우리는 그 말의 깊이를 똑부러지게 알지는 못하지만 선생님의 말씀은 하나도 버릴 게 없다."

"쌀 한 알이 우주라고? 되게 어려운 말이네."

"그게 바로 민초들이라 안 하던? 풀뿌리 같은 백성이라는 거여."

"그러다가는 느그들도 머지않아 선상님을 닮아뿔겠다야."

"그란디 말이여, 우리 저 아래 주재소에다 대고 흠썩 오줌을 깔기자."

심술궂기로 이름난 곰보가 누가 말릴 틈도 없이 자리에서 일어나 바지춤을 내리 까고서 주재소를 향하여 오줌을 내갈겼다. 그러자 아이들은 일제히 일어나 오줌줄기를 내갈겼다.

"야, 씨부랄. 오줌을 내갈긴 김에 저놈의 주재소 관사 장독대와 나부끼는 깃발을 돌멩이로 내부셔뿔자. 즈깐놈들이 어째서 우리 땅에서 난 된장, 간장을 마음대로 뺏어묵고, 일장기를 펄럭이냔 말이여."

곰보가 짱돌을 들고 관사를 향하여 던지자 우, 우, 함성을 지르며 너도나도 돌을 던졌다. 한귀재와 정문두가 말릴 겨를이 없었다. 두 사람은 당황하였다. 돌발적인 행동이었지만 사건의 발단은 두 사람 때문이었다. 쨍그랑, 돌팔매 하나가 장독을 맞추었다. 우아, 돌격, 앞으로 돌격! 아이들은 앞 뒤 가리지 않고 돌팔매질을 하며 장독대와 일장기를 목표로 내달렸다. 마치 정월대보름날 편을 갈라 하던 석전(石戰)을 떠올리게 하였다. 아이들의 돌팔매질은 황급히 불어제끼는 호루라기 소리에 얼어붙듯 멎었다. 호루라기 소리에 놀란 아이들은 냅다 뿔뿔이 흩어져 노루새끼처럼 도망을 쳤다.

"니놈들이 주모자렸다?"

뒤늦게 동산을 내려오는 한귀재와 정문두를 발견한 일본순사는 두 사람을 불문가지로 구치소에 집어넣었다. 두 사람은 순순히 자신들의 행동이라고 책임을 뒤집어썼다. 일본순사는 두 사람을 불경죄와 기물 파괴범으로 죄목을 달았다. 그리고 그 배후인물로는 담임교사인 박성래를 지목하였다. 그렇지 않아도 지난번 용케 풀려난 데에 불만을 품고 있었다. 박성래는 자신은 어떻게 되든 제자들의 신변이 걱정스러웠다. 생각 끝에 다시 한 번 최 부자와 한대진에게 도움을 청하였다.

"철없는 아이들의 우발적인 행동이었다고는 하나, 반일감정이 농후한 점을 감안하면 문제의 심각성이 있는 것 같습니다."

"감수성이 예민한 나이들 아닌가. 너무 염려 마시게. 이번에는 최 부자뿐만 아니라 면내 유지들을 모아 해결할 테니 그리 아시게."

한대진은 박성래의 마음을 위로하였다. 건강이 염려스러웠다.

"그럼, 믿고 안심하겠습니다."

박성래는 마음을 추스려잡고 아이들을 가르치고, 예정대로 마을 순회강연을 하였다. 한귀재와 정문두가 풀려나기 전날 강연 도중 쓰러진 박성래는 병세가 극도로 악화되었다. 아이들이 돌아가면서 간호를 하고, 학부모들이 문병을 하는데도 조금도 차도가 없었다.

"선생님, 기운을 내세요."

제자들 가운데 가장 지극 정성으로 간호에 매달린 최성분은 하루가 다르게 병색이 짙어 가는 박성래를 지켜보며 울먹였다. 입술이 바삭바삭 타들어 갔다. 선생님이 만에 하나 어찌되면 생의 의미를 잃을 것 같았다. 최 부자를 졸라 강진에서 이름난 의원을 불러왔다.

"안된 말이지만 가망이 없어요. 오장이 전부 가위눌림을 당하여 상한 데다가 혈로가 원활하지 못해요. 젊은 분이 외부에서 침입한 화를 제대로 삭이지 못했어요. 선천적으로 약골로 태어난 탓도 있고……."

"고문을 받기는 하였지만 그렇게 상한 줄은 몰랐구려."

의원의 말을 들은 최 부자와 한대진은 침통한 표정을 지었다.

"제자들과 질손녀에게는 한동안 비밀로 하는 게 좋겠습니다."

"저 애가 저렇듯 매달리니 보기에 난감하고 딱하네. 아이들은 제대로 풀려났는가?"

"진즉 풀려났지요. 우발적인 충동으로 장독대를 깨뜨렸다고는 하나 어쩌면 이번 일이 광의적인 내면을 지니고 있지 싶습니다."

"시발의 무엇인지도 모르제."

두 사람은 심각한 눈빛을 주고받았다. 아이들의 돌멩이는 그 애들이 입에 떠올린 쌀 한 알의 우주론과 다를 바 없을 터였다. 박성래의 얼굴빛은 점점 죽음의 그림자가 떠돌았다. 그리고 끝내 최성분의 간절한 기도와 정성을 외면하였다. 한귀재와 정문두를 비롯하여 제자들이 지켜보는 가운데 기어이 눈을 감았다.

"애석한 일이야."

조문객은 학교운동장을 가득 메웠다. 순회강연을 통하여 박성래의 지순한 사상과 교육자로서의 일념과 민족애를 무심결로 받아들인 섬사람들은 박성래의 운구를 뒤따르며 눈물을 흘렸다.

봄날, 님은 갔어도

1

최성분이 철 이르게 피어난 진달래꽃 한 다발을 박성래의 묘비 앞에 내려놓고 돌아온 날, 박성래를 대신할 교사가 임명되어 왔다. 생각보다 신속한 학교 측의 배려였는데, 그 만큼 갑작스러운 박성래의 죽음은 학생들에게 충격을 안겨 주었다. 삼 년의 재직 기간 동안 박성래로부터 받은 영향은 지대한 것이어서 신속하게 학생들의 슬픈 마음을 가라앉힐 필요가 있었다. 일본인 교장은 고심 끝에 유지들이 추천한 정남균과 문승수를 임명하였는데, 그 과정 또한 순탄치만은 않았다. 일본인 교장은 이번 기회에 말썽의 소지를 불러일으킬 조선인 교사를 배제하고 일본인 교사를 원하였으나, 그게 뜻대로 되지 않았다. 일본인 교사는 낙후된 섬이라는 이유를 들어 지원을 꺼려한 나머지 공백 기간이 너무 길었고, 섬사람들의 강력한 추천을 혼자의 힘으로는 물리칠 수 없었다. 오히려 상부에서는 이곳 사정을 모르고 선무책의 일환으로 조선인 교사 한두 명은 필수요건이라는 총독부의 지령을 들어 섬사람들의 의견을 수렴하도록 하였다. 그래서 내친김에 두 사람을 임명하기로 한 것인데, 추천한 교사의 이력이 문제였다. 학창시절 학생운동에 가담한 요주의 인물이었다. 볼 것 없는 기피인물로, 그렇지 않아도 전임 교사였던 박성래 때문에 얼마나 속앓이를 하였는가. 일본인 교장은 난색을 나타냈으나, 고향의 모교에서 후진들을 양성하는 위치에서 학생들을 선동하겠느냐는 유지들의 소신에 부딪쳐 소태 먹은 얼굴로 두 사람을 임명하였다.

정남균과 문승수는 광주농업학교 재학 중 성진회라는 독서회에 가담하여 활동하였다. 두 사람은 의기투합하여 박성래가 공들여 시작한 일들을 넓혀 나갔다. 학생들을 무대에 올려 소인극을 공연하기도 하였다. 소인극은 학교운동장이 꽉 찰 정도로 인기가 좋았다. 일제의 강압과 수탈을 빗대어 풍자화 하였고, 소작인과 개량지주와의 갈등을 처연하고 신랄하게 비질하였으며, 머슴의 비애와 가난한 생활 속에서 귀동냥으로, 또는 어깨 너머로 글을 배우고 깨우쳐 나가는 시대극을 선보이기도 하였다.

"아따, 연극을 가르친 선상님들도 존경스럽지만 능큼스럽게 연극을 소화한 학생들이 제법이랑께. 웃음 속에 비숫날이 숨겨져 있지 않든가배. 줄거리 마디마디마다에 뭔가 담겨있기도 하고 말이여."

"그게 계몽 아니것다고. 우리 같은 머슴 놈들도 그렇고롬 눈을 떠야제."

"암만. 아들놈한테 기억 니은을 배워사 쓸 모양이여."

그러나 섬사람들의 호응과는 달리 일본순사들은 신경을 곤두세웠다. 곱씹을수록 고약하였다. 그리고 일부의 개량지주들도 마뜩찮은 표정을 지었다. 소인극만 해도 그랬다. 전임 교사였던 박성래는 다소 격앙된 목소리로 일제의 야욕과 거기에 부화뇌동, 자신들의 이익만을 생각하는 개량지주들을 우회적으로 비판하였다. 그런데 새로 부임한 정남균과 문승수는 소인극을 빙자하여 노골적으로 자신들을 조롱하고 질타

하였다. 무지랭이 농투산이들인지라 박성래의 연설은 긴가민가 고개를 끄덕였으나, 소인극은 곧바로 그들의 심중을 울리어 반응이 달랐다.

"고이헌놈들. 불 속에 뛰어든 부나비처럼 명사도 모르고 날갯짓을 허는디, 어디 두고 보라지."

"두고 볼 것 없이 더 이상 자라기 전에 싹을 도려내야혀. 나까무라상 은 어떻고롬 생각하시오?"

"아직은 두고 봅시다. 소인극을 문제 삼아 집어넣기도 무엇하고, 불 필요하게 섬사람들의 심기를 자극하는 것도 시기상조인 것 같고……."

일본순사는 인내심을 다졌다. 보다 큰 건수를 기다렸다.

"이번에는 또 다른 연극에 아이놈들이 신바람을 내든만요."

곁에서 조동이 눈을 깜박거리며 살그머니 말하였다.

"뭐시야? 전번에는 변사똔가 나발사똔가 하는 작자를 내세워 조선 총독부를 은근히 빗대어 욕하고, 대일본제국을 위하는 조선인들을 한 껏 조롱하더니 그것도 부족하단 말이여?"

"그뿐만 아니었구만요. 까투리랄 놈을 등장시켜 우리들을 잔뜩 우스 개로 만들었잖았소."

"이거 안되것다. 조동이 니가 미리 대본을 입수해 와봐라. 이번에는 틀림없이 사회주의 사상을 잔뜩 처발라 놓았을 것이다."

"알것구만이라우. 간덩이가 엄청 부었당께요."

조동은 금방이라도 학생들을 다잡아 불량스러운 대본을 입수해 오 리라 마음을 다졌다. 지난번 장끼인가, 까투리를 내세워 마음껏 개량지 주들을 농락하는 가운데 과부가 된 까투리를 까마귀가 덮쳐누르려는 흑심을 노골적으로 드러낸 대목은 꼭 죽정이네를 넘본 자신을 염두에 둔 풍자만 같았다. 허면, 내가 앞장 서 마선을 감방에 보내놓고 죽정이 네를 넘본다는 꿍심을 알고 있었단 말이여? 아니여, 아닐 것이여. 조동은 머리를 가로 내저으면서도 울큰 부아가 치밀었다. 제깐놈들이 무어 잘났다고 학생들을 내세워 그 따위 연극으로 사람을 우롱할 수 있는가. 가만, 죽정이네는 어떻고롬 지낼까? 지난번에 어떻게 꽉 조졌어야 했는디, 실기를 하고 말았당께. 조동은 그녀를 떠올리자 사추리가 불쑥 일어섰다. 그녀의 젖무덤은 의외로 탄력이 있었다. 가난에 찌들린 아낙네의 몸피가 아니었다.

마선은 가벼운 형량으로 감옥에서 풀려 나오자 조동을 원수 보듯 하며 가슴에 칼을 품고 다녔다. 든든한 뒷배가 버티고 있는데도 조동은 긴장하지 않을 수 없었다. 마선의 그 뚝심을 잘 알고 있는 터였다. 더구나 마선의 여편네를 넘보았다는 사실을 알게 되는 날에는 미친 황소 날뛰듯 눈에 파란불을 켤 것이다. 개 꼬리 감추듯 하며 마선의 행동거지를 주시하였다. 저놈을 어쪘고롬하면 내 눈앞에서 영원히 사라지게 한다? 조동은 보복을 두려워한 나머지 궁리를 거듭하였으나, 별다른 뾰족한 묘안이 떠오르지 않았다.

그런데 조동의 근심과 염려는 저절로 해결되었다. 마선은 한동안 마음잡고 마름일을 하며 착실하게 집안을 꾸려나가더니 기어이 본병이 도지듯 노름판에 한눈을 팔았다. 처음에는 주위의 눈치를 살피며 추렴하듯 동네판을 기웃거리더니 조금 있자 삼남을 떠도는 노름꾼들과 어울렸다. 워낙 노름 밑천이 없었는지라, 노름꾼들 바람잡이 아니면 심부름과 망을 봐주며 경편을 뜯어 모아 손안에 돈이 쥐어지면 한판 벌이고는 하였다. 그렇던 마선이 노름꾼들을 따라나선 길로 코빼기도 보이지 않았다. 들리는 소문에 의하면 목포에서 크게 한판 노름판을 벌였다가 그 일당들은 잡혀가고, 마선은 용케 잠적하여 무안 어느 염전에서 숨어 지내며 일을 한다는 것이었다.

"썩을 놈의 인사."

죽정이네는 그 소문을 듣자 그 한마디로 남정네를 내쳤다. 아무짝에도 도움이 되지 않는 남편이라면 차라리 눈앞에 얼쩡거리지 않는 것이 더 나을 성싶었다. 운명이거니 체념하다가도 생활이 고달플 때면 백년 원수처럼 여겨졌다. 딸린 아들만 아니라면 벌써 파탄을 내버렸을 것이다. 애비 없는 자식이라고 홀대를 받을까봐 이제껏 참아왔는데 그 한계를 넘어선 것이다. 인자, 그 오살 놈의 작자, 죽었거니 생각하며 살자. 죽정이네는 오히려 홀가분한 마음으로 아들을 품에 안았다. 부지런을 떨면 아들놈과 의식 걱정은 없을 터였다.

　조동은 주위를 살피며 삵괭이처럼 가만가만 죽정이네 집을 찾았다. 울타리 너머로 집안의 동정을 살폈다. 저녁연기가 토방마루 아래 굴뚝에서 방귀 뀌듯 피어오르고, 아들 녀석이 토방마루 앞에서 쪼그리고 앉아 무언가 열심히 땅바닥에 낙서를 하고 있었다. 조동은 살그머니 울타리를 돌아들어 아들 녀석 앞에 섰다. 녀석은 흠칫 놀라며 올려다보았다.

　"뭘, 그리고 있냐?"

　조동은 나직하게 물으며 녀석 앞에 쭈그리고 앉았다.

　"가갸, 거겨를 쓰잖소."

　아들 녀석은 그 어미에게 감염이라도 된 듯 쓰거운 표정을 지으며 불툭하게 내뱉었다.

　"그래야? 너는 핵교에 다니지 않는디, 어떻고롬 배운 것이냐?"

　"울 엄니가 야학에 댕기라고 혀서 배워와요."

　"재미있냐?"

　"까막눈보다 낫지라우."

　"그렇긴 하지야. 그 외에도 뭘 배우냐?"

　조동은 이제 겨우 우리글을 지렁이 기어가듯 쓸 줄 알고 일본말을 귀동냥으로 몇 마디 입에 담는 정도여서 어디를 가나 영 체면이 서지 않았다. 그런데 이 녀석은 자기보다 낫지 않는가.

"몰라서 물으시오? 허긴, 학교 문턱에도 못 가봤을 것이요."

"야가, 시방……."

"헌디, 뭣 땜시 오셨는가라우?"

녀석은 썼던 글을 성깔 사납게 손으로 지우며 제법 당차게 물었다.

"그냥 지나치다가 들렀다. 느그 아부지 소식은 있냐?"

"울 아부지요? 또 잡아넣을라고 그라시오?"

아들녀석은 아버지 말이 나오자 입 꼬리를 비죽이며 완전히 기분 잡쳐버린 얼굴이었다.

"뭘, 그런 말을 하냐. 내, 잘못했다고 빌었다. 근디, 느그들도 소인극을 하기로 했냐?"

"그것은 소학교 다니는 행네들이 하잖어요."

"그럼, 연극 내용도 모르냐?"

"우리들이야 구경이나 하잖어요."

"허면 말이다. 내 부탁 하나 들어줄래? 연극대본인가 있잖냐. 그것을 좀 구해주라. 요렇고롬 수고비를 줄게."

조동은 주머니에서 돈을 꺼냈다.

"지는 그런 짓 못해라우."

아들 녀석은 쌀쌀맞게 외면하였다. 도대체 영문을 알 수 없는 시답잖은 부탁이었다.

"씹어묵어도 분이 안 풀릴 인사, 나이어린 애에게 뭘 꼬드겨?"

죽정이네가 개다리상 위에 저녁을 내오다말고 냅다 눈을 흘겼다.

"허허, 그놈의 성깔. 손님 대접치고는 너무 하구만."

조동은 능청스럽게 받아넘겼다. 짝 잃은 암사자도 결국은 새끼 물어죽인 힘센 수놈에게 아양을 떨지 않던가.

"손님? 어여 물벼락 맞기 전에 나가. 인두껍을 써도 한두 겹을 썼을까."

죽정이네는 조동의 상판때기를 보자 가슴속에 활활 불이 타올랐다. 남편을 감옥에 처넣고 나서 친구의 여편네를 넘보는 파렴치한이라니. 사람의 탈을 쓰고서는 도저히 생각할 수 없는 일이었다.

"아그 앞에서 너무 심하네."

"저 능큼스러운 속물. 어서 저녁이나 묵자."

죽정이네는 아예 무시해 버리며 아들 녀석을 방안으로 떠밀었다. 그리고 찌그러진 죽창문을 심기 사납게 닫았다. 저, 성질하고는. 조동은 솟구치려는 심기를 누질렀다. 네깐년이 아무리 그래싸도 내 손아귀에서 벗어나지 못할 것이여. 암만. 거미줄에 걸린 나비인께.

"다음에는 성질 좀 식히소."

조동은 다음이라는 말에 힘을 주고서 발길을 돌렸다. 파닥이는 고기가 더 맛있다고, 여자는 모름지기 저렇듯 성깔이 있어야 혀. 길만 잘 들이면 남달리 순종의 미덕을 발휘한당께. 거친 말일수록 길을 잘만 들이면 천리마가 된다고 하지 않았남. 조동은 고샷길을 내려오며 죽정이네를 품에 안는 내일을 가슴에 여미었다. 큰길에 나선 조동은 뜻밖에도 한대진과 마주쳤다. 비록 가난한 궁기를 모면해 주기 위해 어머니의 청에 못 이겨 자신을 해태조합에 들여보내 주었지만, 오늘에 이르러서는 만나고 싶지 않은 기피인물이었다. 또 무슨 소리를 들을지, 한대진 앞에 서면 자신도 모르게 잔뜩 목이 움츠러들었다.

"여긴 어쩐 일이냐?"

"집에 좀 다녀오구만이라우."

조동은 궁색하게 내둘렀다. 솔직히 말해 처음부터 어머니를 찾아볼 마음은 없었다. 노모는 조동의 변신을 마뜩찮아 하였다. 착실히 해태조합 일이나 열심히 할 것이제, 니놈이 뭣이 잘났다고 일제 끄나풀 노릇이여? 네놈 타고난 본분을 알아야제. 노모의 얼굴 화끈한 꾸지람이 영 마음에 들지 않았다. 사람이 출세를 하자면 시류를 잘 타야 한다는 것을 노인네는 몰랐다. 그리고 말은 바로 하지만 돈냥이나 주고 일자무식꾼이나 다름없는 상놈들이 양반 족보를 얼마나 많이들 샀는가. 나라고 지반을 닦고 개량지주가 되지 말란 법은 없을 터였다.

"요근래 몸이 불편한 노모를 아예 외면하고 지낸다 들었는데, 오늘은 무슨 바람이 분 게냐?"

한대진의 말은 나무람 그것이었다. 조동의 마음을 꿰뚫어 보고 있었다.

"볼일이 있어 왔다가……."

"그러면 그렇지. 네놈이 언제 적부터 효자라고……."

"죄송하구만요. 이만 가볼라요."

조동은 한시 바삐 한대진의 곁을 떠나고 싶었다.

"내, 부탁이 있다."

"저한테요?"

"네가 앞으로 큰일을 저지를 것 같아 하는 말이다만, 너무 염치없이 나서지 말거라. 사람은 최소한 양심이 있어야 하고, 너나 나나 조선 사람이라는 점을 자나 깨나 잊지 말아라."

"아, 알았구만이라우."

조동은 끄덕 머리 숙여 인사를 하고 한대진으로부터 멀어졌다. 몹시 자존심이 상하였다. 좆같이 자기가 뭔디? 유지면 단가? 별 볼일 없는 섬놈이면서. 즈그 자식놈들은 돈푼이나 앞세워 핵교에 보낸께 나 같은 놈은 벌레 취급이여? 요오시, 한번 보자고. 즈그 자식 놈들과 나, 누가 더 지축을 울리는가 보드라고. 조동은 울큰불큰 화를 삭이지 못하였다. 헌디, 저 영감쟁이가 어디를 다녀오는 거여? 저자가 박성래의 후임으로 정남균과 문승수를 적극적으로 추천했겠지? 필시 보이지 않는 뭔가가 있을 거여. 두고 보면 봐도 내 두 눈을 벗어날 수 없을 것인께. 조동은 울큰한 마음을 안고 걸음을 빨리 하였다. 죽정이네 아들 녀석과의 대화가 입에 씹히면서 오늘의 할 일을 겨우 붙들었다.

　주막집에 들러 저녁식사와 함께 반주로 막걸리 한 되를 들이키며 방금 가졌던 가슴에 일었던 심기를 다스린 다음 관산재를 치어 올랐다. 초승달이 숨어들고, 별들이 휘황하게 바다에 떨어졌다. 한잔 술이 들어간 탓인지 숨이 가빴다. 에라, 바쁠 게 뭐 있냐. 쉬엄하게 오르자. 노랫가락을 흥얼거리며 야학당에 이르렀을 때는 방금 불이 꺼진 뒤였다. 아차, 내가 한발 늦었구랴. 조동은 너무 여유를 부린 자신의 갈짓(之)자 걸음을 나무랐다. 쓰겁게 입맛을 다시는데, 뒤늦게 야학당을 나온 정남균과 문승수가 어깨를 나란히 하며 관산재를 넘었다. 조동은 멀찍이 뒤를 밟았다.

　"야학당에 학생들이 잘 나오지 않는 이유가 뭘까?"

　"글쎄. 원인이야 많겠지만 우리들에게 문제가 있지 않을까?"

　"우리야 열심히 하지 않는가."

　"그게 아니고, 너무 선동적이라는 인식을 하지 않는가."

　"맞아. 감시의 눈들이 두려운 거야. 행여 불이익이 돌아 올까봐."

　"어쨌거나, 그러한 난관을 뚫고 나가야해. 그래야 진정한 민족의식과 평등한 세상을 가꿀 수 있어."

　쳇, 즈그놈들이 무슨녀려 선지자라고, 평등한 시상으로 나아가는 길라잡이가 된단 말이여? 조동은 속으로 비웃음 쳤다.

　"이번 소인극 말인데, 한껏 민심을 고쳐시키자고."

　"서서히 이슬비에 옷 젖듯 그렇게 나가야지. 너무 성급하면 부딪치기 마련이야."

"흐르는 물살은 바위에 부딪치기 십상이지."

"그 속에는 전술적인 의미도 있네."

"하여간 소인극은 상당한 효과를 가져왔어."

"딱딱한 강연만으로는 호응을 얻기 어렵지. 광대놀이 자체가 우리의 기층민들의 전유물이 아닌가."

"민초들의 해원풀이일 수도 있지."

유식헌 선상님들이라고 대화가 아주 고급스럽구만. 지난날 박성래는 미래에 올 진인을 염원하는 신흥종교야말로 헐벗고 가난한 민초들의 구원처요, 간절한 기원의 무엇이라고 떠벌이던 마는 이번에는 광대패들의 놀이를 미화시켜? 그럼, 저들은 소위 개량지주라고 눈총을 받는 사람들까지 몽땅 빗자루로 쓸어내야 한다는 건가? 어쩐지 무산대중 어쩌고 하는 소리가 예사롭지 않게 들린다 했더니만……

"제자들 말인데, 앞으로 싹수가 있겠어. 박성래 선배가 길을 잘 인도하였지 뭔가."

"그래서 가르치는 보람을 느끼지 않는가. 우리가 기대할 것은 장차 자라나는 새싹들이야."

"서울로 유학 간 한귀재와 정문두, 그리고 최성분은 박성래 선배의 사상을 올곧이 받아들였더구만."

"최성분은 박 선배에 대한 연모의 정까지 숨겨져 있지 않던가?"

"이성에 눈뜰 나이의 감정 아니겠는가. 그밖에 정문두, 정병생, 박천세, 박경옥 등은 비록 상급학교에 진학은 못하였지만 자질이 뛰어나고 사상이 뚜렷해. 앞으로 기대할 만해."

"그 애들의 학문에 대한 열정은 대단해. 무얼 맡겨도 거뜬히 짊어지고 나갈 인재들이야."

"한대진의 자제들과 박채복, 신 생원, 김고운, 차헌도의 자제들도 장차 대들보감이야. 특히 박채복의 자제는 시적 감각이 뛰어나. 십리 길을 마다하지 않고 새벽길을 통학하는 기특함도 있고……."

그래, 알았다. 네놈들 후진들이 누구라는 것을. 느그놈들 제자들을 가만 내버려 둘 줄 아느냐? 제일로 한대진의 자식놈들에게 맛을 보여주꾸마. 느이놈들은 부모 잘 만나 호의호식하면서 배울 것 다 배우고 민족이 어짜고, 사상이 어짜고 씨나락 까묵는 소리나 해싸면서 잘난 체해? 싸가지 없는 것들. 헌디, 어째서 기린 것 없이 자라고 배울 만큼 배운 것들이 무산대중을 부르짖으며 민족의식을 무지랭이 농투산이들에게 심으려는 건가? 농촌경제를 무산대중에게 분배하여 돌려주자? 말이야 바로 하지만 자신들이 누리는 기득권을 제대로 유지하려면 현실을 받아들이고 철저히 무산대중을 농촌경제에 활용해야 한다. 그런데 자신들의 기득권을 포기헌다? 그려, 느그들 앞날도 뻔할 뻔자여. 머지않아 먹장구름이 덮쳐누를 것이여. 조동은 두 사람이 학교 숙직실로 사라지는 뒷모습을 바라보며 잠시 걸음을 멈추었다. 갑자기 갈증이 일었다.

어제 저녁 큰길에서 우연찮게 마주친 조동의 불효막심한 행동에 불쾌한 기분을 떨쳐버리지 못한 한대진은 밤늦게 잠자리에 들었다. 똥개처럼 냄새를 맡고 다니는 조동의 행동거지가 갈수록 눈에 거슬렸다. 뒤늦게 아침을 들고났을 때, 박 서방이 대문을 들어섰다.

"아침이 늦었는가 보네요. 어디 편찮으신가라우?"

박 서방은 이제는 처남매부 사이로 터놓고 지낼 법 한데 아직도 한대진이 어려운 존재였다. 나이가 한참 위어서가 아니었다. 언제 보아도 위엄이 도사리고 있었다. 타고난 천성이지 싶었다.

"간밤에 괜스레 잠을 설쳤어."

한대진은 장차 조동의 행동반경을 생각하자니 다시금 눈살이 찌푸려졌다. 일제의 끄나풀로 변신하였으니 얼마나 많은 사람들을 괴롭힐지 그게 걱정이었다. 노모의 간청을 받아주지 않았더라면 지금쯤 착실한 농투산이로 말없이 홀어머니를 모실 것인데, 아무래도 인정에 끄달린 것 같았다. 가난할수록 자식 덕은 소중한 법이다. 그리고 궁핍할수록 효심이 우러나는 법인데, 조동은 그 같은 홀어머니의 소망을 깡그리 짓뭉개어 버렸다. 개망나니. 많은 사람들로부터 그 같은 원성의 소리를 들을 게 불 보듯 빤하였다.

"해태발을 쳐야겠구만요."

"벌써?"

"한가하다 싶은 지금부터 댓가지를 추스르고, 준비를 해야지라우."

"배 서방과 자네는 몇 대씩 막을 건가?"

김은 한대진의 4대조께서 처음으로 양식에 성공하였다. 대섬 노두목을 건너다 갯벌에 꽂은 대나무에서 성장한 김을 발견하고 섶지식을 개발, 생산하였다. 섶지식은 대나무를 잘게 쪼개어 엮은 다음 울타리를 치듯 바다에 막아 양식한 것으로, 4대조께서 정가섬 근처에서 개발 보급하였다. 그러던 것이 1910년 경 야니히라는 일본인이 들어와 지주식 죽홍망홍을 개발하여 대량생산하게 되었다. 지주식 죽홍망홍은 섶지식과는 달리 대가지를 엮어 바닷물에 띄운 다음 장말에 매달아 일정한 수심도를 유지하게 하여 김을 자라게 하였다. 말하자면 섶지식이 수직이라면 죽홍망홍은 수평이었다.

"한겨울 김발이 저희들로서는 유일한 목돈 아닌감요. 힘 자라는 만큼 막아야지요."

"나 역시 겨울 한철 김 생산이 중요하다네."

한대진은 출입이 잦은 터여서 김 생산에서 얻은 수입원을 필요로 하였다. 더구나 자식들을 가르치자면 농사만으로는 감당하기가 어려웠다. 남들보다는 거두어들이는 일 년 농사가 많다고는 하지만 나가는 씀씀이가 컸다. 소작료라든가, 품삯을 남보다 후하게 주었고, 자잘한 길흉사까지 그냥 모른 체 지나치지 않았다.

"헌 댓가지야, 저희들이 알아서 추스릴텐게 새 댓다발이야, 장말은 알아서 주문하시오."

"알았으니까 쉬엄쉬엄 준비허게."

한대진은 그 길로 해태조합에 나갔다. 해태조합도 자립 목적으로 설립하였으나, 어느 사이에 일제가 관장하였다. 더욱이 김 생산은 국내 소비량보다 대일무역을 위주로 구매한 까닭에 일본인들의 간섭과 농간이 심하였다. 때로는 분통이 터졌으나 참는 수밖에 없었다. 한대진은 댓다발과 장말을 주문하고 나서 한잔 술로 목이나 축일까 하고 장 주모네집을 들어섰다. 장 주모가 반겨 맞았다.

"오늘은 어째서 혼자인게라우?"

"사발통문을 못 돌렸네. 어여, 술이나 내와."

한대진은 구석진 방을 차지하였다. 주모가 솜씨껏 술상을 내왔다.

"농어회가 술맛을 돋울 것이요."

"농어철이 아닌가."

한대진은 주모를 상대로 시원스럽게 술잔을 들이켰다.

"누구 한 사람 부를까요?"

"아니, 됐네. 요즘은 고약한 사람들이 안 오는가?"

"쪽바리들 와봤자 외상술이나 묵을라 하고. 참, 핵교에서 연극을 공연한담시러라우."

장 주모는 대뜸 한대진의 말뜻을 알아들었다.

"쪽바리들이 뭐라고 하던가?"

"숙덕공론을 하는 것이 별로 좋은 분위기는 아닙디다."

"제깐놈들이 그래봤자지. 아이들 연극에 배알이 틀리기는."

"그 사람들이 애 따지고 어른 찾습디요. 그냥그냥 불온하게만 보는디."

"장 주모도 불온스럽게 보던가?"

"암만이라우. 점점 대하는 태도가 예전 같지가 않는당께요. 이놈의 시국이 어떻고롬 돌아갈란지, 원……."

한대진은 장 주모의 말을 술잔 속에 꾹꾹 누질러 담았다. 이놈의 세상, 누구를 탓하고 원망하랴마는 재미가 없었다. 흥거워야할 니나노 가락도 목이 메이지 않던가…….

2

열흘 늦장맛비가 내렸다. 앞 들판은 물에 잠기었고, 허연 물줄기가 앞산 중허리를 타고 굴렀다. 다행히라면 큰바람을 동반하지 않아 큰 피해가 없지 싶었다. 꼼짝없이 집안에 갇혀 지내던 사람들은 장마가 그치자 바다로 들로 나갔다. 잎이 무성한 밭곡식은 형편없이 쓰러졌고, 바다는 벌건 흙탕물로 번져 났다.

"태풍을 동반하지 않았다지만 볼 것 없이 실농이야."

"반타작은 하것지라우. 극성스럽게 득실거리는 멸구랄 놈들을 겨우 없앴다 싶었는디 장마가 물먹였소."

한대진의 말에 머슴 차실은 부지런히 김발을 엮으며 한마디 거들었다. 차실은 장마 기간 동안 누가 말하기도 전에 남 먼저 김발을 쳤다. 하루도 곱다시 놀지 않는 부지런한 습성 때문이기도 하였지만, 한가할 때

미리 엮어놓아야 가을일에 쫓기지 않을 터였다. 농토가 부실하거나 소작을 하는 사람들은 겨울 한철 김 생산에 목을 매다는 까닭에 시기에 맞추어 여유로운 마음으로 정성껏 김발을 엮을 수 있으나, 차실은 달랐다. 가을 찬바람이 불어쳤다 하면 밭머리, 논배미 풀베기로부터 벌초야, 겨울철 땔나무야, 햇곡식을 거두는 것을 시작으로 논과 밭을 오가며 눈코 뜰 새가 없었다. 그 위에 석방렴을 더듬어 고기반찬이며, 보리갈이까지 끝내고 나면 겨울 문턱에 이르렀다. 겨울은 일꾼들에게 한가한 계절이었으나, 이곳은 더 바쁘고 신바람이 났다. 바로 김 생산이었다. 그러기에 차실로서는 늦장마가 오히려 일손을 가볍게 해주었는지도 몰랐다.

"비가 그쳤는디, 싸게 논두렁에 안 나가보고 뭐하냐?"

안방 봉창문을 열어젖히며 대감할미의 카랑한 목소리가 흘러 나왔다. 손에는 장죽을 들고 있었다. 귀밑머리가 하얗게 바랬는데도 성정은 여전하였다. 풍채가 여느 남정네 못지않았고, 입담 또한 걸죽하고 사리가 밝아 함부로 넘볼 수 없는 여장부였다. 주재소 주임도 대감할미를 만만히 보았다가 혼쭐이 난 뒤로는 별로 반가워하지도 않았지만 한대진의 집을 방문하기를 꺼려하였다.

"갑니다요. 요놈만 엮어놓고 갈 참이었응께요."

차실은 손놀림을 빨리 하였다. 이럴 때 박 서방이나 배 서방이 와서 거들어 주면 좋으련만 어쩐 일인지 코빼기도 내비치지 않았다. 그들도 이 기회에 김발을 엮는가? 차실은 다 엮은 김발을 헛간 한구석에 쌓아두고 연장을 챙겨들었다. 마구간에서 소랄 놈이 차실을 알아보고 콧방귀를 뀌었다. 애송이 때부터 차실의 손에 이끌려 자랐는지라 아무리 미욱한 짐승이라고는 하나 주인을 알아보았다. 그래, 네놈 낮참도 장만해 올테니게 쬐끔만 기다려라이. 차실은 소의 이마를 토닥이고 나서 대문을 나서는데, 배 서방이 들어섰다.

"논머리에 나가는감?"

"어따, 그 동안 뭣 하느라고 그림자도 내비치지 않았소?"

"음식을 잘못 묵고 동티가 좀 났어. 안에 계신가?"

"그라고본께 얼굴이 핼쑥허요. 혼자 뭘 잘못 묵었길래 동티요. 안에 들어가 보시오."

"논머리 돌아보고 석장 보러 안 갈 텐가?"

"동티가 나 허기가 진 게요? 난 논밭이 어쩌고롬 붙들어 맬지 모른께 박 서방하고 봐 오시오, 그랴. 몇 날 안 봐서 엄청 괴기가 들었을 것이오."

"그럴까. 어서 나가보소. 대감할미 소락대기가 벌써 나왔을 법 하시."

배 서방은 봉창문에 얼굴을 내놓은 채 허옇게 구르는 앞산의 물줄기를 바라보며 장죽을 물고 있는 대감할미에게 너부죽하게 허리를 굽혔다. 엄연히 장모인데, 그야말로 상전이나 다름없었다. 어쩔 때는 농담 한마디 다복하게 하는데도 그 속에 가시가 들어 있었다.

"자네, 박 서방과 함께 약낭골 석장 좀 봐와야겠네."

"그렇잖아도 석장을 봐올 생각이었습니다요."

"제사가 있으니. 그리고, 아닐세. 사랑에 건너가 보게."

배 서방은 사랑으로 건너갔다. 한대진은 나들이옷이 아닌 허름한 작업복 차림이었다.

"마침 잘 왔네. 대섬목을 둘러보고 석장을 손봐야겠네. 아무래도 장맛비로 넘쳐나 흙탕물이 들어찼을 게야."

"대섬목은 왜요?"

"미리 김발 막을 장소를 지정해 봐야겠어."

"그거사 마을회의 때 제비뽑기로 정하지 않는감요?"

"제비뽑는 곳이 아닐세. 그 너머 물목 깊은 곳일세. 올해는 모험을 한번 해볼까 하니. 질 좋은 해태를 생산하자면 모험이 필요하네."

한대진은 댓돌을 내려섰다. 대문을 나선 두 사람은 차실의 추측대로 김발 엮을 댓가지를 세고 있는 박 서방을 일으켜 세웠다.

"자네는 뭣하고 지냈는감?"

"빗속에서 통시를 드나들었소."

"갑자기 통시 쥐가 된 건가?"

"행님은 괜찮소?"

"뭐가?"

"아, 그 똥돼지 내장 말이요."

배 서방은 한대진의 눈치를 살피며 떠듬하게 말하였다.

"난 아무렇지도 않았는디."

박 서방은 비싯 웃음을 흘렸다. 장마가 시작되던 날, 배 서방 이웃집 놀래미네 새끼돼지가 설사똥을 싸제끼며 게거품을 물었다. 눈을 허옇게 뒤집어 쓴 몰골이 죽음 직전이었다. 그놈의 도야지, 미련 두지 말고 추렴이나 하세. 비도 오고 말이시. 배 서방은 놀래미네를 꼬드겼고, 박 서방과 박천세, 김경태와 함께 새끼돼지를 푹 삶아 추렴을 하였다. 그런 데 다른 사람들은 괜찮았는데 배 서방만 배탈이 났다?

"장마철에는 음식을 주의 해야제."

"그러게 말이오. 자네, 똥창을 욕심내더니만 단단히 그 값을 치렀네."

박 서방은 한대진의 말을 받으며 히힛, 웃음을 흐트렸다.

"똑같이 짓을 나누어 묵었음시러 둘러엎기는……."

배 서방은 볼멘소리를 하였다. 세 사람은 선창에 이르렀다. 썰물이 서너 자 빠져나가고 있었다. 채취선은 빗물이 들어차 너장이 둥둥 떠

다녔다.

"비가 하루만 더 왔더라도 배가 가라앉을 뻔 했구랴."

박 서방은 물바가지로 물을 퍼내고, 배 서방은 노를 저었다. 차실이 비를 흠씬 맞고 물을 퍼냈는데도 물이 넘실 고이다니, 한대진은 이물에 조심스레 엉덩이를 내려놓았다. 배는 썰물을 따라 정가섬을 돌아 대섬목에 이르렀다. 송장골 한 귀퉁이가 산사태로 뭉텅 패였다.

"어디쯤 배를 세울까요?"

"저기, 큰 대섬과 작은 대섬 그 사이 큰개 쪽으로 나가세."

"거기는 너무 물살이 세지 않는가라우? 그리고 뻘밭이 깊어 웬만한 장말로는 엄두를 못 낼 것인디요."

"시험 삼아 몇 대만 막을 거야."

한대진은 물살의 흐름과 갯벌의 깊이를 장대로 꼼꼼하게 재가며 마땅한 장소를 물색하였다.

"여기쯤이면 어쩔까 싶소만."

"좋네. 깃발 단 통대를 꼽게나."

박 서방은 미리 준비해 간 통대를 힘차게 꽂았다. 붉은 깃발이 바람에 나부꼈다. 여기에다 김발을 이식한다? 배 서방은 펄럭이는 깃발을 올려다보며 아무래도 무리가 아닐까, 생각하였다. 하지만 모험은 언제나 새로운 경지로 내달리게 한다. 한대진은 충분히 그 점을 새김 하였을 것이다.

"석장 물을 보자면 나들이목에 배를 대야겠는디요."

"말이라고 하는가. 물살을 거슬러 정가섬을 돌아가기는 이미 글렀지 않았는가. 어여, 이리 노를 주어."

박 서방은 서둘러 노를 저었다. 사리 물살은 금방금방 갯벌을 드러냈다. 겨우 나들이목에 배를 댔다. 세 사람은 나들이목에 배를 버려두고 큰개를 돌아 약낭골로 향하였다. 아낙네 두엇이 갯벌을 뒤집고 있었다. 찰지디 찰진 갯벌 속에 숨은 낙지를 연신 잡아 올렸다. 가난한 자나잘 사는 자나 갯벌은 풍성한 삶의 보고가 아닐 수 없었다. 대대로 갯벌을 의지하고 산다 해도 과언은 아닐 터였다. 모래밭을 가로질러 감탕나무께를 지나 약낭골로 접어들었다. 감탕나무 군락지는 이 마을의 휴식처였다. 여름날에는 바람 들이치는 시원한 나무 그늘 아래에서 매미소리를 벗 삼아 배꼽을 드러내놓은 채 낮잠을 즐겼다. 개구쟁이 아이들은염소새끼를 달아매 놓고 밀림의 원숭이처럼 나뭇가지를 숨바꼭질하듯타고 놀았다. 그러다가 밀물이 차오르면 바닷물에 뛰어들어 물장구를쳤다. 가을에는 감탕나무 아래 자갈밭에 빨간 고추며, 참깨며, 고구마순을 널었고, 갯벌을 뒤집던 아낙네들이 갯바구니를 자랑삼아 내보이며잠시 자잘한 잡담을 나누었다. 겨울에는 무엇보다 정월대보름을 잊을수 없다. 마을 동제를 지낸 마을사람들은 풍물을 앞세우고 풍어를 기원하였고, 바다 멀리 나가 원혼이 된 혼백을 건져 올리기도 하였다. 성애가 허옇게 밀려와 쌓인 속에서 오징어며, 문어며, 가자미 따위가 추위에밀려와 깨알 같은 웃음을 지으며 줍는 재미도 빼놓을 수 없었다.

봄날에는 진달래가 지천으로 피어난 주위에 둘러싸여 한층 푸르름을 더하는데, 아이들은 갯벌을 튀기며 잡은 게, 짱뚱어, 장어, 꼬막, 나박조개, 고동, 바지락을 찌그러진 깡통에 담아 불을 피워 삶아 먹는 재미에 흠뻑 빠졌다. 소 길을 들이느라 이마에 땀을 매단 장년들과 닻줄을들이는 사내들이 아이들이 삶아 내놓은 깡통 속의 먹거리를 술안주로하는 별미는 잊을 수 없었다. 그러나 누가 언제 감탕나무를 심었는지,아니면 자연 발생적으로 솟아났는지, 아무도 그 내력을 몰랐다. 세 사람은 바짓가랑이를 걷어 부치고 갯벌로 들어섰다. 썰물은 순식간에 빠져나가 저만큼 할미섬이 슬픈 자태로 물기를 떨구고 있었다.

"석장이 온통 흙탕물로 들어찼구만요."

"한쪽이 무너져 내려 앉았는갑네."

앞서 간 박 서방이 한숨을 내쉬었다. 돌축이 무너진 그 위로 흙탕물이 내를 이루며 타고 넘었다. 세 사람은 석방렴 안에 들어찬 흙탕물을 밖으로 퍼냈다. 잔챙이 고기들이 흙탕물과 함께 갯벌에 나뒹굴며 파닥였다. 흙탕물을 다 퍼냈을 때는 허리가 무지근하였다. 세 사람은 볼 것 없이 머리에서 발끝까지 온통 흙탕물을 뒤집어썼다. 진수렁에 빠진 오리들만 같았다.

"미련한 놈들만 남아 있었구나."

한대진은 휘유, 허리를 폈다. 그 사이 배 서방과 박 서방은 구석진 돌담 밑에서 파닥이는 고기를 퉁주리에 잡아넣었다. 그리고 세 사람은 힘을 모아 무너진 석방렴을 보수하였다. 이럴 줄 알았으면 단단히 새참을 준비해 올 걸 그랬다.

"암만해도 흙탕물을 뒤집어 쓴 이놈들은 제사상에 올리지 못하겠구만요."

"청정한 고기를 올려야겠제. 사리 때라 내일은 제사상에 올릴 괴기가 들 것이오."

배 서방의 말에 박 서방이 맞장구를 쳤다. 아무래도 통싯간을 들락거린 배 서방의 뱃속이 허허한가 보았다. 세 사람은 갯벌에서 나와 웅덩이 물에 대강 얼굴과 다리를 씻은 다음 감탕나무께를 돌아 나와 방죽기미 방죽에서 목욕을 하였다.

"이놈의 방죽 논은 언제 봐도 풍년이여."

박 서방은 방죽 물이 흘러넘치는 논배미를 부러워하였다. 아무리 가뭄이 들어도 마르는 법이 없었고, 장맛비가 와도 배수가 잘되어 물에 잠기지 않았다. 그 위에 주위를 감싸고 있는 밭에서 비만 오면 자연스레 흘러내리는 거름 물이 땅을 비옥하게 하였다.

"뭘 그렇게 부러워하시오. 사람은 주어진 분복대로 살아야제. 아니면 요즘 한참 입에 오르내리는 개량지준가 뭔가가 되시오, 그랴."

"아니, 시방 나더러 일제에 빌붙어 아부라도 하라는 거여?"

"아부도 아무나 하남요. 요상한 통박을 굴릴 줄 알아야제."

"허긴, 그랴. 화가리 갯벌막이라든가, 가래 원막이, 관산리 천수답을 차지한 놈들을 볼작시면 일제의 거간꾼들로, 눈꼴시럽게 행세깨나 할려고 하든만. 개좆도 아닌 작자들이⋯⋯."

"눈치껏 알량한 재주를 부릴 줄 알아야 시절을 타고 넘는 거요."

"써커스단 난쟁이가 술통을 굴리댔기?"

"물욕은 자고로 하늘의 뜻을 거슬리는 법이네. 더구나 자신을 팔아서야 말이 되겠는가."

"금메 말이요. 어쨌거나, 앞으로는 소위 개량지주들을 비롯하여 일제에 빌붙어 사는 놈들의 시상이 될 것이구만요."

"그러게. 앞날이 첩첩산중이네."

한대진은 스산한 마음으로 건너편 산소를 건너다보았다. 7대조가 잠들어 있는데, 묘소가 많이 삭아져 내려앉았다. 당쟁과 척신세가들에 의해 청춘을 이곳에 묻어버린 한스러움이 아직도 남아있음인가. 외척의 세도에 밀려 유배 온 부친이 이곳에서 운명하자 그 시신을 찾으러 왔다가 이곳의 자연경관에 반하여 그대로 주질러 앉아 일생을 어부로 자처하며 살아온 그 한스러움. 말이야 경치 좋은 아름다운 청정해역에 반하여 세상을 멀리하였다 하지만, 그 마음에 채인 비애와 좌절을 어찌 청정바닷물로 씻어낼 수 있었으랴.

"헌디, 내일인가, 모랜가, 핵교 운동장에서 연극을 한담시러요?"

박 서방이 한대진의 생각을 일깨웠다.

"그렇게 들었네."

"이번에는 상당히 거창하게 한담시러요. 남녀노소 할 것 없이 벌써 들 마음들이 들떴구만이라우."

"이번에는 핵교를 졸업한 애들까지 동참시켜 한판 멋들어지게 할 모 양이든만."

"자네들 풍물잡이가 될 생각은 없는가?"

"뭐시라우?"

"자네들도 울력 것으로 한바탕 어울려 보란 말이네."

"우리사 구경만 해도 오감치라이."

"구경꾼도 연극패와 한 마음이네."

한대진은 방죽에서 나와 물기를 닦은 다음 옷을 입었다. 두 사람도 밖으로 나와 물기를 털었다. 으스스 한기가 들었다. 벌써 계절은 가을로 들어서는가? 세 사람은 방죽재를 넘어 마을로 들어섰다. 방죽재에서 내 려다본 들판은 아직도 벌건 흙탕물로 넘실거렸다. 애써 가꾼 작물이 저 지경이 되다니. 고샅길을 들어서는데 갑자기 큰소리가 나더니 멱살잡 이 싸움으로 번졌다.

"저것들이 또 한판 붙었구만."

배 서방은 목을 길게 늘어 뜨려 담장 안을 넘겨다보았다.

"보나마나 논 물꼬 땜새 그러것제. 육촌지간에 저게 뭔 우새여."

박 서방은 목소리만 듣고도 누구라는 것을 금방 알았다. 지추와 기수 는 선대로부터 아래 위 다랭이 논 한 자락씩을 물려받았는데, 매번 물 꼬 때문에 다투었다. 가뭄이 들 때면 웃다리 논에서 아랫다리 논더러 물 도둑질을 한다는 것이었고, 장마가 지면 생논둑을 잘라가면서 물을 내린다는 것이었다. 서로가 한발 양보하고 받아들이면서 사이좋게 벌 어먹으면 좋을 텐데, 오늘도 무차별 웃다리 논에서 물을 내려 보냈다고 시비가 붙었을 것이다.

"가서 뜯어말려사 쓰것소. 잘못하다가는 한 사람이 죽어나것소."

배 서방의 말이 떨어지기가 무섭게 한대진이 싸리삽짝문을 밀어제치고 마당으로 들어섰다. 아낙네들과 아이들은 겁에 질려 있었고, 두 사내들은 짓무른 마당가운데에서 드잡이를 하듯 뒹굴고 있었다.

"거, 똥물 한 바가지 떠오너라. 아니지야. 한 통을 가져오너라."

한대진의 호통에 아낙네 하나가 화들짝 놀라며 구정물통을 들고 왔다.

"똥물이래도."

한대진은 돼지우리 곁에 세워놓은 장대 달린 바가지를 들고 통싯간을 휘휘 젓더니 아직도 떨어질 줄 모르는 두 사람에게 똥 벼락을 뒤집어 씌웠다. 허연 구더기가 얼굴에 달라붙고, 냄새가 진동을 하였다. 연거푸 똥물을 뒤집어 쓴 두 사람은 으웩, 비명을 내지르며 나가떨어졌다. 그 모습이 볼썽사납고 가관이어서 모여든 사람들이 배꼽을 움켜쥐었다.

"너 이놈들, 똥물을 더 뒤집어쓰기 전에 내 앞에 무릎을 꿇거라."

두 사람은 눈을 부라리며 호통을 치는 한대진 앞에 미적거리며 무릎을 꿇었다.

"어르신, 작신 두둘겨 패든지, 꺼꿀로 매달든지 하시오. 정말 저러는 꼴 신물이 나요."

기추 아낙네가 코를 핑 풀어 던졌다.

"너희들에게 선대께서 웃다리, 아랫다리 다랭이 논을 내려준 것은 서로 의좋게 농사를 지으라는 뜻이었다. 그런디, 그깐놈의 물꼬 때문에 매년 원수처럼 싸움질이냐, 그래. 조상님들 대할 면목이나 있겠느냐. 물을 좀 많이 받아 실면 어떻고, 물을 다소 풍족하게 내려준들 무어 아까울 게 있느냐. 그렇게 의가 상한 나머지 모심기도 따로 하고, 김매기도 품앗이를 마다하고, 추수도 개 달 보듯 하며, 논두렁에 나오면 서로가 잡아 묵지 못해 으르렁거리고, 그게 어디 인륜지사냐, 그래. 형제간에 오순도순 사이좋게 농사를 지어도 뭣할건디, 자식들의 앞날도 험악하지 않겠느냐."

"아따, 시원하게 단단히 걸렸다."

누군가 귓속말로 한마디 거들었다.

"어떻게 하겠느냐? 오늘 이 자리에서 화해를 하겠느냐, 아니면 거꾸로 매달아 똥물을 더 뒤집어쓰겠느냐?"

"아, 아니구만요. 앞으로는 마음을 열고 지낼라요."

"너는?"

"지도, 그렇게 하겠구만요. 오늘도 하도 부아가 나서……."

"오늘 일은 입에 담지 말거라. 너희들이 원수처럼 지내니까 나머지 친척들도 은근히 편을 가르지 않느냐. 진즉 기회를 보아서 한마디 할려다 오늘 기회를 잡은 것이다. 맹세코 앞으로는 화합하며 의좋게 지내렸다?"

"그러고 말고라우."

"그럼, 하늘과 선조 앞에 서로가 화해하는 것으로 일단락 짓겠다."

한대진은 똥바가지를 돼지우리 곁에 세웠다. 두 사람은 화해를 하고 나서 모둠발로 일어나 앞 냇가에 뛰어들었다.

"저렇게 씻는다고 똥 냄새가 쉽게 지워질게?"

박 서방은 그 꼴이 하도 우스워 웃음을 터뜨렸다. 그러자 아낙네들이 치마말기로 입을 가리며 가가대소하였다.

"평생 냄새가 지워지지 않을 것이구만. 하지만 화해를 했다고혀서 당장 마음들이 돌아설까 모르것네."

"아니면 또 똥물을 뒤집어씌우면 되제. 이번에는 우리 두 사람이 똥물을 안겨 줄 것이요."

기추 아낙네와 기수 아낙네가 한 목소리로 말하였다. 두 아낙네들은 그간 두 남정네들의 감정싸움에 신물이 났다.

"하여지간 못난 놈들이여. 하찮은 이익과 감정으로 혈육지정을 등 돌리려 하다니."

배 서방은 한마디 던지고 박 서방의 소맷자락을 잡아당겼다. 저만큼 앞서 걸어가는 한대진의 뒤를 따랐다. 한대진은 무언가 마음이 씁쓸하였다. 똥물이 자신의 바짓가랑이에 튀겨서가 아니었다. 세상은 하찮은 것 때문에 갈등과 반목과 고통까지 비끌어 매지 않는가.

"생선회에다 술 한 잔 드셔야겠습니다. 그래야 똥 냄새가 가시지라우."

"자네는 통싯간을 몇 날 드나들었다면서 뱃속이 괜찮겠는가?"

"다 비워 버렸잖았는가비요."

"자네 집에서 한잔하는 게 좋을 듯싶으이."

"맞는 말씀입니다요."

박 서방은 앞장을 섰다. 고샅길을 되돌아 나와 박 서방네 대나무 울타리를 돌아들었다. 장맛비에 눅지근한 홋이불 등속을 마당가에 빼곡이 내걸어 거풍을 하고 있었다. 박 서방네는 줄지에 들이닥친 오라버니를 보자 당황스러워 하였다. 곰팡내 나는 살림살이를 이것저것 들쑤시고 나니 집안이 엉망이었던 것이다.

"앉을 자리가……"

"됐다. 솜씨껏 빚어놓은 술 단지나 가지고 오너라. 고기도 장만하고."

한대진은 마루에 좌정하였다. 바다가 한눈에 내려다 보여 마음이 시원스럽게 열렸다.

"빚은 술은 떨어지고 없는디요. 도가에서 얼른 질러오라고 할께요."

"도가술은 안마시기로 했다. 그녀러 인사, 술장사로 돈 좀 벌더니 박 서방이 말한 개량지주가 되어 거들먹거리는 꼬락서니라니."

"자네 친정집 술 있잖어. 어여, 가서 떠 와."

박 서방은 아내의 허구리를 찔벅하였다.

"얼른 댕겨오시오. 괴기는 내가 장만할 텐께."

배 서방은 칼을 숫돌에 대충 갈고 나서 생선을 장만하였다. 회를 뜨고 매운탕거리와 소금에 절일 고기를 익은 손끝으로 가름하였다. 그 사이 박 서방네는 한대진의 집에서 술을 가져왔다. 그런데 누군가 박 서방네 뒤를 따라왔다. 일본인 교장이었다.

"아니, 저런 양반을 어쩌자고 우리 집에 모시고 오나?"

박 서방은 집사람을 나무라듯 하며 당황해 하였다.

"막무가내 오라버니가 계신다니께 따라오는디 어쩔 것이요. 꼭 오라버니를 뵈어야 한다잖소."

박 서방네 역시 한대진에게 지청구를 들을까 울상이었다.

"햐, 한상께서도 이런 낭만이 있으므까?"

일본인 교장은 웃음을 입가에 매달며 한대진과 마주 앉았다.

"교장 선생님이야말로 이 누추한 곳을 찾아오시다니요."

"한상이 있는 자리라면 어느 곳이든지 풍류가 있어요."

"그렇게 생각해 주시니 고맙소. 어쩐 일로 찾아 주셨지요?"

"그건 천천히 이야기하고, 우선 이런 조촐한 풍류나 맛봅시다."

허그, 참. 풍류 좋아허네. 배 서방은 생선을 장만하던 손을 씻으며 배알이 뒤틀렸다. 모처럼 처남매부들 끼리 술상을 마주하려고 하였더니 어디서 이무기 같은 물건이 찾아든 겐가.

"초라한 이런 술자리도 알아야지요. 진정한 조선의 풍류는 된장 맛이 우러나옴직한 시큼하고 텁텁한 자리입니다."

한대진은 주재소주임과는 달리 비교적 이 땅의 정서와 애환을 이해하려고 하는 교장의 인간미를 크게 적대시하지는 않았다. 모든 사람은 어느 경계를 허물어뜨리면 하나의 공감대를 느끼기 마련이었다. 그러나 지배자와 피지배자라는 관념과 광의적 행동개념은 엄연히 존재하였다. 교장답지 않게 여기까지 한대진을 찾아온 것은 우정을 앞세운 그 무엇은 아닐 것이다.

"한상께서는 여러모로 다양한 정감을 지니고 있어요. 때와 장소를 탓하지 않고 자신을 즐기고 소화해요."

"나는 그저 자연인일 뿐이오."

때와 장소를 탓하지 않고 자신을 즐기고 소화한다? 그것은 또 무슨 말인가? 바람에 실리 듯 하는 그 말속에 뼈마디가 있지는 않는가? 박 서방네가 술상을 가져오고, 한대진은 멋쩍어 하는 박 서방과 배 서방을 인사시켰다.

"처남매부들끼리 정겹게 술잔을 나누는 자리에 불청객으로 끼어들었군요."

"아닙니다. 저의 손님은 이 사람들의 손님일 수 있습니다. 자아, 듭시다."

한대진은 바짓가랑이에서 똥 냄새가 나지 않느냐고 물으려다 꿀꺽 술잔 속에 삼켰다.

"제가 한잔 올리지요. 생선회가 그만입니다."

"장맛비로 산에서 흘러내린 흙탕물을 먹어서 그럴 겁니다. 요즘 학교 일에 어려움은 없으신지요?"

"다들 협조를 잘해주어서요. 한 가지 마음 쓰이는 것은······."

"말씀해 보시지요."

"이번 학생들의 연극 말인데, 들리는 소문에 의하면 청중들을 자극하는 내용을 담고 있다고 해서요."

일본인 교장은 자못 심각한 표정을 지었다. 아, 하. 그 일로 찾아왔구나. 한대진은 마음을 가다듬었다.

"학생들의 순수한 동심에서 우러난 소인극을 민감하게 확대 해석하는 게 아닌지요?"

"아닙네다. 조금이라도 말썽의 소지가 있으면 저에게도 책임이 돌아옵네다. 그 점을 잘 아시지 않습니까."

"너무 과민반응을 하는 것도 교육자의 본분이 아닙니다. 한번 지켜봅시다. 서로가 공감대를 이룬다면 더욱 장려하고 고무시켜야 하지 않겠습니까."

"알겠습네다. 한상의 자제분도 그 속에 끼어있다니까 크게 염려는 하지 않겠습네다. 그보다는 술맛이 아주 좋습네다."

일본인 교장은 무슨 말을 더하려다 주위의 분위기를 의식하고서 박 서방에게 술잔을 돌렸다. 술맛을 제대로 알고나 허는 소리여? 박 서방은 술잔을 받으며 속으로 면박을 주었다.

"이 술은 보통으로 빚은 술이 아니지라우."

배 서방은 텅 비다시피 한 뱃구레를 부지런히 채워 넣었다. 사람이나 짐승이나 똥심으로 산다고 하더니만 그 말을 실감하였다. 일본인 교장은 어지간히 취기가 오르자 먼저 자리에서 일어났다. 한대진은 사립문 밖까지 전송하고 나서 다시금 술잔을 들었다.

"아따, 이제서야 술맛이 제대로 돌구만요."

박 서방은 한껏 마음 가벼운 얼굴로 한대진에게 술잔을 처올렸다.

3

저녁노을이 비낀 운동장 한쪽 모래판 위에서 조무래기 아이들이 씨름을 하고 있었고, 그 주위에서는 그보다 더 어린 코흘리개들이 깨금박질을 하였다. 야아, 장사 났다! 편을 갈라 씨름을 구경하던 아이들이 함성을 질렀다. 그와 동시에 죽정이네 아들 녀석이 두 손을 번쩍 치켜들었다. 대여섯을 메다 꽂은 것이다. 아이들의 함성이 먼지바람으로 들이치는 교단 위에는 연극무대가 세워졌다. 마지막 손질을 하는 손길들이 바쁘기만 하였다. 여느 때보다 연극무대가 웅장하였다. 다른 때는 교실 아니면 마을회관에서 그야말로 소인극에 지나지 않았는데, 이번 무대는 달랐다. 그 때문에 벌써부터 기대감으로 부풀어 조무래기 아이들은 해가 지기도 전에 운동장을 찾은 것이다.

모든 준비가 끝났을 때는 어둠살이 지기 시작하였다. 한낮의 이마를 부시던 햇살도 어둠과 함께 묻히어지고, 가을을 두드리는 선선한 바람이 나뭇잎을 간지럽혔다. 관산재를 넘어온 일군의 구경꾼들이 제일 먼저 도착하여 자리를 잡았다. 제각기 들고 온 짚포대나 판자때기를 깔개 삼아 느슨한 자세로 공연을 기다렸다. 그 뒤를 이어 화가, 여동, 가래, 신흥, 죽선마을 사람들이 차례로 도착하여 무대 주위를 메웠다. 학교와 가까운 구성, 장용 사람들이 뒤늦게 자리를 잡았다. 그 밖의 어두, 당목, 우두, 천동, 득암마을은 거리 관계상 따로 날짜를 잡아 공연하기로 하였다.

"음마, 잡것들이 어느새 좋은 자리는 다 차지해뿌렀네. 뒤로 밀려난 우리들은 연극대사도 제대로 못 알아듣겠구만."

맨 뒤쳐져 온 딸랑이네 아범을 끝으로 구경꾼들이 무대 주위를 메우자 횃불이 켜지고, 횃불이 미치지 못한 뒤쪽에는 모닥불이 타올랐다. 부나비들이 모닥불 주위에 몰려들었고, 계절을 원망하며 독이 오를 대로 오른 모기랄 놈들이 이따금씩 따끔하게 쏘아댔다. 앞줄 의자가 놓인 좌석에는 유지들과 기관장들이 배열하여 좌석하였다. 여기서도 소위 일제에 아부하는 개량지주들과 대대로 재산을 물려받은 토박이 유지들과는 엄연히 자리를 달리하였다. 면장과 주재소주임, 교장을 중심으로 좌우로 자리를 따로 한 것이다. 누가 그렇게 미리 지정해서가 아니었다. 서로서로 뜻 맞는 사람들끼리 앉고 보니 자연스레 대립각을 이룬 것이다.

"대진 어르신께서도 오셨구만요."

개량지주의 대표격이랄 수 있는 민도가가 깍듯이 인사를 하였다. 영 무지렁이나 다름없는 위인이 눈치 빠르게 일제에 빌붙어 양조장의 이권을 따내어 제법 똥배를 내보였다.

"자네야말로 바쁜 걸음을 하였구만."

한대진은 민도가 같은 무리들을 드러내놓고 탐탁지 않게 여겼다. 민도가만 해도 그렇다. 노름방이나 드나들고, 뭍에서 열리는 오일장이나 찾아다니며 거간꾼으로 이력이 나있는 작자들로, 장차 저들의 행패가 어찌하리라 짐작하고도 남았다.

"여그, 주임께서 꼭 봐야 된다기에 마다할 수가 없었구만이라우."

"그럼, 잘 보시고 아낌없는 박수를 보내게."

"암요. 박수만 보내겠습니까요."

민도가는 한대진의 비아냥치듯 하는 말을 너부데데 받아넘기며 자기 자리로 돌아갔다.

"저것들의 위세가 갈수록 불 보듯 뻔히 보이는 듯하네. 앞으로 경계를 해야 할 것이네."

김고운이 귓속말을 하였다. 그때 징이 울리고 무대의 막이 천천히 올라갔다. 잡다하게 떠들던 청중들은 일시에 쥐 죽은 듯 조용하였다. 정남균과 문승수가 무대에 등장하여 인사말을 하였다.

주민 여러분, 반갑습니다. 어린 학생들의 연극인데도 이렇게 많이 와주시어 정말 마음 흐뭇하고 고맙습니다. 오늘 여러분의 자제들이 보여줄 연극은 여러분들께서 느끼고 체험한 생활상을 어린 동심의 눈으로 조명한 것입니다. 그 속에는 풍자와 부조리한 현실을 비판한 의식의 흐름도 들어있습니다만, 대체로 동심이 묻어나는 현실을 실답게 꾸몄습니다.

여러분들도 피부로 느끼는 바입니다만, 열심히 배우고 일하고 절약하면 언젠가는 잘 살 수 있을 것이라는 구호 아래, 농어민들의 가난과 무지를 일제와 개량지주들의 착취 때문이 아니라, 농어민들의 게으름과 무식함 때문이라고 말합니다. 잘 알다시피 일제는 식민지 지주를 조선지배의 사회적 지주(支柱)로 포섭, 육성하기 위해 여러 정책을 실시하였습니다. 토지조사사업과 산미증식계획이 이들을 포섭하기 위한 정책이었습니다. 또한 계통농회(系統農會) 설립과 앞으로 있을 지방자치제 실시는 정치적으로 이용하려는 정책입니다. 하여 여러분들은 일제와 식민지 지주로부터 이중적인 지배하에 놓이게 되었습니다. 더 나아가 일제는 그들을 통하여 생산과 생활의 기초단위인 마을을 지배한 것입니다. 조선면제(朝鮮面制)를 공포한 것도 거기에 있지 않습니까? 조세의 수납, 도로부역의 강제동원, 반농민적인 농업정책, 지배이데올로기의 세뇌, 농민운동의 탄압 등 식민지지배정책을 관철해 나가고 있습니다. 여러분들은 그걸 깊이 아셔야 합니다.

"아니, 저, 저런 말을 어디서 함부로 한디야? 간뎅이가 부어 터졌구만이."

민도가가 벌떡 자리에서 일어났다. 그러나 민도가의 모둠발은 박수와 옳소 소리에 묻혀 머쓱하니 다시금 자리에 주저앉았다. 주재소주임도 군도를 철그덕거리며 무대 위로 뛰어오르려다 관람객들의 열광적인 박수에 행동을 자제하였다.

"빠가야로. 니놈들이 연극을 빙자하여 선동정치를 해? 어디 두고 보자."

주재소주임의 분노를 일본 교장이 주저 앉혔다.

"주임, 참아요. 어떻게 돌아가는가 봅시다. 이것은 어디까지나 시작에 불과허니께."

교장의 말에 주임은 냉정을 되찾았다. 정남균과 문승수는 의외의 호응에 고무되었다. 인사말을 더 하려다 곧바로 연극을 공연하였다. 첫 무대는 배비장전이었다. 무능하고 부패한 관리를 희화화한 내용이었는데, 기생역으로 특별 출연한 최성분의 능큼스러운 연기는 이제 막 사춘기를 벗어난 봉싯한 체취가 물씬 묻어나 요염하기까지 하였다. 올 봄에 최 부자에게 떼거지를 쓰다시피하여 서울로 유학을 하였는데, 여름방학에 내려와 기꺼운 마음으로 기생역을 맡았다.

"허, 진짜 기생 뺨치게 하네, 그랴."

섬을 떠나는 벼슬아치들에게 정표로 이를 뽑아달라고 하는 대목에 이르자 누군가 마른침을 삼켰다.

"돌아가신 박성래 선상을 죽는 날까지 흠모하였는디 맞는 소문인감?"

"손안에 꽉 움켜쥐면 비명을 지를 섬구석지인디 그 소문의 진원지가 어디 갈랍디요."

"서울 물 좀 묵었다고 여간내기가 아니네."

"박성래 선상을 따라댕김시러 벌써부터 여성해방을 부르짖지 않았는가?"

구경꾼들의 자잘한 귓속말은 파도 속에 곤두박이치는 조각배처럼 박수소리에 묻히기 마련이었다. 두 번째 공연은 소작쟁의를 다룬 내용이었다. 이것은 상당히 민감한 부분이어서 처음부터 공기가 무거웠다. 긴장감이 흐른다고나 할까, 박성래도 소작 빈농을 획득할 것을 부르짖었으나, 무대 위에 올려질 줄은 예상하지 못하였다. 더구나 소학교 학생들이 그 무겁고 민감한 오늘의 과제를 엮어 내다니. 하긴 철부지들이기에 사안의 중요성을 인식하지 못하고 천연덕스레 연기를 한 것이리라.

"저건 분명 문제성이 있어요."

주재소주임은 일인 교장을 돌아보았다. 교장은 침묵을 지켰다.

"천진한 아이들에게 저런 불온한 사상을 배양시키다니, 반드시 문책을 하겠어요."

"문책으로 끝날 일이 아니오. 대일본제국의 정책을 저렇게 비판하는 처사가 어디 있다는 게요. 반역이오."

주임은 민도가의 말에 군도를 힘주어 쥐었다. 바르르 손끝에 분노가 일었다. 그러나 연극은 주재소주임을 조롱이라도 하듯 고조되었다.

- 밤나 땅 파면 금이 나오냐, 밤나 땅 파면 옥이 나오냐
  밤나 땅 파고 땅 파네. 밤나 땅 파도 나올 것 없네
  앵앵 에헤야, 앵앵 에헤야, 앵앵 에헤야, 앵앵 에헤야
- 십리의 큰 밭은 누가 갈았나, 갈은 사람만 굶고 있구나
  밤나 땅 파고 밤나 땅 파네. 밤나 땅 파도 나올 것 없네
  앵앵 에헤야, 앵앵 에헤야, 앵앵 에헤야, 앵앵 에헤야

- 고대광실 누가 지었나, 지은 사람은 떨고 있구나
  밤나 땅 파고 밤나 땅 파네. 밤나 땅 파도 나올 것 없네

앵앵 에헤야, 앵앵 에헤야, 앵앵 에헤야, 앵앵 에헤야

　한 걸음씩 개량지주 집으로 나아가면서 부르는 노랫소리는 신명을 울리는데도 민도가가 듣기에는 상당히 위협적으로 들렸다. 천하에 빌어묵을 놈들 같으니라고! 자신도 모르게 두 손을 불끈 쥐었다. 지신밟기를 하듯 노래를 끝으로 무대의 막이 내렸다. 구경꾼들의 박수소리는 마지막 불꽃으로 타오르는 모닥불을 잠재웠다. 정남균과 문승수는 상기되어 돌아가는 구경꾼들에게 선물을 돌리듯 미리 준비한 유인물을 나누어주었다. 무대 위에 섰던 아이들이 일사불란하게 민첩한 행동으로 유인물을 배포하였다.
　“이것은 또 뭐라냐?”
　“내뿌리지 마시고 집에 돌아가 찬찬히 꼭 읽어 보시랑께요.”
　“우리 같이 까막눈이 어떻고롬 읽는다냐?”
　“여럿이서 합동으로 보면 될 것이요.”
　“뭔 내용인지는 몰것다만, 말썽이나 안 났으면 좋것다.”
　구경꾼들은 그러면서도 꼬깃하게 조끼주머니에 쑤셔 넣었다. 하다못해 담배말이라도 할 참이었다. 한대진은 일렁이는 횃불 아래서는 유인물의 내용을 자세히 알아 볼 수 없었다. 교장이 칙칙한 얼굴로 할 말이 있다는 듯 술이라도 한잔하는 게 어떻겠느냐고 의향을 물었으나 속이 불편하다는 이유를 들며 가볍게 거절하였다.
　“내 손은 뿌리치지 못하겠지?”
　교문을 나서는데 김고운이 팔소매를 붙들었다.
　“조용한 곳으로 가세나.”
　한대진은 주재소주임의 불편한 심기를 읽은 터여서 마음이 무거웠다. 두 사람은 즐겨 찾는 장 주모 집에 들어섰다.

"조용한 방 하나 주게. 그리고 누가 찾으면 없다고 하게."

김고운은 골방을 내주는 주모에게 단단히 이르고 술과 안주를 주문하였다.

"연극은 잘 감상하였는가?"

"과감한 내용을 담았더군. 요즘 젊은 학생들 말을 빌리자면 다분히 전투적이라고나 할까……."

"풍자적인 요소가 담뿍 들었던데, 앞으로 그러한 영향을 받은 학생들의 행동이 눈에 보이는 듯하여 염려가 앞서는군."

"아이들이 그 같은 영향 아래에서 자라야 하네. 소처럼 코뚜레를 지른 고삐를 당기는 대로 이끌려 살 수는 없느니."

"옳은 말이네. 자네 말처럼 전투적인 항일사상은 젊은이들의 몫이네. 일제가 더욱 고삐를 움켜쥘수록 말이네."

"자네 자식들이나 내 자식들 또한 오늘의 현실에서 벗어날 수도, 놓여날 수도 없네."

"내보내야겠네."

"누굴?"

"자식들 말이네. 그래서 큰물에 놀게 해야겠네."

"암만. 형편이 허락하는 대로 길을 터 주어야제."

"헌데, 주임이 이번 연극을 올곧이 보아 넘길 것 같지가 않네."

"나도 그 생각을 했네. 분명 머리를 싸매고 있을 거야."

"어쨌거나, 정남균과 문승수 선생에게 불이익이 돌아가지 않도록 신경을 써야만 하네. 교장은 그런대로 의식이 있어 관용을 베풀지 모르겠네만 주임은 생각을 달리할 걸세."

"우리에게도 일말의 책임이 있지 않는가?"

두 사람은 술상이 들어오자 술잔을 나누었다. 그러고 보니 오랜만의 만남이었다. 다른 사람들과는 달리 두 사람의 거리가 가장 가까운지라 한대진이 면사무소나 해태조합, 아니면 학교에 출입할 일이 있으면 언제든지 만나 볼 수 있었다. 그런데 김고운은 봄부터 부쩍 강진 나들이가 잦았다. 옹기가마터를 하나 봐두었다지만 아직은 그 속내를 알 수 없었다.

"자네, 강진에 자주 가는 것은 혹여 신간회와 연관이 있는 게 아닌가?"

한대진은 특유의 직설법으로 김고운의 가슴을 찔렀다. 신간회라면 민족주의계와 사회주의계의 통일전선체였다. 민족단일당, 민족협동전선이라는 표어 아래 발족하였는데 농민이 과반이 넘었다.

"내 육촌 동서 하나가 옹기장이 아닌가. 내 말을 귀담아 듣고서 주위 사람들을 설득하여 신간회에 가입하였는데, 원체 일자무식꾼들이라 나더러 지도를 좀 해달라고 혀서 땀을 쬐끔 뺐네. 나도 밑천이 얕지 않는가."

"언제 옹기라도 한 배 싣고 오게나."

"옹기가 부족한가? 해마다 옹기를 싣고 와서 자네 집에 외상 놓는 사람이 바로 육촌 동서일세."

"허허, 그런가? 그 사람 마음 하나는 넉넉하데."

"자넨 신간회에 가입하지 않을 텐가?"

"심정적으로 관여는 하네만, 오히려 뒤에 나앉아 돕는 게 나을 성싶으이."

"자네라면 그런 역할도 좋을 듯싶네. 바람 앞의 등불은 바람막이가 필요한 법이니께. 아, 참. 이것이 무슨 내용인지 한번 보세나."

김고운은 호주머니에서 방금 학교 정문을 나오다 받은 유인물을 꺼냈다.

일제는 삼일만세사건 이후 물리적 억압기구의 폭력성을 은폐하는 가운데 이른 바 문화정치를 실시하였습니다. 문화정치란 지금까지의 거칠었던 통치방식, 다시 말해서 무단통치(武斷統治)를 하는데 있어 이데올로기통제기구를 총동원한 통치방식에서 벗어난 우회전술을 말하는 것입니다. 즉 무자비한 폭력적인 지배를 계속하게 되면 오히려 내외의 비난과 반발이 들끓어 조선지배 자체가 위태롭게 될 수 있다는 상황판단에 따른 일종의 방향전환의 지배전술인 것입니다. 이러한 과정에서 국체(國體)와 사유재산제도를 부정하는 사회운동이 활성화되자 일제는 이를 억압하기 위한 법률적, 제도적 장치를 마련하였습니다. 치안유지법은 그러한 목적에서 발표된 대표적인 악법입니다. 수천개소의 경찰기관, 감옥, 지소, 그리고 헌병대 등에 의해 조선인의 정치적 생활은 완전히 질식되었고, 각 방면의 전투적 민중과 지도자는 박해, 구타, 심문, 고문, 투옥, 치사, 사형을 당하고 있습니다. 조선 전체가 하나의 감옥이나 다름없습니다. 이와 같은 물리적 억압기구에 의한 식민지 지배는 특히 농어촌통제의 폭력성으로 민심을 억압하고 있습니다. 그리고 그것도 부족하여 더욱 악랄하게 치안유지법을 개악하여 국체변혁을 꾀하고 있습니다. 여러분. 우리는 그 어떠한 통제와 억압에도 꿋꿋이 일어나 조선인답게 살아야 합니다.

"이건 완전히 선전포고네, 그랴."
"아닐세. 저저이 옳은 말이네. 신간회도 머지않아 혹독한 탄압을 받을 걸세. 전술적으로 너무 노출되어 있어."
"하여간 이 유인물을 그냥 눈감아 주지는 않을 걸세."
"이미 각오했겠지. 그런 각오 없이 어떻게 젊음을 불사르겠는가."
한대진은 눈앞에 두 젊은이가 끌려가는 모습이 다가왔다. 어떻게 손을 쓴다? 학생들을 위해서도 투옥되는 일은 막아야 한다. 생각이 거기에 이르자 마음이 바쁘게 움직였다.

"왜, 술잔을 거두는가?"

"걱정되어서야. 정남균과 문승수 선생을 찾아야 하네."

"이미 붙들려 가지 않았을까? 어쩌면 잡아가기를 바랐을지도 모르고……."

"그렇다면 주재소 동정 좀 살펴보고 오라 해야겠네."

한대진은 장 주모더러 주재소의 분위기를 가늠해 오라고 부탁하였다. 장 주모는 종종걸음으로 다녀왔다.

"칠흑 같이 조용하던디요."

"조용하더란 말이제?"

"야. 불도 꺼지고, 뽀시락소리도 안 들립디다."

"알것네. 틀림없이 어디메서 교장과 머리 맞대고 대책을 숙의할 걸세."

"내일이면 상황을 알게 되겠지. 술이나 마저 들세나."

한대진은 김고운의 말에 도리 없이 다시금 자세를 고쳐 앉았다. 어쨌거나, 오늘의 공연과 유인물은 그 파장이 클 것이었다. 무지랭이 민초들도 알 것은 안다. 왕실의 궁장토를 일제가 강제로 매수하였다가 다시금 되돌려주는 과정에서 그들의 강압과 만행은 어떠하였는가. 왕실의 마음을 산다는 구실을 들어 주민들에게 얼마의 값을 매겼는가. 누대로 삶의 터전을 일구어온 섬을 값을 매겨 떠안기다니, 말이나 되는가. 섬사람들은 화개 갯벌을 막아 옥토로 만든 다음 그것을 헐값에 팔아 충당하였고, 모자란 돈은 가가호호 거두어 갔다. 그 설움과 분노의 과정을 곱씹으면 일제의 압제가 새삼 서릿발로 서렸다. 그 원한 맺힌 분노와 억울함이 가슴에 응어리로 서려있는데, 어찌 오늘의 공연을 한마당 한풀이식으로 새겨 넘길 것이며, 유인물에 담긴 뜻을 모르겠는가.

"하여간 두 사람을 다치게 해서는 안 될 거야."

"암만. 섬 안에서 벌어진 일은 섬 안에서 추슬려야제."

김고운도 한마음이었다. 두 사람은 술잔을 들고 나서 무거운 마음으로 헤어졌다. 장 주모의 말처럼 주재소 쪽은 밤의 적막을 둘러쓰고 있었다. 한대진은 도채바퀴를 지나 마을 입구에 들어섰다. 하늘의 별들을 이고 있는 마을은 여느 때와 다름없는 정적 속에 잠겨 있었다.

다음날, 한대진은 아들 장서로부터 사태의 전말을 들었다. 아침에 등교 한 녀석이 점심시간이 채 되지 않았는데 한달음에 내달려 온 것이다. 장서도 어젯밤 공연에 조연으로 출연한 터였다.

"아부지, 선생님이 잡혀갔어요."

"오냐, 알았다."

한대진은 곧장 의관을 차려입고 대문을 나섰다. 원둑을 가로지르는데 원둑을 때리는 파도소리가 제법 성깔졌다. 태풍이라도 불어칠려나? 그러나 그것은 기우일 것이다. 비 먹은 바람이 아니었다. 산비둘기 한 무리가 송장골에서 날아올라 강녕들을 가로질러 비석거리에 내려앉았다. 하얀 깃털이 햇살을 받아 윤기가 흘렀다. 경계가 없는 날개짓이 자유로왔다. 하늘을 나는 산비둘기도 마음껏 자유를 누리는데 이 땅의 주인 된 자들은 날개가 없는 몸이니……. 그렇게 생각을 여미자 몸에 걸친 두루마기가 그지없이 불편하고 무겁게 느껴졌다. 알몸뚱이를 내보인다 해도 한 점 부끄러움이 없는 세상이 언제 올 것인가.

"어르신, 오신가라우."

해태조합 창고를 지나 주재소를 들어서는데 조동이 꾸벅 인사를 하였다. 인사하는 태도가 지난날의 조동이 아니었다. 무언가 뻗장대는 몸가짐이었다. 한대진은 조동을 무시하고 지나치려다 걸음을 멈추었다.

"주임 계시느냐?"

"전부 계시구만요. 잡혀 들어온 두 분 선상님 땜새 오셨는가라우?"

"그 사람들 언제 잡혀왔느냐?"

"새벽녘에요. 아따, 나 잡아가라고 뻣뻣하게 기둘리고 있더만요."

"네놈이 앞장섰구나."

"그야, 뭐……."

"오늘이라도 마음 돌려묵고 늙은 어무니 받들어 모시거라."

"시상이 확실히 달라졌는디요……."

저런 엉뚱한 놈이 있나. 한대진은 똥개랄 놈 배꾸리를 내지르듯 눈을 부라리며 조동을 내쳤다. 흥, 내가 그런다고 무서워할 줄 알고? 언젠가는 내 앞에서 비손이를 할거구만. 조동은 멀어져가는 한대진의 뒤통수에 대고 속으로 주먹총을 놓았다.

"허허, 한상께서 늦바람처럼 나타나셨소이다."

주재소주임은 조서를 꾸미다말고 비아냥치듯 한대진을 맞았다.

"칼바람이라고는 하지 않겠소이다. 그래, 두 분 선생님을 어찌할 셈이오?"

"한상께서도 연극을 보셨고, 유인물을 보았을 게 아니오?"

"새삼 묻는 저의가 무엇이오?"

"그럼, 아무 말하지 마십시오. 곧 송치할 것이오."

"한번만 봐 줄 수 없겠소? 당신 선에서 충분히 마무리 지을 사안이지 않소. 섬사람들의 여론도 무시하지 못할 것이고……."

"한상께서 아무리 그래도 이것은 내 권한 밖의 사건이지 싶소이다. 사상적으로나 선동적으로나 너무 불순해요. 비록 내 선에서 유야무야 끝냈다 하더라도 뒷날 이 사실이 알려지면 나 또한 책임을 면치 못할 것이오. 그리고 분명히 말하건대, 본보기를 보여 줄 필요가 있소. 잡초는 무성하기 전에 뽑아내라고 하지 않았소?"

주재소주임은 단호하였다. 하긴, 손바닥만한 섬에서 치안을 담당하고 있는 별 볼일 없는 위치인지라 한 건 올리고 보면 뭍으로 나갈 승진의 기회도 엿볼 수 있을 터였다.

"면회마저 불허하지는 않겠지요?"

"그 정도야 거절할 수 없지요. 삼십분 여유를 주겠소."

주재소주임은 나까무라 순사에게 턱짓을 하였다. 나까무라는 군도를 철그덕거리며 유치장으로 안내하였다. 정남균과 문승수는 허리를 곧게 펴고 앉아 두 눈을 지그시 감고 있었다. 모든 것을 초탈한 듯 유치장을 어느 산사의 선방처럼 여기고 있는 듯하였다.

"이보슈. 구원자가 오셨소이다."

나까무라 순사는 비꼬듯 한마디 던지고 나서 자리를 비껴 주었다. 한대진은 잠시 목석처럼 명상에 잠겨있는 두 사람을 내려다보았다. 회초리와 몽둥이가 굴러 떨어져도 꿈쩍하지 않을 자세였다.

"자네들, 나 좀 보아."

한대진의 목소리를 알아차린 정남균이 먼저 눈을 떴다. 어둑신한 유치장 안에서 두 눈이 빛났다.

"저희들은 이미 각오하였습니다. 너무 심려하지 마십시오."

"그 마음은 알고 있네만, 자네들이 짊어지고 가야 할 길은 오늘로 끝날 일이 아니고, 끝나서도 안 되네. 그 점을 깊이 알아야 하네."

"잘 알고 있습니다."

"그럼 됐네. 섬사람들이 한마음으로 구명운동을 하겠네."

"고맙습니다. 저희 부모님을 안심시켜 주십시오."

"걱정 말게나. 무엇보다 건강을 해쳐서는 안 되네. 새싹처럼 자라는 제자들을 생각해야 하네."

한대진은 돌아설 수밖에 없었다. 주재소를 나와 교장을 만나보기 위해 학교로 향하였다. 교장은 침중한 얼굴로 맞았다.

"평소 두 분 선생님들을 신뢰하고 계신 줄은 압니다. 저도 마음이 무겁습니다."

"지금이라도 어떻게 손을 써보면 안 되겠습니까?"

"어제 자정까지 주임을 붙들고 통사정을 하였으나 너무 완강해서요. 송치된 다음에 손을 쓸 수밖에요."

"교장 선생님께서도 힘써 주시기 바랍니다."

한대진은 교장의 표정에서 별반 신뢰를 새기지 않았다. 교장도 학교 분위기상 어느 선까지는 제재가 필요하다고 판단한 듯하였다. 운동장을 나서는데 정남균의 부모를 앞세운 일군의 무리들이 들이닥쳤다.

"그만 돌아갑시다."

한대진은 그들의 행동을 제지하였다.

"아니, 우리 아들이 어찌된 게요?"

"곧 풀려날 것이오."

"아이구, 지놈이 아그들이나 착실허게 말썽 없이 가르칠 것이제, 무슨녀러 독립투사라고……."

정남균의 아버지는 눈물을 삼켰다.

4

한차례 태풍이 분탕질을 쳤다. 그렇지 않아도 장맛비로 물잠방이를 쳤고, 그 뒤로는 비 소식이 없어도 가을걷이는 무난하다 싶었는데, 벼락치듯 불어친 태풍은 우지끈, 우당탕, 밭곡식이고 논농사고 엉망으로 만들었다. 하기야, 산골 다랭이 논이나 천수답은 그 사이 물들이 말라 시기적절하게 하늘에서 빗방울이 떨어졌으면 하는 바람도 들었으나, 이렇듯 분탕질을 치는 태풍은 바라지도 않았다.

"올 농사는 죽 쑤어 버렸네."

사람들은 쑥대밭이 되어버린 논과 밭두렁 앞에서 넋을 잃었다. 이제는 볼 것 없이 겨울 농사라 할 수 있는 김발에 목을 매달아야 할 판이었다. 바다만 흉해가 들지 않는다면 뭍과는 달리 보릿고개는 무사히 넘길 수 있을 터였다. 섬사람들은 그렇게 자위하며 자연이 내린 재해를 담담히 받아넘기며 부지런히 못다 엮은 김발을 엮었다. 슬렁슬렁 쓰러진 벼 포기와 밭곡식을 일으켜 세운 다음 바람 들이치는 감탕나무께에서 농지거리를 주고받으며 김발을 엮는 가운데 애써 태풍이 가져다 준 피해를 잊었다.

"어야, 자네는 노루꼬리만한 해를 언제까지 붙들고만 있을 것인가?"

"아, 시상이 어디 좀 묵었남. 쉬엄쉬엄 쳐 넘기세나. 오늘은 어째서 아그놈들이 보이질 않네. 갯벌을 뒤집어 잡은 깡통 해물탕으로다 술안주를 해야 할 것인디."

"아그들이 시방 그러게 생겼는가. 즈그 선상들이 감옥에 갔는디."

"참, 한심한 시상이여. 그만 일은 섬 안에서 얼마든지 유야무야로 마무리 지을 수 있는 일인디, 주재소주임이 사적인 욕심이 있는 게 아니여?"

"우리가 한번 어째뿔게? 주재소를 불태워 버린다든지 해야 이것들이 우리 무서운 줄도 알제."

"저그, 배타고 나간 것이 대진 어르신과 정남균 아부지 아니것드라고."

"그나마 일이 잘 풀렸다고 하데."

마을사람들은 대섬목을 지나 대구섬을 향하는 돛단배를 눈으로 가리켰다. 그 배에는 한대진과 김고운, 그리고 정남균의 아버지가 타고 있었다. 돛폭을 다루는 배 서방은 능숙하게 물살을 거슬러 회진포로 배를 몰았다.

"자네가 애를 많이 썼네."

배가 회진포를 들어설 즈음 김고운이 무겁게 입을 열었다.

"정말이제, 고맙소. 부모 된 나보다 더 마음고생을 하시었소."

"부모만큼 애간장을 녹였겠소."

한대진은 가벼운 마음으로 정남균의 아버지를 위로하였다. 정남균과 문승수가 장흥지원에서 벌금형을 받은 것은 천만다행이었다. 연극이야 그렇다 치고 유인물은 물증이 뚜렷하여 어찌할 수가 없었다. 더구나 본보기를 삼는데서야 이빨이 들어가지 않았다. 한대진은 학부모들을 설득하여 탄원서를 올리고, 읍내 유림들의 마음을 움직여 구명운동을 하였다. 처음에는 씨알이 전혀 먹혀들지 않았으나, 두 번 세 번 두드리자 형량을 낮추어 벌금형으로 매김하였다. 그보다 죄질이 가벼운 사람들도 그들의 들쑥날쑥한 잣대에 의해 지옥불로 떨어지기 마련인데, 한숨을 돌릴 수 있었다.

"앞으로는 보리타작을 하듯 눈에 거슬리고 발길에 채이는 사람들은 이유고하를 막론하고 도리깨질을 할 모양이네."

"그럴수록 영근 보리알들이 톡톡 튀어나오지 않겠는가."

"그 말을 일제 앞잡이들에게 진지하게 해보시게."

"그놈들이야 배고픈 잡귀들처럼 볶아 묵고 삶아 묵것제."

"그러다 씨종자까지 뱃속에 집어 넣것소."

배 서방은 배의 방향을 가늠하며 한마디 거들었다. 배는 회진포 끝머리를 돌아 강줄기처럼 구비구비 휘돌아 흐르는 포구를 거슬러 올라갔다. 어찌 생각하면 그지없이 낭만적인 포구인데, 갯벌을 의지하고 사는 사람들에게는 그만큼 삶의 애환이 묻어난 곳이기도 하였다. 지금도 시커멓게 드러난 갯벌 위에서 아낙네들이 갯벌을 뒤집어쓰고 있었다. 허벅지까지 빠지는 갯벌은 낙지며, 장어며, 게며, 문저리며, 짱뚱어에 이르기까지 풍부한 어족을 길러내고, 꼬막, 나박조개, 키조개, 맛, 초랭이, 굴, 바지락 따위의 어패류들이 어미의 품속에 잠든 강아지처럼 혀를 빼물고 있었다. 그러나 뭐니뭐니해도 임진왜란을 전후하여 수군기지로 이용한 점을 빼놓을 수 없었다. 강줄기처럼 구비구비 뻗어난 천연의 지형에 걸맞게 왜군의 눈을 피하여 전함들을 안전하게 숨길 수 있는 요새였다. 그러한 지세의 이점을 이용하여 왜선들을 기습적으로 무찔러 전과를 올렸던 것이다. 그 유명세에 힘입어 지금은 섬과 뭍을 잇는 관문으로 자리매김을 하였다. 섬에서 나는 해산물을 실어 나르고, 뭍에서 나는 곡식을 때로는 물물교환하였다. 대덕의 오일장은 그래서 더욱 융성하였다. 강진의 마량과 더불어 회진포는 일찍부터 뭍과 섬의 구들목이었다.

"자네는 장흥과 상당히 교분이 두텁제?"

"그런 셈이지. 강진, 해남, 장흥, 순천, 영암의 유림들과 돌아가면서 한 해에 한 번씩 시연회를 갖지 않는가. 대덕 박 진사는 아직 자라지도 않은 내 맏딸을 며느리 삼겠다고 벼르고 있네. 오늘 뵙자고 연락을 했네만……."

"자네 맏딸 같으면 욕심 낼만 하지. 성정이 올곧고 사리분별하고, 어디로 보나 맏며느리감이지 않는감."

"하지만 아직 이르네."

"이르다마다요. 더구나 육지 사람들 스스로 무식한 줄 모르고 섬사람이라면 무조건 눈 아래로 내려다보려고 하지 않습디요. 대덕장에를 가도 안 그럽디요? 섬것들 온다고 입방정을 떨며 한껏 하대를 해쌈시러 덤터기나 씌우려하고 말이오. 따지고 보면 즈그들이 별 볼 것 없는 순 상것들이면서요."

"배 서방, 자네가 단단히 부아가 난게로구만."

"말도 마시오. 손은 엉겅퀴 같고, 얼굴 상판때기는 오종종한 것들일 수록 자기 본분은 모르고설랑 눈을 게슴츠레 내리뜨고서 뽄새를 내려 는 꼬락서니를 보노라면 참말이제, 눈꼴 시러워 뺨때기라도 한 대 올려 부치고 싶은 마음이 굴뚝 같드구만이라우."

"맞는 말이구만. 즈그들이 뭐라해싸도 흉년이 들라치면 섬으로 몰려 와 구걸하다시피 하지 않던가배. 옹기배만 하더라도 그렇지 않던가. 바 다를 한달음에 건너뛰는 거리에서 섬사람들을 우습게 생각하다가 섬사 람들 인심이며, 사는 내력을 보고 얼마나 놀라던가."

정남균의 아버지가 모처럼 떠듬하게 거들었다. 자신도 강진이나 장 흥, 해남을 볼일 있어 갈라치면 알게 모르게 섬사람이라는 수모와 하대 를 받았다. 그 때문에 아들을 대처로 유학을 보냈다. 세상이 변한 만큼 양반, 상놈, 육지사람, 섬사람 차별하여 구별 지을 것도 없으려니와 자 식 하나라도 똑똑하게 가르치고 보면 그 같은 눈 낮춤은 의식하지 않아 도 좋을 것이었다.

"옳은 말이오. 코 큰 서양 사람들 아무리 허우대가 커도 남의 나라에 가면 초라하게 괄세를 받고, 어벙하고 꾀죄죄해도 내 땅을 지키는 사람 은 주인 행세를 하지 않던가요."

"암만. 난쟁이 나라에 거인이 가면 별 볼일 없으니께."

"그럼, 우리는 왜 주인 행세를 못하지요? 어디를 봐도 왜놈들보다 풍 채 좋고 의식이 뚜렷한디."

"배 서방, 오늘 상당히 고무적이네."

"생각해 보시오, 고운 어른. 오늘 이 행보가 무엇을 말하요?"

배 서방은 엉거주춤 일어나 조심스레 돛폭을 내렸다. 정남균의 아버지가 거들었다. 앞으로 나가던 배가 잠시 주춤하고, 배 서방은 손바닥에 침을 탁 뱉고 나서 노를 저었다. 그 동작 하나하나가 몸에 배어나 여유로웠다. 이윽고 배는 회진포 선착장에 이마를 들이댔다. 배 서방은 젓던 노를 빼올리고 나서 잽싸게 선착장에 뛰어내려 닻줄을 맸다.

"자네는 언제 보아도 뱃사람이여."

김고운은 배 서방의 등을 두드리듯 한마디 하였다.

"그나저나 걸어갈 수는 없고, 소달구지라도 빌려야 할디 장날이 아니어서 가능할랑가 모르겠네."

정남균의 아버지는 선착장에 오르자마자 마음 조급하게 말하였다.

"조랑말이 끄는 수레라도 얻어야지요."

배 서방은 흘깃 한대진을 돌아보았다. 한대진은 말없이 앞장서 선착장을 걸어 나와 곡물상 앞에 이르렀다. 장날이 아니어서 빼꼼하게 문이 열려 있었다. 배 서방이 문을 두드렸다. 검실 구레나룻의 장년이 얼굴을 내밀었다.

"아따, 일찍허니 오셨구만이라우. 오랜만에 반갑구만요. 안 그래도 대덕 박 진사 어르신이 사람을 보냈습디. 대덕장 어귀에서 기다린다고요. 쪼깐 들어오시오."

구레나룻은 한대진과 김고운을 알아보고 꾸벅 인사를 하였다. 일행은 안으로 들어갔다. 곡물창고에는 절기가 이른 탓인지 소금만 잔뜩 쌓여 있었다.

"조랑말은 준비되었는가?"

"우리 집 조랑말이사 언제든지 천리 길을 갈 수 있응께요. 뭣하면 술이라도 한잔 올릴까요?"

"성의는 고맙지만, 그럴 시간이 없네."

"야, 야, 알았구만이라우."

구레나룻은 마구간으로 가더니 조랑말 뒤꽁무니에 달구지를 달았다. 조랑말은 유일한 교통수단으로 장날이면 장꾼과 곡물과 해산물을 실어 날랐다.

"토실하게 잘 먹였군."

"잘 먹여야지라우. 이놈이 돈을 다 벌어주는디."

구레나룻은 일행을 태우고 조랑말을 다루었다. 조랑말은 회진포를 벗어나 고갯마루를 휘돌았다. 드넓은 들판이 시원스레 펼쳐졌다.

"여그도 실농에 가깝지요?"

구레나룻과 나란히 앉은 배 서방이 물었다.

"이번 태풍에 피해를 많이 입었소."

"왜놈들은 이런 사정을 전혀 감안해 주지 않을 텐디 걱정이오."

"어짜겠소. 주린 배를 움켜잡고 이겨나가야제."

한대진은 배 서방과 구레나룻이 나누는 대화를 귓결로 흘려들으며 줄곧 천관산을 바라보았다. 산의 자태는 언제 보아도 어머니의 젖가슴을 연상시키는가 하면 넉넉하게 내려다보고 있는 선비의 기상을 동시에 지니고 있었다. 그래서 그 아래로 펼쳐진 들녘은 넉넉하고, 인심 또한 후덕하였다. 사람들의 성품이 삿되지 않음도 지기(地氣)의 운기를 품받은 때문이리라.

"장흥읍내에 가면 신간회 사람들을 만나보고 싶네만……."

"그거야, 자네 마음이지."

장흥은 예로부터 반골기질이 농후하여 동학농민혁명 때도 최후까지 싸웠던 곳이다. 달리 말하자면 잔여세력들이 집결하여 저항하였다. 그리고 개중에는 쫓기어 숨을 곳을 찾아 조약도에 들어왔다. 삼일만세사건 때도 어느 지방 못지않았다. 일제가 장흥에다 광주지방법원 산하 지원을 둔 것도 시사하는 바가 클 것이다.

"마차를 어디다 댈까요?"

"장터 입구 수양버들 늘어진 장흥집에 대게나."

"석냥간 건너 집이요?"

구레나룻은 장터목에 이르자 한대진이 말한 장흥집 앞에 조랑말을 세웠다. 조랑말은 머리를 내저으며 가쁜 콧김을 내품었다. 박 진사는 먼저 와서 기다리고 있었다. 키는 작달막하였으나 의연한 선비의 기상을 지니고 있었다. 소탈한 면모도 엿보여 첫인상부터 까탈스럽게 보이지 않았다.

"오랜만의 나들이구만."

"그런 셈이네. 시절이 그렇게 만드는가 싶기도 하고……."

한대진은 김고운과 수인사를 시켰다. 두 사람은 서로가 익히 이름은 들었지만 처음이었다. 배 서방도 꾸벅 인사를 올렸고, 정남균의 아버지는 정중히 통성명을 나누었다.

"서신을 받고 대충 여기 온 내력을 알았습니다. 부모 된 위치에서 신고가 많았겠습니다."

"주위에서 힘써 도와주어 마음고생을 덜었구만요."

정남균의 아버지는 새삼 한대진의 폭넓은 교류에 놀랐다.

"점심시간은 다소 이르네만 여기서 점심을 들고 가는 게 좋지 않을까?"

"그게 좋을 듯싶으이. 읍내에서 절차를 밟자면 시간이 없을 테고."

한대진은 박 진사의 제안을 선선히 받아들였다. 음식상이 들어오고, 구레나룻은 조랑말에게 먹이를 구해주고 뒤늦게 밥상머리에 앉아 허리띠를 풀었다. 배 서방도 새벽같이 오느라 시장하였던 터여서 김이 모락이는 돼지수육을 안주로 구레나룻과 막걸리 두어 잔을 반주로 마셨다. 건너편 대장간에서는 장날이 아닌데도 나이어린 까까머리가 연신 풍로질을 하며 시뻘겋게 불꽃을 일으키는 가운데 웃통을 벗어부친 대장장이가 망치를 내리쳤다. 머지않아 가을걷이를 하자면 때 맞추어 연장들이 필요할 것이었다.

"장터목 도야지 비지살은 언제 맛을 보아도 연하면서도 푸짐허요."

"암만. 여기다 홍어와 묵은 김치를 곁들이면 그야말로 천하일미제."

배 서방과 구레나룻은 죽이 맞았다. 정남균의 아버지도 두 사람의 걸죽한 입맛에 이끌려 오랜만에 입맛을 찾았다. 그 동안 아들 일로 입맛을 잃은 터였다. 한대진과 김고운과 박 진사는 그들과는 달리 점심을 간단히 끝냈다. 읍내에서 일을 보자면 낮술로 벌겋게 얼굴을 달굴 수 없었다.

"그럼, 이만 가볼께라우?"

박 진사가 우기다시피 점심값을 치르는 동안 구레나룻은 허리띠를 바로 여미며 조랑말에다 달구지를 매달았다.

"박 진사도 함께 가세나."

"그렇게 마음먹고 나왔네."

박 진사는 읍내에 볼일도 있고 하여 겸사겸사 동행하였다. 구레나룻은 한잔 술에 힘입어 조랑말을 힘차게 몰았다. 장흥 읍내로 향하는 신작로는 반듯하였다.

"마음고생은 많을지 몰라도 훌륭한 아들을 두셨습니다."

조랑말이 끄는 달구지가 관산을 지나자 박 진사는 바로 곁에 앉은 정남균의 아버지를 돌아보았다.

"금메요. 지놈 사상과 실천방법은 이해하지만 앞날이 걱정입니다."

"그 마음을 왜 모르겠소만, 그저 숨죽이고 살 수는 없지요. 끊임없는 저항은 우리의 길을 스스로 닦아나가는 주체성 아니겠소? 빗방울이 바윗장을 뚫듯 말이오."

"그러자면 얼마의 희생과 고통이 따라야 할지 그저 치막한 먹장구름이오."

"이 땅의 아들들은 기꺼이 희생양이 될 수밖에 없소."

"하지만 일제의 신민으로서 자신의 영달을 꾀하는 젊은이들도 있잖소."

"그건 답답해서 하시는 말인 줄 아오만, 역사가 말해줄게요. 당장은 홍시가 달지 모르나 긴 겨울을 지새고 보면 쑥 향기가 봄 햇살에 움 솟을 것이오."

"그 세월이 언제일지……."

정남균의 아버지는 입을 다물었다. 조랑말은 어느 사이 유치를 돌아나갔다. 가지산은 천관산과는 달리 또 다른 산세를 지니고 있었다. 어딘지 모르게 선사(禪師)의 기풍이 깃들어 있었다. 그래서 신라 때 이미 구산선문(九山禪門)의 한 자락을 베고 있는지도 몰랐다. 조랑말이 묽은 똥을 싸제꼈을 때는 장흥 읍내를 들어서고 있었다. 번화한 만큼 활기에 차 있었다. 구레나룻은 곧바로 장흥지원 앞에 조랑말을 몰아세웠다. 네 사람은 배 서방과 구레나룻을 남겨놓고 청사 안으로 들어갔다. 한대진은 미리 준비해온 벌금을 물고 서류수속을 밟았다.

"이렇고롬 민폐를 끼쳐서 그저 죄송하고 송구스럽구만이라우."

"나 혼자 감당한 돈이 아니지 않소. 여기 고운을 비롯하여 학부형들이 십시일반으로 모은 게요."

네 사람이 수속 절차를 마치고 잠시 기다리자 정남균과 문승수가 헬쑥한 모습으로 나타났다. 그들의 모습에서 그간의 고초를 짐작하고도 남았다. 정남균의 아버지는 아들과 문승수를 번갈아 얼싸안았다.

"고생들이 많았네."

"저희들이야 당연한 결과였습니다만, 어르신들께 깊은 심려를 끼쳐 드렸습니다. 이렇게 쉽게 풀려날 줄은 예상하지 못하였습니다."

으름장을 놓듯 시퍼런 칼날을 들이대며 심문할 때와는 달랐던 것이다.

"섬사람들이 한마음으로 구명운동을 한 덕분일세. 이제 다시 원기를 회복하여 아이들을 열심히 가르치게."

"그래야지요. 아무튼 눈물겹도록 감사합니다."

"우선 어디 가서 자네들 허접한 뱃속을 채워야겠네."

일행은 장흥지원을 나와 박 진사가 자주 찾는다는 한식집에 들었다. 미리 준비라도 하였다는 듯 감칠맛 나게 음식이 나왔다. 남도의 풍요로움이 상다리를 휘감았다.

"들게나. 술도 한잔 들어야겠제."

음식을 대하자 분위기는 한결 흥겨웠다. 배 서방과 구레나룻은 연신 육회를 비우며 술잔을 들었다.

"고문도 하던가?"

"물어보나 마나제. 그놈들이 어짠 놈들인디 좋은 말로 했겠남."

배 서방의 멀뚱한 물음에 구레나룻은 핀잔을 주었다. 병신이 안 된 것만도 다행이다 싶었다.

"심신이 지치고 피로할 터인즉 돌아가는 길에 약이라도 한 첩 지어 가시오. 대덕 장터거리에 잘 아는 약방이 있으니께."

"당연한 말씀이십니다요."

박 진사의 말을 정남균의 아버지는 얼른 받아 삼켰다. 정남균과 문승수는 풍성한 음식 맛에 지레 질렸음인지 몇 숟갈 들지 못하였다. 음식을 들고난 일행은 다시금 조랑말이 이끄는 달구지에 올랐다. 한잔 술로 가슴이 벌겋게 열렸다.

"나는 이곳에 잠시 일을 본 다음 강진을 들러 지기들을 만나보고 옹기장이더러 배로 실어달라고 해야겠네."

김고운은 예정대로 강진을 가고자 하였다.

"옹기장이들이 사는 곳이라면 그 건너에 다산의 유배지가 있잖소?"

박 진사가 물었다. 박 진사는 그곳의 지리를 환히 꿰뚫고 있었다.

"아주 초라하게 버려져 있습디다."

"안타깝지만 당분간은 폐허처럼 버려질 수밖에 없겠지요. 시절이 언제 돌아올 것인지……."

"자, 그럼. 집에 돌아가서 만나세. 박 진사께서도 언제 기회 닿는 대로 찾아 주십시오."

"그러리다. 잘 다녀오시오."

조랑말은 김고운을 내려놓고 왔던 길을 되돌아갔다.

"진사 어르신께서는 볼일이 없습니까요?"

"가다가 왼쪽에 보이는 포목점에 대주게. 얼른 볼일을 보고 나올 테니께."

"아, 저그 저 집 말이지라우?"

구레나룻은 포목점 앞에 조랑말을 세웠다. 박 진사는 포목점 주인과 인사치레를 나누고 나서 수의감을 한 벌 떴다.

"웬 수의감인가?"

"구십 노모가 계시지 않는가. 당신이 손수 준비한 것이 너무 오래되어 안사람이 신경을 써서 말이네."

"참말로 효자시구만요."

구레나룻이 대신 말을 받으며 조랑말을 몰았다. 정남균과 문승수는 햇살이 부시다는 듯 두 눈을 지그시 감고 있었다.

"고운께서는 강진에 무슨 볼일이 있다는 겐가?"

"신간회에 간여하고 있네."

"그런 느낌을 받았네. 일제가 머지않아 그것도 간섭할 것 같은데, 대진의 생각은 어떤가?"

"저들은 조선의 정치적, 경제적 해방과 실현을 표방한 신간회를 좋아할 리 없겠지. 더구나 사회주의 성향을 제일로 싫어하지 않는가."

"또 한바탕 검속바람이 분다?"

"불을 보듯 빤하지."

한대진은 들판 너머로 눈길을 돌렸다. 갑자기 떠도는 유랑객이 된 듯한 기분이 들었다. 주인 잃은 허허한 들판. 배 서방은 한잔 술에 못 이겨 꾸벅꾸벅 졸았다. 대덕 장터거리에 이르러 박 진사가 소개한 한약방에서 한약을 짓고 박 진사와 헤어졌다.

"뱃길을 가자면 날이 어둡겠네."

"밤배를 어디 한두 번 운항했는가. 상현달이 뜰 것이고, 운치 있을 걸세."

"그 말을 들으끼게 언제 유람을 가야겠네."

"언제든지 오시게라우. 오늘의 보답을 할 텐께요."

정남균 아버지의 뒤를 이어 정남균과 문승수가 깍듯이 인사를 하였다. 박 진사는 그 자리에 붙박혀 서서 조랑말이 멀어질 때까지 지켜보았다.

"좋은 친구 분을 두셨구만요."

"도량이 넓고 활달한 친구요. 겉만 보고 사람을 판단하지 말라는 옛말을 저 친구가 지니고 있어요."

한대진은 처음 박 진사를 만난 때를 떠들렸다. 해남 대흥사 아래에서 시연회를 열었는데, 박 진사의 취흥이 묻어난 시구가 가장 으뜸이었다. 한대진은 어디를 가나 두주불사라고 자타가 공인하였는데 박 진사

또한 조금도 손색이 없었다. 두 사람은 그날로 의기투합 마음을 열었다. 그리고 그 우정이 오늘에 이르렀다. 조랑말이 회진포에 이르렀을 때는 해가 깜박 서산에 숨어들려고 하였다. 한대진은 구레나룻에게 섭섭잖게 하루 품을 지불하고 배에 올랐다. 배 서방은 구레나룻에게 손을 흔들고 나서 돛폭을 올렸다. 바람이 알맞게 불었다. 회진포구를 돌아나가자 상현달이 바다를 은빛으로 물들였다. 창백한 달빛 때문인지 밤바람이 제법 쌀쌀맞게 뱃전을 때렸다.

집으로 돌아온 정남균과 문승수는 이틀을 쉰 다음 학교에 출근하였다. 학교에 모습을 나타내자 근심과 걱정으로 얼굴을 감쌌던 아이들이 일제히 환호성을 질렀다. 아이들의 그런 모습을 바라보던 두 사람은 가슴이 벅차올랐다. 평생을 아이들을 위해 헌신하리라. 두 사람은 눈을 마주쳤다.

그러나 주재소주임은 그 같은 기류를 못마땅해 하였다. 그리고 그들보다 더욱 얄상궂게 눈길을 보낸 사람은 조동이었다. 저런 불순한 자들을 벌금형으로 풀어주다니. 지나치는 똥개랄 놈도 꼬리를 사린다는 자들이 솜방망이를 휘둘러도 분수가 있제. 그리고 환호하는 저 꼬락서니들이라니. 아무리 철부지 아이들이라고 시상 돌아가는 줄을 몰라. 그리고 나는 뭐냔 말이여. 실컷 좆 빠지게 한 건 올려준께로 돌아온 것은 돌멩이잖어. 조동은 벌금을 대납한 한대진을 비롯하여 면내 유지들과 학부형들이 밉살맞기만 하였다. 누구라도 좋으니 붙들어 잡고 마음껏 화풀이를 하고 싶었다.

정남균과 문승수는 추수가 끝난 시월 말까지 열성적으로 아이들을 가르쳤다. 예상대로 올해의 농사는 실농이어서 가슴마다 한숨이 절로 나왔고, 보리갈이에 한숨을 묻는 한편, 김 포자가 묻어나는 김발에서 근심 걱정을 덜고 한겨울을 따뜻하게 지내기를 바랐다. 예년보다 더욱 김 생산에 정성을 기울였다. 그렇게 분주하게 생업에 매달려 있을 때, 구시월 도지바람을 타고 음산한 소문이 파도에 실려 왔다. 통근열차에서 일본인 학생들과 조선인 학생들이 패싸움을 일으켰다는 것이다. 그 소문은 한밤중에 몇 몇 제자들을 불러낸 정남균과 문승수의 비장한 얼굴에 가감 없이 묻어났다. 제자들 가운데는 이미 졸업을 하고 가정 형편상 상급학교에 진학하지 못하고 집안일을 거두는 정문두, 정병생, 박천세, 김경태, 이영직, 정병래도 영문을 몰라 하며 긴장한 얼굴을 내보였다.

"너희들을 모이게 한 것은 오늘로 이 학교를 그만 두려고 해서다. 깊은 사연은 묻지 말거라. 곧 알게 될 테니까. 우리 두 사람은 비록 너희들 곁을 떠나도 언제까지 너희들과 함께 할 것이다. 그리고 너희들은 지금까지 배운 바를 굴절 없이 실천하기를 바란다. 공리공론이 아닌 실천행동이 무엇보다 중요하다. 그래서 졸업한 너희들도 부른 것이다. 비록 진학은 못하였지만 고향에서 투철한 정신으로 의식을 일깨우고 불의에 항거해야 한다. 우리 두 사람은 너희들을 믿는다. 우리들뿐만 아니라 상급학교에 진학한 선배들이며, 앞으로 진학할 후배들도 너희들과 한마음이 될 것이다."

비장감이 도는 훈시는 간곡한 기원이 깃들어 있었다. 제자들은 영문을 몰라 하면서도 두 사람이 떠난다는 사실을 안타까워하였다. 발을 동동 구르고 싶었다. 그러나 누구 한사람 나서서 그 사연을 묻지 않았다. 정남균과 문승수는 그 밤으로 섬을 떠났다. 그리고 광주학생운동에 참여하였다는 사실을 뒤늦게 알았다.

"삼 년 징역형을 받았다고야? 인자, 우리 집안은 볼 것 없이 망했다."

정남균의 아버지는 그 소식을 전해 듣자 넋을 잃고 토방마루에 주질러 앉았다. 한대진의 입지는 더욱 난감하였다. 유인물사건으로 벌금형을 받고 풀려났을 때, 대리인으로 보증을 선 까닭이었다. 주재소주임과 나까무라 순사의 시선이 전 같지가 않았다. 그러나 한대진은 그들의 시선을 흔연하게 받아넘겼다. 고이헌 작자들 같으니라고. 내가 그런다고 두 손 빌 것 같아? 그들을 위해 마음 닿는 데까지 혁대를 졸라 맬 거야. 한대진은 굳게 입을 다물고서 배 서방과 박 서방을 앞세우고 바다로 나갔다. 대섬목 아래 물살 드센 곳에 시험 삼아 막은 김발이 유난히 포자가 튼실하고 윤기가 났다. 모험이 성공한 셈이었다. 물살이 드센 만큼 건장한 장말을 필요로 하였고, 수시로 망가지는 수심봉을 갈아주어야 하였다. 그만한 수고와 투자 없이 어떻게 질 좋은 김을 생산할 수 있으랴.

"정남균과 문승수 두 선상, 확실히 투사의 길로 나섰소."

"이 땅의 젊은이라면 마땅히 그 길을 걸어야제."

한대진은 배 서방과 박 서방이 주고받는 대화에 가타부타 말이 없었다. 신간회, 근우회 등 주요단체들과 연계를 맺은 광주학생운동은 전국으로 퍼져나가 얼마나 많은 학생들이 희생되었는가. 생각할수록 가슴이 서늘하고 아팠다. 장차 신간회에 참여한 김고운에게도 어두운 그림자가 들이닥치지나 않을지……

"아따, 해태발이 윤기가 반지르르 흐르요. 확실히 성공한 셈이니께 내년부터는 서로 좋은 물목을 차지하려고 눈들을 부릅뜨것는디."

"이 사람아, 그만한 밑천이 있어야 할 것 아닌가. 장말만 해도 뉘 집 부지깽이인감."

"입씨름 그만하고 떳대나 단단히 채워. 수심봉 새끼줄도 두줄배기로 매고."

한대진은 갈쿠리 삿대로 김발을 들어 올리며 두 사람의 일을 거들었다. 바람이 일면서 밀물이 차오르기 시작하였다. 두 사람은 서둘러 떳대를 마저 채우고 수심을 조절하였다.

"저그, 물살을 헤치고 다가오는 게 옹구배 아니요?"

노를 저어 정가섬을 돌아서며 배 서방이 소리쳤다.

"음마, 정말이구랴. 지금 뭔 옹구여? 봄날 따뜻할 때 외상 놓으러 오는디."

박 서방은 뜨막한 얼굴로 바라보았다.

"사정이 있것제. 뭍에도 흉작마당이라 먹을거리가 궁색한가 보제."

"그거사, 우리도 매 한가지제. 해태 생산도 아직은 시기상조고……."

옹기배는 쌍돛을 달아 붙이고 금방 배 서방이 노 젓는 채취선을 앞질렀다. 그리고 밀물이 차오른 수문통께에 이마를 들이댔다. 한대진이 선창에 배를 세우고 수문께에 이르자 뜻밖에도 옹기배에서 김고운이 기다리고 있었다.

"자네인성 싶어서 기다리고 있었네."

"옹기배를 띄울 시기는 아닌 것 같고, 자네가 전세라도 낸 건가?"

"잠시 피신을 나왔네. 신간회 말일세. 허헌 등 주요 회원들이 검거되지 않았는가. 이 사람들도 그런 처지에 놓일 것 같아 옹기배를 몰아왔네. 비교적 이곳은 안전하지 않는가."

"그렇긴 하지. 신간회도 짐작컨대 생명이 다한 것 같으이. 눈을 부라리고 싹을 모조리 자르려고 하지 않는가."

"아무리 그래싸도 봄날 죽순처럼 항일운동은 잦아지지 않을 걸세. 누구보다도 자네가 그 점을 잘 알면서 그러는가. 어쨌거나, 마음이 허탈하네."

"우리 집에 김장 담을 장독이나 두어 개 들여놓도록 하게. 그리고 씻김굿 마냥 술이나 한잔 나누세."

"얼씨구, 어깨춤이 절로 나는구만."

김고운은 이끄는 대로 한대진의 사랑에 들었다. 이 집 가주는 언제

마셔도 변함없는 향기를 지니고 있단 말이야. 김고운은 허탈한 마음을
한잔 술로 달랬다.

파도가 일어서는 아침

1

두 해가 설핏 흘렀다. 그 사이 섬은 평화로왔다. 겉으로는 그랬다. 사람들은 부지런함을 밑천으로 슬기롭게 흉년을 잘 넘겼고, 해태밭의 이양방식을 진일보 개선하여 풍요를 바라고 있었다. 바람이 잔잔하면 수면의 파도는 잦아지기 마련이었다. 모내기를 끝낸 강녕들은 올챙이 떼와 송사리 떼가 모 포기 사이를 숨바꼭질하였다. 올챙이와 송사리는 번식력이 좋아서인지 해마다 이맘때면 그 숫자가 넘쳐 났다. 사람들은 몇 날이고 품앗이로 모내기를 끝낸 뒤끝이라 기신한 허리와 다리를 모로 외꼬듯 폈다. 게게풀린 그 모습은 한시름 놓았다는 충족감이 떠 있었는데, 게으름뱅이 곱사둥이만은 논 한뙈지기 없는데도 아직까지 보리 낟가리를 그늘진 토방마루에서 홀태로 목을 따고 있었다. 혀를 차며 면박을 줄라치면, 아, 나라고 게으름을 피우고 싶어 피우는감. 아랫집 윗집 못줄도 잡아주고 바다에 나가 갯벌도 둘러썼잖았는가. 더러는 마누라 엉덩이도 두둘겨 줘야하고 말이여. 사설조로 변명을 늘어놓았다. 하기야 처녀가 애를 배도 할 말이 있다고, 산골 다랭이 밭뙈지기 한 자락뿐

이어서 쉬엄쉬엄 게으름을 피운들 어떠하랴.

오랜만에 나들이옷으로 갈아입은 한대진은 대문을 나섰다. 이 빠진 대싸리 울타리 너머로 보리목을 따는 곱사둥이를 곁눈질로 바라보며 골목을 돌아 나왔다. 배 서방이 어두리까지 배로 실어다 준다는 것을 마다하고 집을 나선 것이다. 어두리 박채복이 모내기도 끝났고 하니 얼굴이나 보자고 기별을 하여 마음을 움직였는데, 보나마나 신 생원, 차헌도, 김고운에게도 연락을 하였지 싶었다. 다른 사람은 몰라도 김고운은 지척간인지라 함께 가자고 하였을 텐데 아무런 기척이 없었다. 무슨 일이라도 있는 겐가? 아니면 출타라도 하였는가, 궁금하여 김고운을 먼저 찾아보기로 한 것이다. 원뚝을 가로질러 강녕들을 지나 동백 숲에 이르렀을 때, 청년 두 사람이 밀담을 나누다가 부시시 일어나 허리를 굽혀 인사를 하였다.

"아니, 너는 문두 아니냐?"

또 한 사람은 정병생이었다. 한대진은 놀랄 수밖에 없었는데, 정문두는 작년 봄에 염치불구 한귀재를 믿고 무조건 서울로 올라가 뒤늦게 학업에 매달렸다.

"형편이 여의치 않아 학업을 중단하고 내려왔구만요."

"그래? 고생이 많았구나."

한대진은 애석해 하였다. 마음 같아서는 학비라도 듬뿍 보태주고 싶었다.

"장서는 착실히 공부하던만요."

"만나봤느냐?"

한장서는 올봄에 서울로 유학을 갔다. 조기유학인 셈인데, 다른 아이들보다 나이가 어려 잘 적응할까 염려가 되었다.

"제가 신세를 졌구만이라우."

정문두는 일 년 동안 시속말로 동가식서가숙하다시피 하였다. 그나마 위안이 된 것은 학교는 달라도 뜻 맞는 친구들과 독서회를 조직한 것이었다. 한귀재의 권고로 독서회에 가입하였는데, 모임이 있을 때마다 다들 진지하고 열성적이어서 부쩍 시야를 넓혀 나갔다. 그만큼 마음의 양식을 쌓을 수 있었다. 그리고 형편이 어려운 벗들은 자연 여유가 있는 친구들에게 신세를 졌다. 정문두도 한귀재를 비롯하여 여러 친구들에게 신세를 졌는데, 한장서는 같은 또래의 독서회원이 아니었으나, 고향 후배라는 이유만으로 만만하게 기식을 하였다. 한장서도 정문두를 싫어하지 않았다. 낯설은 도시에서 혼자 자취를 하자니 외롭고 심란하였다. 집에서는 기린 것 없이 불편을 모르고 생활하였는데, 끼니때가 돌아오면 제일로 서글프고 쭈글스러웠다. 그러던 차에 정문두를 만난 것이다. 향우들끼리 모인 자리에서 반갑게 만났는데, 몰골이 말이 아니었다. 한장서는 자신도 모르게 울컥 동정심이 우러났다. 그리고 그날로 정문두를 자취방에 들게 하였다. 정문두도 마다하지 않았다. 이 눈치, 저 눈치 살피며 자존심을 내보일 때가 아니었던 것이다. 그 대신 한장서가 부족한 점을 책장을 펼쳐가며 함께 배우고 가르쳤다. 그렇다고 빈대처럼 노상달밤으로 빌붙어 지낼 수는 없었다. 은근히 학비야, 잡비까지 호주머니에 찔러주는 한장서의 마음 씀씀이가 고맙고 미안하였다. 하여 한차례 순례를 하듯 친구네 집을 전전하다가 마치 친정집에라도 들 듯 한장서를 찾곤 하였다. 그러나 그것도 한계에 부딪쳤다. 건강이 좋지 않았다. 눈물을 머금고 휴학계를 내고 고향으로 내려왔다.

"같은 고향 선후배끼리 신세랄 것 있겠느냐. 건강을 추스리고 나서 다시금 학업을 계속하거라."

"노력은 해 보겠습니다만, 여그서도 할 일이 있지 싶구만요."

"할 일?"

"야. 박성래 선생님과 정남균, 문승수 선생님의 뜻을 알았구만이라우."

"자기희생이 혹독하게 따를 텐데 그 뜻을 실천하겠다는 게냐?"

"뜻 맞는 친구들을 한데 모아야지요."

"그 마음은 갸륵하다만, 경거망동은 삼가거라."

"깊이 새기겠구만이라우."

한대진은 정문두와 정병생의 인사를 뒤로하고 해태조합 창고를 지나 김고운의 집을 들어섰다. 우멍한 황구랄 놈이 고개를 들고 짖으려다가 그대로 배를 깔고서 꼬리를 흔들었다. 정문두가 박성래, 정남균, 문승수가 뿌린 씨알들을 모아 뜻을 펼친다? 걸어오는 동안 내내 그 생각을 굴렸다. 김고운은 방금 자리에서 일어났는지 문지방에 걸터앉아 세면을 막 끝낸 뒤였다.

"늦자리를 깔았구만. 나이 들수록 손발이 부지런해야 눈칫밥을 얻어먹지 않는 법이네. 까딱했으면 그 기름기 밴 세숫물을 뒤집어쓸 뻔했네."

"간밤에 술이 좀 과했어. 궁상맞은 생각을 굴리며 혼자 자작을 했네."

"보기 드문 현상이었군."

"세상 돌아가는 꼴이 그렇잖은가. 무슨 나들이인가?"

"박채복이 연락 안 했던가?"

"연락을 받았는데 깜박 잊었네. 그 친구 술 말이나 싣고 배라도 띄우고 싶은 게로군."

"이 풍진세상을 그렇게라도 풀어 내려야지. 어여 옷차려 입게나."

김고운은 한대진의 재촉에 나들이옷으로 갈아입었다. 신간회 간부들이 줄줄이 붙들려가자 자연 해산된 거나 다름없어 김고운은 칩거하다시피 하였다. 이래저래 마음이 상하여 나날이 우울하였다. 그래서 어젯밤에도 궁상맞게 혼자 술을 들었다. 박채복은 이심전심 같은 마음일 것이다. 한대진과 김고운은 큰밭재를 넘어 지풍골로 들어섰다. 그러고 보니 이쪽 나들이는 오랜만이었다. 지풍골은 작년보다 더 짙푸르렀다. 송뢰바람이 은근하였다.

"한귀재가 서울에서 학생운동에 연루되어 검거되었다는구만."

"금시초문인데 어디서 귀동냥했어?"

조금 전 정문두도 한귀재에 대한 소식은 모르는 듯하였다.

"어제 들었네. 주재소주임이 우쭐거리면서 신원조회가 왔다고 떠벌리더군. 아직 가족들도 모를 걸세."

"줄줄이 굴비 엮음이라……."

한대진은 가슴이 답답하였다. 한귀재는 인물 됨됨이가 영민하여 서울에 올라가 사립학교 고학당에 들어가 뛰어난 재능을 발휘하였다. 그래서 섬사람들의 기대를 모았다.

"학교에 다니면서 독서회를 주관하며 사회주의 서적에 심취한 나머지 그 사상에 공명하였다고 하네."

주재소주임의 말을 듣자니, 한귀재는 같은 학교의 김기범, 진옥진과 회합을 갖고, 김기범의 제의에 따라 고학당 생도를 중심으로 조선학생전위동맹을 결성하였다. 김기범은 스스로 책임자가 되고, 한귀재는 조직부, 진옥진은 선전부를 각각 맡았다. 그들은 또 독서회를 설립하여 동지들을 규합하였다. 정문두도 거기에 가담하였는데, 이때 진옥진은 조선학생전위동맹의 강령을 기초하였다. 일본제국주의 타도, 조선독립, 식민정책, 제국주의 정책에 대한 항거였다. 그들은 매주 토요일 진옥진의 집에 모여 운동의 방향에 대해 협의하였으며, 나아가 조선학생전위동맹을 다른 학교에까지 확대시키기로 결정하였다. 이에 따라 경신중

등학교는 한귀재가, 중앙학교는 진옥진이 각각 담당하여 독서회를 조직하기로 하고 활동을 전개하던 중 조직이 탄로가 나 검거된 것이다.

"아까운 인재가 또 몇 년 콩밥을 먹게 생겼으니 앞날이 치막하구만."

"그렇다고 박성래, 정남균, 문승수, 한귀재로 끝나지는 않을 걸세."

"그런 조짐이 다분하네."

한대진은 조금 전 할 일이 있다는 정문두의 말을 다시금 떠올렸다. 전남노동협의회를 간과할 수 없다면 그 잠재세력은 아주 비밀스럽게 움직이고 있을 것이다.

"신 생원 집에 들렀다 갈까?"

"벌써 갔겠지."

"하긴, 신 생원 성질에 늦장은 부리지 않을 거여."

두 사람은 가래 고개를 넘어 신흥부락을 돌아 어두리로 들어섰다. 당목 당숲 너머에서 망치소리가 들렸다. 누군가 배 밑창이라도 가는가 싶었다.

"당숲은 언제 봐도 향내가 그윽해."

"당할무니가 지키고 계시지 않는가."

"일본 놈들이 당할무니를 시샘하여 당숲에 신사를 지으려다 도리어 피를 토하였지."

"죽일 놈들. 즈그는 하늘신, 토지신, 조상신을 끔찍이도 위하면서 이 나라 조상신과 토지신은 눈엣가시처럼 여기다니. 나라를 잃으면 산천도 괄세를 받는가."

어두리 큰고개에 오르니 저 아래 쌀씨갱이 백설처럼 눈부신 모래밭에 뒤채는 파도가 수평선 너머의 전설을 노래하였다. 숫처녀의 가슴이 저렇듯 눈부실 수 있을까. 잔뜩 수줍음을 머금은 숫처녀처럼 하얗게 파도가 뒤채일 때마다 순백한 모래밭은 몸을 움츠렸다.

"정말 이 고개는 숨이 가쁘네. 쉬었다 가세."

두 사람은 아름드리 소나무 아래 앉아 가쁜 숨을 골랐다. 소나무는 넉넉하였다. 오가는 길손이며, 나무하러온 더벅머리 총각이며, 소 먹이러 오는 아이들까지 넉넉한 기상으로 쉬어가게 하였다. 다람쥐랄 놈이 제철을 만난 듯 쪼르르 나뭇가지를 타고, 까마귀 떼들이 귓청을 따갑게 하였다. 그러나 그 모든 지저귐들이 싫지가 않았다. 등허리에 맺힌 땀을 식히고 나서 큰고개를 내려왔다. 내리막길은 한결 쉬웠으나 다리가 후들거렸다.

"큰고개는 호랑이도 살겠어."

"우리 어렸을 때는 호랑이가 물어갈까 봐 여름날에는 한데서 잠을 자지 않았지."

두 사람은 은둔자의 모습처럼 숨어있는 마을을 들어섰다. 이 마을은 지천으로 잡히는 고기 덕으로 가난을 모르고 있었다.

"두 분 어르신, 배에서 기다린다고 모시고 오랍니다."

마을 어귀에서 기다리고 있던 머슴이 꾸벅 인사를 하였다. 두 사람은 머슴의 뒤를 따라 선창으로 향하였다. 신 생원이 먼저 와서 기다리고 있었다.

"차헌도가 안 보이는구랴."

"그 사람은 해남에 갔다는구만. 아들이 해남 이진학원 교사로 발령받아 대기 중이라고 하던가?"

"우리가 모르는 일이 많구만. 오늘은 무슨 바람을 돛폭에 실을 것인가?"

"날씨도 좋고 아주 멀리 나가볼게?"

구척장신에 가까운 박채복은 사람 좋은 웃음을 돛폭에 담았다. 무골호인이라고나 할까, 더없이 너그럽고 한없이 인정스러웠다.

"키는 자네가 잡지 않는가."

"여수나 목포 어떤가?"

"이 배로는 너무 머네."

"아닐세. 부산, 대마도까지 원정한 배네. 가는 데까지 가보세."

박채복은 배를 띄웠다. 아무런 목적도 없이 이렇게 배를 띄운 게 얼마만인가. 역시 박채복은 풍류를 알고 벗들을 좋아하였다. 배는 순풍에 돛을 달고 섬어두지를 돌아 금일 앞바다로 나아갔다. 하늘을 품안은 바다빛은 창포빛깔인데, 바다 속에 노니는 치어 떼들은 밤하늘에 빛나는 은하수였다. 햇살이 반짝이는 고기비늘은 여리기에 더욱 아스라이 창공의 별빛 무늬였다.

"이쪽 방향은 여수도, 목포도 아니지 않는가?"

배가 금일 앞바다를 지나 신지도를 멀리 여월 즈음 신 생원이 두릿한 얼굴로 방향을 가늠하였다. 그야말로 한 조각 일엽편주처럼 망망대해에 떠있는 기분이었다.

"소안도로 방향을 정하였네."

"의외군. 거긴 왜?"

"만날 사람이 있네. 전해 줄 것도 있고……."

"혹시 이배수, 그 사람을 만나기로 한 건가?"

"자네는 역시 명도네."

박채복은 한대진의 예감에 속으로 놀랐다.

"그 사람이 누군가?"

"숨어사는 처사네."

김고운의 물음에 한대진은 짤막하게 대답하였다. 읍내에서 유림들이 첫모임을 가졌을 때 수인사를 나누었다. 동양사상은 물론이려니와 사회주의 사상에도 폭넓은 식견을 지니고 있어 한대진은 공감하는 바가

컸다. 그런데 꼭 한번 첫모임에 얼굴을 내비치고는 모습을 보이지 않았다. 들리는 소문에 의하면 일체 바깥출입을 삼가며 은둔 자족한다는 것이었다. 하긴, 오늘의 시국에서 어디다 얼굴을 내보이랴.

"자넨 어떻게 친교를 텄는가?"

이번에는 신 생원이 자못 흥미롭다는 듯 박채복을 돌아보았다.

"내가 청산도에 볼일이 있어 배를 타고 가는 길에 그 양반과 마주쳤네. 장정 한 사람과 물방선이나 다름없는 배에다 송아지 한 마리를 싣고 가다 조난을 당한 것이었네."

박채복은 그때를 떠올리자 저절로 웃음이 번져 났다. 청산도를 휘돌아 도는데 저만큼 앞서 채취선 한 척이 느릿하게 나아가고 있었다. 장정 하나가 비지땀을 흘리며 노를 저었고, 의관을 바로 한 허름한 양반이 연신 바가지 물을 퍼내고 있었는데, 송아지 한 마리가 뱃창에 묶인 채 음메 소리를 내질렀다. 배가 낡아 배 밑창으로 물이 세어드는지, 아니면 송아지 무게와 사람의 중량 때문에 파도가 칠 때마다 뱃전에 물이 넘치는지, 바가지물을 퍼내는 속도가 점점 숨 가빴다. 저러다 사람과 송아지가 꼼짝없이 물귀신이 되겠구나. 박채복은 그냥 지나치려다 아무래도 사고가 나지 싶어 다가갔다. 아니나 다를까, 가까이 다가갔을 때는 이미 뱃전 가득 방죽물로 차올라 구원의 손길을 바라볼 뿐이었다. 선비의 몰골은 물에 빠진 새앙쥐 꼴이었고, 노 젓는 장정은 힘이 다하여 노를 젓는다기보다는 붙들고 있었다. 송아지랄 놈은 네 다리가 물에 잠긴 채 목쉰 소리를 내질렀다. 박채복은 두 사람과 송아지를 배에 태우고 소안도로 향하였다. 그 사람이 이배수였는데, 청산도 사돈집에서 송아지를 가져가라는 기별이 닿아 마을 장정과 송아지를 배에 태우고 돌아오다가 해로를 잘 몰라 암초에 부딪쳤다는 것이다. 배 밑창에서 물이 새어드는 줄도 모르고 바다 가운데로 나오다 보니 너장이 물에 차 그때서야 아이구, 큰일 났다 싶어 온힘을 다하여 물을 퍼내고 노를 저었으나 속수무책 그 지경에 이른 것이었다.

박채복 때문에 위기를 모면한 이배수는 그냥 보낼 수 없다며 몇 날을 쉬어가도록 붙들었다. 박채복은 흔쾌히 이배수의 호의를 받아들였다. 뜻밖에 마음이 통하는 벗 하나를 얻은 셈이었다. 더구나 한대진을 알고 있어 금방 마음을 열었다. 이배수는 남다른 지조와 심오한 사상을 지니고 있었다. 강론에 버금가는 그의 이론과 실천행을 들으며 적지 않은 공감대를 형성하였다. 이배수는 철저한 은둔자로 자처하면서 상해 임시정부와도 연결고리를 잇고 있었다. 독립투사들이 숨어들면 기꺼이 숨어 지내게 하였고, 독립자금을 암암리에 모아 송금하는 임무도 맡고 있었다. 박채복은 이배수의 그 같은 우국충정에 감응하여 즉석에서 독립자금을 헌금하였고, 오늘도 품속에 두툼한 봉투 하나를 지니고 있었다. 그리고 교분이 두터운 벗들을 이배수에게 소개해 주고 싶어 동행을 바란 것이다. 목적을 밝히면 부담을 줄 것 같아 단순한 뱃놀이라고 말하였다.

"자네는 배를 타고 다니면서 사람을 여럿 구하였네."

"우리 집 어장막이 일꾼도 물에 빠진 생명을 구해 주었네. 생사의 갈림길도 우연의 무엇이네. 이배수도 그때 마침 내가 지나쳤기 망정이지 하마터면 물귀신이 되었을지도 모를 일이고, 나 또한 보배로운 벗을 만나지 못하였을 것이네."

"맞네. 인연은 절박할 때 맺어지는 법이네."

"그나저나 먼 바다로 나오니 물살 세고 파도 드높네."

"그래서 옛날 제주로 부임해 가는 나리들께서 생사가 오가는 유배길로 생각하지 않았는가."

"속을 모르면 청산도로 시집가지 말라는 우리네 우스갯소리를 알 것 같네. 정말 뱃길이 험하네."

"자네도 딸 하나 청산도로 시집보내지 그러나."

"인연이 닿으면 어쩔 수 없는 게지."

박채복은 항로를 잘 잡아 나갔다. 바람의 방향과 물살의 흐름을 제대로 알고 있었다. 눈앞에 섬 하나가 나타났다. 처음에는 신기루처럼 보였는데, 차츰 윤곽이 뚜렷하게 다가왔다. 파도가 넘실거리는 바다의 조화였다.

"저게 소안도인가?"

"대모도라는 섬이네. 저 섬을 지나면 소안도가 나오네."

"멀기도 하구랴."

"그래도 오늘은 순조롭게 온 셈이네. 악천후라도 되어보소."

박채복은 처음 보길도 나들이를 떠올렸다. 소안도를 지나 보길도로 향하는데, 예고 없는 쏙쏙이 바람이 파도날에 갈기를 일으켜 세웠다. 뱃길에는 자신이 있다고 스스로 자부한 박채복도 느닷없는 돌풍에 죽느냐, 사느냐, 고군분투하였다. 표류하다시피 몽돌밭에 뱃머리를 처박은 채 정신을 놓았다. 그때는 정말 악몽이었다. 배가 대모도를 돌아나가자 목적지가 아스라이 보였다. 신 생원은 섬사람답지 않게 속이 메슥거린다면서 뱃전을 베고 누웠다.

"정말 절경이네."

섬의 자태가 완연히 눈앞에 다가서자 김고운의 입에서 감탄이 저절로 나왔다. 곱게 머리를 빗어 넘긴 여인네의 모습만 같았다.

"그야말로 천연림이군. 풍상을 의연하게 이겨 나온 수림이 선비의 절개를 연상시키네."

한대진도 한 수의 시를 감상하듯 섬의 자태를 쓸어보았다.

2

이배수의 집은 마을에서 한참 떨어진 산 속에 자리잡고 있었다. 산 개울을 따라 오르니 재실을 연상시키는 집 한 채가 나타났다. 박채복의 설명에 따르면 재실을 살림집으로 개조하였다는 것이다. 은둔자로서의 면모가 엿보였다. 이배수는 뜻밖의 방문객들을 대하자 처음에는 어리 둥절한 표정을 짓더니 반갑게 맞아들였다.

"생명의 은인께서 멀리서 오셨구랴. 그리고 대진 아니시오?"

이배수는 박채복의 뒤편에 서있는 한대진을 발견하고 얼싸 안듯 반 겼다.

"인연이 여기까지 와 닿았소이다."

"자, 자, 대청으로 오릅시다."

이배수는 김고운과 신 생원과도 깍듯이 수인사를 나누었다. 박채복 은 배에 싣고 온 생선이며 술을 선물로 내놓았다.

"허어, 아예 술상 차림까지 가지고 오셨구려. 웬일로 이런 어려운 걸 음을 하셨습니까?"

"제가 전에 약속한 언약을 지키기 위해 바람도 쐴겸 겸사겸사 뜻 맞 는 벗들과 왔습니다. 불쑥 찾아와 폐가 되지 싶습니다."

"폐라니요? 나도 한참 적적하던 참이었소. 멀리서 친구가 찾아오니 어찌 즐겁지 않으리오. 대진께서는 향교복원에 마음고생이 많으셨지 요?"

"혼자만의 마음고생이었겠습니까. 무엇하면 바깥나들이도 하시지, 그렇게 향교와 절연하다니요."

"잘 아시면서 그러시오. 어디다 마음 기댈 데가 없는 세상 아닙니 까."

"왜, 그 마음을 모르겠소만……."

한대진은 다음 말을 삼갔다. 박채복의 말이 떠올라서였다. 은둔자로
자처하며 상해와 연락이 닿는다는…….

"한잔씩 드십시다. 우리 집 가주(家酒)도 제법 풍류를 돋울 것인즉 아
껴하지 마시고 드시오. 조약도 술맛이 향기롭습니다."

이배수는 술상이 나오자 술잔을 권하였다. 술상이 정갈스러웠다. 어
느새 누렁이랄 놈이 대청마루 밑에서 꼬리를 흔들어 댔다. 생선 대가리
라도 바라는 속내였다.

"먼저 이걸 받아주시오. 많지는 않지만 보탬이 되었으면 합니다."

박채복은 술 한 순배가 돌아가자 품속에서 봉투를 꺼냈다.

"정말 한마디 언약을 지키시는군요. 닷새 뒤에 상해에서 사람이 온다
는 전갈이 왔습니다. 아마 일경에 쫓기는 누군가를 모시고 올 모양입니
다."

"은신처로서는 딱 알맞겠소이다."

"제가 나라의 독립을 위해 할 수 있는 일은 도우미 역할입니다."

"앞으로 이곳 청년들이 일경의 추적을 받게 되면 우리 쪽으로 보내
시고, 우리 쪽 요시찰 인물이 쫓기게 되면 이곳으로 보내기로 합시다."

"좋은 생각입니다. 이곳도 언제까지 안전지대가 될 수는 없을 테니
까요."

이배수는 김고운의 제안에 두말없이 찬성하였다.

"소안도는 일찍부터 개화되고 의식이 깨어났지요."

"의식 있는 젊은이들이 한 번씩 찾아주는 데서 삶의 보람을 느낍니
다."

"우리의 젊은이들과도 교우를 트도록 주선을 해 봅시다."

"그래야지요. 뱃길이 멀다하나 젊은 혈기와 신념은 능히 바다를 뛰

어넘을 것입니다."

이배수는 술이 들어갈수록 마음이 흔감하였다. 파도소리만 송뢰바람에 실려올 뿐 고적한 산 속에서 은둔자연 외로움을 씹어 삼킬 수밖에 없는데, 오랜만에 허리띠를 느긋지게 풀어놓고 즐거움을 누리다니. 천만다행으로 끼니 걱정은 하지 않는다지만 어쩔 때는 외로움 자체가 바늘구멍으로 황소바람이 들이치듯 가슴을 차갑게 식혀 내렸다. 빙판과도 같은 외로움의 깔개를 무엇으로 덥히는가? 그것은 오로지 무심한 경지로 치닫는 마음 비움이었다. 켜켜로 내려앉는 고독을 부시고 마음을 비우다보면 저 깊은 심연에서 울리는 청아한 음향이 향기처럼 마음과 육신을 에워쌌다.

시간을 놓아버린 술상은 주인과 손객 모두를 거나하게 취하게 하였다. 한대진도 마음껏 취하였다. 이상하게도 점점 마음을 내려놓고 풍류를 즐길 수가 없었다. 시간에 쫓겨서도 아니었고, 나이가 들어서도 아니었다. 예전 같잖아 때와 장소를 탓하지 않고 마음의 문을 열 수도, 열어놓고 싶지도 않았다. 그렇게 시절은 알게 모르게 마음과 마음을 얼어붙게 하였다. 어느 사이 술상 밑에 어둠의 그림자가 찾아들고 등불이 어둠을 몰아냈다. 어둠이 내리덮힌 밤바다는 하늘의 별들이 수없이 쏟아져 내렸다. 신 생원의 입에서 시조가락이 흘러나왔다. 흥겨운 자리에 신 생원의 시조가락은 어딘지 모르게 우수를 띠었다. 그러면 또 어쩌랴. 우리네 가락이 본디 애수 어린 것을. 그러자 답례라도 하듯 이배수가 지필묵을 펼쳤다. 그리고 마치 도원결의라도 하듯 차례로 돌아가면서 붓대궁이를 놀렸다.

"적벽가를 능가하는 시를 지을 걸 그랬나?"

"이거면 족하지. 우정의 맹약이나 진배 없으니께."

주인과 손객들은 그걸 벽에 걸어놓고서 품평회를 가졌다. 참으로 오랜만에 가져보는 시연회였다. 그 사이 시간은 자정으로 치달았다. 네 사람은 사흘을 노닐다가 이배수와 헤어졌다. 술 마신 다음날은 과음한 탓으로 뱃길을 나설 수 없었다. 이배수의 안내로 뒷산에 올라 신선한 산림욕으로 숙취를 다스렸다. 이배수는 헤어짐을 아쉬워하였다.

"또 돈이 모아지면 찾아오리다."

"기다리겠소. 뱃길은 저승길보다 더 멀다고 하였으나, 마음이 문제지요."

이배수는 선창까지 따라 나왔다. 그리고 배가 보이지 않을 때까지 장승처럼 서서 지켜보았다.

"저 모습을 바라보노라니 우리가 꼭 친정집에 다녀오는 기분일세."

"그러게. 외로운 학처럼 보이는구려. 우리도 저렇게 은둔자연해야 하지 않을게?"

"옛날 신 생원 증조부께서 도를 닦았던 너구덜 사자바위 굴에서 신선의 도를 닦으면 어떨까?"

"그것도 괜찮겠네. 아직도 증조부의 손때가 묻은 비결책이 보관되어 있네. 알아 볼 수 없는 암호와 상징문구로 가득 차있어 내 짧은 실력으로는 해독이 불가능하네만, 우리 네 사람이 힘써 판독하면 신선의 경계에 도달할지도 모르네."

"그러다 보면 흰머리가 어깨를 내리덮을 것이고……."

"그 비결을 언제 볼 수 없겠는가?"

"좋도록 허시게. 아무튼 증조부께서는 한 경지를 터득한 것만은 틀림없었네. 조선팔도에 한 사람씩 지인을 두었는데, 축지법을 써서 약속한 날짜에 한 자리에 모여 그 동안 연구한 학문을 담론하였고, 죽을 때도 여덟 사람이 한날한시에 운명을 같이하였네."

"날개 달린 장수처럼 말인가?"

"해석하기 나름이지. 하여지간 자네는 자주 이 길을 트게나."

한대진은 배를 다루는 박채복의 모습이 오늘따라 믿음직스러웠다. 위로는 일국의 수장으로부터 모든 사람이 믿음을 심어줄 때 마음의 평화는 저절로 찾아들기 마련이다.

"헌디, 배의 방향이 올 때와는 다른 것 같으이."

"이왕지사 읍내도 구경하고 가세나."

박채복은 천연덕스러웠다. 집을 나설 때 이미 오늘의 행보를 작정한 듯싶었다.

"아무리 사공이기로서니 자기 마음대로구만. 좋네, 좋아."

신 생원 역시 읍내 나들이가 오래였다. 한대진은 향교 일로 가끔씩 나간다지만 신 생원은 그야말로 사랑방 서생이나 다름없었다. 신 생원도 한 때는 부지런히 향교를 드나들며 학문에 열중하였는데, 어느 때부터인가 자신의 한계를 절감한 나머지 읍내 출입을 삼갔다.

"읍내를 돌아보자면 하루 뱃길로는 빡빡하겠는디, 괜찮겠는가?"

"이 정도의 바람이라면 충분하겠네. 무엇하면 하룻밤 잔들 어떤가."

"이 사람아, 생업에 지장이 있느니."

"어떤 작자들은 나라도 팔아넘겼는디 궁상을 떨 건 없네. 즐길 때는 맘껏 즐겨야 하느니."

박채복은 돛폭을 다루었다. 갈기를 세운 파도가 뱃전에 섬광처럼 부셔졌다. 박채복의 예상대로 배는 정오쯤 읍내에 도착하였다. 뱃속이 텅비었는지라 점심부터 먼저 들었다. 한대진이 잘 아는 음식점에서 푸짐하고 맛깔스럽게 음식을 들었다.

"그 사이 쪽바리들이 제법 집들을 지었구랴."

신 생원은 바로 맞은편에 간판을 내건 일식집이 눈에 거슬린다는 듯한마디 하였다.

"남의 나라 땅에다 말뚝을 박고 주인 행세를 하는 자들 아닌가."

김고운도 공감이라는 듯 입꼬리를 말아 올렸다. 네 사람은 해를 가늠하고서 읍내를 돌아보았다. 난전이나 다름없는 어판장은 여전히 풍성하였고, 항구의 배들은 연신 들고났다.

"향교의 모습이 아주 달라졌네."

"아직은 완전하게 복원이 덜 되었네. 왜놈들은 관사를 짓는다 해싸면서 정작 우리 얼이 깃든 향교에 대해서는 인색하기 그지없네. 신사참배소 반대운동이 있고부터 더욱 싸늘한 눈초리네."

"우리 민족의 말살정책이 무언가? 아무튼 저 정도라도 복원이 되었으니 한결 마음이 뿌듯하네. 애궂게도 서원 철폐령으로 한때는 잡초만 무성하지 않았는가."

신 생원은 감개가 무량하다는 얼굴이었다. 젊은 날 청운의 꿈자락을 펼쳤던 곳이 아니던가.

"이제 슬슬 가보세. 해삼과 전복을 안주 삼아 술을 싣고 석양 놀빛을 즐기며 말이네."

박채복은 무골호인답게 여전히 풍류를 잊지 않았다. 뱃머리를 돌아드는데, 선창가를 서성이던 청년 두 사람이 일행을 알아보고 깜짝 반겼다.

"어르신들, 읍내는 어쩐 일이십니까?"

"누구더라? 가만있자, 너는 정후균이 아니냐?"

"맞습니다. 이 친구와 해남에 갔다가 돌아갈 배편이라도 있나 하고 찾던 중이었습니다."

"저는 관산리에 사는 김옥도라고 합니다."

"그래. 낯이 익구나. 해남은 무슨 일로 다녀온 게냐?"

"볼일이 있어서요."

"사람들을 만난 게로구나."

한대진은 머리를 끄덕였다. 정후균은 이태 전에 서울에 올라가 경성고학당에 입학하였으나, 그 해 여름 고학당이 폐쇄되자 그리스도 청년학교로 옮겨가 공부하던 중 병을 얻어 고향에 내려와 농사일을 돌보고 있었다. 머리가 일찍 깨어나 남다른 면이 있었는데, 고금도에서 야학을 경영하고 있는 최창규와 이현열과는 먼 인척이어서 그들과 가깝게 지내며 사회주의 사상을 섭렵하였다. 이현열은 일찍이 고종황제 일주기를 맞이하여 고금도 보통학교 학생들의 만세시위를 지도하여 이 년간 복역하였으며, 고금농민조합사건으로 일 년 징역형을 받고 대구형무소에서 복역 중이었다.

"여러 동지들을 만나볼 필요가 있어서요."

"행동이 노출되어서는 안 될 거야."

"어르신들께서 앞으로 여러모로 도움을 주셨으면 합니다."

"도울 일이 있으면 도와야제. 어서들 배에 오르거라."

박채복은 해를 가늠하며 재촉하였다. 청해의 서산낙조는 가히 천하의 절경이지만 갈 길을 생각해야만 하였다. 더구나 소안도에서 올 때와는 달리 바람이 역풍받이여서 지그재그로 배를 몰아야 할 판이었다. 배가 고금도 앞바다에 이르렀을 때 서산낙조가 물들기 시작하였다.

"아따, 놀빛 한번 장관이다."

김고운은 술잔을 돌리며 감탄사를 내뱉었다. 정후균과 김옥도는 조심스럽고 예의 바르게 술잔을 받았다.

"서산낙조를 제대로 알고 감상하는 자네야말로 행복한 사람이네."

"그런 자네는 어떻고?"

신 생원의 추임새에 김고운은 금방이라도 놀빛으로 물든 바닷물에 뛰어들고 싶은 충동을 느꼈다.

"집 나오면서 정문두와 정병생을 만났는데 서로가 공감대를 형성하고 있는 게냐?"

"한마을에서 이런저런 이야그를 나누는구만이요."

한대진의 느닷없는 물음에 정후균은 적당히 얼버무렸다. 항렬자로 따지자면 정문두는 할아버지뻘이었고 정병생은 당숙뻘이었으나, 나이로 보나 이론적, 사상적으로나 제일 앞섰다. 따라서 자연 정후균의 지도를 받았다.

"소안도나 보길도는 가봤느냐?"

"아직 거기까지는 미치지 못하였구만이라우. 그곳 출신 동지들 몇 사람은 서울에서 만나봤습니다만……."

"기회가 닿으면 한번쯤 순력해 보거라. 좋은 분을 소개해 주겠다."

"감사합니다. 그때가 되면 어르신의 소개장이 필요할지도 모르겠군요."

"굳이 소개장이 아니더라도 사람을 분별할 줄 알 것이다."

"잘 알겠습니다. 저희들은 고금도에서 내려야겠습니다."

배가 상정리 앞바다에 이르자 김옥도가 정후균을 일으켜 세웠다. 박채복은 두말하지 않고 방향을 잡아 나갔다. 김고운과 신 생원은 아직도 서산낙조에 취하여 술잔을 기울였다. 정후균과 김옥도가 배에서 내리자 배는 가벼운 몸짓으로 파도를 부수어 나갔다. 임진왜란의 격전지인 덕동곶을 돌아들자 서산낙조는 점점 사위어 가고, 넙고리 뿌저리에 간신히 놀빛이 걸려 있었다. 술잔을 거듭한 세 사람은 박채복을 믿기에 어두운 밤바다의 항해를 조금도 마음 쓰지 않았다. 오히려 별빛이 쏟아져 내리는 밤바다의 낭만을 은근히 기다렸다. 넙고리를 뒤로하고 옹암곶을 지날 즈음에는 완전히 어둠이 내려앉아 하늘의 은하수가 바다에 거꾸로 매달렸다.

"별빛 한번 좋다! 초승달이라도 떴더라면 금상첨화일텐디 아쉽도다."

"자네는 다른 욕심은 없는데 자연에 대한 욕심은 많아."

"바람과 하늘과 바다를 아무리 욕심낸다한들 무어 잘못인가? 서푼어치 물욕이나 명예욕과는 전혀 다르지 않는가."

"옳은 말이네, 자연과 더불어 살면서 자연에 너무나 인색한 게 우리네 인간사네."

"무지한 게 아니고?"

"그게 그 말 아닌감. 자네 덕분에 흠뻑 자연에 취하고 풍류에 젖었네."

"종종 자리를 마련함세."

박채복 또한 덩달아 흥겨워하였다. 배는 장용포구를 들어서고 있었다. 마을의 불빛들이 별빛 속에 섞여 초롱하였다.

"우리 집에서 하룻밤 쉬었다 갈 텐가?"

"아니네. 신 생원을 가래 선창머리에 내려주고 가봐야겠네. 멸치배들이 기다리고 있을 걸세."

"그럼, 어장막이로 곧장 갈 텐가?"

"또 부지런히 괴기비늘을 뒤집어 써야제."

박채복은 구성리 선창머리에 한대진과 김고운을 내려주고 정가섬을 돌아나갔다. 한대진과 김고운은 자갈길을 밟은 다음 수문께에 이르렀다.

"어때? 한잔 더 할 건가?"

"아니, 됐네. 쉬엄한 뱃길인데도 피로하네."

김고운은 손사래를 치며 휘적휘적 어둠 속으로 묻혀갔다. 한대진은 별을 헤아리며 천천히 집으로 향하였다. 아직도 파도를 타는 기분이었다. 사흘 동안 여러 사람을 만났다. 이배수하며 정후균, 김옥도, 정문두,

정병생, 이들과의 우연한 조우는 결코 가볍지가 않을 것이라는 예감이 들었다. 골목을 꺾어 조동의 어미가 살고 있는 코딱지만한 토담집을 지나치려는데 누군가 시커먼 형체로 불쑥 나타났다. 조동의 어미는 형편이 나아졌으니까 번듯한 집을 장만하여 함께 살자하여도 남편의 혼백이 묻어나는 집이라면서 한사코 조동의 제안을 도리질하였다. 꾀죄죄 궁기가 흐르는 집을 어느 대궐처럼 여겼다. 그 가슴속에는 모든 사람들이 손가락질하는 아들의 변절을 못마땅해 하는 노여움이 스며있었다.

"누구냐?"

한대진은 주춤 걸음을 멈추었다. 난데없는 괴한이었다.

"저구만요. 마선이요. 놀라게 해서 죄송하구만이라우."

"언제 왔느냐?"

한대진은 그때서야 상대를 알아보았다.

"어제 날짜로 왔구만요."

"이 밤에 여기는 웬일이냐?"

"조동 그놈을 갈갈이 찢어죽일라고 숨어 있었구만이라우."

"구원을 갚겠다? 조동이 어무니도 조동과 부모의 정을 끊다시피 하였다. 그러니께 그런 놈이거니 생각하고 따뜻이 가정에 불을 지피고 살거라. 노름판을 전전한 네 잘못도 크지 않느냐."

"감옥에 있는 동안 저의 불미한 행동을 많이 뉘우쳤구만이라우. 허지만 조동 이놈만은 용서할 수 없어라우. 친구 마누라에게 흑심을 품은 나머지 친구를 배반하고 감옥에 처넣다니요. 어르신이라면 용서할 수 있겠습니까요."

딴은 그랬다. 아무리 인면수심을 지닌 녀석이라고는 하나 인륜을 저버린 행동이었다.

"네 마음은 알겠다만, 조동의 어무니를 놀라게 하지는 말거라. 지 어미를 돌보지 않은지 오래 됐다."

"패악무도한 놈. 내, 가만 두지 않을 것이요. 지 죽고 나 죽으면 시상이 조용할 것이요. 일제 앞잡이는 일찌감치 죽여야 해요."

"마음에 분김이 차오를수록 이성을 잃으면 안 된다. 복수는 얼마든지 다른 방법이 열려있기 마련이다."

"야. 오늘은 그만 물러 갈라요. 참말로 이것이 무슨녀러 시상인지 모르것습니다요."

마선은 울큰한 심사를 안고 돌아섰다. 이거, 또 한 번 쏙쏠이 바람이 불어치게 생겼구나. 한대진은 어둠 속으로 묻혀 가는 마선의 뒷모습을 바라보며 쓰거운 입맛을 다셨다. 성깔진 저 행동이 어디에 머물 것인지, 기웃하니 조동의 어미 방을 넘겨다보니 그지없이 조용하였다. 자식 하나를 잘못 두면 삼족이 멸문지화를 당한다고 하였는데, 저 작은 가슴에 얼마나 많은 피멍울이 들것인가. 한대진은 조용히 걸음을 옮겼다. 마을 전체가 깊이 잠들어 있었다. 대문 앞에 이르자 차실이 하품을 머금은 얼굴로 대문을 열어 주었다.

"별일 없지야?"

"무슨 일이 있겠는감요. 손님이 한 분 찾아왔더만요. 대감할미께서 아까부터 지둘리고 있구만이라우."

"오냐. 알았다."

한대진은 안방 대청마루 앞에서 인기척을 하였다. 방안에 불이 환히 밝혀져 있었다. 조금 있자 봉창문이 펄쩍 열리면서 장죽을 입에 문 대감할미가 머리를 내밀었다. 그 새하얀 머리 위로 담배연기가 안개구름처럼 퍼져 나왔다. 한대진은 안방에 들어섰다. 담배냄새가 방안 가득 배어 있었다.

"요상헌 손님이 왔다갔다."

대감할미는 놋쇠화로에 탕탕 담뱃대를 털고 나서 다시금 담배를 재워 넣었다.

"저를 찾아오는 손님들이야 여러 부류 아닙니까."

"이번에는 사당패 꼭두쇠라고 하더구나."

"어떻게 저를 알고 찾아왔을까요?"

한대진은 뜨악한 표정을 지었다. 광대놀이는 두어 번 읍내 장터거리에서 구경하였으나 일면식은 없었다.

"초청을 했다던디?"

"초청을요? 글쎄요…….'

더욱 아리송하였다. 대감할미는 한대진의 얼굴 변화를 가느스름한 눈빛으로 바라보며 장죽을 빨았다.

"아, 어제 저녁 때 옹그배를 타고 사당패 패거리들이 왔는디, 금세 까마구 괴기를 먹은 겐가?"

"옹기배를 타고요? 어머님께서 좋아하실 줄 알고 고운에게 말을 넣었더니 들이닥쳤나 봅니다."

한대진은 옹기배를 들먹이자 김고운이 떠올랐다. 분명 옹기배라면 김고운과 연관이 있을 것이다.

"그렇다면 몰라도. 거, 얼음산이의 사설이 배꼽 한 바가지를 내쏟게 한다 하더라만…….'

한대진의 재치 있는 위기모면에 대감할미는 과히 싫지 않은 표정이었다.

"내일이라도 사장나무 널찍한 공터를 빌려주면 어떨까요?"

"어미를 위한다는디 할 말이 없제. 피곤할텐디 어여 쉬어."

대감할미는 그래도 무언가 홀가분한 얼굴이 아니었다. 구경도 좋지만 수월찮은 공연비를 생각한 것이리라. 한대진은 사랑으로 돌아와 옷을 갈아입었다. 아무리 곱씹어 봐도 사당패를 초청한 적은 없었다. 김고운도 전혀 그런 말을 하지 않았다. 무슨 조화냐? 자세히 보지는 않았지만 수문께에 정박해 있는 옹기배를 발견하지 못하였다.

다음날, 궁금증을 안고 수문께에 나갔다. 원뚝 중간쯤에 옹기배가 있었다. 옹기배로 다가가 소리를 치자 널빤지로 다리를 놓아주었다.

"내가 대진이오. 나를 찾아온 사람이 누구요?"

"아, 그러십니까요. 지가 꼭두쇠구만요. 초면에 염치불구하고 결례가 많았구만요. 대덕 장날 그곳에서 한판 놀았더니만 박 진사라는 분께서 소개장을 써 주드구만이라우. 강진에서 한판 벌리고 나서 마침 옹기배가 무상으로 실어다 준다 해서 이렇게 막무가내로 찾아왔습니다요."

꼭두쇠는 품속에서 박 진사의 소개장을 꺼냈다. 싱거운 사람 같으니라고. 보나마나 한잔 술에 얼씨구, 흥취가 나서 써준 게로군. 한대진은 속으로 웃음을 사려 물었다. 그때서야 옹기장이가 부시시 선실에서 나와 인사를 하였다. 간밤에 꼭지가 돌도록 술을 마신 얼굴이었다.

"고운 어르신께도 연락을 했응께 곧 오실거구만요. 두 분이 함께 출타를 하셨다면서요?"

"이 사람들과는 어떤 사이인가?"

"팔도를 돌아댕기는께로 우리들의 소식통이재라이. 신간회 때도 이 사람들이 연락통이었구만요."

"더러는 이중책자라고 하던디, 믿을 만 한가?"

"믿고 말고가 어디 있습니까요. 다들 장독 속에 숨어있들 않습니까요."

그러고 보니 큰 장독 속에 남루하고 꾀죄죄한 몰골들이 두릿거리며 얼굴들을 내밀었다. 그 모습들이 희극적이었다.

"사당패를 누가 뭐란다고 큰 죄인 마냥 저러는 겐가?"

"일본순사들이 괜스리 발가벗기듯 하구만요. 우리도 어엿하게 민족의 얼을 담고 있는디, 조선 관리시절이나 왜놈들이나 짚북대기 대하듯 하여 이래저래 죽을 판입니다요."

"어쨌거나, 여기까지 마음 묵고 왔으니께 안심하고 놀이나 걸판지게 한바탕 놀으시오."

"고맙구만요. 양반 대신 왜놈들을 음담패설로다 작살을 내뿔라요."

꼭두쇠는 벌써 신이 난 모양이었다. 그 목소리가 꽹과리를 내리치듯 하였다. 그 사이 옹기장이들이 바지게가 미어터지게 옹기를 재어 담고, 저쪽 비석거리에 김고운이 나타났다.

3

− 옹기 사시오, 옹기
　공짜배기 남사당패 놀이도 합니다요
　옹기 사시오, 옹기
　얼음산이, 땅재주굿을 보러 오시오
　옹기 한 개 사주면 오늘 공연은 무조건 공짜요.

바지게가 미어터지게 옹기를 짊어지고 마을 고샅길을 오르내리는 옹기장이들의 품바타령은 사람들의 호기심을 자극하였다. 음마, 저것이 뭔 소리다냐? 처음에는 말귀를 얼른 알아듣지 못하고 두릿해 하던 사람들은 옹기짐 뒤에 써 붙인 선전문구를 보고 바싹 흥미를 느꼈다. 남사당패가 들어오다니. 오랜만에 구경거리 한번 흐벅지게 맛보게 생겼다. 그라고 저 뭐시냐, 옹기장이와 남사당패라? 어딘지 모르게 궁합이 맞지 않은 듯싶은디 골목골목을 누비고 댕김시러 왜장을 치고본께로 딱 어울리는 짝패거리처럼 보이네, 그랴. 더구나 옹기를 외상으로 풀어먹이는 데야 우선은 곶감이 달드라고, 매정하게 퇴박을 놓을 수는 없었다. 까짓것, 겨울철 김 몇 속 팔아제끼면 거뜬할 것이었다. 그래서 선뜻선뜻 옹기를 외상으로 들여놓고 사당패놀이를 목침 삼키며 기다렸다.

남사당패놀이는 처음부터 사람들의 심금을 울리고 손에 땀을 쥐게 하였다. 땅재주굿하며, 얼음산이의 아슬아슬한 줄타기와 더불어 배꼽 빠지게 하는 농숙한 사설은 한마디로 사람을 가지고 놀았다. 원마나, 원마나! 눈물까지 쥐어짜며 또르르 굴렀는데, 그와는 달리 주재소주임은 마냥 심기가 불편하였다. 시종일관 주임의 오장육부를 발칵 뒤집어 놓은 것이다. 빠가야로! 인내의 한계에 도달하자 군도를 쾅 울리며 자리를 박차고 일어나 군도를 빼어들고 광대줄을 단칼에 내리치려는 순간, 바로 등 뒤에서 비명소리가 들렸다. 그와 함께 구경하던 한 무리가 엎어지고 무너지면서 뒤범벅이 되었다. 그 가운데 누군가 주임의 등때기를 사정없이 밀어 넘겼다. 언놈이야? 군도를 끌어 잡고 자세를 바로잡는데, 자빠지고 무너진 군중 너머로 사내 하나가 후닥닥 뛰어 달아났다. 그리고 주임의 바로 등 뒤에서 아이고메, 사람 죽네! 다 죽어가는 소리를 내질렀다.

"너는 조동이 아니냐. 어떻게 된 사태냐?"

주임은 꺼져가는 횃불 아래에서 등줄기가 피로 벌겋게 물든 조동을 알아보았다. 조금 전까지만 해도 바로 지근거리에서 주임을 호위하다시피 하지 않는가.

"저, 저놈 새끼가 내 등짝을 칼로 찔렀구만이라우. 워메, 나 죽것네."

조동은 다그쳐 묻는 주임의 닦달에 벌써 어둠 저편으로 자취를 감춘 괴한을 가리켰다.

"뭣들 하는 거야? 달아난 저자를 잡지 않고. 그리고 어서 조동을 응급조치하란 말이야."

주임은 누구에게랄 것 없이 군도를 휘두르며 소리쳤다.

"아, 빨리빨리 철수하지 않고 뭐하고 있는 거여?"

남사당패들도 어이된 불상사인가, 영문을 몰라 하는데, 옹기장이가 잽싸게 꼭두쇠의 허구리를 찔렀다. 그때서야 정신을 차린 남사당패들은 옹기장이들의 도움을 받아가며 무대를 철수하였다. 오두망찰 있어 봤자 하나도 이로울 게 없을 터였다. 무엇보다 얼음산이의 사설이 절정에 치달을 즈음 일어난 사건이 아닌가. 아무리 생각해도 예사 심상치 않은 불상사였다. 강진 장날 때도 얼음산이의 사설이 말썽을 일으켜 옹기배에 숨 헐떡이며 숨어들어 이곳을 오지 않았는가. 산전수전 다 겪은 남사당패들인지라 눈치 하나로 버팀목을 놓지 않는가. 사태의 심각성을 알아차린 순간 구시월 도지바람에 나뭇잎 불려가듯 어엿차, 어엿차, 옹기배를 바다 멀리 밀어냈다. 그리고 바람 부는 방향으로 돛폭을 달아올렸다.

"엇따, 십 년 감수 했네."

꼭두쇠는 아직도 사태의 전말을 짐작하지 못한 채 안도의 숨을 내쉬었다.

"그래도 말시. 공연 하나는 끝내줬네. 덩달아 옹기도 쏠쏠히 팔아넘기고 말이여."

키를 잡은 옹기장이는 얼음산이의 사설을 떠올리며 푸시시 웃음을 매달았다. 쪽바리 왜놈들이 동방예의지국을 몰라보고 조총을 앞세우고 설랑 매국노들을 을러대어 왜가리랄 놈 문저리 꿀꺽 산 채로 집어삼키듯이 시켜먼 뱃속에 집어삼키고, 이 나라 백성들을 개 패듯 핍박허니, 분노의 통곡소리가 하늘과 땅을 울리고, 어허, 선조의 잠든 넋들도 사천

왕처럼 눈 부릅뜨고 일어서니, 백성들이여, 깨어나라. 어허, 쪽바리 왜놈들을…….

그 찰나에 주재소주임이 군도를 뽑아들고 얼음산이에게 달려들었고, 바로 등 뒤에서 비명소리가 들렸던 것이다. 자칫 우물쭈물하였더라면 그 모든 불상사를 옹기장이들과 남사당패들이 뒤집어 쓸 뻔하였다. 예나 지금이나 억울하게 멍에를 짊어진 쪽은 선량하고 가난한 천민으로 굴러 떨어진 자신들이 아니었던가.

그들이 밤바다 멀리 달아났을 때서야 주재소주임은 옹기장이들과 남사당패들이 깜쪽같이 사라진 것을 알았다. 이를 갈아부치며 발을 굴렀으나, 물위로 달려가 그들을 잡을 수는 없었다. 틀림없이 저놈들 가운데 한 놈이 범인이야. 주임은 조동을 상해한 범인을 그렇게 단정하였다.

그러나 한대진은 주재소주임의 추측성 단정과는 생각을 달리하였다. 옹기장이들이나 남사당패들은 조동의 존재를 잘 알지 못하였다. 그 순간의 상황이 아무도 예측할 수 없는, 극적인 상황이었다고는 하나 처음부터 계획적으로 조동을 겨냥하였고, 따라서 목표물은 어디까지나 조동이었다. 그렇다면 누가 그랬을까? 암만해도 복수심에 불타는 보복 행위가 아닐 수 없었다. 마선인가? 지난번 조동의 어미집 싸리울타리 밖에서 조동을 노리던 마선을 제일 선상의 용의자로 떠올렸다. 조동에게 원한을 가진 사람이 어디 마선 한 사람뿐이겠는가마는 범인은 틀림없이 마선일 것이라고 짐작하였다. 한대진의 짐작과 생각을 같이 한 사람은 상해를 입은 조동이었다. 다행히 급소를 비껴갔지만, 등 뒤에서 불의의 습격을 가하면서 내뱉은 범인의 목소리가 퍽 낯익었던 것이다.

"범인은 나와 사적인 원한이 있는 놈일 것이오."

조동은 주재소주임의 추측성 결론을 정면으로 부인하였다.

"그럼, 누구란 말이야? 어떤 놈이 너에게 원한을 품고 있단 말이냐?"

"현재로서는 무어라 단정 지을 수 없지만 지 손으로 꼭 잡고 말텐께요."

조동은 통증으로 얼굴을 일그러뜨리며 입술을 깨물었다. 마선이 요 새끼, 어디 두고 보자. 조동은 이가 저절로 갈렸다. 그러나 섬사람들은 은근히 고소해 하며 조동의 단정적인 결론과는 달리 말들이 분분하였다. 속 시원해 하면서도 그 파장이 미칠 여파에 대해 신경을 곤두세우기도 하였다.

"옹기장이 가운데 범인이 있을 거여."

"맞어. 그런 의심이 다분혀. 작년 이맘 때 왔을 적에 조동이 거드름을 피우며 까탈을 부렸지 않았는가."

"지놈이 까탈을 부릴만한 건수가 있었을게?"

"신간회와 관련이 있다는 둥⋯⋯."

"신간회는 벌써 흩어졌지 않았는가."

"그래도 요주의 인물로 본 것이제."

"어따, 지랄. 무지한 그들이 뭘 안다고⋯⋯."

"그보다는 남사당패들 소행이 아닐끄나?"

"어째서라우?"

"볼 것 없는 떠돌이라고 조동이 한바탕 족쳤다고 하들 안든가."

"오나가나 조동 그놈이 화를 부른 거여. 옹기장이들이나 사당패들이 아니더라도 원한을 품은 사람들은 많네."

"암만. 마선도 이를 갈아부치지 않았는가. 친구를 감옥살이 시키고 그 마누라를 넘보다니, 천하에 불상놈이 아니고 뭔가."

"한번 올라타기라도 한 걸까?"

"그걸 누가 알것는가마는 죽정이네 예전 성깔이 아닌데. 눈에 심지가 꽂혀 있어."

"공부 가르친 선상들에게도 해를 가하지 않았는감. 어쨌거나, 조동 그놈 가만 안 있을 거여. 어쩌다 그리 사람이 변했는지, 원……."

섬사람들은 중구난방 입방아를 찧었는데, 그들이 입에 올린 사람들은 하나같이 자취를 감추고 없었다. 옹기장이들과 남사당패들은 물론이려니와 마선 또한 그 밤 이후로 종적이 묘연하였다. 애꿎게도 정문두와 정후균, 김옥도가 한차례 의심을 받았으나, 그것은 괜한 분풀이였다. 그들은 이번 사건과는 전혀 무관하였다. 누구보다도 장본인인 조동이 그 점을 믿었다. 조동은 마선의 짓이라고 굳게 의심하였다. 상처가 어느 정도 회복되자 마선의 집을 찾았다. 번연히 마선이 종적을 감추었다는 사실을 알면서도 다른 꿍심이 있어서였다.

"뭣 땜새 온 거요? 명경지수 같이 집에 없는 줄 뻔히 알면서. 그라고 우리 집 양반 짓거리라고 어떻그롬 단정하는 거요?"

죽정이네는 조동을 대하는 순간 모골이 솟구치는 모습으로 눈에 파란불을 일으켰다. 제놈이 불쏘시게를 들쑤셔 놓고설랑 낮짝 좋게 범인으로 몰아?

"그건 붙잡아 족치면 뱉어낼 것인께, 어디 있는지 행적이나 좋게 말할 때 고분고분 대드라고."

"하이고야, 명천소가 웃것네. 그 뱀눈으로 쪽집게 마냥 찾아보시지, 내가 왜 그런 수고를 해?"

"이년이 어디서 쫄랑방귀를 뀌는 거여?"

조동은 순간 그녀의 팔을 비틀어 잡았다. 표독스러운 그 얼굴이 찡허니 가슴을 두드리면서 속 깊은 곳에서 무언가 불끈 솟구쳤다.

"불상놈 같은 놈이 어디를 함부로 잡는대야?"

"네년의 속살을 발가벗겨야만 남편의 행방을 댈게 아녀."

조동은 더욱 힘을 가하며 능글맞게 웃었다.

"울 엄니를 더 괴롭혀 봐라. 이 낫으로 등짝을 회쳐 놓을 텐께."

밖에서 돌아온 죽정이네 아들이 그 모습을 본 순간 헛간 구석에서 낫을 찾아들고 악을 썼다.

"워메, 그 애비에 그 새끼네."

조동은 칼 맞은 등짝에 통증이 오자 얼른 죽정이네를 밀어 던졌다. 금방이라도 낫이 등줄기를 파고들 것 같아 소름이 돋았다. 콩알만 한 자석이 범 무서운 줄 모르고 겁도 없이 설치네, 그랴. 조동은 낫을 들고 악을 쓰는 아들놈을 흠씬 패주려다 마을사람들의 눈을 의식하였다.

"우리 아부지 감옥에 보낸 사람이 누군디 울 엄니를 못살게 구는 거여?"

아들놈의 악바리 소리는 좀처럼 수그러들지 않았다.

"쬐끄만한 것이 어디서 까불고 있어. 감옥에 갈만한께 간 것뿐인디. 오늘은 이것으로 참는다만, 한번만 더 요살을 떨면 뼈를 추려놓을 텐께."

조동은 눈을 부라리며 으름장을 놓고서 죽정이네 집을 나섰다. 네년이 아무리 게거품을 물어봤자 끝내는 내 수중에 떨어질 거여. 조동은 우지끈, 우지끈, 골목을 밟아 내려왔다. 주재소를 들어서자 주임은 이제 상처도 어느 정도 회복되었으니 정후균과 김옥도를 예의 주시 감시하라고 새로운 명령을 내렸다. 그 녀석들이 무언가를 꾸미고 있다고? 오냐, 네 놈들도 나를 살모사나, 밀매꾼으로 보겄다? 온전히 똑 뿌러지게 배우지도 못한 것들이 서푼어치 사상을 분 바르고서 무슨 투사입네 하고 찬바람을 일으켜? 그 녀석들이야말로 선동을 부채질하는 불순한 녀석들 아닌가. 조동은 다시 한 번 칼 맞은 등줄기의 통증을 지그시 눌렀다.

정후균과 김옥도는 옹기장이들과 남사당패들과는 일면식이 없는 무관한 관계였다. 그런데도 남사당패들의 공연 날 조동이 테러를 당하자 까마귀 날자 배 떨어진다고, 엉뚱하게도 두 사람의 동향을 주시하였다. 주재소주임은 조동의 단정처럼 개인적인 원한 쪽으로 생각하지 않았다. 그 배후에는 암묵적으로 광범위하게 퍼져있는 항일운동의 기운이 작용한 것이라고 확대 해석하였다. 그러한 의심을 낳게 한 것은 상부로부터 하달된 공문서가 더욱 뒷받침하였다. 완도, 해남, 나아가 강진, 장흥, 영암에 이르기까지 대일본제국에 대한 반일사상이 폭넓게 분포되어 있다는 것이었다. 그리고 그 핵심 인물과 거점지역이 완도, 해남에 자리 잡고 있고, 정후균과 김옥도는 그 가운데 소홀히 다룰 수 없는 잠재적 인물이라는 것이었다.

아닌 게 아니라 두 사람은 황동윤, 김홍배, 오문연, 이기홍, 등과 더불어 비밀결사를 조직하였다. 이 지역의 농어민층과 노동자의 운동을 지도하기 위한 전위기관으로서 전남운동협의회를 조직한 것이다. 일종의 지역전위정치조직의 성격을 지니고 출발한 것인데, 장차 전국적 차원에서 조선공산당 조직을 전망하면서 우선은 지역단위에서 구성한 그룹 혹은 협의회 등의 전위조직이었다. 그 같은 성격의 지역전위정치조직은 전북과 경기도의 공산당재건설준비회, 전남노동협의회 등을 들 수 있는데, 이들은 재건설준비위원회, 재건설동맹 등과 같이 즉각적인 당 세포건설을 전망하지 않고 장기적으로 당 세포로의 발전적 해소를 전망하면서 아래로부터 재건준비조직을 만들기로 한 것이다.

완도 군외면에서 태어난 황동윤은 일본에 건너가 노동자생활을 하면서부터 재일본조선노동총연맹 동경노동조합 북부지부에서 박태을 등으로부터 영향을 받고 사회주의 사상을 갖게 되었다. 고향에 돌아와 잠시 완도읍 주재 조선일보 기자생활을 하다가 농업에 종사하고 있었다.

"해남에서 오기로 하였습니까?"

황동윤으로부터 연락을 받은 정후균과 김옥도는 아침 일찍 읍내로 나왔다.

"곧 올 것이네."

황동윤은 무심한 얼굴로 대답하였다. 일본 본토에서 노동운동으로 잔뼈가 굵은 사람답게 과묵한 가운데 사람을 휘어잡는 힘이 있었고, 떠듬한 눌변인데도 앞뒤 조리가 들어맞았다. 마치 대목수가 톱날을 켜고 대패질한 목재를 빈틈없이 아귀를 맞추듯 하였다. 조금 기다리자 김홍배와 오문현이 겉보기에는 태평한 모습으로 나타났다. 김홍배는 해남 북평 이진리 사람으로 일본 와세다대학 전문부에 다니면서 사회주의 사상에 심취하였고, 명치대학 독서회, 반제동맹, 일본공산당, 기관지 적기 독자반, 전협 등지에서 활동하였다. 1932년 4월 메이데이 선전 유인물을 뿌린 혐의로 퇴학당하자 그 해 여름 고향으로 돌아와 농업에 종사하고 있었다. 따라서 학식이 남다른 만큼 이론에 밝았다. 오문현은 해남 북평 오산리에서 태어나 경성고학당 재학시 사회주의 사상에 물들었다.

"이기홍이 늦는구만."

황동윤은 잠시 뜸을 들이며 이기홍을 기다렸다. 이기홍은 고금 청용리 사람으로 광주고보에 재학시 광주학생사건이 일어나자 희생자에 대한 동정으로 백지동맹을 결성하였다가 퇴학당한 뒤 집으로 내려와 농어업을 도왔다.

"이진학원에서 교사로 재직하고 있는 차태희 선생은 잘 있는지요?"

김옥도가 김홍배를 돌아보았다. 김홍배는 무언가를 골똘히 생각하고 있다가 눈을 들었다.

"같은 동향이지요? 차선생도 우리와 함께 동참하기로 묵계되어 있어요."

"그래서 묻는 겁니다. 사상이 아주 올곧습니다."

"이진학원과는 엎드리면 코 닿을 거리여서 자주 만납니다."

"저도 지난번 만나 보았는디, 호흡이 맞았어요. 준수한 면도 있고……."

황동윤이 거들었다. 교사신분이기에 오늘의 비밀회동에 참석할 수 없었다.

"대화들이 화기롭구랴."

이기홍이 헛기침을 하며 들어섰다. 다 모인 셈이었다. 이로써 차태희와 고금도에 사는 최창규가 참석하지 못하였다. 최창규는 이들의 선배 격으로, 같은 동지인 이현열이 고금농민조합사건으로 피검되어 일 년 형을 받고 대구형무소에 복역 중이어서 근신하고 있었다. 말하자면 최창규도 그 사건에 연루되어 행동이 자유롭지 못하였다.

"지난번 일차 회합 때 결의를 보았듯이, 비밀결사를 전남운동협의회라 이름하였소. 농어민층뿐만 아니라 모든 노동자층, 그리고 기타 각 계층을 포괄하는 데 있어 사무부, 조사부, 조직부, 구원부 등의 부서를 설치하기로 하였소. 이의 있으시오?"

가장 연장자인 황동윤이 운을 뗐다. 어디서 매미소리가 귓청을 달구었다. 여름을 알리는 매미소리였다.

"그리고 각 면 단위로 세포조직을 가꾸어 나가야겠소. 나와 오문현은 해남을, 이기홍과 최창규 선배님은 고금도를, 정후균과 김옥도는 조약도를, 황동지께서는 읍내를 각각 맡읍시다."

"그야, 당연지사 아니오. 전술적으로 낮은 곳으로부터 조직의 활성화가 필요하지 않겠소."

김홍배의 부언에 정후균이 다시금 마음을 다졌다.

"무엇보다 일제의 탄압이 날이 갈수록 악랄하고, 거기에 부화뇌동하는 끄나풀들과 아직도 개화가 덜된 농어민들의 의식이 가장 걸림돌이오. 농어민들의 의식이야 차츰 학습을 통하여 깨우쳐 나가면 되겠지만 일제에 아부하는 모리배들이 문제요. 엄연한 민족의 반역자들인데도 갈수록 일제의 뒷배를 믿고 우리를 적으로 삼고 있소."

"우리도 그간 선배들이 맛본 고초와 경험을 참고삼아 전술적인 기술을 보완해야 하오. 왜, 조직의 와해를 자초하였는가? 그게 우리의 선행과제요."

"그러자면 철저한 비밀유지가 필수요."

"점 조직이 얼른 떠오르는구랴."

그들은 그밖에도 여러 가지 깊이 있는 의견들을 나누어 가졌다. 밤을 꼬박 밝히다시피 하였다. 다음날 까칠한 입 속을 복어국으로 해갈하고 다음 모임을 기약하였다. 김홍배와 오문현은 해남으로, 정후균과 김옥도는 조약도로 발길을 돌렸다. 이기홍은 정후균과 김옥도와 동행하다 중간에서 헤어질 터였다. 세 사람은 배에 올랐다.

"자네들도 고금도에서 내리지. 최창규 선배 근황도 살펴볼겸."

"그래야겠네. 마음이 참담할 거여."

김옥도가 대신 대답하였다. 최창규와 이현열로부터 자신들이 짊어지고 가야할 사상을 전수 받지 않았는가.

"사람들의 발걸음이 뚝 끊긴 상태지. 야학을 하면서 길러낸 제자들도 먼산바라기로 쳐다볼 뿐이네."

"우리가 가면 분명 말썽의 소지가 일어날 것인디 괜찮을랑가?"

"그러니께 머리를 써야제. 조카 놈을 시켜 살째기 나오라 하면 될 걸세."

정후균의 염려에 이기홍은 번잡함을 피할 묘책을 이미 머릿속에 그려 넣고 있었다. 상정리에서 내린 세 사람은 이기홍의 일가붙이가 횟집을 하고 있는 선창머리 술집을 들어섰다. 그리고 조카를 시켜 최창규를

오도록 하였다.

"요즘 그 양반 감시가 쬐깐 느슨하다고는 하던마는……."

횟집주인은 떨떠름한 표정을 지었다. 자신도 야학당을 한 일 년 남짓 다니면서 최창규에게 배움을 입었으나, 워낙 요주의 인물이라 썩 내켜 하지 않았다. 이기홍도 마찬가지로 달가운 존재는 아니었다.

"너무 염려하지 말게. 네 사람 묵을 횟감과 술이나 준비해 주게."

"그럼, 어디로 싸들고 간단 말이오?"

"우리가 타고 온 배가 있들 않는가. 바다로 나가 술 한잔 들며 회포를 풀텐께 그리 아소."

"인자 알것구만. 하여간 머리 하나는 빠삭하게 돌아간당께."

비로소 횟집주인의 이맛살이 펴졌다. 부지런히 주문한 횟감을 장만하기 시작하였다. 그 동안 세 사람은 가볍게 한잔씩 술잔을 나누었다. 심부름 간 이기홍의 조카가 돌아왔다.

"어쩌디야? 오신다고 하더냐?"

"잠시 가만히 생각하더니 간단하게 알았다고 합디다."

"그럼, 지둘려 볼거나……."

이기홍은 술잔을 한 순배 더 돌렸다. 이마를 부시는 오후의 햇살이 바다를 눈부시게 하였다. 거울의 반사만 같았다. 지열이 토방마루까지 기어올라 시원한 바람결을 후덥지근하게 덮었다. 최창규는 오후의 햇살이 서녘으로 많이 치우칠 때쯤에서야 뚜벅뚜벅 나타났다. 칩거한 때 문인지 얼굴빛이 핼쑥해 보였다.

"자네 혼자인줄 알았는디 반가운 사람들이 함께 하였구라."

최창규는 퍽 반가워하였다. 사람들과 더불어 사는데도 요근래 사람 구경을 제대로 하지 못하였다.

"나오는데 불편은 없었는가요?"

"그래서 잠시 뜸을 들였네. 냄새를 맡고 뒤따라 왔는지도 모르겠고……."

"바다로 나갑시다. 제깐놈들이 바다까지 뒤쫓아 오겠어요."

이기홍은 앞장섰다. 정후균은 술과 안주를 들었다. 배에 오르자 이기홍은 노를 저어 바다로 나갔다. 삐그덕, 삐그덕, 신지도를 바라보고 힘차게 노를 저었다.

"어디까지 갈려고?"

"신지도 그늘진 곳까지 갑시다. 그래야 이야그하기도 좋고."

배가 중간쯤 나아갈 즈음 정후균이 교대로 노를 잡았다. 물살이 제법 드세었다. 햇살을 가리운 그늘진 곳에 이르러 닻을 내렸다. 누가 보아도 낚시꾼들이었다.

"회합은 잘 되었는가?"

최창규는 술잔을 들며 궁금함을 물었다.

"밤샘을 하며 세밀한 사항까지 의논하였구만요. 선배님께서도 적극적으로 동참하셔야 합니다."

"난 이미 항일운동에 몸과 마음을 바치기로 하지 않았는가. 젊은 자네들과 함께 하게 되어 마음 흐뭇하네. 언제 어디서라도 젊은 사람들의 의식이 앞서 나가야 하네."

"지금은 시작이니만큼 조심스럽게 은밀히 각개전투 하듯 활동하기로 하였습니다. 따라서 제한된 영역과 인적자원에 머무를 수밖에 없는 한계성도 무시할 수 없지만, 선배님께서 잘 지도해 주시오."

"실속 없이 크게 판만 벌리는 게 능사가 아닐세. 내밀한 세포조직이 우선이네. 무엇보다 실속이 있어야 하고, 조직이 발전하려면 비밀유지가 필수적이네. 그 점을 깊이 헤아려야 하네."

"어쩌면 우리 생각과 똑 맞는다요? 아따, 술잔 한번 시원하다! 이놈의 시절은 왜 이리 목을 타게 하는지 모르것소."

김옥도는 술잔을 최창규에게 처올리고 나서 벌떡 자리에서 일어나더니 뱃전에 기대어 허리춤을 까내리고 시원스레 방뇨를 하였다.

"허허, 개구쟁이가 따로 없느니."

최창규도 덩달아 술잔을 들이켰다. 오랜만에 뜻을 같이 하는 후배들과 도원결의를 하듯 술잔을 드니 마음이 흔연하였다. 해는 어느덧 서산 머리에 걸터앉으며 벌겋게 노을을 뿌렸다. 계절의 변화, 하루의 운행은 어제나 오늘이나 변함이 없다. 그러나 인심은 나날이 다르니 한잔 술이 아니면 무엇으로 풀어헤치랴.

4

최창규와 이기홍과 더불어 밤바다에서 돌아온 정후균과 김옥도는 지체하지 않고 조직에 착수하였다. 정부균과 정문두, 김경태, 박천세, 정병생, 정병래, 이영직 등을 조직의 핵심멤버로 삼았다. 어디까지나 세포조직으로서 우선은 학습에 주력하기로 하였다. 학습을 통하여 장기적인 투쟁강령을 설정한 것이다. 정중동의 행동지침이었는데, 그들은 그렇게 한해를 보냈다. 만남 자체도 되도록 남의 눈에 띠지 않도록 조심하였다. 자연스럽게 산으로 나무를 하러 간다거나, 품앗이로 농사일이나 바다일을 거들어 나누며 사상을 무장하였다.

"자네들은 낫치기는 하지 않고 뭘 쑥덕쑥덕 머리공사여?"

"홍길동전을 읽고 있네. 자네도 한번 들어볼 텐가?"

"아녀. 도대체가 머리통이 아픈께."

한쪽 나무 그늘 아래에서 머리를 맞대고 있는 그들을 못마땅한 눈길로 바라볼라치면 임기응변식으로 말막음을 하였다. 그러다 보니 자연 또래들과는 거리를 둘 수밖에 없었다. 품앗이도 그들끼리 돌아가면서 하였고, 겨울철 김 생산도 한데 어울려 일구었다.

"저것들은 맨날 한통속이여."

이웃들은 표나게 짝짜꿍을 짓는 그들을 바라보며 실눈을 감추었다. 시기심이나 질투심이라기보다는 시름없이 웃고자 하는 비죽거림이었다. 그러나 그들은 지레 방어책을 강구하였다.

"우리가 너무 표나게 행동한 모양이시."

"그려. 좀 더 신중히 각개행동을 취해야겠네."

김 생산도 끝나고 새봄이 돌아오자 그들은 보다 행동반경을 조심하기로 하였다. 그러나 조동은 아무래도 무슨 냄새가 난다고 판단하였다. 겨울을 나는 동안 눈빛들이 달라졌다고 보아온 터였다. 암만해도 저것들이 가슴속에 무슨 꿍꿍이속을 다지고 있당께. 유식한 티를 낸답시고 고깃말 속에 때 묻은 책자도 감추고 다니고 말이여. 조동은 그림자처럼 그들의 동정을 살폈다.

"아직도 냄새를 못 맡았어?"

"냄새가 나는 것 같은디 아직은 잘 모르겠구만이라우. 잡아다 왕창 조저뿔께라우? 매 앞에서는 죽은 송장도 벌떡 일어나니께요."

"아냐. 어쩌면 저것들은 잔챙이에 불과한지도 몰라. 알았어? 확실하게 뿌리 채 뽑아야 한다고. 도마뱀처럼 꼬리만 잘리고 몸통은 온전한 사례가 얼마나 많은가."

"한마디로 발본색원해야 한다, 그 말 아닌가라우."

조동은 주재소주임의 훈시 비슷한 말에 더욱 고무되었다. 집요한 숨바꼭질. 그들이라고 조동의 눈초리를 의식하지 못한 것은 아니었다.

"조동이 그 자식, 언제 뒤통수를 쳐버릴게?"

"똥이 무서워서 치나, 더러워서 치제. 적을 알면 나를 알 수 있다고, 우리가 역으로 행동하면 되는 거여."

"근디, 인자부터는 본격적으로 조직을 취합하고 행동으로 옮길 때가 안 되었남."

"그렇잖아도 후균이와 옥도가 읍내를 나갔구만. 조직을 새로 짤 모양이네."

"그럼, 기다려야겠구만."

그들은 읍내에 나간 정후균과 김옥도를 기다렸다. 두 사람은 새봄이 가고 여름이 돌아올 때까지 몇 차례 읍내를 비밀스레 내왕하였다. 그 동안 신중론이 우세하여 뜸을 들인 것이다. 그러나 마냥 세월만 죽이고 있을 수는 없었다. 이론만 가지고는 사상누각이요, 공염불에 지나지 않았다.

"우리가 실천단계에 있어 운동전선을 변경해야겠어."

황동윤은 무겁게 입을 열었다. 그 동안 숙고해온 바였다.

"어떻게 말인가?"

"현재로서는 전의를 다지기 위해 농어민층으로 국한시킬 필요가 있다는 것이네. 자칫 여러 갈래의 계층을 아우르다보면 방만해질 소지가 있고, 방만하다보면 전의가 흩어질 공산이 다분하다 이 말이네."

"그것도 맞는 말인디, 세부적인 계획이 있어야 하질 않것는가?"

"그에 대해서는 나중에 의논하기로 하고, 그러자면 전남운동협의회라는 명칭을 재고해 봐야겠네."

"너무 광의적이란 말인가?"

"농어민층을 위한다 하면 그에 걸맞은 명칭이 필요하다고 생각하였네. 그래서 적색농민조합건설준비위원회로 했으면 어떨까 하네. 광의적으로는 전남운동협의회라 이름하되 그것은 미래적이고 우선은 낮은 단계의 명칭이 더 좋을 듯싶네."

"좋은 발상이여."

"그리고 발전단계에 이르면 해남, 완도, 강진, 장흥, 영암 등지에 각각 독자적인 적색농민조합준비위원회를 결성하는 걸세. 어디까지나 각개의 세포조직으로서 독립성을 유지하자는 것이네."

"이의가 있을 수 없구만."

모두가 황동윤의 제안에 찬성하였다. 아무리 생각해도 탁월한 구상만 같았다. 지금까지의 전례를 보면 조직이 하나로 뭉쳐 비대해지면 내부의 갈등과 충돌이 빚어지고, 급기야는 하나의 사건으로 비화되어 괴멸 내지는 소멸되었다. 가장 무섭고 경계해야 할 것은 내부의 갈등 내지 반목이었다. 작은 소그룹 단위일수록 믿음과 신뢰가 돈독하기 마련이고 그만큼 활동하는데 불편함이 없을 뿐만 아니라 노출되지 않았다.

"그럼, 구체적인 조직방법을 의논하세."

이번에는 김홍배가 말문을 열었다.

"운을 뗀김에 자네가 말해보소."

"그럴까. 내가 여러모로 머리를 짜내보았는디, 먼저 자기가 위치한 각 부락마다 농민반, 청년반, 소년반을 결성하고, 그 인원은 각 반마다 두 사람에서 다섯 사람으로 하는 것이네."

"나도 거기에 공감하는구만."

"허면, 그것으로 활동범위를 제한 내지 국한시킨다는 겐가?"

정후균은 떠름하게 반문하였다. 그렇게 되면 너무 왜소한 단체가 아닐까. 둠벙 속의 송사리 떼나 다름없지 않겠는가.

"아닐세. 그렇게 기초를 다지고 나서 다음 발전단계로 나가는 거네. 그런 다음 적색농민조합을 만들 때 면단위에서 다시 그 반들을 통합하여 각 군의 적색노동조합의 지부에 이른다는 것이네."

"암만. 지금까지 우리의 실천운동이 그 하부조직을 밑거름 삼아 확실히 다지지 못하였기 땜새 실패로 돌아갔네. 따라서 상부조직에 앞서 하부조직을 먼저 튼실하게 하자함은 지역전위정치조직에 앞서 혁명적 대중운동조직을 먼저 건설하자는 것이네."

"뭔 말인지 알것구만."

"그러면 각자 위치로 돌아가 각 부락마다 세포조직을 결성하기로 하세."

맹약에 가까운 그들의 결의는 곧바로 행동으로 옮겨졌다. 황동윤은 군외면 불목리와 황진리에 농민반과 청년반을 조직하였고, 이기홍은 고금도 청용리에 농민반과 청년반을, 오문현은 차태희를 뒷전에 두고 해남 북평리에 청년반을 결성하였다. 김홍배 또한 다져놓은 기반을 발판으로 자신의 이론과 사상을 실천할 기틀을 세우기로 하였다.

"우리는 각자 제 위치에서 조직을 결성하기로 하세."

정후균은 나룻배로 덕동을 건너뛰면서 김옥도에게 다짐을 놓았다. 김옥도는 관산리를 책임질 것이고, 정후균은 정문두, 김경태, 정병래, 정부균, 박천세, 정병생, 이영직과 더불어 농민반과 청년반, 소년반을 결성할 것이었다. 그들은 장용리와 한 부락단위인 구성리가 생활 터전이어서 그들이 각각 반을 나누어 두 마을을 책임지면 될 것이었다. 그와는 달리 김옥도는 혼자 고군분투할 것을 생각하니 마음이 쓰였다.

"자네는 이미 조직을 완료한 것처럼 얼굴 표정이 밝네."

김옥도는 정후균의 속내를 꿰뚫어 보았다.

"듬직하고 믿음직한 동지들이 기다리고 있지 않은가. 우리가 협조함세."

"힘이 부치면 구원을 청하겠네."

김옥도는 자신있다는 얼굴을 하였다. 야학당을 기웃거린 친구들이 몇인가.

"어쨌든, 기밀유지가 최대의 관건이자 숙제네. 조심해야 하네."

두 사람은 천동 고갯마루에서 헤어져 각자 마을로 돌아왔다. 정후균은 돌아온 즉시 동지들을 불러 모아 읍내에서의 결의사항을 알기쉽게 설명하였다.

"우리도 하부조직을 결성해야제."

"그래서 내 의견을 말하겠는디, 병래하고 천세, 병생이, 경태는 구성물을 맡고, 문두하고 영직이, 부균은 나와함께 장용부락을 맡기로 하세."

"소년반은?"

"우선 농민반, 청년반만 결성하기로 하세."

그들은 결의를 다졌다. 그리고 그 결의만큼 신중을 기하였다. 비밀스럽게 동지들을 포섭하여 규합하자면 여러모로 주위를 의식하지 않을 수 없었다. 주위의 여건은 녹녹치 않았다. 제도적으로 감시의 눈초리가 심하였다. 살얼음판을 내딛는 기분이었다. 마음속으로 동조를 하면서도 신변의 위협을 느낀 나머지 저어하는 사람이 있는가 하면, 분명한 경계를 짓고서 외면하는 보신주의가 어려움을 낳게 하였다. 그런 점에서 우선적으로 소수의 정예로 활동할 수밖에 없었다.

"쓸만하다 싶은 사람이 몇 있는디 영 마음을 움직일라고 하들 않네."

"너무들 조급해 하지 말어. 가만가만 마른땅을 즈려밟다보면 저절로 신명이 올라 옴죽옴죽 어깨춤을 추며 횃불을 밝혀들 테니께. 우리의 전략과 행동강령이 바로 그거여. 대보름날 한마당 지신밟기. 그 한마음으로 대동단결하자면 저절로 신명이 올라야 한다고."

"그렇긴 헌디, 도대체가 신명이 오를 기미가 보이지 않으니, 원……."

정후균의 말에 공감을 하면서도 대체로 떨떠름한 얼굴을 하였다.

"하여간, 우리의 만남은 항상 건설적이어야 하네. 모임도 정기적으로 갖고 말이여."

그들은 스스로에게 다졌다. 서둘지 않고 차근차근 공감대를 형성해 나가면 동조세력이 형성될 것이었다. 그러나 그들의 그 같은 결의와 비밀결사는 그리 오래 지속되지 못하였다. 나붓이 조동의 귀에 들어간 것이다. 조동은 때 아닌 여름감기로 몇 날을 열에 들떠 누워 지냈다. 빌어묵을, 개도 안 물어갈 여름감기라니. 조동은 혼자 투덜거리며 머리를 싸매고 누워 지내다 날씨가 하도 더워 시원하게 바람이나 쐬자고 바닷바람이 들이치는 감탕나무께로 나갔다. 복날이 아니랄까봐 무더위는 이마가 부실 정도로 기승을 부렸다. 감탕나무숲은 정말이지 시원하였다. 불알 밑이 선선하였다. 그 위에 지악스럽게 울어대는 매미소리가 한결 시원함을 더하였다.

조동은 원숭이처럼 감탕나무에 올라가 나뭇가지가 서로 뒤엉킨 나무 위에서 더위를 식혔다. 아따, 인자 좀 살만하다. 조동은 팔베개를 하고 누웠다. 조동의 출현으로 잠시 잦아졌던 매미소리가 다시금 심금을 울리고, 어느덧 자신도 모르게 설핏 잠이 들었다. 단잠이었다. 그런데 어느 순간 잠결에 두런두런 말소리가 지펴났다. 가만히 실눈을 뜨고 주위를 살펴보니 그 사이 해는 서산으로 빠져들고 갯벌을 드러냈던 바다는 밀물이 차올라 파도가 모래사장을 아우르고 있었다. 말소리는 조동이 잠든 나무둥치 아래에서 들렸다. 귓속말을 하듯 가만가만 하는데도 바로 지척 눈 아래에서 말하는지라 또렷하게 들렸다. 처음에는 무슨 말인지 감을 제대로 잡지 못하였다. 그런데 귀를 세우고 들으니 저절로 신경을 바싹 곤두서게 하였다. 나뭇가지 사이로 아래를 내려다보니 정후균, 김옥도, 정부균, 정문두, 김경태, 정병래, 박천세, 정병생, 이영직이 바지게에다 꼴을 잔뜩 베어 지게작대기로 받쳐놓고 그 밑에서 밀담을 나누고 있었다. 다른 사람은 몰라도 김옥도는 재 너머 관산리에서 살고 있지 않는가. 헌데, 여기까지 오다니? 옳거니. 이 사람들이 무슨 작당을 하는구만. 조동은 속으로 쾌재를 부르며 귀를 모두었다.

"우리가 명색이 노동반과 청년반을 조직해 놓고 하세월하고 있으니 답답하구만. 읍내와 해남에서는 소식이 없던가?"

"고금도에서 학습지를 보내왔네. 정신무장을 충실히 해야 한다는 것이네."

음마, 잡것들이 시방 뭔 소리를 하고 자빠졌디야? 노동반은 뭐시고, 청년반은 또 뭐라여? 학습지라고? 위메, 이거 보통 비밀결사가 아니구만이. 이것들을 어째사 쓸고? 조동은 두 주먹을 불끈 말아 쥐었다. 당장 급습을 하듯 뛰어내려 덮치고 싶었다. 아녀. 수적으로 중과부적 아니여. 섣부른 행동을 하였다간 내 좆뿌리가 성치 못할 것이여. 요것들을 발본색원하자면 확실한 물증을 잡아사 한당께. 뭐라고 씨부리는가 더 두고 보드라고. 조동은 오줌보가 터져나가려는 데도 두 손으로 사추리를 움켜쥐고서 귀를 기울였다. 그들은 머리를 맞대고서 고금도에서 보내왔다는 학습지를 돌아가면서 일독하였다. 원, 제기럴. 소리 나게 읽으면 나도 좋고 즈그들도 돌아가면서 읽는 수고를 덜 것 아녀. 조동은 내용을 듣지 못해 속으로 안달을 하였다. 어쨌거나 저것은 확실한 물증이니께. 저 가운데 어느 놈을 닦달하면 내놓을 것이여. 조동의 교활한 웃음은 터져나가려는 오줌보로 하여 금세 일그러졌다. 그들은 땅거미가 기웃해서야 자리에서 일어났다. 그리고 제각기 바지게를 짊어졌다. 김옥도만이 빈손이었다. 아따, 죽을 뻔 했네. 조동은 서둘러 고깃말을 풀어 헤치고 시원스럽게 오줌보를 비워냈다. 방금 그들이 앉았던 자리는 오줌벼락으로 흥건하였다. 어라, 씨펄. 그놈들 아가리에 오줌줄기를 내갈기는 건디…….

조동은 당장 주재소주임에게 보고를 하지 않았다. 제 딴에는 확실하게 한건 올려 신임을 받자는 계산속이었다. 밤마다 그들을 미행하고 한 사람 한 사람 집 주위를 염탐하며 동정을 살폈다. 그들은 장소를 옮겨가며 열흘에 한 번씩 모여 사상무장을 하였다. 동백나무 숲에서, 비석거리에서, 후박나무 그늘 아래에서, 대섬에서, 약낭골에서, 산개문과 심지어는 앞산 상여바위와 큰 굴 작은 굴에서 앞으로의 계획과 결의를 다졌다. 어느 때는 포섭 대상자를 의논하였고, 어느 날은 격렬한 토론도 마다하지 않았다. 참으로 한심한 작자들이었다. 즈이놈들이 당할 줄은 모르고 사회주의 사상이 어떻고 무산계급과 노동자 농민대중의 핍박과 일본제국주의가 어떻고 어째? 등신들. 등 뒤에서 힘껏 활시위를 겨냥하고 있는 것도 모르고. 조동은 가소롭다는 듯 비릿한 웃음을 흘리며 그들의 뒤를 미행하며 그들의 비밀회합을 낱낱이 기록하였다. 그리고 넉달 동안의 염탐 끝에 주재소주임에게 보고하였다.

"뭐시야? 이게 사실이렸다?"

주재소주임은 파랗게 질렸다. 엄청난 세포조직이었다.

"싹이 더 자라기 전에 뿌리 뽑아야 하지 않것는가라우."

"두말하면 잔소리다. 정월대보름날 지신밟기를 이용하여 농어민들을 선동한다? 노동자 농어민들이 누구 땜새 굶주림을 면하고 있는가 말이다. 대일본제국의 토지개혁에 의한 복지정책이 아닌가 말이다. 그런데 감히 반기를 들겠다?"

"간이 배밖에 나온 것이지라우."

"아무튼, 수고했다. 이번에 큰 공을 세웠다. 반드시 그에 상응한 보상이 있을 것이다."

"저는 오로지……."

"가만. 상부에 보고하기 전에 현장을 급습하여 한 놈도 남김없이 토색해야 한다. 그런고로 정월대보름 자정을 기하여 작전을 개시한다. 그 동안 철저히 감시하고 동정을 살피도록."

조동은 주임의 명령하달에 부동자세를 취하였다. 자신도 모르게 일본군의 절도 있는 몸가짐과 충성심이 배어 있었다.

정월대보름 나흘 전부터 눈이 내리기 시작하였다. 펑펑 쏟아지는 함박눈은 보기에도 탐스러웠다. 하룻밤 사이에 온 천지가 눈으로 뒤덮혔다. 앙상한 나뭇가지마다 눈꽃이 맺히어 봄날의 배꽃을 연상시켰다. 짙푸른 소나무가지는 눈의 무게를 이겨내지 못하고 휘늘어졌거나 부러져 나갔다. 논밭이며 고샅길은 경계를 무너뜨렸으며, 초가지붕은 송이버섯을 닮아가고 있었다. 아이들은 꽁꽁 얼어붙은 방죽논에서 썰매를 지치기도 하였고, 눈싸움에 지치면 언덕바지에서 미끄럼을 탔다. 그렇지 않아도 설날부터 정월대보름까지는 신명이 나기 마련인데, 새하얗게 눈이 내리니 그보다 더 신날 수가 없었다. 어른들도 경건하게 설을 보내고 정월대보름을 기다리는 동안 김을 생산하여 몇 푼이라도 가용돈을 모으는데, 하늘은 일찌감치 따뜻한 구들장을 짊어지고서 쉬라고 하였다. 그렇다고 아이들처럼 누렁 콧물을 매달고서 눈밭에 딩굴 수는 없었다. 눈을 치우랴, 새끼를 꼬랴, 멍석과 짚신을 삼으랴, 물레질을 하랴, 나름대로 일손을 놀렸다. 무엇보다 마을 공동우물 길을 번갈아 가며 깨끗이 눈을 쓸어야만 하였다. 물동이를 이고 가다가 빙판에 미끄러져 물벼락을 맞기 일쑤였다. 장난꾸러기 아이들은 일부러 해코지를 하듯 은근히 구경거리로 삼았으나, 과년한 댕기머리 처녀나, 갓 시집온 새악시는 그런 낭패가 없었다. 십중팔구 어깨가 부러진다거나, 엉덩이에 퍼렇게 멍이 들어 앓아누워 지내야만 하였다.

"저, 저런. 조심할 것이제."

조심조심 물동이를 이고 가다 엉덩방아를 찧을라치면 노인네들의 안쓰러운 목소리가 허연 입김을 묻어내는데, 아무런 도움이 되지 못하였다.

"눈이 엄청 내릴 모양이네. 저그 신호네 헛간채가 눈 더미에 묻혀 도리 없이 내려앉는구만. 너남없이 까대기 집은 조심혀야 쓰것네."

"그나저나 눈밭에서 한바탕 풍물을 울리자면 발목이 시큰하고 귀때기가 제법 알싸하것는디."

"털매기나 야무치게 삼소. 눈밭에서 신명을 울리자면 털매기가 제일이네."

그랬다. 거칠면서도 정성스럽게 삼은 짚신은 눈밭을 안심하고 나다닐 수 있었다. 어디 눈밭뿐인가. 짚신은 가장 정겹고 믿음직한 신발이었다.

"헌디, 자네들은 아까적부터 뭘녀려 연만 죽자고 만드는겨?"

담배연기 자우룩한 행랑채에 모여 앉은 남정네들은 머리 맞대고 부지런히 연을 만드는 정문두와 정병생, 김경태, 박천세의 전에 없던 행동거지를 뜨막한 얼굴로 바라보았다. 정월대보름 연날리기는 한해의 액운을 띄워 보내는 의식이 곁들어 있어 아이들은 벌써부터 눈밭에서 연을 날리지만 그들의 진지한 연 만들기는 조금 색달랐다. 한쪽 구석에서 정문두가 댓살을 깎고 다듬으면 정병생은 그 댓살로 연의 뼈대를 얽고 그것을 이어받은 김경태와 박천세는 종이를 오려 붙이고 가늠줄을 매달았다. 손발이 척척 맞는 공정이었다.

"아, 정월대보름날 연을 띄워 한해의 액운을 멀리 여의어야 할 것 아닌가."

정문두는 얼렁뚱땅 그저 듣기 좋게 받아넘겼다. 건너 마을 정후균과 정부균, 이영직도 연을 만들 것이었다.

"누가 그걸 몰라서 하는 소리인가. 전에 없이 집착을 부려서 그렇제."

"다 이유가 있느니. 이렇듯 정초에 눈이 많이 내리면 풍년이 든다니께 그것을 아낌없는 마음으로 기원해야제."

"솔직허니 말을 하것네만, 요즘 자네들의 행동거지가 쪼깐 다른 듯 싶으이. 우리들에게 춘향전이나 흥부전, 홍길동전, 장화홍련전, 그리고 그 뭐시냐. 농민대중의 각성 같은 쬐끔은 어려운 상식들을 양념으로다 들려준 것도 그렇고. 뭔가 숨은 의도가 다분혀."

"너무 앞질러 의심하거나 곡해해서는 안 되네만, 우리들도 의식이 깨어나야 할 것 아닌감. 간도 쓸개도 내버린 맹목적인 굴종은 이 나라 백성의 본분이 아니여."

"어쨌거나, 우리들 눈에 그렇고롬 비치니께 다른 눈들을 의식해야 하네. 조동의 눈빛이 자주 이쪽을 넘보데."

"알것네. 아무튼, 이 연들이 정월대보름날 하늘 높이 날아오를 때 우리는 새로운 길을 각성할 것이네."

"개벽이라도 된다는 건가?"

남정네들은 김경태의 말에 실없다는 얼굴로 담배연기를 날렸다. 연이 까마귀 떼처럼 하늘을 뒤덮는다 해도 새로운 길을 열어주지 못할 것이다. 왜놈들은 점점 호리병을 쥐듯 박해를 가해오고, 그들의 위세는 하늘을 찌를 듯 한데, 무슨 새로운 길을 열 수 있단 말인가. 눈 덮인 마을 고샅길도 제대로 빗자루로 쓸어내지 못하는데. 괜한 헛기침이나 다름없는 씨나락 까묵는 소리제.

정월대보름날에도 눈발이 희끗거리며 내렸다. 이날 머슴은 나무를 아홉 짐을 하고 밥을 아홉 그릇을 먹는다지만 눈 덮인 산야를 오를 엄두를 내지 못하였다. 마을사람들은 딱히 할 일도 없는지라 일찍부터 신명이나 올리자고 징과 꽹가리와 북, 소고 따위를 손에 들고 고깔을 썼다. 그리고 당상나무 아래에 모여 풍물을 울렸다.

"저것 좀 보시오. 누가 저렇게 많은 연을 띄울게라우?"

한대진은 차실의 말을 듣고 밖을 내다보았다. 아이들이 썰매를 지치다말고 쥐불놀이를 하는 가운데 방패연, 가오리연, 꼬리연들이 온통 하늘을 뒤덮듯 떠 있었다. 바람을 타고 오른 연들의 군무는 장관이었다.

"허허, 할 일들이 없어논께 연들을 잔뜩 띄워 올렸구나."

"그란디, 연 꼬리마다 뭔 글씨를 써넣었는디요."

글씨라? 그러고 보니 바람에 비비대며 춤을 추는 연 꼬리마다 선전 문구 같은 글들이 적혀 있었다.

"저건 단순한 아이들이 만든 연이 아닌성싶다."

"가만있으시오. 맞아요. 정문두하고 정병생, 김경태, 박천세 등이 몇 날 머리 맞대고 연을 만들었다 합디다. 저것 좀 보시오. 탄도리 큰재에도 연이 산비둘기 떼처럼 떠올랐소."

"그렇담 예사 일이 아니다. 네가 광생이 묏등거리에 나가 연줄 하나를 감아 오너라."

"그럴 게 아니라 저그 연줄이 끊어져 무덤재로 달아나는 연을 가지고 올께요."

차실은 말이 떨어지기가 무섭게 대문을 나섰다. 그 애들이 기어코 일을 꾸미는구나. 연 꼬리에 써 넣은 글귀는 보나마나 문제를 안고 있을 것이다.

"뭘 허는 겐가? 당상나무 아래에서 저렇듯 풍물을 울리는디."

한대진은 대감할미의 놋쇠화로 두드리는 장죽소리에 떠밀려 차실을 기다리지 못하고 오전 내내 닦은 축문을 가슴에 품고 대문을 나섰다. 올해는 누구네가 집사더라? 생각을 여미며 당상나무께에 이르렀다. 다소 이른 시각이었으나, 무언의 성화에 떠밀려 동제를 지내고 마을공동 우물로 향하였다. 제물은 정갈하고 소담하였다. 집사로 뽑힌 박 서방이 그만큼 정성을 들인 때문이리라. 공동우물에서 한바탕 풍물을 울린 다음 풍물을 앞세운 행렬은 방죽재를 넘어섰다. 사람의 내왕이 없었는지라 눈은 무릎께까지 빠졌다. 감탕나무 아래 모래밭은 온통 성애가 떠밀려 쌓여 발목을 적셨다. 마을사람들은 짚신에 바닷물이 배어드는데도 신명을 올리며 제물을 실은 조각배를 바다 멀리 띄워 보내며 용왕님 전에 한해의 풍어를 빌었다. 희끄무레한 대보름달빛이 파도를 일으켜 세웠다. 풍물을 앞세운 행렬은 다시금 방죽재를 넘었다. 이제부터는 집집마다 돌아가면서 지신밟기를 할 것이었다.

"여그 연꼬리를 떼어왔구만이라우."

마을로 들어서자 차실은 기다리고 있었다는 듯 한대진에게 연꼬리를 건네주었다.

—마을회의와 공동노동은 민주적 합의로—

이 한 구절만 보아도 연 꼬리마다 쓴 문구는 무엇을 말하는지 짐작하고도 남았다.

"가서 김경태와 정병생을 찾아오너라."

정문두는 건너 마을 초입에 사는 관계로 그렇다치고, 풍어를 지내는 행렬 속에 두 사람이 보이지 않았다. 한대진의 집에 들이닥친 풍물패들을 앞세운 마을사람들이 한마당 지신밟기를 끝내고 나서야 차실은 집으로 돌아왔다.

"암만 찾아도 두 사람은 보이지 않더만요. 아까 연 꼬리를 줏으러 무덤재에 오를 때 분명 두 사람이 보였는데 말이라우."

"그래? 너도 젖은 옷을 갈아 입거라."

한대진은 생각에 잠겼다. 더 이상 말썽이 일어나지 않는다면 모르겠으나, 틀림없이 왜놈들은 그냥 보아 넘기지 않을 것이다. 그리고 정후균을 비롯한 조직세포들이 그만한 용기를 냈다면 배후가 있을 것이다. 연꼬리에다 자신들의 행동강령을 띄워 올리다니. 참으로 기발한 착상이요, 한편으로는 무모한 행동이었다. 이 시절에 스스로 자신들의 비밀결사를 내보이다니. 다소 즉흥적인 철없는 착상이요, 행동 가짐이었다.

다음날, 한대진의 예감은 적중하였다. 정후균을 비롯하여 소위 전남운동협의회의 명칭을 개칭한 적색농민조합건설준비위원회라는 혁명적 대중운동조직에 연루된 사람들이 일거에 체포되었다. 치밀한 검거였다. 물증도 완벽하였다. 미처 발아가 되기 전, 시작에 불과한 비밀결사인데도 일경은 신속하게 가차 없이 재판에 회부하였다. 그 가운데 정후균과 김옥도는 일 년 육 개월의 징역형을 받고 복역하였다.

"그나마 그 정도로 끝난 것이 다행이야."

한대진은 선고공판에서 가까스로 풀려난 정부균, 정문두, 김경태, 정병래, 정병생, 박천세, 이영직을 위로하는 자리에서 그들을 따뜻한 눈길로 어루었다. 그 자리에는 김고운과 차헌도 함께 하였는데, 차헌도는 아들인 차태희가 해남에서 교직에 있으면서 전남운동협의회에 관련, 징역 일 년 육 개월을 선고받고 복역 중이어서 시종 침울한 얼굴이었다. 그러니까 전남운동협의회는 한순간에 일망타진, 그 주동 인물들이 한꺼번에 검거된 것이다. 완도의 황동윤. 해남의 김홍배, 오문현, 고금도의 이기홍, 최창규, 그리고 조약도의 조직원들이었다.

"저희들이 우리들의 행동강령을 하늘에 띄운 잘못입니다. 이것을 거울삼아 반드시 행동으로 보상하겠습니다요."

"지금은 숙지근하게 자숙하는 게 좋아. 자네들의 뒤에는 감시의 눈초리가 항상 꼬리표처럼 따라다니네."

"그 말이 옳아. 자네들의 세포조직을 이미 알고 있었던 게야. 그리고 감옥에 들어간 사람들을 생각해야지. 솔직허니 말해서 자네들 힘으로는 무얼 복원하고 일으켜 세운다는 것은 역부족이야."

"어르신 말씀을 잘 알것구만이라우. 차태희를 비롯하여 감옥에 들여보낸 것은 전적으로 우리들의 전술적 미숙이 불러일으킨 결과였구만요."

"아들을 감옥에 보낸 차태희의 아버지도 그렇지만 자네들 부모 마음은 어떻겠는가. 괜스레 죄인 취급을 받으며 불이익을 감수할 수밖에 없네. 그러니 부모님들을 위해서라도 열심히 생업에 종사하게나. 그것도 어찌 생각하면 자네들이 지향하는 행동지침이랄 수 있어. 꼭 무슨 운동을 소리 나게 하지 않더라도 자신의 신념과 의지를 실천으로 옮기면 주위의 공감대를 얻게 되네."

"자네의 말이 옳으이. 모든 것은 억지로 되는 게 아니네. 성급한 마음은 화를 불러오네."

김고운은 차헌도에게 술잔을 안기며 침중한 분위기에서 놓여나고자 하였다. 한대진은 믿음직한 청년들에게 따북하게 술잔을 건넸다. 이제부터 시련 아니겠는가.

잎새에 숨은 풋과일

1

정후균과 김옥도가 출옥하던 날은 화사한 벚꽃이 눈을 부시게 하였다. 언제부터인가 일제는 자기 나라 국화(國花)인 벚꽃을 무차별적으로 이 땅에 심었다. 복사꽃, 능금꽃이 피던 내 고향 마을은 화사한 벚꽃 너머로 숨어들었다. 계절은 그렇게 봄기운으로 들어차 있었다. 그러나 세상 밖으로 나온 두 사람은 비록 자유의 몸이 되었으나, 주위의 싸늘한 환대로 또 다른 영어의 신세라는 것을 실감하였다. 그 같은 단적인 예가 김옥도 가족들의 강진으로의 이주였다. 아들이 형틀을 둘러쓰자 주위의 냉대와 감시의 눈초리를 견디지 못한 가족들은 옹기장이들이 사는 이웃 동네로 이사를 단행하였다. 그곳에 연줄이 있어서가 아니었다. 차라리 아무도 모르는 낯선 곳에서 새롭게 살림을 일구자는 계산속이었다. 그 속내를 한대진과 김고운에게 가만히 말하였고, 그 마음 사정을 십분 이해한 김고운은 친분이 도타운 옹기장이에게 적당한 곳을 부탁하였다. 옹기장이는 흔쾌히 솔가를 도왔다. 김옥도의 아버지도 옹기장이가 물색해 준 곳을 싫어하지 않았다. 옹기장이가 말한 그곳은 어쩌다 농기구가 필요할 때면 대장간에 들러 낫이나 도끼 따위를 벼렸는지라 그렇게 낯설지가 않았다.

"자네는 이제부터 강진에서 살아야겠네."

정후균은 토심스럽게 말하였다. 지천으로 피어난 벚꽃이 눈에 거슬린 것도 따지고 보면 절친한 벗과 떨어져 살 수밖에 없다는 섭섭함이 마음을 울적하게 하였기 때문이었다.

"하는 수 있는가. 하지만 지척간이니 자주 만나야하지 않겠는가."

"그래야지. 우리의 비밀결사를 다시금 복원해야겠고, 여러모로 자네가 필요할 것이네."

"우리가 애옥살이를 한 대가가 무엇인가? 이대로 빙신처럼 주질러 앉으면 안 되네. 옛 동지들을 다시 하나로 불러들여 뭉쳐야 하네."

"감옥에서 몇 번이나 결의를 다졌는가. 바깥에 있는 동지들도 우리를 기다리고 있을 걸세."

두 사람은 새삼 결의를 굳게 다졌다. 어떠한 핍박이 가해질지라도 와해된 조직을 다시 재건하기로 하였다. 두 사람은 강진 읍내를 들어섰다. 김옥도의 가족이 이사를 하였다는 칠량 쪽으로 발길을 내딛는데 뜻밖에도 마선을 만났다. 행색이 초라한 것으로 보아 아직도 조동의 상해범으로 쫓기듯 타관객지를 돌아다니는가 보았다.

"아니, 시방 어디서 오는 거여?"

마선은 두 사람을 먼저 발견하고 깜짝 반겼다.

"감방에서 나오는 길이오."

"가만있드라고. 아직 형기가 멀었잖았는가배."

"알량하게 사면이 되어 삼 개월 남짓 먼저 나왔소. 어디를 다녀오시오?"

"나? 조동, 그 찢어죽일 놈 땜새 고향엘 가지 못하고 숨어 지내듯 하였네. 지난겨울에는 영산포에서 지내다 옹기장이의 연락을 받고 칠량 석냥간에 매어살며 농기구나 두둘겨 만들려고 내려오는 길이네. 쇠망치 내려치는 데야 일가견이 있지 않는감."

"알고 보니 우리보다 고생이 많았소."

"아따, 말 말게나. 옹기배에 숨어 고향땅을 빠져나온 뒤로 본의 아니게 남사당패들을 따라 댕기기도 하였고, 영광에서 굴비잡이 배도 타고, 목포에서 부두 하역잡일도 하였으며, 영산포에서 새우잡이며, 하여지간 발품, 어깨품, 품바 품바로 기웃거렸네."

"그러니께 처음부터 마음 착실하게 다잡고 이쁜 마나님 받들어 모시고 알뜰살뜰 살림 일구고 살았으면 그런 고생은 하지 않았을 게 아니오."

"지금 생각한께 자네 말이 뼛속에 사무치는구만. 그녀러 노름판만 넘어다보들 않았더라면 내 신세가 요롷고롬 되었것는가. 그라고보면 팔자소관도 내 할 탓인 것 같으이."

"이제라도 마음 고쳐먹었다니 다행 아니오. 이 기회에 가족들을 이쪽으로 불러 모시지요."

"그렇잖아도 생각을 그렇고롬 여미는디 마음 묵은대로 될랑가 모르것네."

마선은 남사당패를 따라다녀서인지 예전 같잖아 말머리가 시원시원하고 말끝마다 해학이 묻어났다. 그만큼 인생을 관조한 것인지, 아니면 문드러져 닳아진 것인지는 몰라도 타박이는 발걸음이 무료하지가 않았다.

"하여간 지가 소식을 전해 줄께요."

"고마우이. 헌디, 왜, 이쪽으로 길을 잡는가?"

"이 친구 가족이 이쪽으로 가대를 옮겨와서요."

"어째서?"

"원인은 이 친구가 제공한 셈이지요."

"히힛, 똑똑한 아들 잘못 둔 죄로구만. 불효가 따로 없네만, 먹장구름 걷히듯 시상이 개벽이라도 올라치면 가문의 영광이 한 몸에 내리비칠 것이네."

"심봉사 눈뜨듯, 박흥부 금은보화 가득 든 박을 타듯, 한 순간 인도 환생이 되지 말란 법은 없다 그거요?"

"그려, 그려. 앞날을 보소만 놀부랄 놈 화초장 하나 짊어지고 좋아라 또랑을 건너듯, 왜놈들 우리네 땅덩이를 싸 짊어졌다고 기고만장하네만, 놀부랄 놈 제비다리 분질러 패가망신살이 들 듯, 왜놈들 욕심 부리는 꼴을 보면 놀부놈 신세로 떨어질 것이네. 하늘의 저주를 받아 망할 날이 반드시 올 것이여. 한번 흥하면 한번 망하지 않던가."

"정말 사설조로 잘도 갖다 붙이오."

"나, 이래봬도 남사당패 덕분에 귀동냥 것으로 소리 한바탕도 할 줄 아네. 서당 개 삼년이면 풍월 읊는다고 하들 않던가."

마선은 등짝에 짊어진 괴나리봇짐을 한번 추어올리고 나서 심봉사 한양가는 대목을 능청스럽게 뽑았다. 목소리야 영 막걸리 음색이었으나 무료함을 잊기에 충분하였다.

"가사가 불충한 것 같으오."

"무식헌 내가 어쩧고롬 똑 바르게 귀동냥해 따 담것는가. 그냥 저냥 입에 올리는 대로 넋두리 하댓기 불러제끼는 거제."

"아무튼, 동행이 아니었으면 아직도 갈 길이 아득하였을 것인디 벌써 칠량이 저그 보이오."

"쉬엄쉬엄 해가 저만치 떨어지지 않았는가."

"거처는 정하였소?"

"인자 내려오는 길인디 거처가 따로 있것는가. 옹기장이에게 당분간

신세를 질 수밖에. 후균이 자네는 어쩔 텐가? 오늘 해거름으로는 집에 들어갈 수 없것는디."

"이 친구 집에서 하루 묵든지 해야지요."

"무엇하면 나랑 함께 가지 않것는가? 내일 옹기장이더러 배로 모셔다 주라고 부탁할 텐게."

"그것도 좋은 생각이오만, 일단 이 친구 집에 들러봐야겠소. 인사도 드릴겸. 함께 가지 않겠소?"

"그랴. 옹기장이 집과는 먼 거리도 아닐 테고……."

세 사람은 면소재지를 뒤로하고 강마을을 찾아들었다. 대로변 마선이 일할 대장간에는 나물 캐는 호미를 불에 달구고 있었고, 강바람을 타고 돛단배 두어 척이 한가롭게 떠갔다. 마선은 이곳 지리를 잘 알았다. 김옥도네가 이사 온 강마을을 낯설지 않게 찾았다. 김옥도네 집은 마을 외딴 곳에 자리하고 있었다. 한눈에 낯설어 보였다.

"오메, 오빠야!"

마을 공동우물에서 물을 길어오기 위해 대싸리 울타리를 나서던 김옥도의 누이동생이 오두망찰 그 자리에 붙박혔다.

"그래, 오래비다. 아부지, 어무니는 집에 계시냐? 너는 그 사이 처녀티가 완연하구나."

"아부지는 밖에서 방금 돌아와 방안에 계시고, 어무니는 정지에 계시구만이라우."

"후균이 오빠에게는 인사 안 하냐?"

"…… 고생 많으셨지라우."

그녀는 정후균의 존재를 알아본 순간 발그레 귀밑머리께를 붉혔다. 솜털이 보송한 귀뿌리가 아주 선정적이었다.

"우리보다 옥선씨가 부모님 모시고 고생 많으셨소."

"아니어라우. 어서 안으로 드시지요."

그녀는 붉어진 얼굴을 감추기라도 하듯 물동이를 내려놓고서 앞장서 집안으로 내달았다.

"암만해도 옥도 누이동상이 자네를 사랑허는구만. 코쩨기 내기를 해도."

마선은 뒤따라 울타리를 들어서며 귓속말로 정후균의 옆구리를 찔벅하였다. 쓸데없는 소리. 정후균은 지르틈하게 눈을 흘겼다. 김옥도를 자주 만나는 만큼 그녀를 싫지 않게 대하였다. 마음씨하며, 오목조목 귀염성 있는 얼굴하며, 그만하면 누구나 호감을 가질만 하였다. 그러나 정후균은 어디까지나 친구 누이동생으로 대하였다. 김옥선의 숨 가쁜 소리에 방문이 삐그덕 열리며 시커멓게 그을린 김옥도의 아버지가 밖을 내다보았다.

"아부지, 저 왔습니다!"

"오냐. 네 덕으로 물설고 낯설고 인심 설은 이곳으로 이사를 왔구나."

김옥도의 아버지는 아들을 대하자 북받쳐 오르는 감정을 누지르며 더 이상 말을 삼갔다. 정후균과 마선을 의식해서인지도 몰랐다. 정후균과 마선도 토방마루에 올라 정중히 인사를 올렸다.

"워메, 우리 아들 돌아왔구나!"

부엌에서 김옥도의 어머니가 뛰쳐나오며 김옥도를 얼싸안았다. 아들이 출옥하리라는 걸 까마득히 모르고 있었다.

"지가 마음고생을 드렸습니다."

"괜찮다. 니가 도둑질을 했냐, 살인을 했냐. 한편으로는 자랑스럽다. 어여, 방에 들거라. 금방 저녁을 차려 올릴 텐께. 후균이 자네도 함께 우리 집에 와주니 고맙고 반갑네."

김옥도의 어머니는 눈물을 찍어 누르며 부엌으로 들어갔다. 세 사람은 방안에 들어 김옥도의 아버지와 마주 앉았다. 마음고생을 한 탓인지 부쩍 늙어 보였다.

"어떻게 이곳으로 이사 올 생각을 하셨습니까?"

정후균은 어렵게 말문을 열었다. 방안은 새로 도배를 한 때문인지 침울한 분위기와는 달리 밝았다.

"왜놈들은 말할 것 없고, 이웃사람들도 행여 불이익이 돌아오지 않을까, 거리를 두더구만. 죄인이 따로 없었네. 더구나 이제 갓 피어난 딸년 혼삿길마저 막히는가 싶어 마음 무거웠네. 다행히 대진과 고운께서 어려운 내 마음을 헤아린 나머지 옹기장이를 소개해 주었네. 모르는 곳으로 뚝 떠나 살면 딸년 혼삿길도 열릴 것이고, 궁색하게나마 마음 홀가분하게 살지 싶어서 이사를 결심한 것이었네."

"그 심정 이해하고도 남습니다만, 이 친구를 따북하게 받아주시게라우. 나도 이곳에서 살랑께 서로가 의지가 될 것이오."

"자네가? 허긴 고향에 발을 들여놓을 생각일랑 엄두를 내지 말게나. 조동 그놈이 아직도 두 눈에 쌍심지를 켜고 기다리고 있네."

"지가 기회 봐서 그놈의 목을 비틀어 뽑갑니다. 그러자면 석냥간에서 비수 하나를 따로 날카롭게 만들어 간직해야겠습니다."

마선은 새삼 이를 갈아 부쳤다. 금방 들어온다던 저녁상은 새로 반찬 새를 장만하는지 늦어졌다.

"아무튼, 후균이 자네가 고향에 돌아가면 다시 한 번 긴장이 떠돌 것이네. 요주의 인물로 문밖출입도 마음대로 못할 테고. 부탁하네만 부모님을 봐서라도 엎드려 자숙하고 지내게. 옥도는 이 집이 감옥이라 여기면서 살도록 해야겠네."

김옥도의 아버지는 다짐을 놓듯 말하였다. 오늘 이후로는 친구로 여기지도 말고 찾아오지도 말라는 뜻이 담겨 있었다. 짐작하고 각오한 바였다.

"허지만, 친구의 의리와 주위와의 믿음을 어떻고롬 무 자르댓기 할 수 있다요. 더구나 후균이와 옥도는 감옥까지 동고동락한 사이인디 거리를 둘 수 있는감요."

"그래도 할 수 없네. 사람이 우선은 살고 봐야 하네. 그만했으면 일제의 강압의 벽이 얼마나 높고 두터운 줄도 알 것이고, 그 두터운 벽을 뚫자면 얼마의 인내와 세월을 필요로 한다는 것도 알 것 아닌가."

"저까지 문전박대 할 모양이지요?"

마선은 물러나지 않고 넉살좋게 말을 받았다.

"금메. 오는 사람 억지로 내칠 수야 없네만, 반가움은 덜 것이네."

김옥도의 아버지는 속으로 끙, 소리를 내며 말문을 닫았다. 아들 땜새 단단히 혼쭐이 났네, 그랴. 마선은 나이보다 늙어버린 김옥도 아버지의 심사를 이해하였다. 방문 밖에서 인기척이 나고 김옥선이 치렁한 댕기머리를 내리뜨린 채 밥상을 들였다. 그 사이 소금에 절인 생선도 상에 오르고 두부찌개도 시장기를 재촉하였다.

"어째서 왜놈들이 감옥에서 빨리 나가도록 인심을 썼디야?"

김옥도의 어머니는 묵은 김치를 잘게 찢으며 아들과 정후균을 차례로 돌아보았다. 얼마나 애옥살이를 했으면 한창 나이에 저렇듯 핏기가 없을끄나. 속으로 혀를 찼다.

"글쎄요. 그 속내를 잘 모르것구만요."

"어쨌거나, 마음이 푹 놓인다. 감방 안에서 무슨 구실을 달고서 해악질을 하면 어쩔까, 밤잠을 제대로 못 잤다."

"왜, 그 맘을 모르것소. 아따, 생선 토막이 알맞게 간이 들어 뱃속의 회충이랄 놈이 용천지랄을 하네."

186

마선은 방안의 분위기를 헤헤 풀어헤치고자 마음을 썼다. 옥선은 발
그레 웃음을 감추지 못하고 부엌으로 나갔다. 숭늉이라도 떠올 것이었다.

"정말 잘 먹었습니다. 이래서 자유의 몸이 좋은가 봅니다."

정후균은 옥선이 떠올리는 숭늉을 들고 밥상머리에서 물러났다.

"인자 다시는 감옥에 갈 생각일랑은 말어. 곁에 사람이 죽어나니께."

"누가 가고 싶어 가남요. 주어진 시절에 의분으로 젊어진 운명이요,
사나이 본분이제요. 후균이 자네 어쩔 셈인가? 나하고 옹기장이한테 가
겠는가, 아니면 여그서 지샐 것인가?"

마선은 끄윽, 트림을 하고나서 정후균을 돌아보았다.

"여그서 자고가제 어딜 가?"

김옥도의 어머니가 펄쩍 뛰었다.

"그러면 자네는 내일 나한테 오게. 내, 옹기장이더러 배를 띄우라고
사정해 놓을 텐께."

"좋도록 하시오만, 굳이 바쁠 것도 없으니께 옹기장이에게 신세질
필요는 없을 성 싶으요."

정후균은 마선을 마을 입구까지 배웅하였다. 어쩐지 산전수전 다 겪
은 마선이 믿음직스러웠다.

"오늘밤 말이제, 옥도 누이동생하고 잘 좀 해 보아. 암만해도 자네를
좋아하는 눈치여."

"쓸데없는 소리 그만 하고 가는 길이나 조심하시오."

정후균은 마선에게 면박을 주고 나서 돌아섰다. 문득 한 여인이 눈앞
에 다가왔다. 최 부자의 질손녀 최성분이었다. 정후균은 흠칫 놀라며 머
리를 가로 저었다. 정후균은 그녀의 진심을 일찍부터 알고 있었다. 은사
인 박성래 선생님을 흠모하고 사랑하였다는 것을. 그 상처를 치유하기
위해 박성래 선생의 묘비석 앞에 꽃다발을 눈물로 바치고 삼촌인 최사

열이 있는 서울로 유학을 떠났다. 여자가 무슨녀려 공부냐고 대갈일성하는 최 부자의 만류를 뿌리치고 과감하게 자신의 길을 개척하기 위해 상급학교에 진학한 것이다. 그러한 행동 가짐은 순전히 박성래 선생의 영향이기도 하였지만, 박성래 선생이 묻힌 고향 땅에서 할아버지의 강요에 의한 결혼 따위는 상상할 수 없었기 때문이었다. 최성분은 박성래 선생을 잊기 위해 학업에 전념하였다. 남학생들이 눈도장을 찍을 때마다 그녀는 단호하게 뿌리쳤다. 그 어떤 남자도 사랑할 수 없노라고. 그런데 어째서 그녀가 갑자기 눈앞에 떠오르는 걸까? 정후균은 푸릇하게 웃음을 머금었다.

경성고학당에 입학하였을 때, 제일 먼저 축하의 꽃다발을 들고 찾아준 사람이 최성분이었다. 정후균은 그녀를 보는 순간 깜짝 놀랐다. 서울 물이 완연하게 배인 그녀는 해풍에 그을린 땟물 흐르던 섬 처녀가 아니었다. 성숙하게 익어터진 희고 순결한 탐스러운 꽃송이였다. 그녀는 스스로 지성을 겸비한 자신의 아름다움을 아는지, 모르는지, 이제 갓 서울에 올라온 초라한 촌뜨기를 반갑게 환영해 주었다. 박성래 선생에 대한 사모의 정도 어느 정도 곰삭은 듯하였다. 그 뒤로 두 사람은 자주 만났다. 때로는 생활이 어려운 정후균에게 물질적인 도움도 마다하지 않았다. 일보진전의 관계설정이랄 수는 없었으나, 그녀를 만나면 왠지 모르게 우울하고 곤궁한 마음이 사라졌다. 그리고 어느 남학생 못지않은 이론과 사상을 지니고 있었다.

주위에서는 그러한 그녀를 두고 차가운 이지의 여성이라고 평가하였다. 자연스레 그녀와의 담론은 진지하고 즐거웠다. 오히려 정후균이 얻어듣는 편이었다. 어쩔 때는 따스한 누님처럼 기대고 싶은 충동마저 일었다. 병고의 몸으로 더 이상 배움을 축적할 수 없어 고향으로 내려왔을 때, 그녀와의 헤어짐은 정말 참담하였다. 그녀도 안타까워하였는데, 그녀는 정후균이 품고 있는 연정과는 사뭇 다른, 뜻 맞는 고향 친구를 곁에서 떠나보내야 한다는 아쉬움이 다분하였다. 말하자면 그녀로서는 정후균이 어디까지나 동지였다. 정후균은 그런데도 고향에 내려와서도 최성분의 향기를 간직하였고, 종종 편지에 자신의 마음을 솔 내음처럼 담아 보냈다. 감옥 생활도 그랬다. 아마도 가슴속에 지니고 있는 그녀의 향기와 주고받았던 메시지를 지워버렸거나 잊어버렸다면 견디기 힘들었을 것이다. 어쩌면 앞으로도 그녀의 향기와 오뚝한 콧날처럼 다가서는 편지 속에 담아 보낸 메시지가 방향을 가늠해 줄 것이다.

"왜, 들어오지 않고."

장승처럼 서서 최성분을 붙들고 있는 정후균의 의식을 김옥도가 일깨웠다.

"밤하늘이 너무 좋지 않은가."

"그렇네. 감옥에서 하늘의 별을 못 본지가 얼마였는가."

김옥도도 깊이 숨을 들이마셨다.

"헌데, 마음이 허허로운 것은 또 웬 조화인가?"

"누가 아닌가. 들어 가세나. 누이동생더러 술상을 봐오라고 하였네."

두 사람은 외양간 곁에 딸린 허름한 방에 들었다. 두 사람이 잘 수 있도록 깔끔하게 청소가 되어 있었고, 이부자리가 펼쳐져 있었다. 앞으로 김옥도가 거처할 방이었다. 김옥도는 이부자락을 한쪽으로 제끼고 나서 술상을 기다렸다. 방바닥은 알맞게 온기가 감돌았다. 조금 있자 옥선이 조심스레 술상을 들였다.

"너도 앉거라. 모처럼 오래비와의 단출한 해후가 아니냐."

옥선은 다소곳이 김옥도 곁에 앉았다. 언제 보아도 말없이 얌전한 처녀였다. 그러기에 그 깊은 속내를 꺼내 볼 수 없었다.

"자, 우리의 재출발을 위해 건배하세."

두 사람은 술잔을 부딪쳤다. 오랜 기간의 금주 때문인지 금방 술기운이 돌았다.

"자네, 나를 외톨이로 만들면 안 되네. 꼭 유배 온 기분이야. 그리고 내 누이에게도 따뜻한 눈길로 대해주고 말이네."

술잔이 서너 잔 돌아가자 김옥도는 옛날의 분위기를 되찾았다.

"자네는 언제나 중추적인 인물일세. 그리고 누이동생은 감히 넘볼수 없네. 아버지께서 이곳으로 이사 오게 된 가장 큰 이유가 뭔가? 따님을 제대로 시집보내야겠다는 일념에서가 아닌가. 자네나 나 같은 사람은 사랑이니, 결혼 따위는 한낱 사치에 불과한지도 모르겠네."

"허허, 그런가? 나라를 잃으면 사랑도 못하는가? 너무 자조하지 말게. 전쟁의 포화 속에서도 한 떨기 꽃이 피기 마련이네."

술기운을 빌어 목소리가 커지자 옥선은 귓불을 붉힌 채 말없이 일어나 방문을 나섰다. 두 사람은 술이 바닥이 날 때까지 주거니 받거니 들이켰다. 정후균의 눈앞에 최성분의 모습과 김옥선의 얼굴이 겹쳐지는가 싶더니 누가 먼저랄 것 없이 곯아 떨어졌다.

2

김옥도와 헤어진 정후균은 마선이 머물고 있는 옹기장이 집을 찾았다. 김옥도는 말할 것 없고, 옥선의 애틋한 시선이 언제까지 따라왔다. 정후균은 옹기장이 집을 들어서면서 옥선의 눈길을 잊고자 하였다. 마선은 웃통을 벗어부친 채 옹기가마 한쪽에 쌓인 장작을 패고 있었다.

"안 그래도 지둘리고 있었구만. 이렇게라도 밥값을 해야제."

마선은 씨익 웃음을 지으며 정후균을 옹기장이에게 인사시켰다.

"오, 난 누구라고. 낯이 익은 자네였구만. 고생 많았네."

옹기장이는 정후균을 알아보았다. 몇 십 년 옹기 배를 몰고 조약도를 드나들었는지라 코흘리개도 알아볼 지경이었다.

"여전하십니다."

"우리같이 벌어 묵는 사람들은 건강이 밑천이자 재산 아닌감. 헌디, 오늘은 당장 실어다 줄 수 없것네. 가는 김에 옹기나 한 배 신고 가서 못다 건힌 외상도 수금하고 옹기도 팔고 해야겠네."

"춘궁기에 돈이 어디 있다고 수금이요."

"뒤늦게 해태발 걷어 올린 뭉칫돈을 장롱 깊숙이 꼬불쳐 두었을지도 모르네. 그렇게들 보릿고개를 넘기지 않던가?"

"좋도록 하십시오. 저야 남아도는 게 시간이니께."

정후균은 바쁠 것도 없어 옹기 굽는 작업이나 구경하기로 하였다. 가마 한쪽 바람 들이치는 창고에는 크고 작은 옹기들이 잔뜩 쌓여 있었고, 작업실에는 초벌구이들이 다음 단계를 기다리고 있었다.

"물레 한번 돌려 볼랑가?"

"물레야 기술자가 돌리는 것이고, 저야 흙이나 밟지요."

정후균은 마선의 농담어린 말에 선뜻 호기심이 일었다.

"아녀. 흙 밟는 작업도 수월찮은 노동이여. 가만히 주는 밥이나 묵고 맑은 공기 마시며 몸조리나 하게."

옹기장이는 유약을 바른 옹기를 가마 속에 집어넣었다. 좁은 가마 속에서 꽤나 힘든 작업이었다. 김옥도도 정후균이 지체하는 줄 알고 찾아왔다. 그들은 가마에 불을 지피며 밤을 새웠다. 혀를 날름거리며 활활 타오르는 불꽃을 바라보며 흙과 불의 조화를 새삼스럽게 음미하였다. 불은 인간의 진화단계에 있어 신기원이다. 흙 또한 모든 생명의 뿌리를 내리게 하는 근원이다. 그 진화단계의 시원과 뿌리의 근원이 하나로 어우러져 또 다른 형체의 생명을 빚어낸다. 그렇다. 옹기는 살아 숨을 쉬고 있다. 어떠한 것을 담아도 썩지 않고 생명을 불어넣는다. 옹기장이는 정성껏 빚은 옹기를 가마에서 꺼내어 배에 가득 실었다. 창고에 쌓인 옹기가 몇 개 남지 않았다.

"자네가 집을 지키니께 마음이 든든하네. 외상을 걷으면 자네 대신 양식 말이나 자네 집에 들여줌세."

"히힛, 그러실라요? 내, 석냥간에서 땀 흘려 일해서 갚아줄 텐께요. 그라고 후균이 자네, 더러더러 우리 집 근황을 사발통문으로 전해주게."

"옥도에게 소식 전할 때마다 전해 드리지요."

정후균은 김옥도와 마선과 작별을 하고 옹기배에 올랐다. 위용도 당당하게 쌍돛을 달아 올린 옹기배는 바람을 받으며 서서히 강물을 따라 내려갔다. 정후균은 불현듯 정월대보름날 연줄을 당기던 생각을 떠올렸다. 메시지를 꼬리에 매단 연의 위용. 하늘 높이 비상한 연은 우리의 기원과 소망을 대신하였다. 그런데 그 결과는 참혹한 시련을 안겨주었다. 아니다. 시련은 새로운 자각과 기약을 안겨준다. 비 맞은 댓돌을 한 걸음 한 걸음 내딛게 하는 디딤돌일 수 있다. 돛폭에 바람을 싣고 뭍과 섬을 왕래하며 가교역할을 하는 옹기배처럼 시련은 오늘과 내일의 연결고리인지도 모른다.

"어쩌? 고향에 돌아가니 토끼랄 놈 용궁 갔다 온 기분이제."

배가 바다와 합류하는 강 하구를 벗어나 마량만을 헤쳐 나가자 옹기장이는 느긋한 표정을 지었다.

"담담할 뿐입니다."

"금의환향은 아니지만 다들 자네들의 행동을 마음속으로 찬양할 것이네. 부모들이야 마음고생이 많았겠지만……."

"앞으로 김옥도를 중심으로 한 그곳 동지들과의 연락망이 되어 주시오."

"어이, 염려마소. 김옥도가 이사를 왔으니께 동조할 사람들이 있을 걸세. 헌디, 앞으로 어떻게 할 작정인가?"

"숨을 좀 골랐다가 계획을 세워야지요. 이대로 주저앉을 수는 없지요."

"암만. 당연히 그래야제. 그런디 말이여. 내 생각에는 자네를 비롯하여 등기가 나버린 사람들은 전면에 나서지 말고 뒤에서 지휘를 했으면 좋을 듯 싶으이. 자네들은 과녁의 대상 아닌가."

"그 점도 고려해 봐야지요."

정후균은 당장은 이렇다 할 실천행이 떠오르지 않았다. 하지만 머리를 맞대고 보면 방법이 있을 것이다. 그러자면 폐허가 된 집터를 다시금 복원하듯 흩어지고 와해된 동지들을 한데 모아 추슬러야 한다. 배는 마량만을 지나 옹암 뿌저리를 돌아나갔다. 물살이 드센 만큼 파도를 타고 넘는 배의 체신머리가 제법 경망스럽게 느껴졌다.

"아따, 오랜만에 신바람 나게 파도를 가른다. 산천은 변함없고, 감옥에 간 인걸은 다시 고향을 찾고, 얼시구, 좋다!"

옹기장이는 모처럼만의 나들이인지라 기분이 썩 좋았다. 그러고 보니 낯익은 인심 좋은 얼굴들이 바닷물에 잠긴 별빛처럼 떠올랐다. 옹암 곶을 벗어난 배는 금방 장용포구에 들어섰다. 옹기장이는 돛폭을 내리고 밀물로 들어찬 수문통께에 배를 댔다. 나무 널판으로 다리를 만들고, 정후균은 널판을 건너뛰어 원뚝에 발을 내딛었다. 쑥내음이 아릿하게 코를 자극하였다. 원뚝 잔디밭에는 새쑥이 다복다복 자라났고, 민들레가 꽃망울을 터뜨리고 있었다. 밟혀도 밟혀도 뿌리를 내리는 새쑥과 방긋 웃는 민들레. 정후균은 비로소 고향에 온 것을 실감하였다. 옹기배를 뒤로하고 천천히 걸음을 옮겼다. 옹기장이는 어여, 가라고 손짓하고 나서 옹기를 하나씩 수문통께에 진열하였다. 정후균의 출옥 소식은 되도록 알리지 않았다. 가족들은 무어 그게 자랑거리라도 되느냐는 듯 쉬쉬하였고, 정후균 또한 당분간 조용히 쉬고 싶었다. 한대진도 정후균이 돌아왔다는 사실을 옹기장이로부터 전해 들었다.

"그래, 몸은 괜찮던가?"

"비교적 건강한 편입디다."

"자네도 한동안 뜸했지? 장독이나 두어 개 들여놓게."

"그렇게 합지요. 콩나물시루 하나는 선물로 드리것습니요."

옹기장이는 인심 좋게 콩나물시루를 얹어 주었다. 매번 옹기를 갈아주어서 고마웠다. 그러나 옹기장이의 기분은 조동을 만나는 데서 싹 가셨다.

"당신, 보릿고개 시절에 뭘 얻어묵것다고 또 왔어?"

조동은 옹기장이와 부딪치자 사면발이를 대하듯 사뭇 시비조로 나왔다. 옹기장이가 사당패들만 데리고 오지 않았더라도 마선에게 칼침을 맞지 않았을 것이다. 그 생각이 떠오르자 칼 맞은 등짝이 금세 쑤시고 아려왔다.

"춘궁기를 면하기 위해 해산물 풍성한 이곳에 장사 나왔제이."

"아무리 바다가 풍성해도 당신 보릿고개 넘길 식량은 없다고."

"규휼미 달라고 안할 테니께 길이나 비켜주었으면 좋것는디."

"당신, 암만해도 수상쩍은디. 백년 묵은 여시맨치러 꼬리를 감추고 있어."

조동은 마선이 감쪽같이 사라진 이유를 옹기배 탓으로 돌렸다. 이래저래 심술이 났다.

"내 엉덩이에는 똥 묻은 빤쓰밖에 없구만. 지발, 선량한 백성 죄인 취급하지 말드라고이."

"난, 한번 의심하면 끝까지 해명을 해야 족신통이 시원하구만. 그런 내 성깔 잘 알고 똑바로 행동할 것이여."

조동은 침을 찌익 뱉고 길을 비켜주었다. 에이, 밥맛없는 자식 같으니라고. 옹기장이는 세모꼴로 눈을 흘겼다. 조동은 정후균이 돌아왔다는 소식을 옹기배가 떠난 뒤에야 알았다. 조동은 전남운동협의회를 뿌리 채 뽑은 일등공신으로 일경으로부터 정식 보조원으로 발탁되었다. 그러나 직장은 해태조합 임시직이었다. 그것은 본인도 원하였지만, 여러 가지 배려차원에서였다. 일경보조원으로 주재소에 근무하게 되면 주위로부터 곱지 않은 반감을 살 필요가 있었고, 여론을 악화시킬 소지가 있다는 것이었다. 비밀요원처럼 해태조합에 근무함으로써 보다 주민들의 동태를 살피기에 용이하다는 것이었는데, 그만큼 조동의 행동 반경은 자유로울 수 있었다.

아닌 게 아니라 조동의 거드름과 자유분방한 누림은 저절로 주위로부터 눈살을 찌푸리게 하였는데, 그 누림은 엉뚱한 방향으로 분출하였다. 여색에 빠져든 것이다. 쯔쯔, 뿌리가 없는 놈은 저럴 때 알아보는 거여. 사람들은 하루가 멀다 하고 염문을 조성하는 조동을 향하여 혀를 찼다. 반반하다싶은 술집작부에게 이골이 난 조동은 요즘 엉뚱한 곳에 눈을 들이댔다. 김 첨지의 후처 영산댁이었다. 해태조합 위쪽 길 위에 위치한 김 첨지는 일찍부터 염전을 일구어 소문난 부자였다. 거래처도 다방면으로 많아 목포, 나주, 영산포, 해남, 강진, 장흥, 순천, 여수까지 두루 거래를 튼 터여서 김 첨지는 집을 비울 때가 많았다. 김 첨지의 본처가 산후풍으로 세상을 떠난 뒤로 여러 해를 홀아비로 보냈는데, 주위에서 새장가를 들라고 할라치면, 그만 됐네. 먼저 떠난 사람을 저버릴 수 없느니. 머리를 가로 저으며 세상을 떠난 본부인을 잊지 못하였다.

본부인을 그만큼 사랑하였다.

그런데 영산포 거래처에서 소박을 맞고 친정에 잠시 머물고 있는 지금의 후처를 본 뒤로 마음이 움직였다. 그녀의 청초한 모습하며, 다소곳한 예의바름은 아녀자가 갖추어야 할 미덕을 흠잡을 데 없이 지니고 있었다. 저런 아녀자가 어찌하여 소박을 맞았는지, 처음 보는 순간 그게 의문이었다. 그리고 그 의문은 동정심을 넘어 연민의 정으로 발전하였다. 너무 참하여도 팔자가 기구하다더니, 김 첨지는 설핏 세상을 먼저 떠난 본부인을 떠올렸다. 어쩌면 저리도 비슷한 모습일까? 김 첨지는 본부인이 남기고 간 아들을 생각하였다. 핏덩이를 내놓고 숨을 거두었으니 어미를 제대로 알 턱이 없었다. 그래, 자식을 위해 제 어미를 닮은 저 여인네를 후처로 맞이하자. 김 첨지는 여러모로 생각을 거듭한 끝에 그녀를 후처로 맞아들였다.

영산댁은 좋다, 싫다, 말이 없었다. 기구한 팔자를 기꺼이 거두어 주니 고마울 법도 한데, 도무지 표정이 없었다. 그녀가 소박을 맞은 원인도 그저 아리송하였다. 남편이 압록강을 건너 만주로 나갈 때 함께였는데, 이태를 지내다 그녀 혼자 내려왔다. 그녀는 말이 없었고, 무성한 소문만 떠돌았다. 남편이 그녀를 유곽에 팔아 넘겼는데, 가까스로 죽을 고비를 넘기며 탈출하였다는 것이었고, 그녀 혼자 남겨놓고 중국 땅으로 돈벌이를 나가 소식이 없는 사이 왜놈이 눈독을 들여 도망쳐 왔다는 것이었다. 그밖에도 무수한 소문들이 떠돌았으나, 그녀가 말문을 닫아버린 만큼 비밀로 남겨질 수밖에 없었다.

그녀는 김 첨지의 후처로 들어오자 과거지사는 땅에 묻어버리고 안주인으로서의 의무와 체통을 지켜나갔다. 김 첨지와는 나이 차이가 많았으나, 큰 문젯거리가 되지 않았다. 본처 아들과도 친자식 이상으로 모성애를 심었다. 쓸쓸하던 집안이 온기로 지펴났다. 김 첨지는 흡족해 하며 전적으로 가사를 맡기고 거래처를 왕래하였다. 그러나 그녀의 얼굴 한편에는 무언가 모를 수심 한 자락이 흰 구름처럼 떠돌았다. 그게 청초한 아름다움을 더하였다. 조동은 그녀를 처음 대하였을 때, 무어라 형언할 수 없는 전율을 느꼈다. 지금까지 보아온 그 어느 여자와도 비교가 안 될 아름다움을 지니고 있었다. 저런 여인이 내 주위에 있다니. 조동은 죽정이네도, 술집작부도 단번에 미련 두지 않고 밀어 던졌다. 죽정이네는 그래도 톡톡 쏘는 앙칼진 맛이 있었다. 하지만 영산댁과는 어깨를 나란히 견줄 수가 없었다. 저걸 어떻게 베어 문다? 조동은 나주 배를 한입 베어 물 때마다 그녀를 떠올리며 마른침을 삼켰다. 너무나 그녀에게 열중한 나머지 신열이 오를 정도였다. 그때, 정후균의 소식을 들은 것이다. 더운밥에 재 뿌리듯 정후균의 존재는 이마에 내천(川)자를 그리게 하였다.

"뭐라고야. 시방 그것이 참말이냐?"

조동은 사환의 말에 자다 홍두깨 맞은 쌍통을 하였다.

"아직 그것도 모르고, 어디다 넋을 빠뜨리고 있소? 그래갖고 뭘 사냥개 노릇을 한다요. 벌써 온지 여러 날 되얏소."

"원, 이런 홍두깨가 따로 없네. 지금 어디 있다고 하디야?"

조동은 사냥개 운운하는 사환의 얄상궂은 말이 귀에 들어오지 않았다.

"어디긴요. 즈그 집 행랑채에 처박혀 있것제."

"알았다, 알았어."

조동은 불맞은 멧돼지처럼 화닥닥 제정신을 추스려잡고서 한길로 나섰다. 썩을놈의 인사가 형량도 다 마치지 않고 어떻고롬 나왔을거나? 혹여 탈출한 것은 아니여? 아니여. 탈출했으면 버젓이 고향에 오것다고. 그리고 벌써 탈주범으로 공문이 득달같이 내려왔을 것인디. 어쨌거나, 한번 부딪쳐 보는거여. 헌디, 얼굴 대할랑께 쪼깐 면목이 서지 않는디. 나야 엄연히 할 일을 했지만도 그쪽에서 볼작시면 감옥에 보낸 원초적 당사자가 아닌감. 그참, 쑥스럽네. 가만히 동정이나 한번 멀찌감치서 살피지, 뭐. 제깐놈이 콩밥 묵고 왔는디 뭔 일을 또 저지르것다고. 조동은 하느작 걸음으로 정후균의 집 주위를 살쾡이 눈으로 한 바퀴 돌아보았다.

지나치던 사람들이 조동을 발견하고 똥 묻은 개 대하듯 외면하였다. 아무리 그래싸도 좋다야. 해태 등급 매길 때 한번 보드라고. 지놈들 싫어도 알랑방구 뀔 것인께. 끙, 뱃속에 힘을 주고 나서 내친김에 죽정이네 집으로 발길을 향하였다. 그동안 영산댁에게 넋이 빠져 잊고 있었다. 마선이 그놈. 어디에서 반드시 연락을 취할 법도 한데 영 소식이 없었다. 있는 곳만 알면 한달음에 달려가 군도를 들이댈 것인디. 아니여. 가장 통쾌한 복수는 그 여편네를 작신작신 깔아뭉개는 것이여. 두고 보라지. 기어코 그년의 콧대를 무너뜨리고 말텐께. 조동은 치벅치벅 죽정이네 삽작을 들어섰다. 죽정이네는 볕 바른 양지머리에 앉아 냉이와 새쑥을 다듬고 있었다. 억세게 부지런한 여편네였다. 갯가로, 들로, 하루도 쉬는 날이 없었다. 하긴, 땅이라고는 빗자루 몽둥이밖에 없응께 부지런을 떨 수밖에. 죽정이네는 조동이 다가가는데도 눈 한번 흡떠보지 않았다.

"사람이 왔는디 인사도 없는감."

"내 눈에는 사람새끼가 안 보이는구만. 할 말 있으면 얼른 뱉어놓고 가여."

"그놈의 말 뽄새. 그동안 어떻고롬 지냈는가?"

"그 쌍통 안 봐서 뱃속이 징상맞게 편하네."

"내가 모처럼 온 까닭을 알것는가?"

"모르것구만."

죽정이네는 흰자위를 드러내며 조동을 쏘아보았다.

"내가 어떻게 해주면 좋것제?"

"주리를 틀든지, 엉덩짝을 내리치든지, 그쪽 맘 꼴리는 대로 아닌감. 우리같이 힘없는 백성이야 왜놈 끄나풀에게는 입맛대로제."

조동은 순간 끄나풀이라는 말에 비위가 된통 뒤틀렸다.

"후회는 없으렷다?"

"후회고 말고가 어디있남. 죄지은 것 없는디 싹싹 빌 것도 없고……."

"아니, 이게 정말 듣자듣자 허니께."

조동은 자꾸 신경을 건드리는 대거리를 우격다짐으로 짓밟아 버리고 싶었다. 조동을 정면으로 받아치는 그 서푼어치 용기는 어디에서 기인된 것인가? 좋다, 이거여. 애초부터 싹수없는 놈인게. 순간 오기 같은 것이 불끈 솟구쳤다. 와락 그녀를 안아들고 헛간 잿더미 위에 내던졌다. 그리고 사정없이 그녀를 타고 굴렀다. 운우지정이고 나발이고 그런 황홀하고 감칠맛 나는 사랑 따위는 아무래도 좋았다. 황소가 암소를 올라타듯 지극히 짧은 순간이었는데도 조동은 엄청난 승리감에 도취되었다. 인자 제깟 년이 함부로 주둥아리를 놀리지 못하리라. 밀가루를 뒤집어 쓴 듯 온통 재를 뒤집어 쓴 죽정이네의 몰골은 말이 아니었다. 허옇게 드러난 배꾸레와 시커멓게 밀생한 거웃이 묘한 분위기를 자아냈다. 엥, 씨팔년. 조동은 배꼽에다 침을 타악 뱉고 나서 고짓말을 추스렸다. 그리고 뒤도 돌아보지 않고 고샅길을 내려왔다. 한 순간의 승리감은 이상하게 문드러지고 망가지면서 마음을 불편하게 하였다. 하긴, 처음부터 불량한 짓거리는 생각하지 않았다. 되도록 그녀의 환심을 사고 싶었고, 정감이 넘치는 사랑을 머릿속에 그렸다. 이것은 계획에도 없는 돌발사건이었다. 그녀는 더욱 독을 품고서 독사 대가리처럼 고개를 쳐들 것이고, 마선은 천장 높이 날뛸 것이다. 그러거나 말거나 에이, 속 시원하다. 조동은 잿더미 속에 처박힌 그녀를 떠올리자 자신도 모르게 꽃뱀 같은 웃음이 입술 위에 떠돌았다.

조동은 그날로 죽정이네를 싹 잊었다. 눈앞에 어른거리는 여인네는 오직 영산댁이었고, 정후균의 동태였다. 그러면서도 정후균과 맞닥뜨리는 것을 애써 피하였다. 그 덩치 못지않게 성깔도 있는지라 어떤 곤욕을 치를지 모를 일이었다. 아주 가만가만 정후균의 동정을 살폈다.

정후균은 집안에 틀어박혀 칩거한지 한 달여 만에 죽정이네를 찾았다. 아무도 만나고 싶지 않았으나, 죽정이네에게만은 마선의 소식을 전해 주어야겠다는 생각에서였다. 정후균이 죽정이네를 찾았을 때, 그녀는 누워 있었다. 햇살 그득한 토방마루에서 혼이 나간 사람처럼 보였다. 곁에 황구랄 놈이 지그시 눈을 감고 있었다. 마치 수문장 같았다.

"어디 편찮으시오?"

"감옥에서 나왔다는 소식은 들었는디, 반갑소이."

그녀는 찌뿌듯이 자리에서 일어났다. 황구랄 놈도 덩달아 기지개를 켰다.

"그냥 누워 계시지요."

"아니라우. 정신을 쪼깐 차려야겠소. 오면서 애 아부지를 만났다면서요?"

"어떻게 아셨어요?"

"옹기장이가 먼저 들렀어라우. 그래서 옷가지하고 필요한 물건을 아들에게 들려 옹기배로 딸려 보냈구만이라우. 하마 올 때가 되었는디 아직 안 오요. 몰골은 괜찮습디요?"

"건강합디다. 마음도 고쳐묵고, 사람이 아주 달라졌습디다. 딴에는 고생도 많이 하였고요."

"그래야지라우. 지가 사람 같음사 인도환생을 다시 해야지라우. 암만혀도 이곳에서는 못 살것소. 내가 그쪽으로 이사를 가던지 해야제. 자식도 애비가 있어야 되지 않것소."

"맞는 말씀입니다. 어디 간들 호구지책쯤이야 못 하것소."

"왜, 아니어라우. 아들에게도 그렇게 일러 보냈소. 떠나기 전에 조동 그놈을 꼭꼭 썹어 묶고 가것소. 어떻게 해야 분이 풀릴지 내 가슴이 무너지요."

죽정이네의 음성이 금방 젖었다.

"못살게 굽디까?"

"말도 마시오. 사람의 탈을 쓴 인간 말종이요. 아재도 조심허시오. 또 언제 무슨 껀수를 빌미로 해꼬지 할지 모르니께."

"제가 고향에 돌아왔을 때는 그만한 각오쯤은 다져 넣었습니다."

"다시 말하지만 그놈은 사람도 아니요. 보시요만 앞으로 사람 여럿 잡을 것이요. 꼴 보기 싫어서도 일찌감치 떠날라요. 한번 보시오. 내, 그놈을 어떻게 회쳐놓고 가는지를……."

"자고로 악인이 설자리는 없는 법입니다. 언젠가는 반드시 스스로 뿌린 죄과를 받기 마련입니다. 아드님이 돌아오면 저한테 들리라고 하시오. 그러면 알 것이오."

"찬물 한 그릇도 대접해 드리지 못하고 미안하고 고맙소이."

정후균은 죽정이네의 말을 뒤로하고 고샅을 내려왔다. 한대진의 집을 그냥 지나치기 무엇하여 잠시 망설이는데, 마침 박 서방이 대문을 나서다 정후균을 발견하였다.

"이 사람, 반갑구라. 고생 많았제?"

"덕분에 탈 없이 지내다 왔습니다. 안에 어르신 계신가요?"

"어여, 들어가 보게."

정후균은 등 떠밀듯 하는 박 서방의 말을 좇아 대문을 들어섰다. 뜻밖에도 한민서와 한성서가 한대진과 사랑에 앉아 있었다. 성서야 학문에 별로 흥미를 느끼지 못한 나머지 장차 가대를 짊어지고 가겠노라고 학업을 중도에서 그만 두었다지만, 한민서는 한장서와 함께 상급학교에 진학하지 않았는가.

"어서 오게. 출옥하였다는 말은 진즉 들었네만, 토문불출이었다지?"

한대진은 아들들과 가벼이 담소를 나누다가 정후균을 반겨 맞았다.

"일찍 찾아뵈었어야 하였는디, 마음 정리도 할겸 칩거하였습니다."

"마음이 오죽하것는가. 편히 앉게."

한대진은 자리를 내주었다. 조금 있자 떡과 수정과가 나왔다.

"들시오. 간밤 제사떡이오. 고생이 많았다는 것을 익히 들었소."

한민서가 권하였다. 아무리 보아도 귀공자다운 풍모였다.

"자네는 무슨 일로 내려왔는가? 장서는 잘 지내는가?"

"형님은 여전하십니다. 그렇지 않아도 안부 전합디다. 따로 책도 한 권 전해 드리라 하고요. 저는 일본으로 유학을 갈까하고 상의 차 내려왔습니다. 아무래도 방향전환이 필요하지 싶습니다."

"아, 그래. 갈 수만 있으면 드넓은 문물을 접해야제. 서울이 좋다 해도 우물 안 개구리느니. 잘 생각했네."

"자네까지 쌍수를 들고 환영인가?"

"일제의 속국에서 벗어나자면 싫든 좋든 서양문물의 관문이랄 수 있는 일본에서 양식을 배워 일본의 허구를 해부해야 합니다. 속담에도 호랑이를 잡자면 호랑이 소굴로 들어가야 한다고 하지 않았습니까. 그것도 부족하다면 미국이나 구라파로 나가야지요."

"향학열에 불탄 자네를 대변하는 것 같네."

"시대의 흐름이 그렇습니다."

"그 마음은 알것네. 떼거지를 쓰다시피 하는데서야 도리가 없지 않는가."

"진즉 그렇게 시원스럽게 단안을 내리실 것이제. 성, 인자 준비나 하소."

한성서가 쐐기를 박듯 말하였다. 그로 미루어 보건대 아직까지 확답을 주지 않았던 모양이었다.

"그건 그렇고, 자네 장서를 어떻게 생각하는가?"

한대진은 자못 진지한 표정을 지었다.

"무슨 말씀이십니까?"

"내, 가만히 앉아 있어도 그 녀석 학문하는 태도를 환히 들여다 볼 수 있네. 민서 같잖아 공부는 뒷전이고, 친구들과 어울려 시간가는 줄 모를뿐더러 보내주는 학비마저도 불우한 친구들 뒷바라지에 쓰고, 뭐 그걸 탓할 수는 없네만, 세상이 하도 어수선하고 하여 일찍 장가나 보내어 가장의 도리를 인식케 해야겠네. 도저히 마음을 놓을 수 없네."

"그래도 학업은 마쳐야지요."

"결혼을 하고 나서도 얼마든지 학업을 계속할 수 있지 않은가. 그리고 기껏 배워봤자 일제에 아부하기 십상이고……."

"하긴 그렇습니다만, 장자라는 이름으로 너무 구습에 옭아매려는 것 아닙니까?"

"이 애들도 똑같은 소리를 하네만, 나는 생각을 달리 하네. 나름대로 가장으로서 책임감을 안겨줘야만 정신적으로 안정을 기할 수 있네. 책임과 의무는 그만큼 사람을 신실하게 하네. 정신적인 방황도 일종의 방종이네."

"본인이 받아들일지 모르겠습니다."

"그것은 두고 봐야 할 문제고, 내 심중은 그렇네. 자네도 결혼을 해야 하지 않겠는가?"

"잘 아시면서 그러십니까. 결혼 따위는 멀리 밀쳐 두었습니다."

"그만 일에? 부모님이 계시는데."

"아직도 할 일이 많습니다. 그리고 누가 저에게 딸을 시집보내겠습니까."

"아니야. 자조하기에는 이르네."

"아버님은 아직도 옛 사조에 연연해하십니다. 후균이 형님, 괘념치 말고 가고자 하는 길을 당당히 걸어 나가세요."

한민서가 조용히 그러면서도 단호하게 말하였다.

"그래야겠제. 민서 자네와는 따로 이야기를 나누고 싶네."

"그럴 것 없이 너희들끼리 이야기를 나누거라. 난 볼일이 좀 있다."

한대진은 방금 박 서방이 다녀간 것을 생각하고 자리에서 일어났다.

"저도 이만 일어나겠습니다. 민서와는 한 이틀 뒤에 이야기를 나누기로 하고요."

정후균도 따라 일어났다. 한민서는 한장서가 보낸 책을 건네주었다.

"책이 필요하면 언제든지 연락하라고 하더군요. 일본유학을 가면 내게도 필요한 것 말해요. 기꺼이 보내줄 테니까."

"고맙네. 장서에게는 편지를 보냄세."

정후균은 한민서의 어깨를 다정스레 두드렸다. 믿음직한 우군이었다. 정후균은 당상나무 아래에서 한대진과 헤어졌다. 한장서를 결혼이라는 굴레 속에 옭아매어 안주시킨다? 과연 그럴 수 있을까? 부모의 명을 거역할 수 없다손 치더라도 한장서의 성격상 그것은 또 하나의 갈등과 대립을 안겨 주리라. 정후균은 한장서가 선물한 책을 지그시 가슴에 안았다.

3

정후균이 한민서와 따로 만난 것은 한민서가 일본으로 유학길에 오르기 전날이었다. 정후균은 한민서에게만은 은밀히 추진해 온 일말의 계획을 이야기하였다. 동지라는 일념에서였다.

"나도 멀리서나마 심정적으로 도울 것이니 그리 알소. 장서 형도 기꺼운 마음으로 측면에서 지원을 할 것이고……."

"그러리라 믿는다."

"장서 형님, 혼담 일로 싫든 좋든 곧 내려오지 싶으요. 집에서 생각보다 강압적으로 나오는군요. 그때 진지하게 대화를 나누소. 이왕이면 거국적으로 일을 추진해야 하지 안겠소."

"차차 조직을 확대해 나갈 계획이야. 함경도에서 제주도까지 말이여. 그러자면 장서뿐만 아니라 최사열까지 두루두루 힘을 실어주어야제."

"그럼, 성공을 비요."

한민서는 그렇게 떠났다. 한장서의 결혼은 우격다짐 식으로 치렀는데, 한장서의 의중 따위는 처음부터 내친 채 대감할미의 성화에 힘입어 일사천리로 진행되었다. 한장서는 한민서로부터 결혼문제로 부름을 받을 것 같다는 편지를 받았을 때만해도 결혼은 무슨 결혼이냐고 콧방귀를 뀌었다. 결혼 따위는 멀리 밀쳐놓은 상태였다. 그러나 그게 오산이었다. 한대진은 본인의 의사와는 관계없이 주도면밀하게 일을 진행하였다. 평소 친분이 두터운 고금도 농상리 박 생원의 딸을 점찍어 두었고, 대감할미로부터 혼사 말이 나오자 박 생원과 무릎을 맞대고 단판을 짓듯 사돈을 맺자고 하였다. 그쪽에서도 마다할 이유가 없었다. 장손 며느릿감으로는 손색이 없다는 주위의 평판과는 달리 사위될 사람과는 배움이 부족하여 다소 경사가 졌지만 시시콜콜 따지고 가리며 위축될 필요는 없었다. 속으로 얼씨구나, 어깨춤을 추며 겉으로는 못이기는 체하며 결혼을 승낙하였다. 그리고 한장서가 헐렁한 걸음으로 내려오는 길로 벼락 치듯 사모관대를 씌웠다. 한장서로서는 졸지에 당한 일이어서 어느 장단에 놀아나는지 정신을 차릴 수 없었다. 그렇게 한바탕 소란을 피우듯 결혼식을 올린 한장서는 싫든 좋든 신방을 차리고 나서 어따, 뜨거라, 뒤도 돌아보지 않고 서울로 줄행랑을 치듯 올라갔다. 대감할미는 손자야 제 앞길 찾아가건 말건 부지런하고 말 수 없고 조신한 손자며느리가 좋기만 하여 놋쇠화로 가장자리를 두드리는 담뱃대 소리가 더욱 드높았다.

정후균은 본의 아니게 한장서의 우인대표로 줄곧 동행하였다. 정후균 역시 얼떨결에 당한 일이었으나, 한장서와는 내밀한 이야기를 나눌수 있어 소득이 컸다. 그래서 더욱 계획을 앞당기게 되었다. 한장서는세상 돌아가는 상황을 상세히 알려주었다. 억압과 감시와 검열이 갈수록 심하여 지하로 숨어들어 긴밀한 관계를 유지하며 운동을 전개한다는 말에 정후균은 용기를 얻었다. 망설일 필요가 없다고 판단하였다. 정문두, 정부균, 김경태, 정병생, 박천세, 정병래, 이영직을 불러 모아 감탕나무 아래에서 회합을 가졌다. 다들 전남운동협의회사건에 관련된 사람들이었다. 정후균과 김옥도보다 죄질이 경미하다하여 기소면제를 받고 근신 중이었다.

정부균은 정후균의 사촌동생으로 정후균으로부터 많은 사상적인 소양을 쌓았다. 정문두는 경성에서 부기학교와 중동학교를 다니다가 퇴학당하였다. 한귀재로부터 사회주의 사상과 반일 사상을 지니게 되었다. 정병래는 약산사립학교를 나와 농사를 지으며 정부균, 정문두의 영향을 받았고, 정병생은 역시 정문두의 영향을 받았으며, 이영직은 약산

사립학교를 나와 완도사립중학원과 경성중동학교를 다니다 병으로 퇴학당하고 귀향, 정부균의 영향을 입었다. 김경태는 농어업에 종사하면서 정부균의 영향을 받았고, 박천세는 약산사립학교를 졸업하고 목포에 나가 신문배달을 하다가 고향에 돌아와 정후균, 정부균으로부터 사회주의 사상과 항일사상을 갖게 되었다. 모두가 배움에 목말라 있었고, 가정 형편도 비슷하여 끈끈한 우정으로 다져진 동지들이었다.

"오늘 달도 밝고 하여 이 자리에 모이게 한 것은 다시금 우리가 일어서야겠다는 것이네."

정후균은 무겁게 말문을 열었다. 파도가 철썩이며 자갈밭을 애무하였다. 그 소리가 달빛에 젖어 신묘한 화음을 빚어냈다.

"암, 이대로 주저앉아서는 안되제. 소리 없이 바람이 일어서듯 우리 농어민을 위하고 일제의 침략적 수탈에 항거해야 한다고."

"그래서 하는 말인디, 우리 소수 인원을 결집하여 운동을 전개해 나가자는 것이네. 그리고 점점 드넓게 조직을 확산시켜 나가자는 것이네. 지난번 우리가 실패한 것은 너무 일찍 우리의 정체를 내보이려는 데서 온 것이네. 성급하게 과욕을 부린 것이여."

"소수정예로 출발하자? 당장이라도 우리 주위의 뜻 맞는 친구들을 모을 수도 있잖은가."

"그리고 보다 비밀을 유지하기 위해 점조직으로 나아가야겠네."

"가만, 우선 조직의 명칭부터 짓고 나서 조직을 일구어 나가야제. 자네는 무어라 했으면 쓰것는가?"

정문두가 좌중을 정리하였다. 정후균은 미리 생각해 두었다는 듯 헛기침을 한 번하였다.

"전남운동협의회재건위원회라고 했으면 하는디, 어떤가? 그래야 맥통이 서고 전남운동협의회의 정신을 이어받을 수 있지 않겠는가."

"좋구만. 그럼, 세포조직을 정하고, 책임자를 가리도록 하세."

"책임자야 후균이가 당연히 맡아야겠제."

"아닐세. 나는 감시를 당하는 몸 아닌가. 나보다 정문두가 맡아주었으면 좋을 듯싶으이. 나는 어디까지나 측면에서 지원하것네. 강진으로 이사 간 김옥도와 더불어 해남, 완도, 고금, 강진, 장흥뿐만 아니라 전국을 발품을 하며 발 닿는 데까지 연계를 지으면서 활동하겠네."

"그게 좋겠네. 사양하지 말고 문두가 책임을 맡아. 그리고 앞으로 나아갈 방향을 정하드라고."

"운동방침은 다음 모임 때 채택하기로 하고, 후균이와 문두가 머리를 짜내도록 하게."

"알것네. 다음 회합 날짜는 개별통지를 하것네. 그리고 그때 세포반을 정하되 가입을 원하는 사람은 그때 합류시키기로 하세. 정식 출범은 그날 하세."

그들은 더 이상의 토론은 다음 기회로 미루고 자신들의 그룹에 가입시킬 대상자를 손꼽았다. 그 사이 보름달은 방죽재 위에 떠 있었다. 그들은 하순경 이영직의 집에 모여 결사의 날짜를 정하고, 그 동안 접촉하였던 가입회원들을 점검하였다. 다들 믿을만한 친구요, 동지들이었다. 그리고 그만한 숫자면 운동을 전개할 만하였다.

결사의 날은 칠월 중순이었다. 한여름이어서 장용리 뒷산 서당골로 장소를 정하였다. 그곳이면 보안에도 안성맞춤이었다. 감탕나무 숲을 비롯하여 광생이 묏등이나 비석거리는 여름철이어서 노출될 위험이 다분하였다. 정문두와 정병래는 미리 준비한 술통과 안주를 짊어지고 남 먼저 서당골에 올라 자리를 정비하였다. 서당골은 한그루 아름드리 소나무가 옛날을 기리고 있을 뿐 서당은 흔적도 없고 잡초 무성한 공지만 널브러져 있었다. 보름달이 아름드리 소나무에 걸리자 한사람씩 각개로 나타났다. 새로 가입한 친구들은 긴장된 얼굴로 자리를 함께 하였다. 평소에는 한 마을 아니면 건너 마을에 사는지라 이웃 간에 허드레 소리를 곧잘 주고받았는데, 이 밤의 분위기는 그게 아니었다. 누가 먼저랄 것 없이 아름드리 소나무를 중심으로 빙 둘러앉았다. 정후균이 상석에 앉고 정문두가 모임을 주도하였다. 미리 닦아온 축문으로 한울님과 지신에게 오늘의 결사를 고하였다. 그리고 간략하게 결사의 취지를 말하고 모두의 의견을 종합하여 채택한 운동방침을 낭독하였다. 모두가 귀를 기울였다.

- 하나; 전남운동협의회사건의 검거를 교훈 삼아 오늘의 조직은 절대 비밀주의를 취하고 잠행적으로 운동을 전개한다.
- 둘; 책임자는 신문 기타의 잡지를 읽고 새로운 사실을 연구하고 이것을 외보강좌(外報講座)로서 그룹회원들에게 보고하고 그룹회원은 이것을 하부조직의 반원에게 전달하여 그들을 교양 시킨다.
- 셋; 그룹회원은 거주부락을 중심으로 하여 동지를 규합하고 하부조직을 결성한다.
- 넷; 책임자의 통지에 의하여 그룹회원은 월1회 내지 2회 회합을 갖는다.

"이상인바 무엇보다 절대 비밀주의를 지켜주기 바라오. 정후균 동지께서 한 말씀 허시게."

정문두가 정후균을 조용히 일으켜 세웠다. 정후균은 잠시 보름달이 걸린 소나무를 올려다보고 나서 말문을 열었다.

"오늘 우리는 엄숙하게 하늘과 땅에게 고하고 비밀결사의 동맹을 맺고 일제의 압제로부터 벗어나기 위해 항일농민운동을 전개하기로 하였네. 이것은 민족의 자존이요, 우리의 사명으로, 비록 출발은 보잘 것 없으나, 장차는 온 누리에 퍼져나갈 것이네. 그렇게 우리는 믿고 오늘의 결의를 헛되이 해서는 안 될 것이네. 그리고 우리의 운동방침이 비록 거주 부락의 범주를 벗어나지 못한다 할지라도 하등 관계가 없네. 한계를 느낄 필요가 없다는 것이네. 왜냐하면 이러한 조직들이 우리의 한계를 뛰어넘어 전국방방곡곡에 심어지고 뿌리내릴 것이기 때문이네. 우리는 줄기차게 일제에 항거하는 한편 농어촌을 우리의 손으로 개선해 나가야 하네."

박수소리 대신 달빛 아래 번득이는 결의로 공감을 대신하였다.

"그러면 우리의 조직은 조직부, 선전부, 구원부로 하고, 그 산하에 청년반, 농민반, 소년반을 두기로 하겠네. 다만, 오늘은 결사를 조직하는 날이어서 그 기구와 반원들의 구성원은 다음 모임 때 정하기로 하겠으니, 여러분의 의향은 어떠신가?"

"그렇게 하재. 한꺼번에 너무 많은 것을 부여해도 머리가 아픈 법이니께."

"자, 그럼. 피의 맹약 대신 술로써 맹약을 하기로 하세나. 거, 술잔들을 채우시게."

그룹회원들은 말없이 술잔을 들었다. 술잔 속에 계수나무가 뿌리를 내렸다. 모두들 잔을 비웠다. 달빛이 출렁 입안을 씻김 하였다. 그로써 엄숙한 맹약은 이루어졌다. 그와 함께 긴장이 풀리면서 두런두런 담소가 딩굴었다. 정후균과 정문두도 기꺼운 마음으로 한잔 술에 취하였다. 여러 날 신경을 쓴 때문인지 피로가 한꺼번에 몰려왔다.

"이 조직을 전국적으로 키우는 걸세. 그러자면 자네의 역할이 중요한디, 무엇보다 조심해야 하느니."

"염려 놓으시게. 지난날의 우를 범하지는 않을 걸세."

정후균은 정문두의 말에 다짐하듯 머리를 끄덕였다. 일제는 민족해방운동을 탄압하기 위해 손쉽게 구금하고 구속한다. 그것뿐인가. 중형을 부과할 수 있는 법률적, 제도적 장치를 마련하였고, 무작위적인 구금과 감시, 협박과 회유를 통한 전향을 강요하였으며, 언론, 출판, 집회, 결사의 자유를 박탈하는가 하면, 합법적 농민운동 내지 민족해방운동을 어렵게 하였다. 오늘의 결사는 피비린내 나는 사선을 뚫고 나가는 결의와 사명감을 필요로 할 것이다.

"하여지간 좁은 지역이니 만큼 매사 조심 또 조심해야 할 것이여."

"순풍에 돛을 달기를 바라서는 안되제. 그리고 어쩌면 섬이라는 한정된 고립지역이라서 활동하는데 있어 불편을 제거할지도 모르고. 다들 끈끈한 혈육 같은 이웃들 아닌가."

"그려. 삼국지를 볼작시면 유비, 관우, 장비가 한적한 시골에서 도원결의를 맺어 결국에는 나라를 세우지 않았는가. 우리도 그렇게 비약하는 거여."

"헌디, 우리 농어민들이 주체가 되어 마을단위의 어업조합 같은 것을 운영해야 되지 안것는가."

정병래가 민감한 문제를 꺼냈다.

"그것은 아직 이르네. 점차로 우리의 결사가 뿌리 내리게 되면 자연 우리의 발언권이 지배할 것이네. 너무 성급히 앞지르지 말세나. 뜨거운 물을 안고 급히 뛰어나가다가는 엎질러져 화상을 입기 마련이네."

"암만. 단시일 내에 끝장을 볼 수는 없응께. 익지도 않은 곡식을 두고 우선 배고프다고 벨 수야 없지리."

김경태가 머리를 기웃하며 대화에 끼어들었다. 원래 술을 잘 못하는지라 얼굴이 벌겋게 달아올랐다. 정후균은 그만 마칠 때가 되었다고 정문두에게 눈짓을 하였다.

"자, 동지들. 오늘은 이걸로 결사의 맹약을 마치것네. 다음 회합은 개별적으로 사발통문을 보내것으니 그리 알소. 아니, 사발통문은 쪼깐 거창하고 구두로다 일일이 전하것네. 앞으로 우리의 권익과 이 나라 민족해방을 위해 이 한 몸 다 바쳐 밑거름이 되기로 하세."

정문두의 산회선포에 그들은 남은 술잔을 마저 비우고 조용히 자리에서 일어났다. 밤이슬이 바짓가랑이를 적셨다. 지척에서 숨죽이고 있던 부엉이가 울었다. 큰밭재에 이르러 그들은 각자 뿔뿔이 헤어졌다.

그들이 두 번째 회합을 가졌을 때는 구월 하순경이었다. 행동강령에 의할 것 같으면 결사를 조직하고 나서 두 달을 건너뛰었으니까 한두 번회합을 갖지 못한 셈이었다. 그만큼 특별한 사정이 있어서가 아니었다. 어찌 생각하면 그렇게 바쁜 철이 아니어서 마음만 먹었다하면 두세 번은 가질 수 있었다. 이유란 정후균의 부재 때문이었다. 정후균은 고문후유증으로 대처 병원에 들렀다가 장기요양이 필요하다는 이유를 들어감시의 눈초리에서 잠시 벗어났다. 장기요양은 말하지 않아도 그럴싸한 변명에 지나지 않았다. 감시의 눈초리를 따돌리고 함께 감옥살이를하였던 동지들을 만나기 위함이었다. 고금도를 거쳐 완도, 해남, 영암, 장흥, 강진을 두루 순회하였다. 대체로 그들은 공감대를 형성하였으나, 결사의 조직은 엄두를 내지 못하고 있었다. 조약도와는 달리 뭍은 워낙감시의 눈초리가 심해서였다. 우리도 적극적으로 호응할테니께 초석을다지게. 고작 그 같은 말로 자신들의 현재 입지를 대변하였다. 그러나정후균은 그들의 눈빛에서 새로운 결의를 발견하였다. 거기에 많은 용기를 얻었다. 정후균이 돌아오자 그들은 회합 날짜를 정하였다.

"이번에는 배를 타고 바다로 나가야겠네. 장소는 할미섬이네. 모두들 장어낚시 차림으로 가만히 집을 빠져나오게."

책임자 정문두의 지시사항을 전해들은 그들은 한낮 썰물로 드러난 갯벌에 나가 갯지렁이를 잡았다.

"청것이 보다 홍것이 장어 이깝으로는 좋으이. 갯가에서 게으름을 피우며 괭이질하지 말고 갯벌을 파 뒤집어."

"나보고 게으르다니. 청것이를 써야만 이깝을 오래 쓸 수 있다고. 밤새 낚시질 해 보게. 내 말이 틀리는가."

그들은 홍갯지렁이와 청갯지렁이를 두고 입씨름을 하였다. 그리고 그들은 수문통거리에서, 그늘진 모래밭에서, 바람 들이치는 토방마루에서 갯지렁이를 실바늘로 꿰었다. 붕장어랄 놈은 낚싯바늘이 따로 필요하지 않았다. 한번 물면 욕심 사납게 놓지를 않아 실로 꿰어 매단 갯지렁으로 얼마든지 낚아 올릴 수 있었다. 그들은 어둠살이 내리자 하나둘 배를 타고 바다로 나갔다. 배가 없는 사람은 두세 사람 한배를 나누어 타거나 아니면 남의 배를 빌렸다. 정병래와 박천세는 한대진네 배를 빌려 타고 나갔다.

"장서 새악시 시집오던 길로 생과부 신세 아니여?"

"근께 말이여. 아무리 우격다짐 식으로 장가를 보냈다지만 그렇게 정나미 떨어지게 탁 털고 상경할게 뭔가."

"불행이 따로 없느니. 신식교육을 받는 신랑과 구습에서 자란 새악시가 걸맞것는가. 그렇다고 본처 박대는 할 수 없고……."

"내가 봐도 본처 박대는 할 수 없겠대. 종갓집 며느리로는 제격이여. 말 수 없고, 부지런하고, 예의바른 품행이라든지, 대진 어른 눈썰미 하나는 알아줄만 해. 매사가 그렇지만도."

"장서, 마누라 보기 위해 자주 내려올수록 우리에게는 좋제. 새로운 것 하나라도 물어다 주니께."

"민서도 일본유학 가서 싹 잊지는 않을 것이고, 이참에 성서를 회원으로 가입시키면 어떨께?"

"그건 아직 이르네. 엄격히 따져 무산대중의 반열이 아니지 않는가. 그리고 대진 어른으로 말할 것 같으면 우리에게 필요하네. 지난번 전남 운동협의회사건 때도 얼마나 덕을 보았는가. 만일 성서가 우리와 연루되게 되면 입지가 달라지네. 무슨 말인지 알것는가?"

"어디까지나 뒷배 듬직한 후원자란 말이제."

"그려. 성서는 훗날 기회 봐서 입회시켜도 늦지 않네."

두 사람은 밤바다로 나갔다. 약속장소인 할미섬은 바닷물에 잠겼고, 배 너댓 척이 닻을 내린 채 이마를 마주하고 있었다. 제각기 낚싯줄을 담그고 있었다. 성급한 장어랄 놈이 아직 초저녁인데 낚싯줄을 물고 늘어졌다.

"자, 모두들 모인 것 같네. 모임자리를 한 달 건너 뛴 것은 정후균 동지의 인사말로 대신하기로 하고, 오늘은 우리의 조직을 임명해야것네. 우선 책임자인 나부텀 다시 재고해봐야것네."

"재고라니?"

모두가 의아한 눈으로 정문두를 바라보았다.

"오해는 마시게. 그 동안 가만히 내 자신을 돌아보니 책임자로서 적임자가 아니라는 것이네. 첫째는 아무래도 지도력이 떨어지고, 둘째는 이론의 빈곤을 새삼 느낀 것이네. 자아비판이랄 수는 없지만, 스스로 책임을 회피하려는 것도 아니요, 두려움 때문도 아니네. 오직 조직을 위한 충정에서라는 것을 알아주면 좋것네."

뜻밖의 선언이었다. 잠시 침묵이 흘렀다. 낚싯줄에 걸린 장어랄 놈이 몸부림치는데도, 뱃전에 부딪치는 파도 위에 하늘의 별들이 떨어지는데도 말이 없었다.

"그게 진심이라면 하는 수 없지만 누가 적임자란 말인가?"

그러자 모두의 시선이 일제히 정후균에게 쏠렸다. 그러나 정후균은 굳게 입을 다물었다. 정후균도 자신과 한마디 상의하지 않은 정문두의 선언이 의외였다.

"내 생각에는 정부균이 적합하지 싶네."

"뭔, 소리여?"

정부균은 느닷없다는 듯 반문하였다.

"아니여. 자네야말로 적임자여. 그래야만 우리의 조직이 발전혀."

"허어, 참……."

정부균은 할 말이 없다는 표정이었다. 난데없는 날벼락 감투였다.

"됐네. 문두의 심중을 충분히 공감하네. 부균이 자네 어떤가? 수락할 텐가?"

이영직이 결론을 짓듯 물었다. 모두가 공감하였다.

"좋네. 잘해보자는 뜻으로 받아들이겠네."

정부균은 무언의 재촉에 마지못해 수락하였다. 박수로 호응하였다. 밤바다에서의 박수소리는 묘한 여운을 여미게 하였다.

"그럼, 각 부서의 책임자를 의논하세나."

정부균은 책임자로서 회합을 이끌어 나갔다.

"잠깐. 내 생각에는 조직부와 농민부는 책임자인 정부균이 맡고, 선전부와 청년부는 정문두가, 구원부와 소년부는 정병래가 맡았으면 하네."

정후균은 좌중을 대신하여 무겁게 입을 열었다. 모두 이의가 없었다.

"우리의 운동방침에서 좀 더 보탤 것이 있다고 사려되는디, 문두가 말해주면 고맙것네."

정문두는 미리 작성한 운동방침을 꺼냈다. 곁에서 김경태가 등불을 들이댔다. 바람에 꺼질 듯 말 듯 하는 등불 아래에서 정문두는 또박또박 읽어 내려갔다.

1. 한 달에 1회 또는 2회 회합하고, 결사의 책임자로부터 외보강좌를 듣고, 각자는 부락의 정세를 보고할 것.
2. 세포반을 조직하고 전위의 회합에서 행한 외보강좌와 부락정세로써 반원을 교양할 것.
3. 문고를 설치하고 정병래를 그 책임자로 하여 동지들이 소지한 서적을 수집하여 그것을 윤독하게 할 것.

"오늘 선포한 운동방침은 지난 첫 결사 때의 운동방침과 크게 변하지 않았네. 다만 외보강좌 외에 부락정세와 문고설치를 새롭게 첨가한 것이네. 세포반은 좀 더 회원을 가입시킨 뒤 다음 회합 때 정식으로 발족시켰으면 하는데 의향들이 어떤가?"

정문두의 선언에 이의가 없었다. 박천세가 미리 준비해 간 술잔을 말없이 돌렸다.

"이번 바깥나들이는 어땠는가?"

정병생은 정후균에게 술잔을 건네며 궁금함을 물었다.

"고금도 최창규, 해남 김홍배, 완도 읍내 황동윤은 다들 자유롭지 못한 신분이었으나, 기꺼이 후원자 역할을 해주기로 하였네. 그들도 우리처럼 은밀하게 후배들을 결집, 때가 되면 함께 호응하기로 하였네. 강진 김옥도는 옹기장이를 비롯하여 몇몇 동지들과 벌써 움직이고 있더구만. 마선도 합세하고 말이네."

"마선이가?"

"여러모로 김옥도에게 힘이 되어주더구만. 장흥과 영암에도 손길을 뻗쳐 놓았으니께 언젠가는 대동단결할 걸세."

"마선이 조동 땜새 사람이 새롭게 되얏구만. 어따, 이놈들은 분위기도 제대로 파악하지 못하고 물어쌌네, 그랴."

이영직은 연신 장어를 낚아 올렸다. 입질도 사람을 보아가며 하는가 보았다. 밤바다는 물살이 거슬리면서 자정을 넘어서고 있었다.

4

"아니, 저것은 뭔 배랑가?"

마을사람들은 눈을 휘둥그렇게 뜨고서 바다를 내려다보았다. 집채만 한 배가 소리도 요란하게 다가오더니 김발에 쓰일 장말과 통대, 그리고 쪽대를 마구 바다 위에 부렸다. 장말과 통대, 쪽대는 어느 틈에 선창 안을 가득 메웠다.

"저 엄청난 물량은 섬 전체를 풀어멕이고도 남것네."

마을사람들은 지금까지 옹기배가 가장 큰 배로 알고 있었는데, 배에서 내린 물량을 보고서 다시 한 번 놀랐다. 짐을 다 부린 배는 그만큼 더 크게 보였다. 보트 한 척이 선창가에 사람을 내려놓았다. 단고즈봉을 입은 신사와 군도를 허리춤에 찬 순사 두 사람이었다.

"저건, 김공개 아부지 아닌감?"

"맞네. 진즉 일본으로 장사 나갔잖았는가."

"헌디, 저 배하며 물량하며 벼락부자가 되얏뿌린게 아니여?"

"허면, 금의환향이라 그건가?"

잔뜩 호기심어린 눈으로 바라보고 있는 사람들 앞으로 다가온 김도치는 장죽 대신 파이프를 든 손을 여유 있게 들어 보였다. 두 사람의 일본인 순사는 김도치의 호위병만 같았다.

"안녕들 하신가. 내, 고향에 오면서 선물할 것은 없고 해서 통대와 쪽대, 장말을 싣고 왔으니 맘껏 골라들 가소. 시세보다 밑도는 가격으로 외상을 놓을테니께. 해태로 대신 물물교환 하듯 외상을 갚아도 좋고, 하여간에 품질만큼은 최상이니 그리 알고. 힘센 장정 몇 사람 나서서 물위에 떠있는 저것들을 모래사장 위로 끌어올려 주게나. 품삯은 두 배로 쳐줄 테니까."

김도치는 유난스레 점잔을 빼며 주위를 둘러보았다. 마을사람들은 잠시 망설이고 눈치를 보더니 장년 몇 사람이 앞으로 나섰다. 그 가운데 김경태와 박천세도 눈에 띄었다. 그들은 팬티 바람으로 바다에 뛰어들어 화물을 끌어올렸다. 김도치는 파이프 담배를 연신 피워대며 만족스러운 얼굴로 그 모습을 내려다보았다.

"저게 어르신 배인가라우?"

뒤늦게 헐레벌떡 일본순사를 영접하러 온 조동은 조심스럽게 물었다. 일본순사는 이곳으로 전보되어 온 것이다.

"암, 내 배지. 앞으로 일본을 왕래하며 밀무역을 할 거여. 필요한 게 있으면 주문하거라. 얼마든지 싼값으로다 구해 줄 테니께."

"그럼, 무역선인감요?"

"암만. 이곳에서 나는 해산물을 실어가고, 이쪽에서 필요로 하는 물건을 일본에서 실어오고. 앞으로 여러모로 싼값으로 우량의 품질 좋은 물품을 향유하게 될 것이다."

"아따, 사람은 오래 살고 볼일이구만요. 저도 필요한 것이 있으면 볼것 없이 주문할라요."

"그랴. 자네도 물속에 들어가 일당을 벌지 그러나."

"지가 어디 그런 신분인감요."

조동은 한눈을 지레 흘기며 자신의 본분을 일깨웠다. 일본순사 두 사람 앞에 다가가 차렷 자세로 경례를 붙이고 나서 입에 발리지 않는 일본말로 두 사람을 안내하였다.

"저 녀석이 영 달리 된 것 같네."

김도치는 주위 사람에게 눈으로 물었다.

"일본놈 끄나풀이랍니다."

누군가 비아냥치듯 대답하였다.

"허허, 제 딴에는 출세 한 게로군. 자고로 사람은 미욱하면 미욱한 대로 시절의 흐름을 잘 따라잡아야제."

"그라면 어르신은 시절을 잘 붙들었남요?"

"그런 셈이제."

김도치는 빈정거리는 듯한 뼈있는 말을 아무려면 어쩌느냐는 투로 받아넘겼다. 김도치는 일찍부터 섬을 뛰쳐나가 이곳저곳을 기웃거리며 전전하였다. 들리는 풍문에 의할 것 같으면 부산까지 흘러들어간 김도치는 일본인이 경영하는 상회에서 점원으로 일하다 주인의 소개에 힘입어 일본으로 들어갔다. 들어간 곳이 어선을 위주로 하는 선박회사였는데, 처음에는 연근해 어선도 타고 고래잡이배도 탔다. 그런 가운데 차츰 신망을 쌓아올렸는데, 나중에는 조카사위가 되자는 지경에 이르렀다. 선주는 일본말을 거침없이 할 줄 아는 김도치를 일본사람으로 생각하였다. 상회주인은 김도치를 추천할 때 일본인으로 둔갑시켰던 것이다. 그러한 사정을 모르는 선주는 마침 과부가 되어 혼자 사는 조카딸의 배필로 점찍은 것이다. 김도치는 몇 날 고심한 끝에 사실을 털어놓았다. 자신은 조선인이라는 것과, 고향에 일찍 장가를 들어 처자식이 있다고 고백하였다. 처음에는 속았다는 생각으로 영 마뜩찮게 바라보던 선주는 그의 정직함과 평소의 성실함을 후하게 매김한 나머지 냉정한 시선으로 밀어내지 않았다.

그러면 말일세. 내가 소유한 배 가운데 노후선 한 척이 있네. 그걸 자네에게 빌려줄 테니까 한번 이용해 보지 않겠나? 선주의 제안에 얼떨떨

해 하던 김도치는 번개를 치듯 한 생각을 떠올렸다. 그 배를 새롭게 개조하고 단장하여 밀무역선으로 만들자. 그래서 고향에서 나는 해산물과 고향에서 필요로 하는 물건을 물물교환을 전제로 실어 나르자. 김도치는 거기에 생각이 이르자 선주의 제안을 수락하였다. 수리비는 내가 부담할 테니까 그렇게 해 보게. 다만, 이익의 삼분지 일은 배 값으로 내게 주어야 하네. 오 년 만기로 말일세. 김도치의 계획을 들은 선주는 무릎을 쳤다. 폐선이나 다름없는 배를 그렇게 떠안기는 것도 좋을 듯싶었다. 김도치 또한 성공을 거두리라 믿어 의심치 않았다. 밀무역선으로 개조한 김도치는 제일 먼저 김발에 필요한 장말과 통대와 쪽대를 가득 싣고 고향으로 돌아온 것이다.

"김도치, 그 사람 일본 사람이 다 됐다고?"

한대진은 배 서방의 말을 듣고 속으로 실소를 머금었다. 비상한 재주를 그렇게 굴리다니……

"일본을 오가며 밀무역을 한다니 그 배포하며 장사 속이 기발하지 않습니까. 이번 물건도 아주 좋습디다. 물목 센 곳에 해태발을 막자면 더없이 좋것던디, 어쩔까요?"

"자네 알아서 하게."

"김도치를 안 만나 보렵니까요."

"바쁠 게 없지 않는가."

배 서방은 한대진의 의중을 알아차리고 차실을 앞세우고 대문을 나섰다. 일본과의 밀무역이라? 일본사람의 뒷배가 아니고서는 엄두도 못 낼 곡예 아닌가. 생활의 편리함을 좇는다면 바람직한 상행위일 수도 있겠는데, 선뜻 달갑게 받아들여지지가 않았다. 엄밀히 따진다면 그 같은 상행위 자체가 친일매판의 범주에 들 것이었다. 아니다. 좋은 쪽으로 해석하고 받아들이자. 때때로 밀무역선을 이용하여 새로운 정보라든가,

문물을 물어 나를 수도 있지 않겠는가. 한대진은 무르익어 가는 앞 들판을 바라보았다.

예나 지금이나 외상이라면 양잿물도 먹는다고, 모래밭에 산처럼 쌓인 장말과 통대며, 쪽대 위에 사람들이 개미떼처럼 엎어져 소란을 떨었다. 멀리 관산, 천동, 어두리, 당목 등지에서부터 가깝게는 가래, 장용, 여동, 화가, 구성부락까지 배를 타고 와서 입맛대로 물량을 사갔다.

"내, 이럴 줄 알았지. 귀청이 자네는 오늘부터 내 사서로 임명할 텐께 외상장부를 단단히 기록허게. 그리고 저 사람들이 필요로 하는 물품을 조목조목 받아오게. 월급도 섭섭잖게 줄 테니께. 빈 배로 일본에 들어갈 수도 없고, 무엇을 싣고 가야 하나⋯⋯."

김도치는 수문통 위에 쭈그리고 앉아 파이프 담배연기를 날리며 흔감한 얼굴 가운데 내천자를 그렸다. 이번 장사는 아주 적시에 과녁을 제대로 맞춘 셈이었다.

"우무가사리나 마른 미역, 다시마 같은 게 어떨까요?"

귀청은 졸지에 생각지도 않은 취직에 기분이 붕 떴다. 밀무역선을 타고설랑 일본을 드나든다? 워메, 절로절로 어깨춤이 나는구만.

"옳거니. 한 배 가득 실을 수 있을까?"

"수집해 봐야지라우."

"자네가 한번 수고해 보게."

그러나 아등바등 한 배를 채우자고 애쓸 필요는 없었다. 일본인 교장이 임기를 마치고 본국으로 돌아가는지라 마침 밀무역선이 요긴하였다. 이건 뭔가 될 성싶은 조짐 아녀? 김도치는 속으로 쾌재를 불렀다. 일본인 교장은 그 동안 욕심껏 모은 재물을 한 가지도 빠뜨리지 않고 밀무역선에 실었다. 서화 한 폭, 찻잔 한 개라도 그냥 내버리지 않았다.

"아따, 한 살림이구랴. 지가 보기에도 토색질이 따로 없습니다요."

"침략자들의 근성은 다 그런 법이다. 침략은 곧 노략질이여. 약소민족의 설움은 거기에 있다."

김도치는 귀청의 말을 아무렇지도 않다는 듯 받아넘겼다.

"새로 부임할 교장은 양식이 좀 있었으면 좋것는디."

"그거사 우리 모두의 바람 아니것냐. 이것이나 조심혀서 싣거라."

김도치는 마지막 이삿짐을 배에 옮겨 싣자 기적소리도 요란하게 울리며 밀무역선을 타고 일본으로 향하였다. 귀청은 덩달아 파도 너울처럼 가슴이 울렁거렸다. 밀무역선이 떠난 다음날, 정부균의 통지를 받은 전남운동협의회재건위원회는 장어낚시를 핑계로 이번에는 대섬에서 회합을 가졌다. 보안상 안전하다싶은 장소였다. 먼저 모인 정부균, 정문두, 이영직, 김경태, 정병생, 박천세, 정병래는 전위그룹인 자신들의 반모임을 청년반으로 이름하고, 그 책임자로 정문두를 선출하였다. 그리고 부락별로 세포조직원을 구성하였다.

- 청년반: 정문두(책임), 이영직, 김경태, 정병생, 박천세, 정병래, 정부균.
- 구성리 농민반: 정병생(책임), 정덕채, 김두문.
- 구성리 동구 농민반: 박천세(책임), 박경옥, 김두환, 박이만.
- 구성리 서구 농민반: 김경태(책임), 박한세, 정석추, 정병기.
- 탄도 농민반: 이영직(책임), 김철공, 정부명, 정병완.
- 소년반: 정병래(책임), 정복팔, 박경남, 김성도, 김상수.

"우리의 세포조직을 이렇게 정하였으니께 보안에 유념해 주기 바라네. 그래서 더 크게 인원을 늘리지 않았네. 아무튼, 이제부터 소수정예로 점진적으로 활동을 시작하도록 하세."

정부균은 비장어린 얼굴로 다짐을 준 다음 정후균이 준 서적을 돌려 가면서 일독하도록 나누어주었다.

"헌디, 우리가 전남운동협의회를 재건함에 있어 그 정신을 그대로 이어받아야 하지 않것는가."

"옳은 말이시. 김옥도와 만나 그런 이야기를 나누었네. 예를 들면 소작제도, 농업노임, 해태조합 등에 대한 농어민들의 불만을 선동하는 가운데 농민투쟁을 전개해 나가고, 이를 통해 동지를 규합하자는 것이네."

정후균은 부언 설명하듯 일전 김옥도를 만나 나눈 대화를 상기시켰다.

"그거사, 이미 김옥도, 이기홍, 최창규, 등이 고금도 용지포 간척지 소작료 문제의 불합리성을 문제 삼아 소작인들을 선동하여 쟁의를 일으키고자 하지 않았는가. 우리도 소작쟁의가 발생할만한 지역을 예의 주시해야겠네."

"또 하나, 해남 산이면 성공리에서 오임탁 등이 이식(利息)을 목적으로 한 갱생계를 설립하여 그것을 이용, 동지를 규합하였듯이 상조계라든가, 대동계 등을 합법적운동 공간으로 최대한 이용하자는 것이네."

"암만. 우리의 영역을 확보할 수 있는 최상의 공간이니께."

"그리고 동지의 포섭과 함께 교양을 쌓을 수 있는 독서회 활동을 실천운동과 부단히 결합시켜야 하네."

"그러자면 막연한 학습주의를 배격해야제. 그것도 이미 김옥도와 이기홍이 회합하는 가운데 명시하지 않았는가. 이헌열 선배 등이 주장한 공산주의 이론 연구도 중요하지만 그것에 전적으로 매몰되어서는 안 된다고 생각하네. 그러한 전례를 참고삼아 우리는 전위투사가 되어 그 실천운동에 주력해야제."

"여기 참고할만한 사례를 낭독할테니께 참고로 귀담아 듣게."

정후균은 꼬깃한 종이쪽을 불빛에 펼쳤다. 울진지역에서 혁명적 농조운동을 전개한 최학소의 농민조합조직론이었다.

벌써 오래 전 일이다. 강원도 울진 적색농민조합(비합법)에서는 상기와 같은 방법으로 해군(該郡)에서도 가장 중심 농촌인 울진면 가운데 특히 호월리, 정림리 등 두 큰 동리에 전주력(全主力)을 집주(集注)하여 맹활동을 하였던 결과, 불과 일 년이 되지 못하여 전 부락, 전 동리를 전적으로 조직화 할 수 있을 만큼 대중을 획득하여 우리의 영향 아래 두게 되었다. 구장은 물론이고, 금융조합원도 민주주의적 선거에 의하여 선출함으로써 다른 곳과 같이 선거에 있어 부수적 악현상인 매수라든가, 또는 뇌물의 증여라는 아름답지 못한 일은 조금도 없었다. 농가의 일상생활품도 공동구입이며, 신문, 잡지, 기타 출판물도 다량으로 공동구입하여 회람시켰던 것이며, 심지어 농번기에 있어서 경작 같은 것도 전 부락이 집합하여 일정한 일할(日割)과 순서를 정하여 오늘은 누구네 집, 내일은 누구네 집, 이렇게 질서정연하게 운행되었다. 그러므로 울진지방에서는 전기 지역을 가리켜 소비에트부락, 적색부락, 주의자부락(물론 이것은 왜놈들이 악의적으로 지어 부른 것이다.)이라고 하였다.

"그려. 우리도 마을회의를 민주적으로다 운영하는 문제를 깊이 생각해야 할 것이여. 무엇보다 지금의 일제 어용구장에 대한 불신임을 전개해야 된다고. 그리고 두레의 운영, 적정노임가격의 결정, 산역, 해산물 채취 등 부락공동노동은 물론이고, 마을 제사, 축제, 마을내의 규율을 주도해 나가야 하네. 지금 볼 것 같으면 택도 아닌 것들이 마을회의를 주도하고, 그 위에 면서기와 일본순사 놈들이 입회하지 않는가 말이여."

"그럼, 오늘은 이것으로 회의를 마치기로 하세."

그들은 한잔 술로 목을 축이며 자정을 넘겼다. 그리고 어느 사이 희끄무레 새벽빛이 밝아왔다. 누가 먼저랄 것 없이 낚싯줄을 거두고 노를 잡았다. 썰물로 할미섬이 처연한 자태를 드러냈다.

"암만해도 우리들은 큰개 나들이목에 배를 대야것네. 자네들은 장용 포로 돌아가소."

"그래야겠네. 또 보세."

정병래, 정병생, 박천세 등은 나들이목으로, 정후균, 정부균, 이영직 등은 장용포로 향하였다. 보안상 그것이 더 좋을 듯싶어서였다. 큰개 나들이목에 배를 대고 자갈밭을 돌아 방죽재를 오르는데, 배 서방과 차실과 마주쳤다.

"아니, 무슨 새벽 귀신들이여?"

배 서방이 먼저 알아보았다. 그들이 간밤에 바다에 나간 줄은 몰랐다.

"찬바람 자르르 하고 바야흐로 장어낚시 철 아닌가. 신새벽에 석장물 보러 가는감?"

"초저녁잠에서 깨어나본께 새벽 썰물 때가 아니여. 많이 낚았으면 한 짓 가르트러서 좀 주어."

"여부가 있남. 도둑 고양이맨치로 안 들켰으면 모를까."

"자네는 어째서 밑바닥이여? 남들하고 똑같이 낚시질을 하였을 것인디."

배 서방은 박천세의 낚시망태를 들여다보며 핀잔을 놓았다. 두 사람은 만만한 사이였다.

"잠이 좀 모자라 헤작질을 했느니."

"평소에 느려터진 성질 아닌감."

"그래도 내가 짚단 둘러메고 뜀박질은 최고 아닌가. 공자도 말했느니. 적당히 묵을 만치 괴기를 잡아야 한다고."

"허어, 그 속에 문자가 숨어 있네, 그랴. 술 냄새는 병래 혼자서 다 풍기는구만."

"풍류를 즐겨가면서 밤낚시를 해야제이."

"병생이 자네는 괜히 이런 어정뱅이 한량들 따라댕기지 말고 대처로 나가. 좋은 머리 썩히지 말고."

"생각은 굴뚝 같은디……."

"젊어서 고생은 돈 주고 산다고 하잖는가. 망설일 것 없네."

"배 서방, 병생이는 끔찍이도 생각혀."

"병생이 만큼 머리가 좋으면 난 벌써 이곳을 떠났네."

"알았응께 어여, 석장물이나 봐 와."

정병생은 오늘따라 배 서방이 말이 많다고 여겼다. 배 서방은 약낭골로 접어들었다. 밤이슬이 발길에 채였다.

"저 사람들이 집단적으로 장어낚시를 다녀오고, 뭔가 냄새가 난 듯 한디요."

차실은 한 가닥 의문을 달았다. 뜻 맞는 사람들끼리의 은밀한 낚시만 같아 그 속에 무언가가 숨어있는 듯하였다.

"니, 눈에 그렇게 비치냐?"

배 서방의 눈에도 그렇게 비쳤으나 크게 의미를 부여하고 싶지는 않았다.

"그렇다는 것이제요. 전력들이 있어놔서……."

"사람의 인식은 자고로 한번 점 찍히면 괜한 일에도 편협하게 재단하려고 한다. 안 그러냐?"

"금메 말이요. 석장물이나 어서 봅시다."

배 서방은 차실의 재촉에 바짓가랑이를 걷어 올리고 갯벌을 밟아 나갔다. 무릎께까지 빠지는 갯벌은 찰지디 찰졌다. 바닷물이 찰랑거리는 석방렴에는 갇힌 고기떼들이 중구난방으로 꼬리를 쳐대며 물을 튀겼다.

"아따, 오지게 들었네이. 굵은 놈과 횟감만 잡거라이."

"대감할미는 갑오징어를 좋아 하든만요."

배 서방과 차실은 휘이, 휘이, 팔을 내저으며 석방렴을 더듬었다. 갯물이 얼굴에 튀었다. 신나는 고기잡이였다. 농어며, 문절이, 참돔, 광어, 볼락, 문어, 갑오징어, 칼치, 병어, 낙지에 이르기까지 듬직한 놈들만 골라잡아 어장망태에 집어넣었다. 석방렴을 뒤로하고 방죽재를 쉬어 넘자 아침 햇살이 강녕들을 비쳤다. 아낙네 하나가 물을 긷고 있는 마을 공동우물을 돌아드는데 뜻밖에도 조동이 기다리고 있다가 두 사람을 가로막았다.

"아따, 무지허게 잡았네이. 횟감 몇 마리 적선하면 안 될까라우?"

사뭇 위협조로 말하였다. 전 같으면 비굴할 정도로 손을 벌릴 것인데 세상 인심 많이도 변하였다.

"뭣 땜시 신새벽부터 횟감 타령이냐?"

배 서방은 배알이 뒤틀린다는 표정이었다. 얼핏 장어낚시를 간 사람들을 떠올렸다. 요것이 또 무슨 냄새를 맡은 것 아녀?

"새로 오신 순사나리께서 오자마자 횟감타령 아닌감요. 눈꼴 시럽지만 어짜것소. 따끈한 정종에다 회 한 접시 진상할 생각이요. 그래서 물때를 잡고 기다렸소. 부디 이내 염치없는 소원을 들어주시게라우."

"대감할미가 알면 네놈 이마빡에 장죽이 떨어질 것인디."

"아이구메, 맞을 때는 맞는 것이고, 그렇게 뜸들이지 말고 사람 한번 살려주시오."

"다시는 알랑거리며 노략질 근성일랑 부리지 말고 똑 뿌러지게 값을 치르고 진상하거라이?"

"알것소. 워따메, 참말로……."

"참말로가 뭐시냐? 괴기 안준다고 잡아다가 주리를 틀겠다는 것이냐?"

"아니구만이라우. 오해는 금물인께요."

"오냐, 오늘은 네놈 잇속을 알아주것다."

배 서방은 아니꼬운 눈초리로 눈 흘김을 주고 나서 손에 잡히는 대로 고기 몇 마리를 안겨 주었다. 고기랄 놈들이 파닥거렸다. 조동의 얼굴에 갯물이 튀었다.

"어따이, 그놈들 성깔 한번 오져뿌렀네. 하여튼지 고맙구만이라우."

조동은 입꼬리에 흐벅지게 웃음을 매달며 파닥거리는 고기를 꼬치에 꿰노라 정신이 없었다.

"참, 비윗장은 좋소이."

"그러게 말이다. 매정하게 뿌리치면 무슨 트집을 잡아 인심 매정하다 할 것이고……."

배 서방은 조동의 하는 짓거리가 점점 방자하다고 생각하였다. 그 방자함이 어디까지 치달을 것인지, 이건 분명 한대진에 대한 보이지 않는 일종의 말없는 도전이었다.

등허리에 이는 하늬바람

1

김장철이었다. 보리갈이도 어지간히 끝나고, 이제 남은 일이란 김장과 새로 지붕을 단장하는 일과 눈보라와 함께 생산되는 김 양식이었다. 대체로 김장은 아낙네들 몫이고, 마름을 엮어 지붕을 단장하는 것은 남정네들 차지였다. 김장도 끼리끼리 품앗이 것으로 담았고, 지붕 또한 돌아가면서 품을 팔았다. 남정네들은 창연한 달빛 아래서도 마름을 엮었는데, 그도 그럴 것이 지붕을 새로 단장하고 남은 마름은 해태 건조장으로 쓸 것이었다. 때문에 바쁘게 밤과 낮을 가리지 않고 일손을 놀렸다. 수문통과 선창가 널 바위, 자갈밭 바윗등은 바닷물에 씻고 행군 배추와 무가 차곡차곡 쌓여 숨을 죽이고 있었다. 소금물 대신 갯물에 씻어 숨을 죽이는 터라 김장용 소금이 그렇게 절실하지 않았다. 소금값만 절약해도 어디인가. 그리고 농사가 부실할수록 김장은 더욱 중요하였다. 김장 김치 하나면 허기진 배를 너끈히 채울 수가 있었다.

"썩을 인사야, 물 튀긴다. 살살 부리소."

깔끔네 아범이 껑충한 키를 잔뜩 수그려 김장배추를 부리기 위해 바지게를 기울이자 그의 마누라가 한마디 하였다. 하는 일마다 꺼부정하여 성깔지고 샘 바른 그의 아낙네로서는 눈에 차지 않았다.

"추레하게 물에 젖었음시러 야단인가? 우리 배추 속이 제일 허실한 것 같으이."

"어따, 말 같잖은 소리 좀 하지 마시오. 남맨치러 뙤약볕에 똥장군을 짊어 날랐으면 속이 허실하것소. 맨날천날 느려 터져 가지고 보는 눈은 실허요."

"그게 어디 꼭 내 탓만 되는 겨?"

깔끔네 아범은 똑 떨어지게 눈을 흘기는 여편네를 그저 사람 좋은 낯으로 들어 넘겼다.

"인자, 집에 가서 마름이나 엮으시오. 뒤쳐지지 말고."

깔끔네 아범은 바지게를 그대로 놓아두고 수문통을 벗어났다. 한대 진네 집에서 모 심은 품삯과 여름 논매기 품으로 받은 볏짚을 계산해 보았다. 남보다 후한 터여서 지붕 덮개를 할 수 있지 싶었다.

"자네 입은 언제나 똑부러져."

느리터분하게 걸어가는 서방의 뒷모습을 향하여 눈을 흘기는 마누라를 바라보며 이골네가 한 마디 하였다. 이골네는 아예 치마말기까지 차오르는 수문통 물에서 배추를 헹구었다. 매사 야무지고 당찬 이골네는 남편 복이 없었다. 천식으로 골망골망한 남정네를 모시고 있었다.

"저 흐느적거리는 몰골 좀 보소. 그 주제에 독서를 한답시고 밤에는 노상달밤으로 등잔불 심지만 태우네."

"얼마나 좋은가. 우리 집 양반은 천자문을 들이밀어도 거들떠보들 않네. 헌디, 죽정이네는 왜 여직 김장할 기척을 보이지 않는 거여?"

"시상을 다 산 사람 같지 않던가."

곁의 아낙네가 허리를 펴며 거들었다. 저절로 휘파람소리가 나왔다.

"부지런하고 엉덩짝 반반한 여편네가 어쩌자고 그러는지 몰것네."

"암만해도 사연이 있지 싶네. 조동 그놈과도 악연인 것 같고……."

"아무리 그래도 김장을 해야 올겨울을 나지 않것는가."

"양념에 버무린 김장김치라도 한 보시기 들고 찾아가봐야겠네."

"그렇게 하소. 그란디 자네는 속곳이 다 젖었네. 보드라운 둔덕에 고뿔이라도 걸리면 어짤 셈인가?"

"염려 놓게. 벌겋게 달군 비땅이 있응께."

"음마, 몸은 부실헌디 불쏘시개는 튼실한가 보네."

"목은 가랑가랑하면서도 짬만 나면 보채쌌네. 이내 가슴은 들일로 밤마다 파김치꼴인디."

이골네는 말은 그렇게 하면서도 싫지 않다는 얼굴이었다.

"천생연분이 따로 없네."

아낙네들은 한바탕 웃음을 쏟아냈다. 아낙네들의 웃음소리는 하늬바람을 타고 당상나무께까지 이르렀는데, 당상나무 아래에서는 남정네들이 나무둥치를 등지고 빙 둘러앉아 마름을 엮었다. 한가한 잡담과는 달리 손놀림은 재빨랐다.

"병생이는 벌써 지붕을 해 이네."

"코딱지만 한 집이라 마름 몇 장이면 충분하지 않는가."

"그래도 부지런하구만. 가서 새끼줄이나 잡아매주고 술잔이나 얻어묵세."

남정네들은 마침 출출한지라 하던 일손을 놓고 뒷짐을 진 채 정병생이네 집으로 향하였다. 김경태가 품앗이로 사다리에 의지하고서 처마 끝에 떳대를 매고 있었다. 남정네들은 달려들어 떳대를 매고 새끼줄을 지붕 너머로 엮어 매며 마름을 눌렀다.

"아따, 지붕을 해 이고본께 집이 새신랑 같다."

김경태는 들쭉날쭉한 처마 끝을 가지런히 낫으로 다듬으며 홀가분
함을 느꼈다. 내일 모레는 함지박만한 자기 집 지붕을 단장할 것이었다.
지붕을 단장하고 술잔을 돌리는데, 정부균으로부터 으슥한 저녁 정병
래의 집 뒷산에서 모임이 있을 것이라는 전갈을 보냈다. 사발통문을 받
은 그들은 되도록 술을 자제하였다. 그리고 밤이 되자 약속장소로 나갔
다. 약속장소에는 정부균과 정문두가 먼저 와서 기다리고 있었다. 조금
있자 이영직과 박천세가 모습을 나타내고, 주위의 동정을 살피고 돌아
온 정병래가 참가하였을 때는 십여 명이 넘는 회원이 빙 둘러앉아 있었
다.

"인자, 시작하드라고."

박천세가 주위를 환기시키자 정부균이 자리에서 일어났다.

"오늘은 러시아혁명기념일이네. 이날을 택한 것은 이를 기회 삼아
일치단결하여 일제식민자본주의제도를 타도하고, 장차 백의민족의 정
기를 살려 무산자를 주인으로 하는 정부를 수립하자는 것이네. 우리는
그 같은 독립을 쟁취하기 위한 초석이오, 씨알이라는 것을 가슴속에 담
아 투쟁을 전개해야 하며, 민중의식을 가일층 앙양하기로 하자는 것이
네."

"그러면 러시아혁명에 관해 아는 대로 설명해 주시게."

"자네가 할 텐가?"

정부균은 정문두를 돌아보았다.

"아니여. 자네가 알아듣기 쉽게 말해주어."

정문두는 사양지심을 내보였다. 역사관이나 세계관은 책임자인 정부
균이 더 자세할 것이었다.

"그럼, 독서회의 일환으로 생각하고 내가 쪼끔 장황하게 설명하것
네. 지난번 후균이 행님이 나누어준 책자를 돌려가면서 보았으니께 대

강은 알것지만, 러시아혁명은 좁은 뜻으로 1917년의 10월 혁명을 가리키나, 그 전주곡에 해당하는 1905년의 일차 러시아혁명과 17년의 대혁명을 포함시키는 것이 일반적인 견해네. 그러니까 일차 혁명을 부르주아민주주의혁명이라 하고, 이차 혁명을 사회주의혁명이라고 하는데, 오늘은 바로 대10월 사회주의혁명기념일이네."

정부균은 단단히 숙지를 해온 듯 막힘없이 설명하였다. 20세기 초 러시아사회에서는 혁명적 분위기가 만연되어 있었다. 러시아의 남진정책(南進政策)이었던 크림전쟁에서 패배한 러시아는 결과적으로 군사적인 후진성을 드러낸 셈이었다. 그 위에 농노해방을 단행하였다. 농노해방은 러시아의 근대화를 의미하였으며, 자본주의 발전을 자극하였다. 그에 따라 프롤레타리아 수도 급격히 늘어나 노동운동이 일어나기 시작하였다. 당시 러시아는 극심한 경제공황으로 농민은 신분상으로는 농노의 상태에서 해방되었다고는 하나, 경제적으로는 발전의 모체였던 중산계급으로 성장하지 못하였다. 공장노동자의 상태도 선진국에 비해 위생시설이 형편없었고, 기계가 유치하여 생산량 감소로 임금이 낮았다. 그런데도 노동자들은 합법적 활동으로 그러한 불합리한 현실을 개선할 길이 막혀 있었다. 따라서 노동운동은 과격화할 수밖에 없었다. 또한 제정러시아는 잇따른 침략으로 인근 제지역을 병합한 제민족의 감옥에 다름 아니어서 소수민족의 소요가 광범위하게 확대되었다. 피압박 민족의 해방운동이 격화되었으며, 혹심한 경제공황과 경찰의 탄압은 농민봉기를 더욱 자극하였다. 그리고 주요 도시에서는 사회주의 혁명가들의 선동으로 체제에서 소외된 지식인을 중심으로 한 정부세력의 정부공격이 더욱 강화되었다.

제일차 러시아혁명은 조그마한 섬나라 일본과의 전쟁에서 패배하자 극심한 공황, 실업자의 증가, 임금의 저하, 지가폭등 등으로 고조된 노동자의 반정부운동과 자유주의자의 입헌운동이 폭발하였다. 피의 일요일이라 일컫는 제일차 혁명은 평화적인 시위행렬이 군인의 발포로 수천 명이 죽거나 부상 당하였다. 그러자 수도의 노동자들은 총파업에 들어갔고, 그것은 전국에 파급되어 무력충돌과 반란이 일어났으며, 전국적인 총파업으로 발전하였다. 이에 정부는 국민의 기본권과 시민적 자유 및 선거에 의한 전국적 제헌의회의 창설을 약속하였다. 그러나 노동자와 거기에 가세한 병사들은 투쟁을 계속하였고, 입헌정부를 요구한 중산층과 일부 혁명세력의 분열로 차르정부는 위기를 넘기게 되었으며, 제일차혁명은 실질적인 실패로 끝나고 말았다.

제이차 혁명의 시발점이라 할 수 있는 2월 혁명은 제일차세계대전 참전으로 군장비와 경제력의 한계를 드러낸 데서 시작되었다. 계속된 동원령과 가축의 징발로 농업은 황폐화되었고, 군수공업의 강화로 인한 생필수품의 감산, 도시의 식량, 연료사정의 악화는 대도시 민중의 생활을 압박하였다. 시민들은 빵을 요구하며 시위에 들어갔고, 군부마저 반란을 일으켜 시위대에 가담하였다. 결국 황제가 퇴위하였고, 임시정부가 구성되었다. 제일차혁명과는 달리 농민을 대표로 하는 군부가 노동자의 혁명에 참가하여 대중봉기를 이끌어 나간 결과물이었다.

2월 혁명 후 정치권력을 잡은 임시정부는 전쟁 계속정책을 취하여 평화와 생활의 안정을 바라는 대중의 불만을 샀다. 이에 망명 중인 스위스로부터 귀국한 레닌은 자본주의 타도 없이 종전은 불가능하다는 등 10개항에 걸친 4월 테제를 발표하였다. 이것이 곧 볼세비키의 방침이 되어 임시정부 타도, 모든 권력은 소비에트로 라는 구호를 내걸고 임시정부에 대항하였다. 임시정부가 행한 독일 공격이 실패로 돌아가자 반정부시위는 높아가고, 볼세비키는 수도의 군대와 노동자들의 무장시위운동을 조직하였다. 그러자 정부는 전선으로부터 군대를 소환하여 이를 진압하였고, 급진적인 노동자, 명사, 볼세비키에 탄압을 가하였다. 레닌은 한때 탄압을 피하여 핀란드로 피신하였으나, 그의 강력한 요청 아래 봉기의 방침이 결정되고, 트로츠키의 지도 아래 군사혁명위원회가 설치되어 구체적인 계획이 진행되었다. 드디어 봉기는 시작되었고, 혁명군은 거의 무혈로 수도의 주요 거점을 점령하였다. 제2회 전러시아소비에트대회가 열렸을 때는 임시정부의 거점인 동궁(冬宮)을 제외한 도시 전체가 볼세비키의 지배 아래 들어갔다. 소비에트대회는 면세비키와 사회혁명당 일부가 퇴장한 가운데 봉기를 승인하고 권력 장악을 결정하였다. 이어서 동궁이 함락되고, 임시정부의 각료들이 체포된 뒤에 이 대회는 평화에 관한 포고와 토지에 관한 포고를 채택하였으며, 레닌을 의장으로 하는 인민위원회를 정부로서 선임하였다. 그리고 제3차 러시아소비에트 대회는 노동소비에트 대회와 농민소비에트 대회의 합동을 결정하고, 근로피착취인민의 권리선언을 채택하였다.

"헌디 말이여, 혁명 기념일이 11월인디, 어째서 10월 혁명이라는 건가?"

정부균의 장황하다싶을 만큼 침중한 설명이 끝나자 정병래가 무겁게 가라앉은 분위기에서 놓여나고자 하였다.

"그것은 러시아 달력으로는 10월이네."

정문두가 대신 대답하였다. 이제 질의 토론 시간이었다.

"그런디 이번에 읽은 책에서는 10월 혁명은 빵과 토지와 평화를 구호로 내걸고 농민, 노동자 등 다수자에 의한 공산정권이 후진국 러시아를 무대로 출현하였다는 점에서 반론의 여지가 있다고 하였네."

비교적 이론에 밝은 정병생이 조심스럽게 핵심을 짚어냈다.

"그건 또 무슨 말이랑가?"

박경남이 반문하였다. 박경남 또한 책이 자기 손에 돌아오기를 기다린 터라 조급증이 났다.

"10월 혁명은 낮고 뒤떨어진 생산력을 토대로 삼음으로써 사회개조에 불합리성을 안고 있다고 하였네."

"그거사, 사회주의 사상 자체가 자본주의에 대한 사회개조의 방법을 생산수단의 사회적 소유와 계획경제에서 구하지 않았는가."

"맞네. 우리 모두 그 같은 제도가 자본주의보다 한층 훌륭한 사회로 나아간다는 것을 의심하지 않네. 그래서 우리가 일제의 식민자본주의에 항거하는 것 아닌가."

"가만, 자네가 말한 그 불합리성이라는 게 무언가?"

이영직이 박천세의 강개한 목소리를 제지하였다. 목소리가 크다보면 이로울 게 없었다.

"마르크스는 낮고 뒤떨어진 생산력 위에서 사회주의 제도를 실시하면 결핍이 일반화되고, 생존투쟁이 다시 시작되며, 모든 낡은 오물이 되살아나지 않을 수 없을 것이라고 하였네. 그런데 레닌은 마르크스에 없던 노동동맹을 혁명승리의 불가결의 조건이라고 강조하면서 토지분배를 미끼로 농민을 혁명에 끌어들였네."

"이거, 점점 어려워지는디."

"생각해 보게. 생산수단의 사유제 폐지를 주장하는 공산주의 이론이 토지의 사유를 뜻하는 토지분배를 약속한다는 것은 이론상 배치되는 것 아닌가."

"자넨 거기까지 앞서 가버렸는가?"

이번에는 눈을 끔벅이던 김철공이 속으로 감탄하였다.

"사회발전의 궁극적 원인을 물질적 생산력이라고 한 마르크스의 유물사관을 들추어보면 10월 혁명은 상당한 문제점을 안고 있는 게 분명하네. 제헌국회의 죽음은 수난의 국가와 인민대중에 있어서 새로운 고난을 예언하는 것이라고 한 막심 고리키의 말을 곱씹을만도 하네. 그렇다고 전적으로 부정하거나 회의하지는 않네. 레닌이야말로 마르크스주의의 독창적 이론가이자 불굴의 혁명가이며, 소련공산당의 창시자요, 세계프롤레타리아트와 국제공산주의운동의 공인된 지도자 아닌가. 특히 사회주의를 위한 반제국주의 투쟁에서 식민지국가와 종속국가인민들의 민족해방 투쟁에 관한 이론적 기초를 확고하게 하였네."

"암만. 어디까지나 우리의 지식을 함양시킬 수 있는 비판의식이요, 분석이니께. 비판과 분석은 시대의 오류를 바로잡을 수 있고, 그것은 곧 진보개념을 뜻하니께."

"옳은 말이시. 오늘은 이걸로 토론을 마감하세. 그리고 오는 연말에는 송년회와 더불어 레닌에 관해 좀 더 알아보세. 그때는 세포조직원을 넓히도록 하고 말이네."

정문두의 말을 받아 정부균은 시간을 의식하였다.

"새로 가입할 회원이 있다는 건가?"

"그건 우리들의 의무 아닌가. 그 정도로 알고 다음에 만나세."

그들은 조용히 자리에서 일어나 각자 헤어졌다. 박경남은 좀이 쑤신다는 듯 정병생이 읽은 책을 빌려보기 위해 함께 동행하였다. 하늘의 별빛은 어느새 오스스 추위를 머금고 있었다.

진눈깨비가 한차례 휘몰아치고 나서 완연한 겨울로 접어들었다. 누군가 원뚝 비탈진 잔디에 김을 발라 널었다. 햇김이었다. 윤기 도는 검은빛은 겨울 햇살에 뒤채며 입안에 침을 고이게 하였다. 겨울 한철 풍요로움을 가져다주기에 그럴 것이었다.

"누가 저렇게 부지런하당가?"

"김복수가 겨울 양식이 급한 모양이시."

"엊그제 대덕장에서 쌀가마를 팔아오던디 궁기는 무슨. 그 집 어매가 하도 입방아를 찧어싸서 건성으로 한줌 뜯어온 것이것제."

"그 말이 맞는 성싶네. 아직은 연해서 발장에 발라부치기에는 일러."

그러면서도 마을사람들은 김 생산에 마음들이 부풀었다. 더구나 농토가 없거나 소작을 부쳐 먹는 사람들은 김 생산이 무엇보다 절박하였다. 일 년의 생계를 의지한다 해도 과언이 아니었다. 일본인들의 기호품으로 수출이 증가하면서 경제적 기반의 최우선 순위에 놓이게 되었고, 그만큼 활기에 넘쳐 났다. 그러한 관계로 보다 양질의 김을 생산하기 위해 김발 개선에 노력을 기울였다.

철종 때 한대진의 4대조께서 섶지식 김발을 개발하여 생산하던 것을 1910년 경 일본인 야니히란 사람의 도움을 받아 지주식 죽홍망흥을 개발하여 다량생산을 하게 되었다. 그러니까 종래의 울타리를 막듯 하던 것을 쪽대로 발을 엮어 장말에 매달아 부표 식으로 진일보한 것이다. 그와 함께 대량생산을 위한 건조장이 필요하였다. 문틀처럼 나무로 짠 건조대에 김을 뜬 발장을 넣어 햇볕에 말렸으나, 대량생산과 함께 논바닥을 논둑처럼 쌓아올려 다진 다음 장말을 꼽고 칸사리를 지른 다음 볏짚마름과 밀집마름을 알맞게 배합하여 떳대로 고정시켜 건조장을 만들었다. 마을 앞 들판에는 병사들의 행렬처럼 건조장이 늘어서 있었고, 건조장을 세울 여력이 없는 사람들은 원뚝이나 광생이 묏등 같은 남향 비탈진 잔디에 김을 건조시켰다.

"음마, 저건 김공개네 밀무역선 아녀?"

김발을 돌아보기 위해 나들이목 햇살 따사롭게 들이비치는 둔덕에 앉아 물때를 기다리던 남정네 하나가 회진포를 돌아 나오는 밀무역선을 가리켰다.

"이번에는 뭘 싣고 올게?"

"보나마나 여자들의 화장품에서부터 마을사람들의 구미에 당기는 물건들을 실었것제."

"김도치, 저러다 벼락부자가 되것네."

"김공개 보소. 벌써부터 한량기가 발동하여 뭍에 나가 돈을 물 쓰듯 하며 주색을 즐긴다 하들 안든가."

"그런 돈 있으면 불쌍하고 가난한 사람 도움이나 주제."

"자고로 돈 있는 자식들이 어디 그러든가. 그나저나 해태조합보다 밀무역선과 거래를 트는 게 이문이 낫것제?"

"그렇긴 하네만, 감시가 심하지 않겠는감."

"김도치, 폴새 손을 써 났을 것이구만. 안 그러면 무슨 모험가라고 현해탄을 할 일 없이 건너겠는가."

남정네들은 어지간히 썰물이 지자 채취선을 타고 바다로 나갔다. 배가 없는 사람들은 대섬목이나 송장골 뻘등에다 김발을 막을 수밖에 없었다. 그 사이 밀무역선은 대구섬을 지나 대섬을 휘돌았다. 그리고 기적 소리도 요란하게 정가섬 앞에 닻을 내렸다. 만조가 되면 원뚝 수문통에 뱃머리를 대고 일본에서 싣고 온 물품들을 내릴 것이었다.

"조동 어디 있나. 조동?"

기적소리를 들은 일본순사가 다급하게 조동을 찾았다. 그는 지난번 밀무역선을 타고 부임해 온 순사였다. 밀무역선이 울리는 기적소리를 듣자 출렁 향수가 밀려왔던 것이다. 저 배는 본토의 소식과 그 밖의 새로운 정보를 싣고 왔을 것이다. 떠나올 때 눈물짓던 여인의 모습이 눈앞에 다가왔다.

"부르셨는가라우?"

조동은 변소간에 쭈그리고 앉아 영산댁을 떠올리고 있었다. 그런 곳에서 영산댁을 떠올리면 미치도록 연민의 정을 자아내게 하였다. 어쩌자고 내 앞에 나타나 사람을 환장하게 하는지 몰랐다. 홧김에 죽정이네를 폭행 강간하였고 술집 작부를 품에 안는데도 그녀에게 향한 연정은 식지 않았다. 오히려 기름에 불붙듯 가슴을 더 뜨겁게 덥혔다.

"너는 저 기적소리가 들리지 않는 거야?"

"똥줄이 급헌디 기적소리가 무슨 심금을 울리것소."

조동은 속으로 아니꼬왔다. 나이도 별 차이가 나지 않는 새파란 것이 무슨 일에나 명령조로 땅땅 을러댔다. 정말 어쩔 때는 코피를 한바탕 터뜨려 주고 싶었다.

"빨리 가봐. 그리고 나한테 온 소식을 가지고 와."

"썰물에 배를 띄울 수 있는감요."

"무슨 말이 많아?"

조동은 신경질적으로 다그치는 일본순사의 말을 뒤로하고 선창으로 나갔다. 김도치가 거들먹거리며 선창을 돌아 나오고 있었다. 조동은 깍듯이 인사를 하였다.

"젊은 순사나리께서 소식을 달라고 하던디요."

"오냐. 여기 있다."

김도치는 품속에서 두툼한 서류뭉치를 꺼냈다.

"이것만 전해주면 되남요?"

"아니다. 또 전할 물건이 있다. 나중에 내가 직접 찾아뵙는다고 하거라. 그러면 알 것이다."

김도치는 동행한 선장과 귓속말로 일본말을 속삭였다. 선장은 만면에 웃음을 띠었다. 조동은 그들을 뒤로하고 주재소로 돌아와 일본순사에게 서류뭉치를 전하였다.

"김상이 나중에 나를 찾아온다고? 알았다. 그리고 잠깐 내 말을 들으라. 요즘 어디다 넋을 놓고 있는 거냐? 보아하니 네 임무에 상당히 소홀하다."

"임무에 소홀하다니요?"

조동은 일본순사의 훈계조에 속으로 찔끔하였다.

"내 눈은 못 속인다. 요즘 들어 불온한 정세보고 한번 없었다."

"특별한 징후가 없잖은가 배요."

"바람결로 듣자니 불온한 동기로 모임을 갖는다는데 그것도 몰라?"

"그야, 품앗이 일로 얼굴을 맞댈뿐이지라이. 그 점은 염려 팍 놓드란 께요."

"정후균의 행적에 대한 보고도 없지 않는가 말이야."

"아따, 그 자가 가면 어디를 가것소. 무슨 낌새만 있으면 발 벗고 보고할 텐께 성화 좀 부리지 마시오."

조동은 귀찮은 생각이 들었다. 남은 짝사랑의 열정으로 식욕마저 잃을 지경인데 무슨녀려 시비인가. 시어마씨 하나 야무지게 들어왔네. 조동은 속으로 토심스러워하며 바람이나 쐬자고 거리를 나섰다. 발길이 자신도 모르게 김 첨지네 집 앞으로 이끌었다. 열려진 대문 너머로 영산댁이 고운 자태로 빨래를 개키고 있었다. 아휴, 저것을……. 조동은 침을 꿀꺽 삼키며 넋을 놓았다. 자석에 딸려가듯 대문을 들어서려다 김 첨지의 기침소리를 듣고 화들짝 제정신을 차렸다. 저놈의 영감탱이. 장사는 안 나가고 젊은 마누라만 끼고 있구랴. 조동은 침을 찌익 뱉으며 발길을 돌렸다. 딱 부러지게 할 일도 없고 하여 어슬렁어슬렁 길을 누볐다. 학교운동장에서는 학생들이 씨름판을 사이에 두고 목청껏 응원을 하고 있었다. 조동이 가까이 다가가자 씨름을 하던 아이들이 교실로 몰려가며 조동을 놀렸다. 좆통, 좆통, 좆도 아닌 좆통수. 무서워서 피하나, 더러워서 피하제. 저런 놈들이 있나. 조동은 주먹을 휘두르며 눈을 부라렸다. 누가 저런 유언비어를 만들어 부르도록 하였는지 그 범인을 잡고 말거여. 조동은 아이들에게까지 멸시와 따돌림을 당하는 것 같아 오장육부가 뒤집혔다. 오냐. 어디 한번 두고 보자.

2

한해가 시작되었다. 정부균은 송년회의 후유증으로 하루를 누워 지냈다. 감기 기운이 있는 데다 정문두의 집에서 가진 송년회 술자리가 너무 과하였던 것이다. 정문두는 그 자리에서 일 년 동안의 정세를 살피건대 일본제국주의는 만주병탄의 야심을 갖고 만주국을 독립시켰다. 그러나 우리들은 그 기만을 폭로하기 위해 투쟁을 계속하고 있으나, 운동의 경험이 적어 소기의 목적을 달성하지 못하였다고 역설하였다. 맞는 말이었다. 새해를 맞아 가일층 단결하여 일본제국주의의 타도를 위해 역량을 집결해야 할 것이다. 그리고 친목과 상부상조를 위해 겨울철 회합을 가질 때마다 김 한속씩을 거두기로 한 것은 새로운 발전을 마련할 것이었다. 지끈거리는 머리를 간신히 가누고 자리에서 일어나는데 정후균이 들어섰다.

"자네답지 않게 늦장인가?"

"어서 오시오. 송년회 뒤풀이가 좀 과했나 봅니다. 행님도 참석하리라 은근히 기다렸는디 오지를 않아 한편으로는 섭섭했소. 어디를 다녀오신 게요?"

"광주로 해서 서울까지 둘러보았네."

"새로운 소식을 가져왔겠구만요."

"감시가 심해서 모두가 동면하고 있었어. 장서에게 신세만 지고 왔네."

"은인자중하는 가운데 봄날을 기다리고 있것지요."

"자네들도 봄을 기다리는 게 좋것네."

"안 그래도 해태 생산 때문에 모일 기회가 더딜 것 같으요."

"외보를 좀 가져왔네."

정후균은 한장서로부터 받은 신문과 잡지를 건네주었다.

"내려오다 강진을 들렸습니요?"

"김옥도를 만나보았네. 마선도 잘 있고, 얼마간 쉬었다 본격적으로 강진과 장흥에서 동지들을 규합해야겠네. 마선네 형수씨는 어떻게 지내는가?"

"그 여자 억척은 알아주지 않소."

"마선이 설 전에 집을 정리하고 왔으면 하드만. 마선이 안부나 전해주어야겠네."

정후균은 자리에서 일어났다. 그리고 그 길로 죽정이네 집을 들어섰다. 찬바람이 돌았다. 우명한 똥개랄 놈이 헛간 잿더미 속에서 반쯤 몸을 일으키려다 말았다. 잔뜩 재를 둘러쓴 황구랄 놈도 추위를 타고 있었다. 아무래도 가장네 없는 집은 궁기가 흐르기 마련인가. 돌아서 나오려는데 마선의 아들놈이 나뭇짐을 한 짐 짊어지고 사립문을 들어섰다. 아이들의 성장은 빠른 것인가, 벌써 제 몫을 하고 있었다.

"오셨는가라우."

나뭇짐을 한쪽에 부리고 나서 어려운 낯빛으로 인사를 하였다.

"나뭇짐을 보니 다 큰 것 같다."

정후균은 대견하다는 듯 인사를 받았다.

"방구둘이라도 따끈하게 덥히고 살아야지요. 어무니는 바다에 나갔는디요."

"해태발을 막았냐?"

"아니라우. 갯벌을 뒤지고 있을 것이오. 올 때가 되었소만……."

"너라도 있으니께 니 어무니 힘이 되것다."

"울 어무니가 고생이 많지라우. 금방 올 것인께 어무니 만나보고 가시오."

"그러자."

정후균은 토방마루에 걸터앉았다. 마선의 아들 녀석은 나뭇짐을 풀어헤치고서 장작을 팼다. 마선을 닮아서인지 도끼날에 제법 힘이 실렸다.

"워따메, 이것이 뭔 일이다요. 반가운 손님이 오셨소이."

죽정이네가 마당을 들어서며 반겼다. 그때서야 황구랄 놈이 모둠으로 일어나 꼬리를 치고 나왔다. 죽정이네는 머리카락에서부터 발끝까지 갯벌투성이였고, 버선발은 젖어 질척거렸다. 갯바구니는 묵직하였다. 낙지, 소라, 대합, 피조개, 장어, 문저리, 해삼, 돌미역 따위를 가리지 않고 따 담았다.

"시장바닥에 내다 팔면 상당히 돈이 되겠소. 고생이 많지요."

"고생이사 타고난 팔자 아닌감요. 이놈의 섬구석 변변한 시장도 없거니와 없는 살림에 이런 거라도 삶아 묵어야 부황증을 면하재요."

"주재소 앞 식당이나 술집 같은데서 상거래가 이루어지지 않소."

"낙지 좀 주라 해도 왜놈들 비윗살 맞추는 모리배들 싫어 마다 하요."

죽정이네는 분명 조동을 염두에 두고 하는 말이리라.

"그 마음은 알것구만이라우,"

"듣자니 외지바람을 쐬러갔다고 하던디 언제 오신게라우?"

"오늘 아침참에 왔소."

"그럼, 우리 애 아부지를 만난게로군요."

죽정이네는 눈치 빠르게 알아 차렸다.

"소식을 가지고 왔소."

"홀애비 신세로 어떻고롬 겨울을 난다합디요?"

"옹기장이 집에서 추위는 면하지 싶습디다. 석냥간에서 함마질로 돈도 쪼깐 모았다 하고요."

"위메, 그래라이. 인자 사람이 될랑가부요. 내 정신 좀 봐라. 세발낙지가 허심한 구석을 메워주는디 잊고 있었소. 얼른 쪼사 올 텐께 앉아 있으시오."

죽정이네는 부엌으로 들어서며 아들놈에게 술 주전자를 떠안겼다. 아들놈은 도끼자루를 내려놓고 바람처럼 사립문을 나섰다. 그리고 죽정이네가 세발낙지를 장만해 오는 것과 동시에 술을 받아왔다.

"동작 빠르기도 하다."

"뜀박질은 일등이지라우."

아들놈은 가쁜 숨을 내쉬며 함뿍 웃었다.

"세발낙지에 한잔 쭉 들시오. 너도 동무 삼아 낙지 한 점 묵거라."

죽정이네는 정후균에게 술 한 잔을 처올렸다. 정후균은 그 투박한 정성과 인심이 고마워 한잔 쭈욱 들이켰다. 오장육부가 저릿하였다. 세발낙지의 신선한 맛이 물큰 어린 시절을 깨물게 하였다.

"행님께서 설 전에 합가를 했으면 합디다."

"어따, 살다본께로 꿈같은 소리를 듣소이."

"고향에 올 수는 없고, 아드님과 강진으로의 솔가를 바랍디다. 인자, 가족을 먹여 살려야겠다고 하면서요."

"크게 고민하고 통박 굴릴게 뭐가 있다요. 논밭뙈기 한 자락이 있나, 훅 불면 날아갈 이깟 집 미련 한 푼 없응께요."

"그렇게 알고 기별하것소."

정후균은 술잔을 마저 비우고 자리에서 일어났다. 오후의 햇살이 기울고 있었다. 고샅길을 내려오는데 김도치네 집에서 바리바리 해태 궤짝을 내왔다. 그 속에 박이만과 김두환도 섞여 있었다.

"아니, 언제 오셨는가?"

두 사람은 정후균을 보자 깜짝 반겼다. 송년회 때 얼마나 기다렸던가.

"나도 반갑네. 무슨 해태 짐짝이란가?"

"김도치네 밀무역선이 일본으로 싣고 갈 물량 아닌감. 외상으로 풀어먹인 장말, 통대, 쪽대 값을 해태로 걷어 들인데다가 외상으로 사들여 김도치, 입이 벌어질 지경이네, 그랴."

왜놈들과 짜고 하는 상행위라? 정후균은 무언가 칙칙한 기분이 들었다. 밀무역선이 벌어들인 이익금을 양심껏 생산자에게 돌려주어야 하는데 일제의 비호 아래 이루어지는 매판행위는 그 점을 망각할 것이었다. 보나마나 폭리를 취할 것이니, 검은 상거래가 아니고 무엇이랴. 정후균은 한대진의 집을 그냥 지나치려다 서울에서 한장서에게 신세진 일이 생각나 소식이나 전해주기 위해 대문을 들어섰다. 한장서는 결혼을 하였으면서도 나 몰라라 겨울방학을 서울에서 친구들과 어울려 지냈다. 한대진은 마른 김을 한속씩 가름하고 있었다. 잠시 일손을 멈추고 정후균을 맞았다.

"김공개네 밀무역선에 실으시려구요?"

"아닐세. 내일 대덕장에 내가려고 하네. 내가 왜 냄새나는 그 따위 야바위꾼 같은 밀무역선에 떠맡긴단 말인가. 그것도 외상으로 말이네. 왜들 그렇게 어리석은지 모르것네."

"저도 오면서 그 생각을 했습니다만, 밀무역선은 그렇다치고 해태조합에서 장날 내가는 것을 좋아할런지요."

"물론 단속을 하겠지. 허나 전량을 해태조합에 내맡길 수는 없지 않

는가. 가용돈도 당장 필요하고, 장날 필요한 물건도 사야하고, 그 정도
는 융통성이 있어야 주민들의 원성을 사지 않을 걸세."

"어쨌거나, 올해는 풍해가 들어 다행입니다."

"해태 생산은 점점 질적으로나 양적으로나 좋아질게야. 그에 따라
일제의 착취 또한 조직적으로 발전할 것이고. 그래, 어디를 다녀왔는
가?"

"전국을 한 바퀴 순례한 셈입니다. 이번에도 장서에게 신세를 졌습
니다."

"그녀석, 장가를 들여놓았더니 마누라는 내 알 바 아니다 외면하고
서 겨울방학 동안 코빼기도 내보이지 않으니, 원……."

한대진은 쓰거운 얼굴을 하였다. 예견은 하였지만 부모가 있고 주위
의 눈들이 있지 않은가. 그렇다고 쫓아 올라가 따귀를 올려붙일 수도
없는 노릇이었다. 싫다하는 결혼을 우격다짐 식으로 시키지 않았는가.

"설에는 내려온다고 합디다."

정후균도 설에는 고향에 내려오라고 설득하였다. 방문이 조심스레
열리면서 새색시가 차반을 들었다. 꿀차였다.

"들게. 배 서방이 딴 토종꿀일세."

"아, 그리고 강진 옹기장이가 외상수금을 하러온다고 하더군요."

"그 사람들도 외상값을 받아야 돌아오는 설을 따뜻하게 쉴 수 있것
지. 자네 옹기배가 오면 그 배를 빌어 타고 심부름 한번 하지 않겠는
가?"

"바다를 건너서요?"

"그렇네. 소안도네. 어두리 박채복과 내가 따로 시간을 낼 수 없어
마음 번거로워하였는데, 자네가 안성맞춤이네."

"저야, 시간을 낼 수 있지만, 무슨 긴한 심부름인지요?"

정후균은 뜻밖의 제안에 궁금하기도 하였고, 흥미롭기도 하였다.

"다른 게 아니고 소안도에 사는 이배수라는 분에게 약간의 돈 봉투를 전해주면 되네. 그게 상해로 건너 갈 것이네."

"상해라면?"

목소리를 낮추어 말하는 한대진의 말 속에서 긴장감을 느꼈다.

"임시정부로 들어갈 돈이네. 뜻 맞는 몇 몇 지기들이 십시일반으로 모금한 것일세. 이배수, 그 분이 중간역할을 담당하고 있네. 그리 알고 수고 좀 해주게. 이배수를 만나보는 것도 좋은 인연이 될 걸세. 그 문하생들 가운데 쓸 만한 동지도 사귈 수 있을 것이고."

"그렇다면 자청해서라도 가야지요."

"그럴 줄 알았네. 자, 이것 받게."

한대진은 뭇 가름한 김 가운데 서너 속을 정후균 앞으로 밀어주었다.

"이건 또 뭡니까?"

"내, 다 알고 있네. 자네들 모임 때마다 해태 한속씩을 거두어 자금줄로 삼는다면서?"

"저는 모르는 사실인데요."

"겸손해 할 건 없네. 보태 쓰게."

"여러모로 고맙습니다."

"고마워할 건 없네. 나라와 민족을 위하는 길 아닌가. 자네들의 건재와 발전을 비는 마음이네."

한대진은 하던 일을 다시금 손에 잡았다. 정후균은 뜨거운 마음으로 한대진의 집을 나왔다. 수문통머리에는 김 궤짝이 산처럼 쌓였고, 그것을 밀무역선에 옮겨 싣는 하역작업이 한창이었다. 정후균은 그쪽으로 발길을 옮기려다 일본순사와 조동을 발견하고 살며시 발길을 돌렸다.

밀무역선이 기적소리의 긴 여운을 남기고 정가섬을 돌아나간 열흘 뒤 옹기배가 들어왔다. 제철이 아닌지라 누가 옹기를 사랴마는 빈 배로 나설 수는 없어 구색을 맞춘 옹기들이 가지런히 실려 있었다.

"밀무역선이 떠나고 난께 옹기배가 찾아오는구랴. 또 외상값 갚자면 잔등에 불이 나것는디."

"해태 짐을 지고 부지런히 방죽재를 오르내리면 될 것 아닌가."

"그래서 잔등에 불이 나지 않것는가."

해태 건조장에서 오가는 말을 귓결로 들으며 옹기장이는 외상장부를 들추며 부지런히 골목길을 더듬었다. 옹기를 짊어지고 고샅길을 오르내리는 것보다 외상장부를 들고 다니는 것이 훨씬 힘들었다. 그러나 그에 따른 보람도 있었다. 이번에는 정후균의 말을 좇아 미처 외상값을 마련하지 못한 사람은 닷새 말미를 주었다.

"소안도는 어인 일로 가자는 거여?"

"긴한 볼일이 있어서요. 자세한 내막은 가면서 이야기합시다."

"동지 규합인감."

"그 점도 있고요. 마선이 함께 왔다면서 어디 있소?"

"옹기배에 실은 장독항아리 속에 이무기처럼 들어있네. 처자식 보고파서 애가 달 것인디 어쩔게? 즈그 집에 가 있으라 하고 소안도에 다녀와서 싣고 갈까."

"의중을 물어봅시다. 아직도 조동이 눈을 부라릴 것이고, 마선 또한 성질이 숙지근해졌다고는 하나 조동을 보면 불뚝 성깔이 일어날지도 모르고요."

"허면, 함께 소안도까지 갔다가 처자식 싣고 가면 되것네."

"그게 좋을 듯 싶으요."

정후균은 한대진을 찾았다. 한대진은 기다리고 있었다는 듯 장롱 깊숙이 묻어 두었던 돈뭉치를 꺼냈다.

"이걸 이배수에게 전해주게. 편지도 그 속에 동봉하였으니 잘 부탁하겠네."

"잘 다녀오겠습니다."

정후균은 한대진과 작별하고 옹기 배에 올랐다. 품속에 간직한 돈 뭉치가 제법 두툼하였다. 옹기배가 망여섬을 지나자 옹기장이가 장독 하나를 두드리자 마선이 그 속에서 나왔다.

"아따, 바다 한번 시원타! 감옥이 따로 없구만이. 엊그제께 자네를 보고 또 얼굴 대하니 반갑네."

"미안하요. 고향 땅도 밟지 못하고 처자식 얼굴도 보지 못해서."

"아닐세. 야밤에 고향 땅도, 마누라, 자식도 만나보았네. 그라고 인자 평생을 함께 살 것인디 며칠 공방살이 든다고 대수인가."

마선은 의외로 밝은 표정을 지었다. 사람이 저리도 변하는가. 노름방을 전전할 때는 사람이 온전히 될까 싶었는데 뒤늦게 철이 든 것이다.

"바다 빛깔 한번 맑고 푸르요."

"겨울 하늘을 제대로 닮았네. 저놈의 쫄복 좀 보게. 뭘 얻어묵것다고 우리를 뒤따라오는가 모르것네."

마선은 오랜만에 만끽하는 고향바다를 감회 어리게 바라보았다.

"고향 바다가 좋제?"

옹기장이가 돛줄을 다루며 마선의 마음을 꿰뚫어 보았다. 유난히 바다가 푸르고 맑은 것은 그 만큼 인간의 심성이 고와서일러라.

"자네는 뭣 땜새 뱃길로 소안도를 가자는 겐가?"

"소안도가 어디 육지인가. 어디로 가나 바다를 건너야제."

옹기장이가 모퉁이를 주웠다. 배는 썰물을 따라 어느 사이 섬어두지목을 지나 당목을 저 멀리하였다.

"대진 어르신 심부름을 가요."

"그렇다면 상당히 심각한 사정 아녀?"

"덕분에 소안도 구경을 하지 않소."

"나도 풍치 좋다는 말은 들었어도 처음 구경이네."

마선은 정후균의 속내를 안다는 듯 내밀한 이야기를 바라지 않았다.

"이참에 나도 상거래를 터야겠네."

옹기장이는 배의 방향을 가누었다. 정후균은 멀리 숫처녀 가슴처럼 봉싯하니 다가오는 구무섬을 바라보며 불현듯 김옥도의 누이동생 옥선을 눈앞에 떠올렸다. 전국을 순회하고 마지막 거점지인 김옥도 집을 찾았을 때, 그녀는 발그레 상기 귓불을 물들인 채 정후균을 맞았다. 수줍음을 머금은 그녀를 대하는 순간 자신도 모르게 미묘한 감정에 휩싸였다. 와락 손이라도 잡고 싶은데도 마음뿐 안타까움이 등허리를 타고 내렸다. 서울에서 최성분을 만났을 때와는 사뭇 다른 감정이었다. 최성분은 활달하게 웃으며 먼저 손을 내밀었고 정후균도 스스럼없이 손을 맞잡았다. 최성분은 정후균의 손에서 향수가 전해온다고 하였고, 정후균 또한 맞장구를 쳤다. 그런데 옥선은 목마름을 주었다. 그리고 그 목마름은 그녀의 아버지로부터 약혼을 하였다는 말을 듣는 순간 입안이 타들어 가는 통증으로 변하였다. 올봄에 결혼식을 올릴 걸세. 자네도 짬이 나거들랑 잊지 말고 축하해 주게. 그녀의 아버지 말에 여부가 있느냐고, 진심으로 행복하기를 빈다고 말은 하면서도 가슴 한구석이 텅 빈듯한 허전한 냉기류를 뿌리칠 수 없었다.

김옥도와 밤늦게까지 술잔을 주고받으며 앞으로의 계획과 이런저런 이야기를 나누면서도 허전한 냉기류를 몰아낼 수가 없었다. 그녀는 그 마음을 알고 있는 듯하였다. 그녀와 헤어져 뒤돌아 설 때, 그녀의 깊이 모를 눈빛은 그걸 말해 주었다. 사랑한다고, 너를 좋아한다고, 왜 그 말 한마디를 할 수 없었을까? 인생은 흐르는 물이요, 사랑은 흐르는 물에 번지는 핏빛이라고 하였던가? 운명이거니 체념하기에는 무언가 후회로움이 따랐다. 운명은 주어지는 것이 아니라 스스로 짓는 것이라 하지 않던가. 그녀와의 운명 또한 얼마든지 지을 수 있었다. 사랑은 쟁취하는 것이라고 하지 않던가. 정후균은 망망대해로 펼쳐지는 먼 바다를 바라보았다. 저 너머에는 미지의 세계라 하던가? 마선이 포물선을 그리며 바다에 오줌줄기를 내갈겼다.

"어따, 후련하다. 겨울 바다가 아니라면 바닷물에 뛰어들어 자맥질이라도 하고 싶다. 자네들 꼬추자지적 수영 배울 때 말이시. 우리가 좀 컸다고 마구 바닷물에 처넣지 않았는가."

마선은 고깃말을 여미며 빙긋 웃음을 머금었다.

"바닷물을 엄청 묵었지요."

"근께 말이시. 옛 추억이나 떠올리며 한잔 술로 용왕님께 고시래나 지내세."

마선은 옹기단지 하나를 통째로 들고 와 옹기장이 곁에 내려놓았다. 그리고 선실에서 말린 갑오징어와 고추장을 내왔다. 간밤 죽정이네가 알뜰히 챙겨 주었으리라.

"갑오징어를 정성스럽게도 말렸네."

옹기장이는 목이 말랐다는 듯 시원스레 술잔을 들이켰다.

"자네, 내가 석냥간에서 칼날을 담금질하는 뜻을 알제?"

"왜, 모르겠소. 술이나 드시오."

정후균은 마선의 울분에 찬 마음을 이해하였다. 마선이 짊어지고 가는 운명은 무슨 장단에 놀아나는 한마당 굿일까? 마선은 몇 잔 술이 들어가자 이내 뱃전에 네 활개를 펴고 코를 골았다. 그럴 때는 한없이 태평하였다.

"마누라로부터 조동에 대해 무슨 말을 들은 성싶으이."

"듣기 좋은 말을 했을 리는 없지요."

"심성은 좋은디 아직도 불뚝 성질이 덜 삭혀진 것 같네."

옹기장이는 큰 바다로 나아갈수록 바람이 거세고 파도가 거칠자 바싹 긴장하였다. 평생을 옹기 배와 함께 한 노련함이 두 팔에 맺혀 있었다.

3

이배수의 집을 찾아들었을 때는 겨울의 짧은 해는 서산에 숨어들었다. 어둠 또한 갑자기 찾아왔다. 저녁상에서 막 물러난 이배수는 난데없이 찾아든 손객에 어리둥절해 하였다. 집안 식구들도 마찬가지였다. 정후균의 예의를 갖춘 인사를 받고서야 반가운 얼굴로 저녁을 새로 짓도록 하였다.

"대진께서는 건강하시고요?"

"갈수록 여유가 있습니다."

옹기장이가 대신 대답하였다. 옹기장이는 이배수의 결 고운 인품을 한눈에 알아보았다.

"마음 가는 벗들과는 나이가 들수록 자주 만나야 하는데 거리가 있고, 내 자신 바깥출입을 삼가는 터라 마음뿐이오."

"여기 서찰을 가지고 왔구만요."

정후균은 품속에서 두툼한 봉투를 꺼냈다. 이배수는 서찰부터 펼쳤다.

"이렇게 고마울 수가 있나. 시장할 테니 저녁부터 드시구려."

이배수는 저녁상이 들어오자 이야기를 뒤로 미루었다. 저녁상은 조촐하였다. 그런데도 정성이 깃들어 있어 세 사람은 달게 들었다. 곁들여 잘 삭은 매실주도 내놓아 마선의 기분을 흡족하게 하였다.

"아따, 칙사 대접을 받는 기분이구만이라우. 헌디, 대진 어르신과 무슨 중간놀이를 하는감요?"

"아무 것도 모르면서 이곳까지 따라온 겐가?"

이배수는 마선의 뭉툭한 농담을 웃음으로 받아넘겼다.

"저야, 옹기 안에 처박혀 있었응께 알 턱이 없지라우."

"정군. 대진께서도 그랬네만, 이왕이면 큰 바다에서 헤엄쳐 보지 않겠는가?"

"오늘 처음 저를 보고서 믿음을 주시다니요."

"자네는 사상도 철저하고 혈혈단신이나 마찬가지니께 한번 투자해 버려."

마선은 이야기의 분위기를 대강 눈치 채며 눈을 끔벅거렸다.

"저도 그리고 싶습니다만, 우선 이곳에서 해야 할 일이 있습니다. 일을 완수하고 나서 그때 결행하겠습니다. 그리 아시고, 그보다는 선생님의 제자 분들을 소개해 주셨으면 합니다. 우정도 심을 겸."

"어렵지 않으이. 오늘은 편히 쉬시고 내일 자리를 마련해 주겠네."

이배수는 시원스레 대답하였다. 아닌 게 아니라 저녁을 들고났더니 피로가 몰려왔다. 옹기장이는 잠자리에 눕기 바쁘게 코를 골았고, 마선 또한 몇 번 몸을 뒤척이다가 잠이 들었다. 정후균은 잠시 이배수의 제안을 생각하였다. 내일이라도 입장을 바꾸어 상해로 간다? 아니다. 그 길은 언제든지 열려있다. 전남운동협의회재건위원회를 명실공히 재건하여 전국조직망을 구축한 다음 상해임시정부와 연계하여 보폭을 넓혀 나가도록 하자. 모든 단체는 뿌리가 튼실해야 한다. 민주주의 근간은 비바람에도 쓰러지지 않고 자생할 수 있는 풀뿌리가 아니냐. 정후균은 지그시 눈을 감은 채 잠이 들었다. 다음날, 이배수는 옹기장이에게 여나믄 집을 소개해 주었다. 세 사람은 옹기 짐을 나누어 짊어지고 소개받은 집을 방문하였다.

"멀리서 왔구만이. 장독이 빛깔이 좋고 태갈도 곱구랴."

아낙네들은 옹기를 보더니 두말없이 탐을 냈다. 그 덕분에 마선과 옹기장이는 두어 번 더 옹기를 날랐다. 그리고 내년을 기약하였다.

"허헛, 뱃길은 멀어도 쏠쏠한 재미가 있네, 그랴. 수고비는 톡톡히 건졌으니께 염소새끼라도 한 마리 잡세. 이배수씨 집안 형편을 보니께 청빈 그대로여서 십 년 세월이 가도 쇠고기 맛을 못 보것대."

"거, 좋은 생각이오. 그 분 음덕인디 뱃속 한번 푸짐하게 채웁시다. 저놈이 어쩌겠소?"

마선은 농담조로 받아넘기며 길가에서 겨울 동초를 뜯고 있는 염소를 가리켰다. 세 사람이 옹기를 팔고 이배수 집에 들어서자 청년 두 사람이 이배수와 자리를 함께 하고 있었다. 이배수의 제자들이었다. 정후균은 그들과 통성명을 나누었다.

"자네들은 긴히 할 이야기가 있는 듯 하니 저 위쪽 계곡 정자에서 마음을 주고받게나."

이배수는 매실주가 한 순배 돌아가자 적당히 자리 마련을 해 주었다.

"그라고 어여, 나 쪼깐 봅시다."

옹기장이는 이배수의 말이 끝나자 청년 한 사람을 따로 불러내어 귓속말을 하였다. 재 너머 마을에 산다는 김유전이었다. 김유전은 알아들었다는 듯 머리를 끄덕이고 나서 정후균과 또 한 사람 이한선과 위쪽 계곡 초라한 정자에 올랐다. 말이 정자지, 통나무를 얽어 지붕을 올린 원두막을 연상시켰다. 그래도 이배수는 이곳에 올라 나름대로 세상을 궁구하며 제자들과 옛 성현들의 말을 새길 것이다.

"그런대로 운치가 있군요."

"여름에는 흐르는 계곡물이 제법 선계(仙界)를 떠올리게 해요."

김유전은 오랜만에 올라왔다는 듯 바삭 마른 주위를 둘러보았다. 여름날 더위를 식히기에는 더없이 좋은 피서지만 같았다. 닭이라도 한 마리 잡아들고 한잔 술을 주고받으며 여름밤을 지새우노라면 등허리가 서늘하지 싶었다.

"이곳에서는 독서회라든가, 그런 모임은 없습니까?"

정후균은 광주에서 학생운동에 연루되어 고향에 돌아와 칩거하다시피 숨죽이고 있다는 이한선에게 자신의 의중을 꺼냈다. 이한선은 정남균도 잘 알고 있었는데 삼 년 후배였다.

"겉보기에는 조용한 듯싶어도 자세히 들여다보면 움직임이 있소."

"예를 들면요?"

"선후배 사이의 교감이 돈독하고, 특히 상해와 연계되어 어느 곳보다 항일정신이 뚜렷하오. 그곳은 어떻소?"

"우리는 육지와 통로가 비교적 원활하여 표면으로 드러나지 않는 실체가 활발하게 움직이고 있소."

"지난번 전남운동협의회사건을 알고 있소. 더구나 그 가운데 한 사람이라니 앞으로 마음 터놓고 교류하기로 합시다."

김유전은 공감대의 폭을 넓혔다. 상해와 연계되어 있다고는 하나 지리적으로 외로움을 안고 있었다.

"그래서 하는 말인데, 우리는 지금 전남운동협의회를 재건하기 위해 비록 한정된 소집단에 불과하지만 세포조직을 결성하였소. 한 달에 두어 번 모임을 갖고 친목과 결속을 다지고, 외보강좌를 통하여 전국적인 공감대를 형성해 나가고 있어요."

"대단히 고무적인 일이오. 우리도 적극적으로 동참하겠소."

"전국적으로 동지들을 규합하는 게 내 임무요, 사명이오. 이번에도 전국을 두루 순회하다시피 하였소."

"거기에 비하면 우리는 너무 정체된 공간에서 숨 쉬고 있는 듯하여 부끄럽고 미안하오. 광주학생운동의 정신을 살려 힘차게 항일운동을 전개합시다. 꼭 만주벌판에 나가 총부리를 겨누며 항전하는 것만 항일운동이오?"

"누가 아니오. 안에서의 사상무장과 거기에 따른 실천운동은 삶과 직결되어 가장 바람직하다 할 수 있소."

"우리도 가만가만 조직을 만들어 나갈 테니까 수시로 연락을 취하며 정보를 교환합시다."

세 사람은 맹약을 하였다. 정후균은 힘들이지 않고 동지를 규합하였다는 점에서 마음 뿌듯하였다. 동지란 잃기는 쉬워도 얻기는 어려웠다.

"그만 일어납시다. 옹기장이께서 염소 한 마리를 부탁하던데 괜찮것소?"

"이배수 선생님 덕분에 옹기를 상거래 하여 그에 대한 보답이지 싶소. 적당한 걸로 한 마리 잡읍시다. 우리의 만남을 기리는 뜻에서."

"천지신명께 바치는 산상맹약이구려."

김유전은 웃으며 마을로 내려갔다.

"정남균 선배는 아직도 수형생활을 하지요?"

"곧 출소하지 싶은데 기다려집니다. 우리들의 정신적인 지도자니까요."

"대단한 투사지요. 거기에 비하면 저는 너무 소극적이고 빈약한 가슴을 지니고 있소. 가대를 짊어진 장남이라는 변명 자체가 너무 허약하오."

"향리에서 의식을 일깨우며 하나의 밀알이 되는 것도 바람직하지 않겠소."

"이제라도 그렇게 하리다. 산개울 물이 강을 이루고 바다를 형성하지 않소. 기꺼운 마음으로 지킴이가 되어야겠소."

이한선은 다짐을 한 번 더 하였다. 이배수는 저런 제자를 거두었기에 은자의 마음으로 자신을 지켜나가리라. 대문을 들어서니 옹기장이와 마선은 이배수의 강론을 듣고 있었다. 실학사상이 나올 수밖에 없었던 조선후기의 세도정치와 당파싸움으로 인한 공리공론의 타성에 젖은 소아병적인 타락한 정세를 이야기하고 있었다. 시골 선비다운 고루한 편견이 전혀 묻어나지 않았다. 진지한 분위기에서 놓여날 즈음 음메, 처량한 염소 울음소리가 들리고, 김유전이 염소 고삐를 바싹 움켜쥐고 들어섰다.

"웬, 염소인가?"

이배수는 생수로 목을 축이며 뜨악한 얼굴을 하였다.

"지가 한 턱 내기로 하였습니다요."

"명분이 없지 않은가."

"이런 날은 흔치 않을 겁니다요. 잠자코 계십시오. 마선이? 뭐하고 있는가. 뒤울안으로 끌고 가지 않고."

옹기장이는 마선을 일으켜 세웠다. 마선은 숫돌에다 칼을 갈고, 김유전과 이한선은 장독대 옆에 아가리를 벌리고 있는 마름 솥에 물을 붓고 불을 지폈다. 이배수는 도리가 없다는 듯 매실주를 더 걸러오도록 하였다. 옹기장이와 마선은 솜씨껏 장만하여 음식을 내왔다. 김이 무럭이는 수육을 앞에 놓고 매실주를 들었다.

"이거, 생각지도 않은 잔치네, 그랴. 아주 고깃살이 연하구만."

"그에 못지않게 초장맛 또한 기가 막힙니다요. 머리와 기타 부위는 잘 고아서 두고두고 드십시오."

"고마우이. 털 난 뱃속을 다스리자면 자네께서 자주 옹기를 싣고 와 야겠어."

"염려 붙들어 매십시오. 뱃길을 터놓았응께 바람 쐬듯 오겠습니다요."

"자네는 더 머물다 가겠는가?"

이배수는 정후균과 두 제자들을 쓸어보았다. 믿음직스러웠다.

"우리랑 같이 가야될 것이구만요. 감시의 눈초리가 있으니께요."

마선이 거들었다. 옹기 배를 타고 나갔다가 종적을 감추었다면 분명 의심의 눈초리를 보낼 것이고, 거기에 따른 추달은 옹기장이에게 떨어질 것이다.

"그렇다면 할 수 없지. 정자는 마음에 들던가?"

"이야기는 잘 진전되었습니다. 나중에 따로 말씀드리겠습니다."

이한선이 이배수의 묻는 뜻을 알아차리고 대신 대답하였다.

"교류라든가, 소통은 중요한 덕목이야. 정체성에서 벗어날 수 있거든. 다산이나 추사도 유배지에서 교류가 있었기에 자신들의 입지를 세울 수 있었어."

이배수는 자신을 대변하듯 말하였다. 모든 교류를 끊고 은둔한지 몇 해던가? 성격 탓도 있었지만 침묵도 하나의 무기라고 생각하였다. 하지만 향리에 묻혀 지내는 후학들만은 닫힌 공간 속에서 벗어나라고 말없는 가운데 등을 떠밀었다. 그것은 젊음만이 지닐 수 있는 행동반경이자 덕목이었다. 하긴, 은둔자는 세상을 단절한 것이 아니라 세상을 가슴속으로 아우르기에 어디에 머물러 있더라도 자유를 누린다. 설익은 자들이 스스로 은둔자연 문을 걸어 잠그게 되면 두더지나 다를 바 없을 것이었다.

"저희들은 이만 가볼까 합니다."

"곧 해가 질 텐데?"

이배수는 옹기장이의 말에 펄쩍 뛰었다. 어둠과 함께 보내다니, 대접이 말이 아니었다. 더구나 뱃길이 아니냐.

"보름달이 뜨지 싶습니다요. 얼큰하게 취하였을 때 달빛을 받으며 배를 몰아야 신명이 나지요."

"그래도 그렇지. 그러다 풍랑이라도 만나면 어쩔 셈인가."

이배수는 송아지를 배에 싣고 오다 죽을 고비를 넘겼는지라 날선 파도만 봐도 몸이 으스스 한기가 들었다. 그때 박채복을 만나지 않았더라면 물귀신이 되고도 남았을 것이다.

"풍랑은 낮이나 밤이나 마찬가지입니다요."

옹기장이는 황소고집을 꺾지 않았다. 부득부득 자리에서 일어났다. 정후균은 옹기장이의 고집을 헤아렸다. 마선을 생각한 때문이었다. 마선은 처자식을 감쪽같이 이주 시켜야만 하였다. 그러자면 보름달이 뜬 오늘밤이 가장 적합할 터였다. 술자리는 송별연으로 변하였다. 이배수뿐만 아니라 김유전과 이한선도 아쉬워하기는 마찬가지였다. 옹기장이는 그들의 아쉬움을 머리 숙여 떨쳤다. 이배수는 남은 술과 안주를 싸주었다.

"조심들 허게. 대진께는 따로 서신을 전해 주시고."

그들은 선창까지 따라 나와 섭섭함을 띄워 보냈다.

"참 좋은 분들이네. 이배수 그 분 도의 경지에 오른 것 같더구만."

"모심기를 하듯 아주 쉽게 이야기합디다. 하여지간 싸게 배를 몰아 갑시다."

마선은 벌써부터 마누라와 아들이 눈앞에 다가와 마음을 급하게 하였다.

"바람이 배를 몰아가제. 술이나 배꼽 뜨뜻하게 들어. 한숨 훔치고 나면 도착할 텐께."

옹기장이는 방향을 잡아나갔다. 선창가에서 손을 흔드는 세 사람의 모습이 조그맣게 보일 즈음 어둠이 내리덮이고, 그와 동시에 둥근 보름달이 두둥실 떠올랐다. 파도가 가볍게 뱃전을 때릴 때마다 달빛이 반딧불처럼 물위에 부서졌다.

"아따, 겨울 보름달이 이렇게 가슴을 싸늘하게 비질할 줄은 몰랐네."

옹기장이는 회한에 젖은 얼굴로 바다를 수놓는 달빛을 쓸어보았다. 한평생 살아온 여정은 수난, 바로 그것이었다. 대체로 천민의 신분을 벗어나지 못하여 할아버지, 아버지로 이어져 내려온 삶을 옹기처럼 달구었다. 정말이지, 흙은 육신이요, 그 육신을 달구어 온 것은 불꽃이었다. 흙과 불의 조화. 옹기장이의 삶은 흙을 빚어 불로 달군 옹기였다.

"옹기를 저렇고롬 만들어 보시오."

"아무리 잘 맨들어도 옹기일 뿐이여. 그래야 옹기의 생명이 숨을 쉬고 말이여. 옹기를 둥근 보름달이라고 보는 눈이 중요한 거네."

"그래요. 달이 옹기요, 옹기가 달이라. 둥근 달이 빛을 뿌린다면 옹기는 빛살 같은 숨을 쉬니께요."

"그려, 그려. 자네도 후균처럼 뭘 좀 제대로 보아."

"나도 한 삼 년 물레질을 하면 보름달 같은 옹기를 만들 것이오."

마선은 옹기장이의 모퉁이 말을 파도에 띄워 보내며 술잔을 끌어안고서 걸쭉하게 노래를 불렀다. 정후균은 마선의 노랫가락을 들으며 살포시 잠이 들었다. 일렁이는 파도는 자장가요, 어머니의 따북한 손길이었다. 잠에서 깨어났을 때는 자정이 넘었고, 배는 정가섬을 돌아들고 있었다.

"자네는 어서 가서 식구들을 데불고 오소. 이 밤으로 떠나야 하니께."

"알았소. 자네와는 이렇게 헤어져야 쓰것는디."

마선은 옹기배가 소리 없이 선창머리에 닿자 서둘러 배에서 내리며 정후균을 돌아보았다.

"종종 들릴 테니까 새롭게 살림을 이루고 잘 사시오."

"그랴. 마누라 고통도 잘 다독여 주것네. 자네 덕이 컸네."

마선은 곧장 집으로 달려갔다. 정후균은 옹기장이와 헤어져 집으로 돌아왔다. 다음날, 옹기배는 이미 떠나고 없었다. 정후균은 한대진을 찾았다. 한대진은 바깥나들이를 할 참이었다.

"잘 다녀왔는가?"

"어디 가시려고요?"

"읍내 향교에 다녀와야겠네. 왜놈들이 신사참배소를 그 곁에 짓는다나 어쩐다나. 빌어 묵을 놈들. 그게 될법한 소리인가. 결사 저지해야제."

"이배수 선생님의 서찰을 가져왔습니다. 덕분에 좋은 동지도 만났고요."

"다행이네. 수고한 보람이 있어야지. 옹기배는 어찌 되었는가?"

"저를 내려놓고 곧장 떠났습니다."

"야밤에?"

"아마 새벽 참이지 싶습니다."

"죽정이네가 바람처럼 사라진 것도 거기에 관련이 있는 겐가?"

"마선이 함께 소안도까지 동행하였습니다. 여기 있는 동안 장독 속에 숨어 있었고요."

"허어, 그런 걸 모르고 이웃사람들이 놀란 나머지 혹시나 조동의 장난이 아닌가 의심하였네. 자네들 계획 하나는 치밀하고 비밀스러웠네. 집은 오두막일망정 정리해야 되지 않겠는가."

"어르신께서 알아서 처분해 달라고 하더구만요."

"잘 됐네. 우리 집 차실이 장가보내게 되면 신접살림 집으로 줘야겠네. 그리 알고 강진 나갈 때 내게 들리게. 집값을 쳐줄테니께."

한대진은 배 서방이 들어서자 대문을 나섰다. 정후균은 마선의 텅 빈 집을 둘러보았다. 황망히 떠났으면서도 청소까지 깔끔하게 해 놓았다. 방문을 열자 냉기가 훅 끼쳤다. 검게 그을린 부엌도 썰렁하기는 마찬가지였다. 한 가족이 살다간 삶의 보금자리가 너무나 초라하고 땟물이 흘렀다. 이렇듯 가난한 우리네 살림살이인데 어째서 찧고 까불고 아옹다옹 쌈박질일까. 정후균은 인생의 덧없음을 잘근 깨물며 돌아섰다. 고샅길을 내려와 큰 샘을 지나치는데, 광생이 묏등거리에서 누군가 손짓해 불렀다. 자세히 보니 박천세와 정병래가 김 통주리를 짊어지고 오다 쉬고 있었다. 반가운 마음으로 두 사람에게 다가갔다.

"나도 내일부터는 바다에 나가야 쓰것네."

정후균은 두 사람 곁에 앉았다. 김 통주리 물받이에서는 오줌줄기처럼 물이 흘러내렸다. 두 사람의 바짓가랑이는 흘러내린 물에 흥건히 젖어 있었다.

"왔다는 소식은 들었는디 그새 어디를 댕겨온 거여?"

"소안도를 다녀왔네."

"거기는 뭣하러?"

"동지들을 구하고 왔네."

"소안도는 일찍부터 항일운동의 기운이 싹텄응께 무시 못 할 곳이제. 우리도 해태발 끝나는 대로 운동의 방향을 가늠지어 나가세."

박천세는 목포에 있을 때, 소안도 친구를 사귄 적이 있었다. 그 친구로부터 소안도의 교육열하며 항일정신을 자주 들었다.

"이제부터는 본격적으로 실천운동을 전개할 때가 되었네."

"자네는 감시를 받는 몸인께 전면에 나설 수 없고, 뒤에서 앞으로 나아갈 길이나 잘 인도하여."

"그건 염려 말게. 조금 있으면 우리의 조직이 드넓게 뻗어나갈 것이네. 자네들도 외연확대에 힘을 써야 하네."

"그렇지 않아도 죽선리에 세포조직을 심으려고 하네. 그리고 점차로 가래, 관산까지 조직을 넓혀 나가기로 입을 모았네."

정병래는 그간 세포조직원으로 선별한 몇 사람과의 접선에 대해 이야기하였다.

"내 생각에는 여러 사람이 나서지 말고 한 사람이 책임자로 나섰으면 하네. 그래야 기밀이 누설되더라도 조직 전체에 영향이 덜 미칠 것 아닌가."

"그 일은 정문두에게 책임을 지게끔 하세나."

박천세가 공감하였다. 박천세는 남다르게 머리 회전이 빨랐다. 때문에 의견 개진에 남보다 앞섰다.

"실천운동은 부락민의 이익옹호를 위한 투쟁으로 나아가야 하네."

"암만. 무엇보다 부락민의 신뢰가 중요허니께. 부락민은 바로 우리의 이웃이요, 형제며, 크게는 민초들 아닌감. 풀뿌리가 무성해야 우리의 조직이 튼실할 수 있네."

"우선은 목표를 그렇게 정했으니께 자네들이 머리를 맞대고 올해의 실천운동의 좌표를 정하게."

"자네는 어찌할 셈인가?"

"김발이 끝날 때까지 생업에 종사해야제. 눈칫밥 얻어 묵기도 미안스럽고."

세 사람은 한 무리 사람들이 김 통주리를 짊어지고 방죽재를 넘어오자 자리에서 일어났다.

4

영산댁을 짝사랑한 나머지 정신이 온통 그 속에 매몰되어 버린 조동은 죽정이네가 야반도주하다시피 종적을 감추었다는 소식을 한참 뒤에야 알았다. 그 년이 어디로 튀어? 조동은 잠시 어리벙한 눈으로 사태의 가닥을 잡고자 하였다. 바다에 뛰어든 것도 아니고, 하늘로 솟은 것도 아니겠고, 분명 바다를 건너뛰었을 것이다. 그렇다면 마선과 연락이 닿았단 말인가? 그 년을 붙잡아 두어야 안심할 수 있고, 나아가 마선을 잡을 수 있는데 어떻게 된 노릇인가? 그녀는 마선을 잡을 최대의 미끼였고, 그녀를 곁에 잡아둠으로써 마선으로부터 신변의 위험을 느끼지 않을 것이었다. 말하자면 볼모나 다름없는데, 그녀는 가대를 버리고 홀연히 종적을 감추었다. 누가, 어떻게 그녀를 빼돌린 걸까? 조동은 잠시 감시를 소홀히 한 자신의 이마를 쳤다. 마선에게 칼침을 맞은 등허리가 욱신거렸다.

그래. 그 옹기배여. 옹기배가 사라진 뒤에 그녀는 어딘가로 사라졌다. 그러자 조동의 머리는 한동안 복잡하였다. 옹기배가 오던 날 정후균이 잠시 감시망을 벗어나 어딘가를 다녀왔다. 그리고 옹기배와 함께 죽정이네가 사라졌다. 정후균과 옹기배. 그 속에 음모가 있는 게 틀림없어. 조동은 머리를 싸매고서 그렇게 추리력을 발휘하자 정신이 번쩍 들었다. 마선이 처자식을 안전지대로 모셔놓고 언제, 어느 때 조동의 뒤통수를 칠지 알 수가 없었다. 당장 정후균을 잡아다 주리라도 틀고 싶었으나, 천연덕스럽게 생업에 종사하는 사람을 잡아넣을 마땅한 죄목이 떠오르지 않았다. 무언가 냄새를 안고 있는데 확실한 물증을 잡을 수 없었다. 나까무라 순사는 그 냄새를 터뜨릴 때까지 기다리자고 평소 나까무라답지않게 인내심을 내보였다. 더 큰 건수를 올리자는 충성심과 명예욕에서였다. 조동이 자그마한 사적 감정을 내세워 정후균을 어설프게 잡아들인다면 울컥 화를 낼 것이고, 주위의 여론도 좋지 않을 것이다. 좋다. 어디 한번 보자. 네깐놈이 시침 뚝 딴다고 내가 거기에 넘어갈 줄 알아? 조동은 긴장된 마음으로 자신을 가누어야겠다고 다짐을 놓았다.

그러나 영산댁을 보는 순간 가슴은 연정의 불길로 타올랐다. 앞 뒤 가리지 않고 성난 황소처럼 그녀를 덮쳐누르고 싶었다. 자신도 모르게 김 첨지네 대문을 넘어서고 있었다. 방금 그녀의 고운 자태가 눈앞에 어른거렸는데, 집안은 조용하였다. 몇 번 소리쳐 불러서야 심부름하는 계집애와 영산댁이 모습을 나타냈다.

"오늘은 또 뭔 일이다요?"

계집애가 되바라지게 물었다. 입가에 얄미운 웃음을 매달고 있었다.

"김 첨지께서 오셨나 해서……."

"우리 집 어르신은 밀무역선이 아닌디요."

계집애는 기어코 입가에 매단 웃음을 터뜨렸다.

"순사나리께서 부탁한 물건이 어찌되었느냐고 성화를 해싸서……."

"어련히 연락을 안 할까봐서요."

응큼한 네놈 뱃속을 모를 줄 알고. 넘볼 데를 넘보지. 계집애는 웃음을 싹 거두고 매섭게 눈을 흘겼다.

"한심아, 그러면 못쓴다. 우리 집 양반께서 돌아오시는 대로 연락을 드리도록 할게요."

영산댁은 부드럽게 말을 낮추어 그만 돌아가기를 바랬다.

"알것소."

조동은 영산댁의 그 부드러운 음성이 더욱 미치게 하였다. 씨부럴, 사람 환장허것네. 오늘밤이라도 담장을 넘어 사단을 내버려? 아니여.

포대쌈이 더 나을란지도 몰라. 가만, 포대쌈을 하자면 그녀러 영감탱이가 숨이라도 덜컥 넘어가뿐져야 되잖는감. 그리고 그 지집애 말이여. 쬐그만한 것이 내 속을 훤히 들여다보기라도 한 듯 비웃음 치는 꼬락서니라니. 참말로 앵꼽와 죽것네. 요것들을 어떻게 삶아 묵는다? 그런데 예상치 않은 기회가 찾아왔다. 공문을 짊어지고 읍내를 가는데 영산댁 밑에서 심부름하는 계집애가 쫄랑거리며 함께 배를 탔다.

"읍내는 뭣하러 가냐?"

"나라고 읍내 못 가란 법이 있는감요. 읍내를 거쳐 영산포까지 긴히 심부름 가요."

계집애는 냅름 받아쳤다. 당돌하기 짝이 없었다.

"길이나 제대로 아냐?"

"그쪽이 영산포 가는 길은 까막눈인갑소."

계집애는 샐쭉 토라지며 더 이상 대꾸하기가 귀찮다는 듯 상큼 돌아섰다. 순간, 조동은 반짝 횃불을 켜들었다. 기회는 바로 그거여. 조동은 음흉한 미소를 머금었다. 그리고 화들짝 놀라며 얼른 얼굴 표정을 되돌리며 파도가 일렁이는 바다를 바라보았다. 그리고 읍내에서 술집 작부들과 하룻밤 노닥거릴까, 먹은 마음을 싹 접었다. 읍내에서 서둘러 일을 본 조동은 해가 진 뒤에야 돌아왔다. 가쁜 숨을 진정시켰다. 이 기회를 놓쳐서는 안 된다. 흥분을 가누며 밤이 깊기를 기다렸다. 시간이 그렇게 더딜 수가 없었다. 자정이 되자 조동은 도둑고양이처럼 김 첨지네 담장을 뛰어넘었다. 심장이 뛰었다. 만일을 위해 미리 준비해 간 수건으로 복면을 하였다. 죽정이네를 잿더미 속에 내팽개칠 때와는 전혀 사정이 달랐다. 자칫 잘못하다간 목숨도 내놓아야 한다. 김 첨지가 누군가. 그 많은 재산은 조동 하나쯤 파리 목숨 여기듯 할 것이었다. 영산댁이 잠든 방은 촛불이 켜져 있었다. 뒷문 곁에 달라붙어 방안의 동정을 살폈다. 잠이 든 듯하였다. 조동은 가만히 문고리를 따고서 안으로 들어서기가 무섭게 영산댁을 덮쳤다.

"에그머니나!"

놀라 질겁을 하는 비명소리를 한 손으로 틀어막으며 그녀의 깊은 곳에 사추리를 들이댔다. 그녀는 몇 번 뒤틀며 저항하였으나, 조동의 힘을 감당하지 못하였다. 용기를 얻은 조동은 점점 힘을 가하며 정열을 비쏟았다. 마침내 그녀 쪽에서 미세하게나마 반응을 하였다. 젊은 청춘을 너무 오래 묵혀놓은 때문일까, 감당하기 어려운 경지에 이르렀을 때, 조동은 뒤통수를 내리치는 폭발음과 함께 모든 것을 발산해 버렸다. 그리고 그녀의 배 위에 널브러졌다. 시간이 아득하게 흘렀다. 복면이 거추장스러워 자신도 모르게 벗어던졌다.

"이 일을 어떻게 하실라요?"

꿈뜨적 정신을 차렸을 때, 영산댁의 체념어린 목소리가 아스라히 들렸다. 이슬에 젖은 풀잎처럼 연약하면서도 조용한 물기 머금은 음성이었다. 그 목소리가 사람을 환장하게 하였다. 대답 대신 다시금 불끈 치솟는 욕정에 불을 당겼다. 한숨소리가 그녀의 입에서 새어나왔다. 그리고 그 한숨소리는 시간이 흐르자 땀방울로 잦아들었다. 한번 둑이 터진 때문일까, 그녀는 조금 전과는 반응이 달랐다. 김 첨지가 거금을 주고 사고도 남을 아름다움이었다. 거친 만큼 풋풋한 열정을 쏟아 붓고 깊은 잠에 빠져들려는데 어디선가 닭 울음소리가 들렸다. 조동은 번쩍 정신을 가누었다. 주섬주섬 옷을 입었다.

"내일 또 오리다."

"다시는 오지 말아요. 없었던 걸로 해요. 만에 하나 이 일이 집밖으로 새어나가면 성치 못할 것이오."

영산댁은 눈물을 흘리고 있었다. 왜놈 똘만이에 지나지 않는 조동에게 겁탈을 당한 것이 무엇보다 억울하고 분하였다. 더구나 자신의 이성 과는 달리 부정한 행위를 육신이 반응을 보였다는 데에 견딜 수가 없었 다. 혀라도 깨물고 싶었다.

"까짓것, 무슨 대수요. 꼭 내 각시로 삼을 거요."

조동은 서둘러 방을 나와 담장을 뛰어 넘었다. 비로소 지척에서 철썩 이는 파도소리가 들렸다. 조동은 새벽 찬 공기를 시원스럽게 들이마셨 다. 이보다 더 상쾌할 수가 없었다. 기분은 하늘 높이로 날아오르고, 마 음은 성취감으로 가득하였다. 그녀는 인자 내 것이다! 암만. 볼 것 없이 내 각시여. 조동은 콧노래를 흥얼거리며 부지런을 떨었다. 아침 해가 떠 올랐다.

"야가, 읍내에서 기압을 좀 받고 온 게로군."

"단단히 기압을 받았구만이라우."

조동은 나까무라 순사의 하품 섞인 말을 가볍게 들어넘겼다. 오늘밤 또 그녀를 가슴에 안을 생각을 하니 육신이 붕 떴다. 그리고 그 기분은 밤이 으슥하였을 때, 가볍게 김 첨지네 담장을 뛰어넘게 하였다. 그녀는 칼을 들이대듯 저항하였지만 조동의 힘찬 홍두깨를 이겨내지 못하였 다. 시간이 흐르자 분위기는 반전되어 두 합을 내리 싸웠을 때는 조동 쪽에서 그녀가 일으킨 풍랑 속에 침몰하였다.

영산댁과의 불륜은 더 이상 진전되지 않았다. 계집애가 돌아왔고, 뒤 따라 김 첨지가 마누라의 치마폭에 묻혀 지낸 까닭이었다. 하, 이거 사 람 폴짝 미치것네. 조동은 멀거니 김 첨지네 집을 바라보며 한숨을 지 었다. 김 첨지가 그녀를 품 안고 있는 모습을 상상하자 도무지 일이 손 에 잡히지 않았다. 금방 들었던 말도 금세 까먹기 일쑤여서 질책을 들 었다. 김 첨지가 어여 떠나기만을 기다렸다. 그 사이 봄기운이 찾아왔 다. 개나리가 피고, 벚꽃이 흐드러지고, 진달래가 핏빛으로 물들고, 민들레가 방싯 웃었다. 남정네들은 김발을 거두어들이고, 나물 캐는 아낙네들은 밭두렁과 산등성이를 누볐다.

이때쯤 정부균과 정문두는 정병래의 집에서 회합을 가졌다. 그들은 해태운반 운임의 불공평과 거기에 따른 임금 인상운동을 주제로 삼았다. 겨우내 수집하였던 김을 해태창고에서 배까지 등짐 져 나르는 일은 마을의 청장년들 몫이었는데, 일제는 지금까지 한 번도 노역에 따른 임금을 올려주지 않았다. 몇 년 사이 김값은 두 세배 올랐는데도 소처럼 부려먹는데서 불평불만이 싹튼 것이다.

"내년부터 물가고에 합당한 임금을 보장받기 위해 지금부터 임금 인상운동을 전개해야겠네. 오는 5월 1일은 메이데이네. 그날을 기념하여 전체 회합을 갖고 우리의 투쟁 목표를 선포하세."

"기념투쟁이라? 좋제. 장소는 어디가 좋것는가?"

"광생이 묏등에서 모이도록 하세."

"우선 청년반원들에게 알려야겠네. 그리고 어민들의 이익을 옹호하기 위해 임금 인상운동과 함께 구장의 배척운동을 곁들이도록 하세. 구장이란 작자가 마을사람들을 위해 봉사정신을 발휘하지 않고 일제의 앞잡이 노릇을 일삼다니 말이나 되는가."

"그러세. 부락민의 이익을 도모할 참신한 사람을 민주적으로다 가려 뽑세."

정부균은 곧바로 사발통문을 보냈다. 그리고 그들은 약속장소에 모여 결의를 다졌다. 더불어 모내기와 보리타작 때는 상부상조 협동정신을 발휘하기로 하였으며, 부락민의 이익옹호를 위해 투쟁할 것을 다짐하였다.

그들이 본격적으로 실천운동을 전개한 것은 보리타작과 모내기가 끝나고 품앗이로 논매기까지 마친 뒤였다. 무산농어민들의 이익옹호를 위해 부락소유의 임야매각 반대운동을 전개한 것이다. 부락소유의 임야는 마을 뒷산 공동묘지와 약낭골을 비롯하여 지풍골과 상정예문산 등이었는데, 일제와 결탁한 개량지주들과 모리배들이 사유지로 불하받으려는 음모를 꾸미고 있었다. 땅 뙈지기 한 평 없는 무산농어민들은 부락소유의 임야에서 공동으로 땔나무야, 가축사료야, 심지어는 공동묘지의 안장에 이르기까지 수혜를 받았다. 그런데 일제의 뒷배를 믿은 모리배들이 사유화하려는 데서 의분을 느낀 것이다. 그들은 정면으로 맞서 싸우기로 하였다.

"마을회의를 열어 그 부당함을 폭로하고, 마을 전체의 이름으로 탄원서를 보내기로 하세. 그런 다음 대대적으로 투쟁을 전개하세."

"그건 너무 뜨뜻미지근한 투쟁방법이네. 저들이 탄원서를 거들떠나 볼 것 같은가? 그보다는 마을 전체가 들고일어나 관공서를 비롯하여 사유화를 꾀하려는 무리들을 질타하고 강렬한 시위운동을 벌여야 하네. 구장부터 물갈이 하고 말일세."

"그것은 자칫 희생을 불러일으킬 수 있네. 시위운동은 차선책이네."

"모르는 소리. 행동이 우선이네. 선비적이고 온순한 진정은 약효가 없네."

뜻밖에도 정부균과 정병래 사이에 임야매각 반대운동의 실천방향에 대해 의견 충돌을 빚었다. 급기야는 감정의 앙금까지 고여나 정병래가 회원들의 만류를 뿌리치고 조직을 이탈하였다. 그런 과정 속에서 임야매각 반대운동은 마을 전체의 적극적인 호응 속에 전개되었다. 그와 함께 구장의 불신임안을 관철시켰다. 임야매각 반대운동은 섣달까지 이어졌는데, 정부균, 박천세, 정문두, 김경태, 이영직, 정병생 등 소위 전위그룹은 회합을 갖고 끝내 모습을 보이지 않는 정병래를 배신자로 규정하였다. 이에 따라 구원부는 박천세가 그 책임을 맡았고, 정병래가 맡았던 소년반은 정병생이 떠안았다.

"외보강좌, 부락정세 보고 등은 이전처럼 하기로 하고, 정병래의 이탈로 조직의 보위를 더욱 고려해야겠네. 그래서 말인데, 대외적인 활동은 당분간 보류하기로 하세."

회원들은 정부균의 의견에 대체로 공감하였다. 그와 함께 정문두는 죽선리 장정돈의 집에서 김영진, 김윤석, 정병연, 김선이, 김기석, 장정돈과 죽선리 농민반을 새로 구성하고 그 책임을 자신이 맡았다. 그간 심혈을 기울여온 결과물이었다. 따라서 농민반은 4개반에서 5개반으로 늘어났다.

- 청년반; 정문두(책임), 이영직, 김경태, 박천세, 정병생
- 구성리 농민반; 정병생(책임), 김두문, 정덕채
- 구성리동구 농민반; 박천세(책임), 정복팔, 박경옥, 박만세 외 수명
- 구성리서구 농민반; 김경태(책임), 박한세, 정석추,
- 탄도 농민반; 이영직(책임), 정부명, 김철공, 정병완
- 죽선리 농민반; 정문두(책임), 장정돈, 김영진, 김윤석, 정병완, 김선이, 김기석
- 소년반; 정병생(책임), 박경남, 김성도, 감상수

그들은 각별한 기밀유지를 위해 각각 농민반을 중심으로 송년회를 가졌다. 조직의 단결과 의식앙양을 결의한 송년회는 김 생산으로 휴면기에 접어들었다. 그 대신 한 달에 두어 번 김 한속씩을 좀들이 붓듯 거두었다.

그들이 박천세 집에서 모임을 갖은 것은 이듬해 4월 중순이었다. 그

동안의 성과물로는 임야매각 반대운동의 성과를 꼽을 수 있었다. 부락민의 거센 항의에 부딪쳐 임야매각은 수면 아래로 가라앉았다. 그러나 언제 또 다시 야욕을 내비칠지 경계심을 누그러뜨리지 않았다. 해태운반 임금투쟁도 다소 개선되었으나, 아직도 불만의 소지가 다분하였다. 그들의 응대가 생색용에 지나지 않았기 때문이었다. 그들은 5월 1일 메이데이에는 감시의 눈초리가 삼엄하므로 공공연한 투쟁은 불가능하다고 결론을 짓고, 당일 상정예문산 부근에 있는 정문두의 논에서 들일을 하고 나서 그날 정오 경 상정예문산 정자나무 아래에서 기념식을 갖기로 하였다. 그리고 5월 1일 회합을 가졌다.

"어떠한 압력에도 굴하지 않고 한마음으로 뭉쳐 획득한 성과물은 그런대로 의의가 있다고 하겠네. 앞으로 미진함을 보완해 나가며 진일보 투쟁을 전개해 나가도록 하세. 오늘의 두레의식만 해도 흔쾌한 기분이네."

"맞는 말이네. 메이데이를 기회로 삼아 더욱 단결하여 일제식민자본주의를 타도해야 하네."

정문두에 이어 김경태가 힘찬 목소리로 화답하였다. 회합이 끝나자 그들은 화기애애하게 점심을 나누어 들며 술잔을 돌렸다. 산개문산(山開門山)이라고도 하는 상정예문산을 지키는 두 그루 소나무는 이 섬의 역사를 나이테 속에 간직하고 있어 오늘의 회합을 더욱 의미 깊게 하였다. 맨 처음 남쪽 바다를 건너온 선조와 북쪽 뭍에서 들어온 조상이 서로 길을 열어나가다가 이곳에서 이마를 마주쳐 서로 예의를 갖추어 인사를 나눈 뒤 그 기념으로 두 그루의 나무를 심었다. 이마를 마주하듯 나란히 서있는 아름드리 소나무.

그러나 그들의 결의는 예기치 못한 일로 잠시 주춤할 수밖에 없었다. 만선의 배를 타고 가다 뜻밖의 풍랑을 만나 파도에 출렁거렸다고나 할까. 정부균과 정태선의 싸움사건이었다. 상정예문산에서 한잔 술로 결의를 다지고 마을에 내려온 정부균은 흔감한 얼굴로 주막을 찾았다. 그자리에서 정태선이 정부균의 사상을 두고 시비를 걸어왔다. 평소 두 사람은 사이가 그리 깊지 않았다.

"니가 무슨녀러 사회주의 사상가라고 걸핏하면 무산대중을 찾냐?"

정태선은 밑도 끝도 없이 시비조로 나왔다. 정부균은 대꾸할 가치가 없다고 밀어 던졌으나 자꾸만 심기를 건드렸다. 에라, 이 자식. 개량지주 수각통이나 더듬는 놈이 어디서 흰소리야? 참다못한 정부균은 불끈 자신도 모르게 주먹다짐을 하였다. 의도적으로 시비를 걸어온 것인데, 정부균이 거기에 말려든 꼴이었다. 정부균은 상해죄로 고소를 당하자 그로인하여 조직이 발각될까 염려한 나머지 뭍으로 피신하였다. 당분간 강진 김옥도에게 신세를 지기로 하였다. 졸지에 조직의 지도자를 잃게 되자 잠시 그 활동을 수면 아래로 가라앉힐 수밖에 없었다. 가을이 들어서야 정병생의 집에서 회합을 갖고 실천운동을 전개하기로 하였다. 그리고 정문두를 조직의 책임자로 다시 선임하였다. 이에 따라 정문두는 조직을 개편하였다. 조직부 책임에 정문두, 선전부 책임에 김경태, 구원부 책임에 박천세를 임명하고, 하부조직인 농민반의 책임자도 새롭게 선정하였다.

"지가 뭔디 정병생과 나는 부원으로 남게 하는 거여?"

이영직이 자신을 소외시킨 데에 불만을 내쏟았다.

"뭘 그렇게 서운해 하는거. 다 생각이 있어서 그런 것인디."

곁에서 정병생이 말리는 데도 수그러들지 않았다.

"자네는 쓸개도 없는 거여? 의도적으로 우리 두 사람을 배제시킨 걸몰라. 지가 뭐길래 조직을 독차지해. 오늘로 탈퇴하겠어."

이영직은 기어코 문을 박차고 나갔다. 갑작스런 이영직의 조직 이

탈은 정부균의 부재와 함께 충격을 안겨주었다. 다시금 조직을 정비하
였다.

　－청년반; 정문두(책임), 김경태, 박천세, 정병생
　－구성리서구 농민반; 정병생(책임), 정복팔, 박경남, 정덕채, 김성도,
　　　김복수,
　－구성리동구 농민반; 박천세(책임), 박만세, 정석추, 김두환, 박한세,
　　　김두문.
　－죽선리 농민반; 김경태(책임), 김영진, 장정돈, 김윤석, 김선이, 김기
　　　석,
　－탄도리 농민반; 정문두(책임), 정무병, 김철공, 정병완, 정부명

　그들은 실천운동의 방향과 조직의 발각을 방지하기 위해 기념일 투
쟁을 일상 투쟁에 연결시켜 나갈 것을 다지고, 각 부락별로 송년회를
가지기로 하였다. 박천세 집에서 구성리동구 농민반의 송년회를 비롯
하여 구성리서구 농민반, 탄도리 농민반, 죽선리 농민반의 송연회를 차
례로 가졌다. 송년회를 빌미로 그들의 결속은 더한층 공고히 굳어졌다.
겨울철 김 생산 때는 모임을 자제하였으나, 각개의 우의는 얼음장 속에
흐르는 물처럼 청아하게 이루어졌다. 나들이목에서 썰물을 기다리면서,
김을 발라 널면서, 그들은 가벼운 농담 속에 자신들의 정보를 나누어
가졌다.

　"저건 김공개네 밀무역선 아닌가. 외상으로 잔뜩 해태를 싣고 가더
니 빵빵하게 짐을 싣고 돌아오네."

　"또 한껏 폭리를 취하였것제. 저 노인네 마작뿐만 아니라 아편도 입
에 댄다고 하던디, 말년이 훤히 보이는 듯하이."

김발이 끝날 즈음 주문한 물건을 잔뜩 싣고 일본에서 돌아오는 밀무역선을 바라보며 한마디씩 씹어 삼켰다. 밀무역선은 원뚝머리에 이마를 짓찧었다. 그리고 화물을 부려놓았다.

"가만, 저그 불난 집이 정부명의 집 아닌가?"

"맞네. 어서 가서 불을 끄세."

사람들은 화물을 부리다말고 불난 집으로 내달았다. 그러나 삼간초옥은 그들이 미처 손을 쓸 사이도 없이 한줌 잿더미로 내려앉았다. 정부명은 바다에서 돌아와 망연자실하였다. 당장 식솔들과 누울 자리가 없었다. 정문두는 지체하지 않고 사발통문을 보냈다. 정부명이 화재를 당하여 누울 자리가 없으니 상부상조 힘을 모아 집칸이라도 마련해 주자는 것이었다.

"당연히 그래야제. 울력 것으로 목재를 구하고 십시일반 돈을 모아 경비를 충당하드라고."

회원들은 일치단결 집을 지을 목재를 구하는 한편 금품을 기부하였다. 그리고 결사의 운동자금과 희생동지들을 구원하고 빈곤한 동지들을 위해 그 동안 모아두었던 좀들이 자금을 풀었다. 집을 지을 때도 회원들은 한마음으로 부역을 하였다. 정부명은 새삼 회원들의 노고에 감사하였다. 정부명이 새로 개축한 집에 드는 날 회원들은 정부명의 집들이 겸 술잔을 돌리며, 오는 5월 1일 메이데이는 감시의 눈초리가 심하므로 그 다음날 밤 부락 뒤 단골산 서당골에서 모임을 가지기로 하였다. 그날은 모처럼 정후균도 참석하였다. 정후균은 그간 한차례 뭍을 돌아보고 귀향하였다.

"메이데이에 대해 자세히 설명 좀 해주드라고."

죽선리 농민반 장정돈은 뒤늦게 가입하였는지라 아무래도 그날이 무슨 날인지 가늠하지 못하였다.

"정후균 동지께서 설명해 주는 게 낫것는디."

박천세가 정후균을 일으켜 세웠다. 정후균은 메이데이 역사와 의의를 자상하게 말하였다. 예부터 서양에서 봄을 맞이한 5월 1일에 베풀던 오월제로서, 고대 로마의 꽃의 신인 플로라의 제일(祭日)이기도 한데, 유럽 각 나라에서는 이날 오월의 여왕을 뽑아 화관을 씌워주고 노래하고 춤을 추면서 하루를 즐긴다.

"허나, 우리가 기념하는 메이데이는 매년 5월 1일에 베푸는 국제적 노동제를 말하는 것이네. 1886년 5월 1일 미국의 전노동단체가 8시간 노동을 슬로건으로 시위운동을 일으킨 데서 비롯된 것이네. 1889년 파리에서 열린 제2인터내셔널 창립대회에서 이날을 노동자의 국제적 제일로 정하였네. 말하자면 국제적인 노동절이라 할 수 있네."

"그렇다면 우리가 국제적 노동절을 기념하는데 있어 일제가 감시의 눈초리를 보낼 게 뭔가."

"일제식민자본주의의 행패라 할 수 있네. 그리고 차제에 우리의 운동방침을 개선할 필요가 있다고 생각하네."

"좋은 의견이네. 대안이 있으면 말해 보시게."

"보다 적극적으로 나아가야겠다는 것이네. 기존의 농촌진흥조합 등 합법적인 조합에 들어가 투쟁을 전개하자는 것이네."

"찬성이네."

"그럼, 그 운동방침은 좀 더 숙고하고 나서 다음 회합 때 다시 의논하기로 하고, 오늘은 메이데이를 기념하는 것으로 마치것네."

정문두의 산회로 가볍게 술잔을 돌리고 헤어졌다. 그리고 그들은 다음 회합을 갖고, 음력 7월 15일에 열리는 각 부락회의에서 해태양식지 분급요원을 조직원 가운데 다수를 선출하기로 결의하였다. 보다 적극적으로 실천운동을 전개하자는 개선책의 일환이었는데, 그 같은 결정은 곧바로 행동으로 옮겼다. 그 결과에 만족한 그들은 11월 7일 러시아 혁명기념일에는 감시의 눈을 피하여 각 반별로 회합을 가졌으며, 다음 달에는 일본, 독일, 이탈리아가 방공협정을 체결한 바, 이는 자국 내의 무산계급을 압박하는 것으로 이들의 식민자본주의제도를 폭로하고 일층 단결하여 일제식민자본주의제도를 타도하자고 결의를 다졌다. 이어서 설 전날을 이용하여 송년회 겸 신년회를 가졌고, 각 반별로 외보강좌를 들었다.

"신년에도 한 걸음 더 나아가 기존의 합법단체에 들어가 활동하면서 이를 적극적으로 이용하기로 하세."

"우리의 실천운동을 진일보 발전시키자면 오는 6월 완도해태조합 총대 선거가 있는디, 누군가를 입후보자로 내보내는 것도 좋을 듯싶으이."

"누가 좋겄는가?"

"정문두 자네가 나서게. 우리가 적극적으로 나서면 충분히 승산이 있네."

"모두의 의견이 그렇다면 흔쾌히 나서겠네."

정문두는 수락을 하였다. 이에 각 반 조직원들은 일찍부터 정문두의 당선을 위해 일치단결 총력을 기울였다. 그러한 노력으로 정문두는 거뜬히 총대에 당선되었다. 이에 회원들은 한껏 고무되어 결속을 공고히 하였다. 그러나 정문두의 독선적인 행동노선에 이번에는 박천세가 반기를 들었다. 주위의 만류에도 불구하고 조직을 탈퇴하였다. 정병래, 이영직에 이어 믿었던 박천세마저 조직을 이탈하자 정문두, 김경태, 정병생 등 전위그룹인 청년반과 정후균은 김경태의 집에서 모임을 가졌다. 그들은 종래의 파벌투쟁을 청산하고 하부로부터 상층으로 조직을 결성하여 질적인 선동을 전개해 나가기로 하였다. 하부로부터 상층으로 강력한 운동을 펴 나갈 필요가 있다는데 합의한 그들은 교양자료로서 뉴스를 자체적으로 발간하기로 하였다. 이에 따라 다시금 회합을 갖고, 지금까지의 운동은 소부락내의 실천운동에 지나지 않았으므로 앞으로 광범위한 협의체로서의 운동을 전개하여 다수의 동지를 규합하고 강대한 조직을 구성하기 위해 새로운 조직을 만들기로 하였다. 그들은 새로운 조직의 이름을 잠정적으로 '조약도ML회건설준비공작그룹'으로 정하고, 어느 정도까지 동지들을 규합한 뒤 호남전역에 이 운동을 확산시켜 나가기로 하였다. 호남ML회의 건설을 자신들의 목표로 설정하였고, 따라서 조약도ML회를 그 교두보로 삼은 것이다. 그리고 전국적인 협의체와 연계한다는 원대한 포부를 다졌다.

"이제부터는 그 동안 조약도에 국한하였던 운동의 범위를 호남뿐만 아니라 전국적으로 확산시켜야겠네."

정후균은 운동의 목표를 분명하게 지역전위정치조직의 결성으로 확대 설정하였다. 그리고 각 부서의 책임자로, 기관지부와 외부 책임에 정후균, 구원부 책임에 정병생, 선전부 책임에 정문두, 조약도 책임에 정문두, 조직부 책임에 김경태를 각각 선임하였다. 아울러 기존의 하부조직은 새 단체의 하부조직으로 그대로 존속시키기로 하였다.

"기관지부를 신설한 것은 기관지 '뉴스'를 발간하기 위한 것이네."

정후균은 전남운동협의회재건위원회(뒤에는 공작그룹)의 외곽에서 활동을 전개하기로 다짐하였다. 실질적인 지도세력이었다. 정후균은 곧바로 고금도 세동에 사는 김광준을 비롯하여 몇 사람의 동지를 집으로 불러 일본인 스즈끼 농장의 간척지 문제와 관련하여 농민을 조직화할 것을 지시하였다.

"세동 간척지를 염전으로 일구어 막대한 이익을 보지 않는가. 매판자본의 부당함을 폭로하고 거기에서 종사하는 노동자들의 의식을 일깨우는 한편 그들의 이익옹호를 위해 초석을 다지게."

"그건 당연한 과제가 아닌감."

김광준과 함께 자리한 정병생은 전적으로 공감하였다.

"스페인에서는 인민전선파가 승리하여 공화국을 건설하였고, 중국 소비에트정부는 강서성 성도로 천도함과 동시에 중국 전토가 적화과정에 있네. 그걸 보더라도 세계정세는 공산혁명 쪽으로 기울고 있네. 우리도 일치단결하여 일제의 식민자본주의를 타도하기 위해 매진해야 하네."

정후균은 그렇게 세계정세를 설명하고 나서 금당도에 건너가 차우리에 사는 강자수와 강두석을 만나 같은 요지의 말로 실천운동을 전개할 것을 부탁한 뒤 소안도로 건너가 이배수를 찾아보고 나서 김유전과 이한선을 만나 상해와의 연결 고리로 운동을 개진해 나가자고 하였다. 그 문제는 추후 다시 의견조율을 하기로 하고 읍내로 발길을 향하였다. 읍내 대신리에 사는 장명재를 만나보기 위해서였다. 황동윤을 통하여 장명재와는 오래 전부터 교류를 가졌는지라 쉽게 공감대를 얻어냈다.

"우리의 운동은 하부 부락으로부터 상부로 향하여 전개해 나가야 하기 땜새 각 부락의 동지들을 확보해야 하네."

"걱정 말게. 황동윤 선배님의 영향이 큰만큼 가닥을 넓혀나갈 것이네."

정후균은 장명재의 믿음직스러운 결의를 뒤로하고 내친김에 해남으로 건너가 김홍배와 오문현의 영향을 받은 몇몇 동지를 찾아보고 결의를 다졌다. 돌아오는 길에 고금도에 들러 이기홍, 이현열, 최창규를 차례로 만나 외연확대의 필요성을 역설하였다.

"우리야 알다시피 전면에 나설 수 없지만 전남운동협의회는 재건되어야 하네. 자네가 발 벗고 나섰으니 뒤에서 진력을 다함세. 하부세포조직을 결성할만한 친구들을 자네도 알고 있지 않는가."

"제가 따로 그들을 만나보겠소만, 선배님들께서 회초리로 후려치듯 일으켜 세워야 합니다."

정후균은 단단히 다짐을 놓은 뒤 집으로 돌아왔다. 한동안 몸을 낮추어 동정을 살피다가 관산리에 사는 곽사길을 만나 서로의 마음을 교환한 다음 장흥으로 건너갔다. 대덕면 도청리에 사는 이병진과 이병익을 만나기 위해서였다. 그 두 사람은 한때 박 진사에게 학문을 수학하였다.

연분홍 봄날은 멀었네

1

곽사길은 정후균과의 대화를 곱씹었다. 야학을 경영하기에 전남운
동협의회재건위원회의 정식 조직원은 될 수 없었으나, 그들의 실천운
동에 크게 공감한 터였다. 어디까지나 외연조직원의 한 사람으로서, 관
산리에서 동지들을 규합할 것과 야학에서 전위투사를 양성해야 한다는
데에 합의하였다.

곽사길은 최선일, 최경윤과 함께 관산리 동쪽 마을과 서쪽 마을에 야
학을 개설하여 정규학교에 가지 못한 가난한 아동들을 가르치기로 하
였다. 곽사길과 최선일은 동쪽 마을 관산재 아래에 위치한 천도교 교당
에서 기존의 천도교 야학당을 확장하여 노동야학교를 개설하고 약 삼
십 명의 아동들을 모아 가르쳤다. 교사로는 곽사길, 최선일, 신인균이
맡았으며, 조선어, 일본어, 산술, 창가, 작문 등을 교재로 하였다. 최경윤
은 독자적으로 관산리 서쪽 마을에서 야학을 열기로 하였으나 여의치
않아 함께 합류하여 관리와 재정을 담당하였다.

곽사길은 관산리에서 태어나 약산사립학교를 졸업하고 서울로 올라

가 경성고학당을 잠시 다닌 뒤 세탁소에서 일을 하다가 귀향하여 김옥
도와 최세룡의 영향을 받고 사회주의 사상을 배양하였다. 특히 김옥도
와는 이웃지간이어서 수시로 들고나며 공산주의 이론과 서구사상을 깨
우쳤다. 최선일은 곽사길과는 3년 후배로 관산리에서 태어나 완도공립
보통학교를 졸업하고 고향에서 농어업에 종사하다가 뜻한 바 있어 상
경하여 경성사립음악학원에 입학하였으나, 곧바로 퇴학하고 고향에 내
려와 농어업에 종사하였다. 곽사길과 박동규의 영향으로 사회주의 사
상과 반일사상을 지니게 되었다. 최선일은 어려서부터 음악에 소질이
있었는데, 결국 뜻을 이루지 못하고 좌절한 것이다. 농민가를 나름대로
편곡하여 학생들에게 즐겨 가르쳤다.

　－우리들의 이름은 농민이로다
　　논귀 밭귀 언덕에서 호미 낫 들고
　　피와 땀을 흘려가며 쉴 사이 없이
　　세상사람 먹이를 지어내누나

　－그러나 이 세상은 어쩌하는지
　　놀고도 호의호식하는 자 있고
　　일하고도 한술 밥 한 벌 옷 없어
　　빈한과 천대에 우는 자 있다

　－사랑하고 정 깊은 우리 동무야
　　이 빈한과 이 천대를 면하려면
　　지식과 단결이 유일한 무기
　　모여라 모여라 우리 글 집에

철없는 아이들은 그 속에 담긴 뜻을 알지도 못한 채 신명나게 불렀다.

"야, 이놈아야. 그런 노래 함부로 부르는 게 아니다. 야학당에서 조용히 부르면 몰라도."

부모들은 집에 돌아와 흥얼거리는 자식 놈들의 노래를 들을라치면 생경하기만 하여 귀퉁머리를 주었다. 그럴 때마다 아이들은 혀를 날름 빼물고는 하였다. 곽사길과 최선일은 그보다 한술 더 떴다. 틈이 날 때마다 의식을 교화시켰다.

"여러분, 있는 집 자제들은 주간학교에서 배우고 있는데, 우리 가난한 집 자식들은 교실도 없는 좁은 방에서 캄캄한 야밤에 시간을 쪼개어 피로한 몸으로 공부하고 있습니다. 이는 지금 세상이 일제식민자본주의가 착취를 일삼는 가운데 빈부의 계급이 조성되어 있기 때문입니다. 친일분자들이 거기에 가세한 것입니다. 여러분들은 열심히 공부하여 현대사회를 개혁하고 식민지배로부터 벗어나 빈부계급이 없는 독립 국가를 건설할 인재가 되어야 합니다. 여러분은 그 점을 잊어서는 안 됩니다."

곽사길은 작문시간에도 철저하게 아이들의 의식을 일깨웠다. 곽사길은 최경윤에게도 곧잘 야학을 개설한 근본 취지를 진지하게 말하였다.

"아이들을 너무 한쪽으로 치우치게 하는 게 아닌가?"

"아닐세. 야학을 개설한 뜻은 무산아동들의 문맹퇴치를 목적으로 하는 한편, 오늘의 일제식민자본주의 사회를 타도하고 빈부의 계급이 없는 공산주의에 기초한 사회를 건설하기 위함 아닌가. 그러자면 무산아동들의 교양이 무엇보다 중요하네. 우리의 사명은 그러한 사회로 나가도록 전력을 기울이는 데 있네."

최경윤은 곽사길의 열변을 제지하려다 그만 두었다. 모든 사상과 교양은 봄바람이 불 듯, 이슬비에 옷자락이 젖듯 유연하고 부드럽게 고양시켜야 하는데, 너무 성급하게 앞서가는 것 같았고, 성난 울부짖음과도 같은 열변으로 결과를 보려고 하였다. 아니나 다를까, 아이들의 노랫소리가 일본순사의 귀에 들어갔다.

"누가 그런 노래를 가르친 게냐?"

나까무라 순사는 관산고개를 넘어오다가 고갯마루에서 염소를 먹이면서 노래를 부르는 아이놈을 불러 세워 닦달하였다.

"우리 선상님이요."

"느그 선상님이 누군데?"

"우리 야학당 선상님이요."

"야학당이라고? 이런 불온한 작자들이 있나."

나까무라 순사는 발길을 돌려 야학당 문을 거칠게 두드렸다. 아무런 기척이 없었다. 밤이 되어야만 선생과 학생들이 나온다는 사실을 깜박 잊고 있었던 것이다. 나까무라 순사는 주재소로 돌아오자 벼락 치듯 조동을 불렀다. 대답이 없었다. 이놈아가 어디를 싸대갔나. 나까무라 순사는 급사아이에게 조동을 찾아오라고 불호령을 내렸다. 조동은 한참 뒤에 달려와 부동자세를 취하였다.

"부르셨습니까?"

"도대체 네놈은 요즘 어디다 정신머리를 저당 잡힌 게야? 요것 봐라. 대낮에 술까지 퍼 마시고."

"죄송합니다요. 점심 반주로 한잔하였구만요."

"점심 반주라고? 팔자 한번 좋구만. 언제부터 네깐놈이 부르주아 행세를 하게 됐냐? 지금 어떤 시대적 사명이 우리에게 부여됐는지 아느냔 말이야. 대일본제국에 충성을 맹세하였으면 자기 직분을 다해야 될 것 아니냐."

나까무라 순사의 구둣발이 사정없이 조동의 촛대를 깎아질렀다.

"저저이 옳으신 말씀이십니다요."

조동은 비명소리 대신 휘청거리는 자세를 바로 하였다.

"그런 녀석이 한가하게 낮술이나 처먹어? 너, 관산리 야학당을 들어 봤나?"

"가난한 아이들을 밤 시간에 가르치는 곳 아닌가라우."

"거기서 흘러나온 노랫소리를 귀담아 들어봤느냔 말이다."

"그건 금시초문인디요."

"그 따위 정신 가지고 어떻고롬 대일본제국에 충성을 한단 말이야. 지금부터 야학당을 주시해. 무언가 꼬투리가 잡힐게야."

"곧바로 행동하겠습니다요."

조동은 경례를 올려붙이고 주재소를 나왔다. 이놈의 자식들이 말없이 가난한 아이들이나 제대로 가르칠 것이제, 또 무슨 쟁퉁을 부렸기에 이 몸을 고달프게 하는 거여. 조동은 정후균을 비롯하여 불온한 이웃들을 감시하기에도 진절머리가 나는데, 야학당까지 불온한 기운이 서려 있다니. 하여지간 조동은 상황이 어떻게 돌아가는지 정세파악에 신경을 쓰지 않았다. 밀무역선과의 짭짤한 거래와 영산댁에게 향한 욕정의 화신이 육신과 정신을 구렁이처럼 휘감았다. 굳이 치부라고는 할 수 없으나, 담장에 똬리를 틀고 있는 누런 구렁이만 보아도 황금으로 보일 만큼 돈다발이 굴러들어 왔다. 밀무역선과의 음성적인 거래. 해태조합 공판장에서 빼돌린 김 상자를 밀무역선에 실어 보내고, 그 이익금으로 이쪽에서 필요로 하는 물건을 실어와 이윤을 붙여먹었다. 다시 말해 공판장에서 눈치껏 빼돌린 김을 일본현지에서 고가로 팔았고, 그 돈을 고스란히 투자하여 이쪽에서 주문한 생활용품이나 화장품 따위를 도매로 들여와 엄청 값을 부풀려 넘겼다. 사람들은 빤히 비싼 줄 알면서도 울며 겨자 먹기로 부르는 대로 값을 쳐주었다. 그러는 동안 어느 정도 상술을 터득하였는지라, 돈이 될성부른 부잣집 마나님에게는 따로 고가품 선물을 안겨주면서 환심을 산 뒤 단골로 만들었다.

"그쪽 물건은 어쩜 그리도 좋다요. 이 화장품 향기 좀 맡아봐요."

"저야, 신용 하나로 물건을 팔지요이."

돈 아까운 줄 모르고 고가품을 사제끼는 부잣집 마나님을 속으로 눈 흘기면서도 한껏 부풀려 맞장구를 쳐주었다. 그렇게 요령껏 돈이 굴러 들어왔다. 돈이란 참 묘한 마력을 지니고 있었다. 야바위꾼들이 돈 놓고 돈 먹는다는 말을 절실히 실감하였다. 밑자리를 어느 정도 돈다발로 깔아놓자 저수지 물처럼 고여 나기 시작하였다. 이러다가는 머지않아 놀부네처럼 네모반듯한 기와집을 짓고도 남을 터였다. 암만. 기와집뿐이냐. 이 조동도 벼락부자가 되어 떵떵거리며 살 날이 있을 것이다. 그리고 거기에 딱 알맞는 영산댁을 마누라로 들여앉히고 보면 세상 부러울 것이 어디있남.

조동은 영산댁을 생각하자 금방 사추리가 발끈 성깔을 냈다. 그녀러 영감탕구도 돈맛을 이골이 나게 아는지라 조동이 기대한 대로 한 달 가까이 영산댁 치마폭에 휩싸여 지내더니만 누가 부르기라도 하는 듯 장삿길로 나섰다. 그때마다 조동은 기회를 놓치지 않고 김 첨지네 담장을 뛰어넘었다. 이제는 영산댁도 어느 정도 체념한 나머지 일하는 계집애를 적당한 구실을 붙여 심부름을 시키거나 따로 방을 쓰도록 하였다. 모르긴 몰라도 주위의 눈과 입소문을 두려워한 때문일 것이었다. 어쨌거나, 조동은 좋았다. 영산댁의 그 오묘한 온천수 속에 영혼의 뿌리를 담글라치면 삭신이 노골노골 녹아 내렸다. 전생의 연분인가, 아니면 타고난 합일인가, 조동은 시절이 더할수록 두드리는 대로 울리는 그녀의 악기소리를 듣노라면 아늑한 나락으로 굴러 떨어졌다.

오늘도 김 첨지가 부재중이라는 낌새를 알아차린 조동은 점심을 반주로 한잔 걸친 다음 넌지시 암호를 보낸 터였다. 오늘밤 담장을 넘어 가겠노라고. 그렇게 몽환에 젖어 있는데 나까무라 그 자식이 도끼눈을 부라리며 촛대를 까다니. 자존심이 팍 상하였다. 야학당을 감시하라? 흥, 지가 뭔데? 내, 기와집을 짓는 날 네깐놈은 머리를 숙이고 알랑방귀를 뀔 것이여. 나도 얼마든지 유지 노릇을 할 수 있다고. 돈은 자고로 날개라는 것을 모르는 거여? 조동은 멍울이 진 정강이를 걷어올려 약을 바르며 이를 깨물었다. 쓰리고 아팠다. 김이 새버린 자신의 마음을 위로할 곳은 오직 영산댁을 품 안는 것이었다. 밤 시간을 기다리는 마음은 더없이 초조한 데, 그 위에 야학당에 불이 켜지기를 기다려야 한다니. 에라, 이왕 적신 몸 술이나 한잔하며 시간을 기다리자. 조동은 가까운 술집을 들어섰다. 술집작부들도 돈 냄새를 아는지라 조동을 대하는 품새가 어제와는 달랐다.

조동은 기분 좋게 취한 몸으로 관산재를 넘어 야학당을 찾았다. 검게 그을린 램프불 밑에서 아이들이 잠을 매달고서 공부를 하고 있었다. 가만히 창틈으로 안을 엿보니 신인균선생이 일본어를 가르치고 있었다. 그리고 이어서 산술을 가르쳤다. 제에길, 노래는 무슨녀러 노래여. 대일본제국의 나라말을 가르치고, 씨알도 먹히지 않는 산술을 가르치는디. 즈그들이 뭔 통뼈라고 불온한 창가를 함부로 고성 방가할 수 있간디. 나까무라 그 자식, 괜히 할 일이 없응께 군기를 잡은 거여. 아이구메, 저놈의 산술. 난 돈 세기도 벅차든만. 아니여, 나도 이참에 산술을 쪼깐 배울까? 그래야 눈뜬장님 신세를 면하제. 아니, 아니, 돈은 애초부터 눈과 귀를 달고 있들 않으니께. 지나내나 눈뜬장님 신세는 마찬가지 아닌감. 무르팍으로 꾹꾹 다져가며 세는 게 돈의 생리여. 무식하기는 마찬가지인 김도치도 셈이 밝은 귀청이를 고용하여 돈다발을 세지 않든감.

산술시간이 끝나고 곽사길이 작문을 짓도록 하였을 때, 조동은 끄윽,

나오려는 트림을 간신히 누지르며 야학당을 떠났다. 작문이라니. 산술보다 더 해골이 아팠다. 머리를 쥐어짜며 글을 짓는다는 것은 할 일 없는 가난한 선비 나부랭이들이나 할 짓이었다. 조동은 한가롭게 관산재를 넘어섰다. 그리고 김 첨지네 집 담장을 뛰어넘기 위해 신발을 고쳐 신었을 때, 야학당에서는 농민가가 조용히 울려 퍼지면서 불이 꺼졌다.

조동은 이제는 익숙하게 담장을 뛰어넘을 법 한데 조심스럽게 주위를 살피고 난 뒤 살포시 뛰어넘었다. 첩자로서의 생리가 어느 틈에 몸에 익은 것이다. 조용히 뒷문을 열고 고양이처럼 방안에 들어섰다. 오늘따라 영산댁은 조촐한 주안상을 차려놓고 기다리고 있었다. 뜻밖이었다.

"웬, 술상이랑가?"

조동은 그녀 곁에 앉으며 두릿한 눈으로 바라보았다. 그녀만이 지니고 있는 향기가 코를 자극하였다. 담뿍 안고 싶었다.

"오늘은 긴히 할 이야기가 있어서요."

그러고 보니 영산댁의 얼굴 한편에 수심의 그늘을 드리우고 있었다. 그게 오히려 조동의 욕망을 자극하였다.

"긴히 할 이야그? 계집애는 어디 갔소?"

"잠깐 친정에 심부름 보냈어요."

"할 이야그가 뭐요?"

조동은 덩달아 긴장하였다. 도둑고양이처럼 월장하여 불륜을 저지르지 않는가. 만에 하나 입소문으로 주재소주임에게 들어간다면 백 번 죽인다 해도 변명할 여지가 없었다.

"우선 술이나 한잔 드시지요. 그 동안 서로가 육신을 헐어놓았는데도 정겹고 오붓하게 자리 한번 마주 못했네요."

"그건, 그랴. 꼭 신방에 든 기분인디."

조동은 그녀가 처올리는 술잔을 기분 좋게 비우고 나서 그녀에게 술잔을 안겼다. 그녀는 사양하지 않고 조용한 태깔로 술잔을 받았다. 그 모습이 선정적이었다.

"제 말을 조용히 들으셔요. 제 몸이 이상해요."

두어 순배 술잔이 오고가자 그녀는 나직한 한숨소리로 말하였다.

"이상하다니?"

"홀몸이 아닌 것 같아요."

그녀는 금세 두 눈에 눈물이 그렁하였다. 차마 떠올리고 싶지 않은 고백이었다. 이것은 막다른 골목이나 다름없었다.

"그, 그게 정말이오?"

조동도 놀라기는 마찬가지였다. 그 같은 상황이 오리라고는 전혀 예상하지 못하였다. 술이 확 깼다.

"달거리가 없어요. 간혹 헛구역질도 나고요. 아시겠지만 영감께서는 생산할 능력이 없어요. 그런대로 잠자리는 가능하지만……."

"이거, 참. 너무 졸지에 당하는 말이라서……. 가만있자, 그라면 내 생명이 틀림없는 게요?"

"야밤에 월장하여 겁탈한 사람이 거기 말고 또 있소?"

그녀의 눈꼬리가 상큼 치켜 올라갔다. 누가 오늘의 불행을 심어 주었는가. 순간 분노가 바르르 일었다. 꼭 조동에게 향한 분노만은 아니었다. 진즉 혀를 깨물지 못한 자책감을 넘어선, 자신에게 향한 분노가 핏물로 배어났다.

"그럼, 좋소. 낳아뿐지시오. 그리고 아담한 집을 짓고 우리 함께 삽시다."

"욕심도 많으시오. 어떻게요?"

"방법은 생각 나름 아니것소. 포대쌈을 한다든가, 어디 멀리 도망을 간다든가, 그만한 돈은 모아두었소."

"나는 우리 집 영감님을 배반할 수 없어요. 죽음 직전의 우리 어무니를 살려주셨웅께요."

"시방 우리가 직면한 중차대한 절박한 현실을 놓고 그런 케케묵은 감정을 내보일 수가 있소? 까짓것, 큰 맘 묵고 탈출을 시도합시다. 나도 그만한 각오쯤은 있으니께. 어떠한 희생도 달게 받을 것이오."

"불가능을 가능으로 전환한다? 술이나 마저 드셔요."

그녀는 혼잣소리 비슷하게 반문하며 술잔을 처올렸다. 조동은 취하기로 하였다. 오늘은 일진이 엉망이었다. 아니여, 내가 그녀 가슴 속에 뿌리를 심은 거여. 이제는 아무도 넘볼 수도, 소유할 수도 없는 내 사랑이여. 흐흣, 잡것. 담장을 뛰어넘은 보람이 있구만. 조동은 술에 젖은 육신으로 그녀를 담뿍 끌어안았다. 그리고 다른 날보다 더 격렬하게 사랑을 나누었다. 너는 내 것이여, 내 사랑이랑께. 뜨거운 온천수를 뒤집어쓴 채 모로 곯아떨어진 조동은 새벽녘에 눈을 떴다. 심한 갈증이 일었다. 그녀가 조용히 자리끼를 올렸다. 이건 영락없는 신혼부부였다.

"우리 일은 염려 놓으시오. 내, 이틀 뒤에 올 테니께. 모든 만반의 준비를 하고 기다리시오. 운명이 가라는 대로 갈 것인께."

조동은 자리끼를 들고 잠자리에서 일어났다. 옷을 추슬러 입고 곧장 담장을 넘어 파도 철썩이는 선창가에 내달아 숨을 들이마셨다. 새벽별이 유난히 밝게 빛났다. 그려, 내 새벽별을 바라보고 그녀를 안고 갈 것이여. 조동은 아득한 눈길로 생각에 잠겼다. 이렇듯 생각이 복잡하고 미묘한 감정은 난생 처음이었다.

이틀 뒤 조동은 자신의 계획을 실행에 옮겼다. 김 첨지네 담장을 뛰어넘은 조동은 그녀와 마주 앉아 한잔 술을 나누고 나서 다짜고짜 그녀를 포대쌈하였다.

"이, 이게 무슨 짓거리요?"

그녀는 마음속으로 단단히 각오는 하였지만 막상 우격다짐 식으로 나오자 적이 당황하였다. 아무리 무식하기로서니 포대쌈이라니. 제 발로 걸어 나가도 충분할 것이었다.

"답답하것지만 이 방법이 제일인께 쪼끔만 참드라고. 배에 오르면 해방을 시켜줄 텐께."

조동은 불문곡직 그녀를 을러멨다. 의외로 가벼웠다. 가벼운 이 몸피로 육중한 이내 육신을 받아들이다니, 알다가도 모를 조화가 아니고 뭔가. 조동은 포대를 둘러메고 선창가로 나왔다. 그리고 미리 준비해둔 배에 올랐다. 서둘러 노를 저어 한바다로 나갔다. 삐그덕, 삐그덕, 노 젓는 소리가 유난히 크게 들렸다. 바다 한가운데로 나온 조동은 안심이다 싶어 포대를 풀고 그녀를 밖으로 나오게 하였다.

"어디로 가는 거요?"

그녀는 숨을 깊이 들이쉬며 주위를 둘러보았다. 칠흑바다였다.

"걱정 꽉 덜시오. 가노라면 목적지에 닿을 것인께. 이게 내가 모은 돈이요. 이 정도면 어디를 가더라도 배 두드리며 살 것이오."

조동은 만면에 웃음을 담았다. 불안과 절망 속에서 마침내 쟁취한 승리감이 등줄기를 타고 흘렀다. 이제는 볼 것 없이 내 사람인 것이다.

"금메요. 돈만 가지고 살 수 없는 게 인간사요."

"아직도 두렵소? 여기 술이 있응께 넓은 바다 한가운데서 우리만의 시상을 누려봅시다."

조동은 노를 거두고 고물에서 술병과 마른 문어를 안주로 내왔다. 모든 준비가 철저하였다.

"하늘의 별들이 이렇듯 영롱한 줄 몰랐어요. 구슬처럼 금방이라도 쏟아져 내릴 것만 같네요."

"우박처럼 쏟아져 내렸으면 좋것소. 자, 듭시다. 우리의 출발을 위해.”

　조동은 마냥 행복하였다. 그녀는 술잔을 사양하지 않고 들었다.

　“정말 우리가 행복할까요?”

　“말이라고 하는감. 이 조동이 흙속에서 진주를 캐냈는디 행복하지 않고요.”

　“세상사 내일은 아무도 모르는 법. 저는 그저 앞날이 두렵기만 하네요. 어떻게 포대쌈을 생각했어요?”

　“옛날에는 홀아비가 포대쌈을 해오면 도리 없이 살아야 하잖소. 불현듯 그 생각이 떠올라 실행에 옮긴 것이오. 웬고허면 내가 포대쌈을 했다고 소문이 나더라도 그쪽에서는 아무런 상처를 입지 않는다는 것이오. 나만 못된 놈으로 욕 얻어 묵으면 되는 거요. 다 그쪽을 위한 발상이오.”

　“고맙다고 할까요?”

　“헌디, 막상 포대쌈을 하고본께 옛날 홀아비들의 절박한 심정을 어느 정도 알 것드구만.”

　조동은 후훗, 웃음을 지었다. 그녀가 기우뚱 몸을 가누며 일어났다.

　“잠시 돌아앉아요. 소피를 좀 볼 테니께요.”

　“괜찮어. 아무데나 쭈그리고 앉아 볼일 보아요.”

　“아녀자의 부끄러운 면까지 눈요기하겠다는 거예요?”

　“알았응께.”

　조동은 별 것을 다 가지고 까탈을 부린다고 속으로 군시렁거리며 돌아앉았다. 그녀는 파도에 깝죽거리는 뱃전을 더듬어 앞 이물께로 나갔다. 그리고 다음 순간 풍덩 소리와 함께 파도말이 뱃전에 튀겼다. 조동은 깜짝 놀라 돌아앉았다. 그녀가 보이지 않았다. 웨메, 이 잡것. 조심허들 않고 어쩌다 바닷물에 빠졌디야? 조동은 허둥지둥 앞 이물로 달려갔다. 그녀가 물속에서 허우적거리며 곤두박이치고 있었다. 삿대를 집어 들었으나 미치지 않았다. 황망히 노를 저어 다가갔을 때는 그녀의 모습은 보이지 않았다. 그녀가 벗어놓은 신발짝만 무언가를 말해주고 있었다. 조동은 그녀의 신발짝을 움켜쥔 채 망연히 넋을 잃었다.

2

한대진은 고대하던 손자를 보게 되었다. 억지로 장가를 보내자 그 반발심으로 방학 때도 아예 얼굴을 내비치지 않던 한장서였는데, 설날만은 어쩔 수 없이 집에 내려왔다. 측은지심이라고나 할까, 명색이 부인이라고 한 이불을 둘러쓴 마누라가 미안스럽기도 하여 부부의 정을 나눈 것인데 결실을 맺은 것이다.

"허허, 그 녀석. 이목구비가 뚜렷하다."

한대진보다 대감할미가 더욱 흐뭇해하였다. 자손이 귀한 집안에 떠억 하니 아들 농사를 지었으니 흔감할 수밖에 없었다. 기쁜 마음으로 한장서더러 내려오라는 소식을 전하였으나 가타부타 도무지 반응이 없었다.

정후균은 장흥을 가는 길에 한대진을 뵙기 위해 대문을 들어서려다 말고 걸음을 멈추었다. 금줄이 처져 있었던 것이다. 빨간 고추가 매달려 있는 것으로 보아 아들인 듯한데 종잡을 수가 없었다. 누가 아들을 낳았지? 한장서? 하지만 그 친구는 장가를 들고 나서 아예 서울에 붙박혀 지내지 않는가.

"들어가지 않고 왜 그러고 서 있남."

등 뒤에서 누군가 의식을 일깨웠다. 박 서방이었다.

"금줄이 쳐져 있지 않는가요."

"장서가 아들을 낳았구만."

"그래라이. 저는 이만 가 볼라요. 자손 귀한 집에 경사가 났는디 무슨 까탈이 붙으면 어쩔 것이오."

정후균은 돌아섰다. 한대진을 뵙고 대덕 박 진사를 찾아볼까 하였는데, 그냥 돌아설 수밖에 없었다. 정후균은 그 길로 옹암을 건너뛰어 대덕면 도청리에 사는 이병진과 이병익을 만났다. 그들은 박 진사의 제자로, 한대진이 다리를 놓아 준 셈이었다. 지난번에도 만났지만 만날 때마다 마음이 가는 동지들이었다. 두 사람은 술을 즐겨한 만큼 풍류도 녹녹치 않았다. 정후균은 그런 분위기가 싫지 않았다. 남도 육자배기가 그대로 묻어난 때문이었다.

"자네는 말이여. 우리의 풍류를 제대로 몰라. 뭔 말인지 알것는가? 사상과 이론으로 무장한 딱딱한 머리일수록 감성이 제대로 무르녹아야 하는 거여. 그게 우리네 삶의 희노애락 아닌감. 마르크스나 엥겔스도 서릿발 같은 사상 그 뒤울안 쪽에는 풀벌레 울음소리 같은 감성적인 일면을 지니고 있었다고 하였네. 마르크스가 얼마나 소설과 시를 좋아했는가?"

"그걸 왜 모르것는가. 나도 시를 좋아하네. 시속에 모든 세상사의 고뇌와 새로운 진보의 깃발이 묻어나지 않는가."

"자네의 입바탕은 얼음산이의 사설이여. 오늘은 무슨 일로 왔는가?"

"자네들이 잘 알지 않는가. 우리 농어민들이 피땀 흘려 생산하는 농작물을 누가 착취해 가는가. 일제와 일제에 빌붙어 사는 자들이 아닌가. 거기서 빈부의 차이가 생겨나고, 그러한 빈부의 계급이 없는 공정한 분배와 착취가 없는 사회를 성취하자는 것이네. 그러자면 일제로부터 해방되어야 하고 빈부 격차가 없는 민주사회를 건설해야 하지 않겠는가."

"허면, 우리 모두가 젊음을 산화해야것제. 우리는 내일을 향한 굳건한 동지네. 자네는 그 점을 안심하고 믿게나."

세 사람은 의기투합하였다. 정후균은 본의 아니게 넘치는 술잔을 받았다. 그들과 풍류를 즐긴 다음 박 진사를 찾아뵈었다. 제실을 보수하고 있었다. 살던 집과는 사뭇 떨어진 신리부락이었다.

"어디서 오는 길인가?"

박 진사는 제실 한옆에 지은 별채에서 서가를 정리하다말고 반겼다.

"제자 분들과 하루를 지냈습니다. 이곳에 아예 상주하실 모양입니다."

"그럴까 하네. 며느리가 손자도 낳았고, 아무래도 찾아오는 손님들이야, 집안이 번잡할 것 같아 조상들을 대하며 만년을 보낼까 하네."

박 진사는 한대진의 맏딸을 욕심 낸 끝에 기어이 며느리로 삼았다. 한장서가 장가가기 이태 전이었는데, 며느리는 시집 간 그 해에 아들을 낳았다.

"제자 분들은 그 말을 하지 않던데요."

"그 애들도 잘 모를 거야. 제실만 수리한다고 말했을 뿐 속내를 드러내지 않았거든. 대진 사돈은 잘 계시는가? 사돈지간이 된 뒤로는 예전 같잖아 격식이 옷차림 속에 묻어나 허름하게 잘 만나지지가 않네."

"오는 길에 들렀더니 금줄이 처져 있더군요."

"금줄이라면?"

"고추를 매달았더군요."

"허어, 경사로군. 내 당장 축하를 보내야겠네."

박 진사는 자기 집 일처럼 기뻐하였다. 안에서 차를 내왔다.

"숙취로 머리가 지끈거렸는디, 한잔의 차가 머리를 맑게 합니다."

"젊은 날 뜻 맞는 벗들과의 격식 없는 만남은 소중한 것이네. 자네의 일은 잘 돼가는가?"

"조약도에서는 한 백여 명 가까운 세포조직을 움직일 수 있습니다. 외연확대를 위해 나왔습니다."

"조그마한 섬에서 대단한 조직일세. 내친김에 옹암에 사는 김진우라는 청년을 한번 만나보지 않겠는가? 심성도 올곧고 사상도 뚜렷하느니."

"어르신께서 천거하신 분이라면 백두대간에 서있을지라도 찾아 봐야지요."

정후균은 차를 들고 나서 지체하지 않고 자리에서 일어났다. 박 진사는 굳이 붙잡지 않았다. 정후균은 옹암을 찾아들었다. 꼴을 베는 아이에게 김진우를 물었더니 정후균이 무질러 내려온 산등성이를 가리키며 소를 먹이고 있다고 하였다. 김진우는 소를 놓아먹인 채 풀숲에 앉아 책을 펼쳐들고 있었다. 중국어 교본이었다. 정후균은 인기척을 한 다음 박 진사의 소개로 찾아왔다고 자신을 밝혔다.

"그래라우. 도청리 이병익과 이병진과도 잘 아는 사이구만요."

"그렇다면 더욱 반갑소이. 중국어를 독학으로 배웁니까?"

"장흥 읍내 장터거리에서 중국요리집을 하는 화교가 있구만요. 그분한테 가뭄에 콩 나듯 찾아가 지도를 받구만이라우. 아무래도 만주나 상해로 나가야겠소."

"원대한 포부요. 그러기 전에 풀뿌리처럼 일제식민자본주의를 타파할 생각은 없으시오?"

"그러한 운동이라면 내 어찌 방관할 수 있것소."

"그럼, 주위의 뜻 맞는 동지들을 규합하여 우리와 연대를 강화합시다. 이병진과 이병익도 결의를 다진 터요."

정후균은 전남운동협의회재건위원회의 취지와 현재 진행되고 있는 실천운동의 방향을 간략하게 설명하였다.

"좋구만이라우. 뜻 맞는 동지들을 모아 보것소."

김진우는 막힌 가슴이 열린다는 듯 열의를 보였다. 정후균은 흡족한 마음으로 헤어졌다. 하룻밤 묵고 가라고 붙잡았으나, 훗날을 기약하고 발걸음을 재촉하였다. 강진 칠량 대장간을 들어섰을 때는 해가 서산 너머로 숨어들고 있었다. 강물을 시뻘겋게 물들인 노을빛은 여인네의 입술연지처럼 색성이 어리어 있었다. 마선은 해가 지는 줄도 모르고 웃통을 벗어부친 채 쇠메를 을러매고 있었다. 쇠메를 내리칠 때마다 이마에서 땀방울이 떨어졌다. 뜻밖에도 한장서가 그 모습을 넋을 잃고서 바라보고 있었다.

"자네가 어인 일인가?"

정후균은 깜짝 반가웠다. 득남을 하였다는 기별을 받고 내려오는 길인가?

"형님이야말로 여긴 웬일이오?"

한장서도 놀라기는 마찬가지였다. 한장서는 강진 읍내에서 내려오다 길가 대장간에서 쇠메를 내리치는 마선을 발견하고 반가운 김에 걸음을 멈추었다.

"언제라도 마음을 내려놓을 수 있는 아지트가 이곳에 있지 않는가. 자네는 득남을 했다는 소식을 듣고 내려오는 건가?"

"득남이라고요? 그건 또 무슨 말이요? 대감할머니께서 위독하다는 전갈을 받고 내려오는 길인데."

"자네를 불러 내리기 위해 위장전술을 썼구만. 어쨌거나, 득남을 축하하네."

정후균은 다정스레 등을 두드렸다. 득남이라? 한장서는 도무지 실감이 나지 않는다는 듯 입가에 푸실하게 웃음을 매달았다. 마음을 헤아릴 수 없는 그 어떤 무게가 가슴속에 내려앉았다. 이대로 그냥 서울로 올라가고 싶었다.

"음마, 자네 왔는겨? 이놈의 쇠메질도 힘들어 못해 묵것네."

마선은 대장장이가 두드려 달군 연장을 물속에 담금질할 때서야 이마의 땀을 훔치며 정후균을 반겼다. 풀무질에 익은 얼굴이 활기에 넘쳤다.

"일이 끝난 거요?"

한장서는 사위어 가는 불꽃을 바라보며 자신도 한번 쇠메를 을러매고 싶었다.

"바쁠 때는 어둠살도 모르네만, 어디 가서 목이라도 축이세."

"김옥도를 만나야지요."

"참, 그렇재. 자네가 온 목적이 거긴게."

마선은 웃옷을 걸치고 앞장섰다. 한장서는 가방을 열더니 신문과 잡지와 따로 포장한 책을 정후균에게 건네주었다.

"이 책은 동경에서 민서가 보낸 거요. 형의 주소지로는 마음이 놓이지 않아 내게로 보냈습디다."

"그렇게 마음을 써주니 고맙네."

정후균은 포장을 뜯었다. 세계 철학사 독일어판을 일본어로 축약해 번역한 것이었고, 또 한권은 역시 우리나라에는 번역되지 않은 일본어판 마르크스 이론이었다. 두 권 다 없어서는 안 될 귀한 참고서였다.

"나도 궁금해서 대충 훑어보았소만 좋은 참고가 되겠습디다."

"숙독하고 나서 옥도에게 선물해야겠네. 이런 책은 여러 사람이 돌려봐야 하고, 내가 오래 지니고 있어봤자 이로울 게 없을 걸세."

"맞는 말이네. 뭔 책인지는 몰라도 자네는 항상 빈 몸뚱어리여야 하네."

마선이 곁에서 거들었다. 강바람이 물큰 콧속을 후비고, 김옥도의 집이 저만큼 보였다.

"김옥도 선배는 이런 외진 곳에서 어떻게 사시오?"

"그럭저럭 자족하며 사네. 요즘은 부자지간에 강에 나가 그물질을 하고, 점차 안정되어 가네. 헌디, 자네는 눈앞에 아른거리는 얼굴이 보이지 않는가?"

"지금 아지랑이 이는 계절이 아니지 않소."

정후균은 마선의 장난기 어린 말을 퉁명스레 내쳤다. 이제는 잊어버린 얼굴이었다.

"옥선이 나주에 사는 반상 만드는 기술자에게 시집을 간 것은 자네도 알 걸세. 그런디 나중에 알고본께 너무 허리 굽혀 일을 해서인지 반꼽새드구만. 그 얌전하고 이쁜 것이 생각할수록 짠하고 아까운 생각이 든단 말시."

"행복은 외모를 보고 판단할게 아니오. 그리고 운명에 순응할 줄도 알아야 하고요."

한장서는 무연한 얼굴로 말하였다. 억지 장가를 가서 득남까지 한 자신과 비교가 되었다. 아직도 배우는 학생 신분 아닌가.

"그게 여자의 운명인가? 젠장맞을, 시상을 살다보면 그녀러 운명타령이 발길에 채이네."

마선은 심술 맞게 거들며 김옥도 집을 들어섰다. 강에서 그물질을 하고 돌아온 김옥도는 저녁상을 기다리고 있었다. 김옥도는 방문객들을 반갑게 맞아들였다. 정후균은 그렇다 치고 한장서의 내방은 예기치 않은 일이었다.

"자네가 우리 집을 다 찾아주고, 반갑기만 하네."

"저도 생각하지 않았습니다."

정후균과 한장서는 김옥도의 아버지께 큰절을 올렸다.

"자네 부친께서 고운과 함께 우리가 이곳으로 이사 올 때 여러모로 애써 주셨네. 그 점은 내 잊지 않을 걸세."

김옥도의 아버지는 금세 축축한 감정을 내비쳤다. 그간의 생활고가 강바람에 그을린 얼굴 한쪽 구석에 서리어 있었다. 저녁을 든 네 사람은 술잔을 나누기에는 아무래도 옹기장이 집이 낫겠다 싶어 김옥도가 잡은 생선 몇 마리와 술병을 들고 옹기장이를 찾았다. 김옥도는 가는 길에 그간 결의를 다진 김창현과 김상수를 불러냈다. 옹기장이를 통하여 두 사람을 동지로 받아들였는데, 마선과 옹기장이를 비롯하여 몇 사람만 더 규합하면 충분히 세포조직을 결성할 것이었다. 옹기장이는 술잔을 앞에 놓고 가마에 불을 지피고 있었다. 검붉은 얼굴이 불꽃에 익어 번들거렸다.

"어서들 오시게. 그렇잖아도 혼자 심심하던 참이었는디 잘 되었네."

옹기장이는 반색을 하였다. 그들은 옹기장이를 중심으로 빙 둘러앉아 술잔을 나누었다.

"가솔을 거느리고 살만하시오?"

정후균은 마선에게 술잔을 건넸다. 대장간에서 일하는 품삯으로는 살림살이가 빠듯할 것이었다.

"가난은 우리네 대물림 아닌가. 집사람이 날품도 하고, 그럭저럭 마음은 따뜻하네."

"우리네야 어쨌거나 건강이 재산 아닌감. 자네는 어디를 떠돌다 온 겐가?"

"대덕, 옹암을 다녀오는 길이오. 인자 여기도 조직을 묻어 움직일 때가 되지 않았는가?"

정후균은 옹기장이의 묻는 말에 김옥도를 바라보았다. 이제 완연한 어부의 모습이었다.

"걱정 말게. 조용조용 진행되고 있네. 다른 지역은 어떤가?"

"서서히 무르익어 가네. 봉화불만 오르면 다들 호응하기로 하였네. 일제의 탄압 아래에서 신음하는 우리 민족의 무산대중은 반드시 봉기할 것이네."

"일제의 팽창주의가 동아시아를 울리나 머지않아 쇠퇴할 것이네. 무식한 내가 보아도 세계의 역사는 그렇지 않든가배."

옹기장이는 가마에 장작개비를 던져 넣으며 불꽃을 일으켰다. 한장서는 잠자코 그들의 대화를 경청하였다. 세련된 지식계층의 냉철한 담론과는 달리 설익은 열정과 땀 배인 흙냄새가 묻어났다. 술빛에 절은 농익은 대화는 밤이 깊도록 이어졌다. 어찌 보면 풋풋하고 시시껄렁한 대화처럼 들렸으나, 그들은 마냥 진지함을 잃지 않았다. 그들은 자정이 넘도록 이야기를 주고받았는데, 한장서는 먼 길을 온 피로감으로 먼저 잠이 들었다. 잠에서 깨어났을 때는 벌겋게 아침 해가 떠올랐다. 그들은 술잔을 거머쥔 채 아직도 잠에서 깨어나지 못하였다. 한장서는 숨죽인 불꽃을 일으키기 위해 가마 속에 장작개비를 넣었다. 옹기장이가 눈을 떴다. 직업의식은 할 수 없는가 보았다.

"자네가 가마를 지키고 있었군."

옹기장이는 툭툭 털고 일어나 불꽃을 조절하였다. 뒤이어 김옥도가 일어나고, 차례로 나머지 사람들이 일어났다. 옹기장이 마누라가 기다리고 있었다는 듯 매운탕을 내왔다.

"우리 집 마누라는 어디 갔소?"

"폴새 일 나갔제. 어서 한술씩 뜨고 일하러 가소."

마선의 물음에 옹기장이 마누라는 옹기그릇에다 밥과 매운탕을 그득그득 떠 담았다. 그들은 해장술로 숙취를 다스렸다.

"자네는 더 쉬었다 가지."

"가봐야제. 집에서 기다릴 거여."

한장서는 별로 내키지 않는 발걸음이었으나, 정후균의 말을 받아들였다. 이왕 내려온 것 머뭇거릴 이유는 없었다.

"내가 배로 데려다 줌세. 후균이 자네는 더 있다 가게."

"그럴 생각이네. 자네 혼자 노 저어 갔다 오자면 힘들 것이고, 내가 함께 가줌세. 넉고리곶에 내려주면 되지 않것는가?"

"그게 좋겠어요."

한장서는 거기까지의 수고로움을 받아들였다. 김옥도는 강 하류에 그물을 치고 나서 마량을 돌아나갔다. 정후균과 번갈아 가며 노를 저었다.

"자네가 거들겠다고? 아서, 고인물이나 퍼내어."

김옥도는 한장서가 손바닥에 침을 뱉으며 노잡이를 교대하려하자 배 밑창을 가리켰다.

"자네는 노동으로부터 즐거움이 유리되고, 수단은 목적으로부터, 노력은 보수로부터 각기 분리되어 인간 자신은 전체의 한 조각으로 발전한다는 오늘의 현실을 어떻게 생각하는가?"

정후균은 파도를 거슬러 휘돌아 흐르는 조류를 무연히 바라보며 대화를 이끌어 냈다. 정후균은 대체로 대화의 시발을 반문으로 시작하였다.

"마르크스는 우주의 태양이란 공동목적, 다시 말해서 재산공유와 공동이익에 대한 개인의 참여이며, 개인의 행동과 이념은 협의의 개인적 이해관계를 초월할 수 있다고 하였잖아요."

"우주의 태양이 지고 땅거미가 찾아들면 나방은 은밀한 등불을 찾아든다?"

"그것은 미래의 새로운 사회의 도래에 대한 갈망, 다시 말하자면 개인적 자유의 등불을 상대적으로 흐릿하게 만드는 우주의 태양에 대한 갈망의 무엇이네."

정후균이 노잡이를 교대하자 김옥도는 가쁜 숨을 내쉬며 한마디 거들었다.

"새로운 세계의 창조자가 되고 싶은 원심이랄 수도 있지."

"그 말을 들으니까 개벽사상의 당래불인 미륵용화세계의 창조주가 생각나는군요. 요즘 저는 민서로부터 우리의 민중 신앙과 후천개벽사상에 대해 서신을 주고받으며 깊이 있게 토론해요."

"민중 신앙이야말로 민초들의 가장 소박한 염원이 담겨있지. 민서가 그쪽에 관심이 많은가 보군."

"마르크스는 자신의 창조자로서, 생산물로서, 발전하고 변화할 수 있고, 자기 노동을 할 수 있는 존재로서의 인간이야말로 신의 그늘로부터 벗어난다고 하였네."

"자연과 인간의 이론적이고 실제적인 감각인식으로부터 시작된다고 하였제. 종교의 부정을 통해 얻을 수 있는 자의식이 아니라고 하였네."

"그래서 생각나는데, 동양사상에 있어 신과 자연은 동일한 개념이지요. 마르크스는 그 위에 창조적 노동을 인간과 자연이 함께 참여하는 하나의 과정이며, 그러한 과정에서 인간은 자기 자신과 자연과의 사이에 성립되는 물질적 상호작용을 자발적으로 시작하고 규정하고 통제한다고 하였지요."

"쪼끔은 이해가 가네. 인간은 육체가 지닌 자연력, 즉 팔, 다리, 머리와 손을 움직여 자연에 대항하고, 자연의 생산력을 인간의 욕구에 적합한 형태로 활용하고 말이제?"

"그와 동시에 인간은 자기 자신의 본질도 변화시키고요."

"가까이 오늘의 현실을 돌아보세. 노동은 확실히 부자에게는 경이적인 것으로 만들어내지만 노동자에게는 가난과 궁핍을 만들어내지 않는가. 노동은 궁전을 만들지만 노동자에게는 오두막이네. 다시 말해 일제식민자본주의는 지배자로서의 착취에 의한 부를 축적하여 세계지배를 꿈꾸고, 피지배자인 우리는 어떤가? 궁핍한 가운데 핍박받는 노동자에 지나지 않네."

"그래서 마르크스는 프롤레타리아의 비참한 양상을 인간성 상실의 전형으로 보지 않았는가. 그리고 그 비인간적인 상태에서 해방됨으로써 프롤레타리아가 인류의 해방자가 될 것이라고 하였네."

"아무튼, 공산주의는 인간과 자연, 인간과 인간 사이에 성립된 적대의식을 완전히 해소하는 것이라고 하였지요. 공산주의가 자연주의에서 휴머니즘으로 발전할 것을 희망하였고요."

한장서는 속으로 적잖이 놀랐다. 두 사람은 마르크스사상을 자기위주의 고정관념과 의식 속에 비끌어 매려는 경향이 다소 있었지만 그렇게 깊이 성찰하고 있는 줄은 몰랐다. 정후균만 해도 그랬다. 서울에 올라오면 듣는 쪽이었고, 자기 나름대로 너무 과격한 분석을 안고 있었다.

"사유재산의 이념만 해도 그렇네. 사유재산을 초월하기 위해서는 진정한 공산주의적 활동이 중요하다고 하였네."

"그리고 말일세. 환경과 교육의 변화에 관한 유물론적 교조는 환경이 인간에 의해 변화한다는 사실과 교육하는 자 스스로 교육받게 된다는 사실을 잊고 있다는 것이네. 환경과 인간 활동의 변화에 관한 일치와 자기변화는 오직 혁명적 실천으로 인식되고 이해될 수 있다는 점도 새겨들어야 하네."

"때때로 교육 자체가 회의를 낳기도 하지요."

한장서는 교육 자체가 양극화를 낳는 것 같아 매력을 잃은 터였다. 피지배민족의 한 사람으로서 설 땅이 어디 있는가. 나약한 지식인이라는 오명 속에서, 그 부류로 떨어지고 싶지 않은 데서 오는 회의와 세계사적 모순과 갈등을 어떻게 설명해야 할까. 아니다. 저 두 사람처럼 가습 깊이 잠들어 있는 불꽃을 일으켜야 한다. 프로메테우스가 지상으로 불을 훔쳐오듯이. 배가 조류에 떠밀려 넉고리곶에 닿았을 때는 상당히 시간이 흘렀다. 정후균과 김옥도 어지간히 지쳐 있었다.

"형은 정말 같이 집에 안 들어 갈 거요?"

배가 편편한 바위에 머리를 부딪치자 한장서는 배에서 내리면서 정후균을 돌아보았다.

"아니여. 내친김에 영암, 해남, 광주를 돌아봐야겠네."

"몸조심하시오. 그리고 이상석을 한번 만나보시오. 아는가 모르겠소만."

"알다 뿐인가. 자네 이모님 외아들로 모자를 삐뚜름하게 쓰고 당차게 샅바를 잡았다하면 들방구리로 메다꽂는다고 들었네. 이참에 일면식을 터야겠네."

정후균은 손을 흔들었다. 배는 조류에 표류되어 가듯 점점 멀어졌다. 한장서는 멀어져 가는 배를 바라보았다. 갑자기 목이 마르면서 한 점 허무를 깨물었다. 인생은 어딘가로 흘러가고 있다. 운명처럼. 하지만 바다의 조류처럼 그 길이 열려있다. 바다의 조류는 이 섬을 아우르며 대양으로 나아가고 그 흐름은 뚜렷한 길을 찾아 이 지구를 한 바퀴 돌아 다시 이곳에 이른다. 그렇다! 이곳이 시발점이자 종착점인 세계요, 우주다. 한장서는 무겁게 발걸음을 옮겼다.

3

영산댁의 시신이 조류를 타고 송장골에서 발견된 것은 영산댁이 행방불명 된 지 이레만이었다. 어느 곳을 떠돌다 송장골에 이르렀는지, 임진왜란 그 이전부터 물에 빠진 시신은 여울목을 돌아 나오듯 대체로 송장골에 이르렀다. 그래서 이름하여 송장골이라 하였다. 심부름하는 계집애가 심부름을 다녀온 그 전날 집을 나간 영산댁은 백방으로 수소문하였는데도 간 곳을 알 수 없었다. 그렇다고 굳이 집을 나설 까닭은 없었다. 평소 불만스러움도, 근심도 없는 터였다. 도무지 집을 나간 이유를 몰라 하였고, 어디로 갔는지 방향을 알 수 없어 애를 태우던 중 시신을 발견한 것이다.

김 첨지는 그 동안 점도 쳐보고, 그녀의 행방을 아는 자에게는 후히 사례를 하겠노라고 방을 붙이다시피 하였는데도 주위의 소문만 낭자할 뿐 아무런 소득이 없었다. 말 만들기 좋아하는 사람들의 입을 잠재우기 위해서라도 그녀의 행방을 알아내야만 하였다. 참, 별 해괴한 소문이 떠돌았다. 그리고 진원지를 알 수 없는 그 같은 소문들은 가지를 치고 부풀려 차마 입에 담지 못할 낭설로 귀를 따갑게 하였다. 더없이 늙은 가장네를 위하던 마누라였다. 김 첨지 또한 그녀의 성품을 잘 알기에 그녀의 행실을 참하게 믿었다. 송장골에서 그녀의 시신을 발견하였을 때도 김 첨지는 믿지를 않았다. 시신이 물에 불어 오르고 부패한데다 고기들이 입질을 하여 얼른 알아볼 수가 없어서가 아니었다. 그녀가 바다에 빠져죽을 이유가 없었던 것이다. 자살이라 믿을 수도 없거니와 실족사라고 단정하고 싶지도 않았다. 파도소리를 듣기 좋아하였으나, 배를 타고 바다에 나가는 것은 내켜하지 않았다. 금방 뱃멀미를 하였다. 그렇다고 타살이라고 할 수도 없었다. 그야말로 미스터리였다.

"이것이 무슨 죽음이라요? 당신들이 속 시원하게 풀어 주시오."

김 첨지는 그녀를 확인하고 나서 주재소주임을 붙들고 하소연하였다.

"걱정 마시오. 최선을 다해 죽음의 실마리를 풀어 드리겠소. 그래야 죽은 원혼의 한도 씻김굿을 할 수 있지요."

주재소주임은 김 첨지 마누라의 의문사를 소홀히 들어 넘길 수 없었다. 그 동안 알게 모르게 뇌물을 받아먹은 막강한 재력가인데다 김 첨지의 배포 큰 위세는 군과 도까지 먹혀들어 영전이라든가, 보직에도 영향을 미칠 것이었다. 하이구메, 자칫 잘못하다간 목이 열 개라도 성치 못하것네. 주임의 다부진 말을 듣는 순간 조동은 심장이 멎는 듯하였다. 그녀러 시신이 왜 하필이면 송장골에 나타나 사람을 얼어붙게 한다냐. 망망대해가 지척인디. 사람 미치고 환장허겠네. 조동은 어찌할 바를 몰라 전전긍긍하였다. 무슨 일이 있어도 시침 뚝 딸 수밖에 없었다.

"야, 넌 얼굴 상판대기에 뭔 궁상맞은 우거지상을 잔뜩 그려 넣고 있냐? 타살인지, 자살인지 해결의 실마리를 보자면 부지런히 발품을 팔아야지."

나까무라 순사의 지청구는 조동을 더욱 쪼그라들게 하였다. 꼭 자신더러 결자해지하라는 말처럼 들렸다. 조동은 겉으로는 열심히 일을 도우는 척하였으나 속으로는 적당히 넘어갔다. 무엇보다 그녀의 부패한 시신을 본 순간 구토증이 일어나면서 금방이라도 죽은 자가 일어나 자신의 목을 조를 것만 같았다. 강간자, 살인자. 그녀의 원한에 쌓인 목소리가 뒤를 따라다녀 술로써 불안과 공포를 다스렸다. 그렇다고 조동이 입을 굳게 다문 이상 사건의 결말이 쉽게 밝혀질 성질은 아니었다. 문득문득 그녀의 마지막 모습을 떠올릴라치면 내가 죽였노라고 왜장을 치고 싶었으나 목 울안으로 잠겼다.

조동은 시간이 흐르자 그녀의 영상으로부터 벗어나고자 하였다. 더불어 촉각을 곤두세우고 있는 그녀의 베일에 싸인 사인을 땅속 깊이 묻고 싶었다. 본래의 본성이 수면으로 드러나면서 자신이 생각해도 뻔뻔스럽고 태연자약하였다. 내가 그보다 더 큰 사건을 터뜨리면 그깟 아녀자의 죽음 따위는 영원히 잊혀질 거여. 그렇잖으면 내가 계속 악몽에 시달릴 것이고, 까딱 잘못되는 날에는 살인자가 될 것이고, 불륜을 저지른 천하의 잡놈으로 덕석말이를 당할 것이여. 난, 살아야 한당께. 남들처럼 기와집을 짓고 떵떵거리며 살고 싶당께. 조동은 몇 날 통박을 굴리던 끝에 묘안을 떠올렸다. 어떤 사건을 터뜨려야 그녀의 망령을 잠재울 수 있나? 이 바닥에 거기에 버금갈 사건이라는 게 과연 싯누런 구렁이처럼 변소지붕 위에서 똬리를 틀고 있는가? 아무리 머리를 쥐어짜도 명쾌한 묘안이 떠오르지 않았다. 그렇게 노심초사하는 조동의 귓결에 관산재 아래 야학당에서 노동가가 들려왔다. 일하고도 한술밥 한 벌 옷 없이 빈한과 천대에 우는 자 있다고? 좋다. 저놈의 정체부터 발가벗겨보자. 조동은 마치 분풀이라도 하려는 듯 솟구쳐 일어났다.

그러나 영산댁의 사인은 점점 집요하게 파헤쳐져 나갔다. 김 첨지의 물량공세에 의한 절절한 탄원 때문이었다. 군에서 두 명의 형사가 파견되어 잠정적으로 타살 쪽으로 몰아갔다. 그럴수록 조동은 초조하였고, 시시각각 옭아드는 듯한 강박관념에서 놓여나기 위해 안간힘을 썼다.

그 시기에 정후균은 먼 여행에서 돌아온 사람처럼 인근을 순회하고 돌아왔다. 공기가 사뭇 험악하였으나 일개 아녀자의 죽음이라는 데에 신경을 쓰지 않았다. 오히려 감시의 눈길이 다른 곳으로 쏠려있다고 생각하자 마음이 놓였다. 집으로 돌아오는 길로 사발통문을 돌렸다.

"바깥 정세라도 보고할 모양인가?"

"뭔가 긴장감이 도는구만."

"인자, 본격적으로 소집단의 실천운동에서 벗어나야제. 대동단결 전국적인 외연확대가 다가온 거여."

회원들은 어떤 기대감을 안고 모임장소에 모였다. 정문두의 인사말이 끝나자 정후균은 자리에서 일어나 각 지방의 정세와 조직 확대의 성과를 보고하였다.

"이는 여러분의 실천운동이 밑거름이 된 것이네. 이를 기회로 오늘날까지 겪어온 과정을 다시금 뒤돌아보며 성찰할 필요가 있으며, 앞으로 나아갈 방향을 공고하게 매김해야 하네."

정후균은 미리 준비한 농민운동의 직접적인 동기와 배경을 유인물로 작성하여 나누어주고 나서 설명을 부연하였다. 1930년 초반의 농업공황으로 농가경제가 극도로 피폐하였고, 농민층의 빈농화 현상이 가속화되자 대규모 소작쟁의와 더불어 농민투쟁이 전개되었다. 소작빈농의 생존권을 확보하기 위한 투쟁은 토지문제의 근본적인 해결을 지향하는 투쟁으로까지 발전하였다. 그런데 일제는 혁명적인 대중투쟁이 활성화되자 치안유지법과 폭력행위 등 처벌에 관한 법률을 개악하였고, 총독부는 개량지주와 그 끄나풀 조직으로 이어지는 농촌통제기구를 재 강화하는 등 농민운동의 탄압에 총력을 기울였다. 그리하여 총독부의 농민개량화정책에 편승하여 개량적인 농민운동이 더욱 활성화되었다.

일제는 이들 단체와 혁명적 농민운동과의 대립을 의도적으로 조장하는 한편 치안유지법의 개악 등을 통해서 혁명적 농민운동의 합법적 공간을 철저하게 차단하였다. 그러한 위기의식 속에서 일상적인 경제투쟁을 농업, 농민문제의 근본적인 해결을 위한 정치투쟁과 통일적인 제반활동을 올바로 수행하지 못한 우를 범하였다. 그 같은 상황 아래에서 다행스럽게도 코민테른과 프로핀테른 등 국제혁명운동 지도기관과 중국과 만주지역의 혁명적 운동은 많은 영향을 주었다. 그리고 그와 같은 국제적인 연대는 일본제국주의 위기를 포착하여 노동소비에트를 건설하고 토지혁명을 수행함으로서 민족해방과 계급해방의 과제를 완수하는 투쟁을 전개해 나가야 한다.

"이제 그러한 우리의 과제를 여러분들이 가슴으로 받아들여 등허리에 짊어질 때가 온 것이네. 더불어 이제부터는 친목계, 상조계, 강습회, 구락부 등을 통하여 미조직대중과의 공동투쟁을 적극적으로 모색해야 하네. 아래로부터의 통일전선투쟁은 우리의 투쟁조직관이니 만큼 적극적인 실천운동으로 조직을 확대해 나가야 하네. 그리고 그와 같은 실천운동은 정치투쟁과 긴밀히 결합시킬 때가 온 것이네."

"그럼, 우리가 가장 먼저 횃불을 올리세나. 그리고 조직의 확대와 결속을 위해 각 부락의 위친계(爲親契)와 갑계(甲契)에 참여하여 그 방향을 우리들이 인도하고, 그 자금을 적극적으로 우리들의 운동에 쓰기로 하세."

정후균에 이어 정문두가 결론을 내리듯 말하였다. 참석한 모두는 그에 따라 결의를 재차 다짐하였다. 그리고 곧바로 각 부락의 동계(洞契)에 침투하였다.

"요즘 저것들이 한글깨나 깨우쳤다고 부락회의 때마다 이의를 달고 설치는구만. 품이나 부지런히 팔아서 등 따습게 살 생각은 하지 않고 사사건건 트집이여."

"겨울철 해태 생산을 믿고 그러는 것 아니여? 부쩍 결속력이 심하고 거기에 동조하는 세력이 늘어간다니께."

"암만혀도 수상혀. 무슨 일만 났다하면 가로막고 나서서 일사불란하게 일을 해치우고, 그 결속력이 조직적으로 움직이는 걸로 봐서 분명 뭔가가 있어. 안 그런가?"

"맞어. 이러다가는 우리의 처지가 영 궁색해지것네. 한번 파 뒤집어봐야쓸랑가 모르것네."

술도가를 비롯하여 일제에 협력하여 기득권을 누리는 자들은 은근히 위기의식을 느낀 나머지 경계의 눈초리를 보냈다. 정문두가 해태조합 총대에 출마하여 거뜬히 당선된 것도 그들의 조직적인 선거운동 때문이었고, 선착장 노임문제라든지, 동계 때의 예산낭비의 지적이라든지, 위친계와 갑계의 돈을 그쪽에서 유용하는 것하며, 산림벌채에 관한 비리를 집요하게 따지고 드는 것을 보면 그들을 움직이는 비밀조직이 있는 게 틀림없었다.

조동은 개량지주들의 의심의 눈초리를 공감하였다. 자신이 저지른 영산댁의 죽음에서 벗어나기 위해 바싹 정신을 차리고 그들의 동태를 면밀히 살펴보았다. 그 결과 무언가 냄새가 났다. 그 냄새가 무엇이며, 그 진원지는 어디인가? 조동은 사냥개처럼 코를 벌름거리며 이곳저곳 냄새가 난다싶으면 쫓아가 맡았다. 그러나 쉽사리 진원지를 알 수 없었다. 짐작은 가는데 꼬리가 밟히지 않았다. 그 참, 요상하다. 모두가 하나같이 시침을 뚝 따고 있으니 말이여. 봄날 안개처럼 아리숭하고 치막하당께. 조동은 답답한 나머지 밤이면 두억시니처럼 고샅길을 싸돌아 다녔다. 가만, 냄새의 진원지가 저그 아니여? 조동은 한대진의 집 앞을 지나치다가 문득 걸음을 멈추었다. 한대진만 만나면 왠지 모르게 죄인 같은 마음이 들면서 몸이 움츠러들었다. 심장을 꿰뚫을 것 같은 한대진의 매서운 눈초리. 한장서와 한민서 두 아들을 서울과 동경으로 각기 유학을 보냈지만 벌써 사회주의 사상에 물들었다고 하지 않는가비여. 적색 경고가 내려왔으니께. 지난번 한장서가 내려왔을 때도 정문두 같은 부류들과 어울려 바다낚시나 즐기고. 옳거니. 한대진이 겉으로는 향교를 출입합네 하면서도 그들을 속으로 아우르고 있는지 몰라. 한대진과 친교가 두터운 사람들도 영 이쪽과는 등을 돌리고 살지 않는가배. 조동은 살금살금 한대진의 집 주위를 맴돌며 염탐하였다.

"조동이 그 자식, 요즘 부쩍 우리 집 주위를 살피는디요. 저한테도 쓰잘데 없는 소리나 묻고요."

"그녀석이 배라도 고프다고 하더냐?"

"누가 찾아오느냐, 누구와 만나느냐, 밀정 아니랄까봐 시시콜콜 묻더만요."

"다음에는 또 그따위 수작을 부리거든 나한테 데리고 오너라."

한대진은 차실의 말을 듣는 순간 불쾌한 감정을 억누르지 못하였다. 이 녀석이 이제는 나까지 감시를 해? 단단히 혼을 내주리라 마음먹었다. 거기에 화답을 하듯 그 이튿날 차실은 조동을 데려왔다.

"가만있거라. 네놈은 사골에미 아들놈 아니냐? 듣자 허니 일제 앞잡이가 되어 어른 아이도 가리지 못한담시러야?"

장죽을 길게 물고서 봉창문 밖으로 파도가 일어서는 바다를 내려다보고 있던 대감할미가 눈을 가늘게 지르뜨며 조동을 알아보았다. 총님도 좋제. 조동은 얼굴을 붉히며 속으로 낼름 혀를 찼다. 단단히 잘못 걸린 셈이었다.

"아이고, 지가……."

"변명할 것 없다. 그 쥐꼬리만한 위세를 믿고 천방지축 재물을 밝히고 여색을 탐한다면서야?"

"그, 그건 잘못 알……."

"네놈 눈이 그렇게 말하고 있는디 그래야? 늙은이가 방구석에 들어앉아 있어도 눈은 천리를 보고 귀는 십리 밖의 소리를 듣는다. 네 에미를 생각해서 지금이라도 맘 돌려 묵고 착하게 살어. 위로는 조상으로부터 아래로는 세세손손 욕 묵지 말고. 이 담뱃대로 이마빡을 지지기 전에 싸게 가. 니, 에미가 불쌍타."

대감할미는 봉창문을 소리 나게 닫으며 놋쇠화로 가에 담뱃대를 탕탕 두드렸다. 워메, 기 죽인거. 조동은 난데없는 벼락을 맞은 듯 가슴이 얼얼하였다. 자신도 모르게 이마를 손으로 문질렀다.

"어르신께서 기다리시구만."

차실은 조동을 사랑으로 이끌었다. 조동은 얼얼한 정신을 바로 하였다. 한대진은 갑작스럽게 나타난 조동을 한동안 지그시 바라보았다.

"저를 한번 봤으면 한다길래……."

"네가 요즘 우리 집을 감시한다는데 그 까닭이 무엇이냐? 주재소주임이 시킨 게냐?"

"아, 아니구만요."

"그럼, 네가 자발적으로 감시의 대상으로 삼은 게냐?"

"그것도 아니구만이라우."

"이것도 저것도 아니다? 고약하구나. 이후로는 감시의 눈길을 거두어라. 무슨 뜻인지 알겠느냐?"

"깊이 명심하겠구만이라우."

조동은 그저 허리를 굽실거리고 대문을 나섰다. 이런 우라질, 말리는 시어머니가 더 밉다고, 그녀러 할망구, 아무리 입이 걸쭉하기로서니 고양이 범 무서운 줄 모르고 일제 앞잡이니, 지집을 탐하고 재물을 탐한다고? 한번 두고 보라지. 언놈이 밟히는가. 조동은 부르르 주먹총을 놓으며 이를 앙다물었다. 또 뭐라? 눈은 천리를 보고 귀는 십리를 듣는다고? 가만, 그라면 영산댁의 죽음도 혐의를 둔단 말이여? 여색을 밝힌다는 그 말속에 뭔가가 들어있는 게 아니여? 노인네가 그렇다면 일반사람들은 말은 하지 않아도 그렇고롬 의심을 하는 것 아녀? 이거, 참. 사람 환장하것네. 따지고 보면 영산댁은 술 취한 몸으로 오줌을 싸려다 실족사한 것 아닌감. 아니제. 실족사든 자살이든 타살이든지간에 죽음을 제공한 장본인은 내가 아닌감. 암만해도 뭔 사건을 터뜨려 여론몰이를 그쪽으로 몰아가야것네. 헌디, 묘수가 발에 밟히지 않는단 말이여.

조동은 쓰디쓴 입맛을 다시며 부지런히 머리를 굴렸다. 한대진보다 정문두를 대상으로 한다? 그 녀석은 워낙 용의주도하여 꼬투리를 잡히지 않는단 말이여. 가장 힘없고 허약한 곳을 찔러 들어가야 하는디, 그곳이 어디메냐? 생각에 잠겨 걷던 조동은 바람결로 들려오는 노동가에 눈을 번쩍 떴다. 그래, 그것이여. 야학당이 제일로 노출되기 쉬운 곳이여. 그걸 알았으면서 엉뚱한 곳에서 자존심만 팍 조졌네. 조동은 새로운 기분으로 관산재를 넘었다.

그러나 야학당을 목표지점으로 삼고 동정을 살피는 것을 잠시 뒤로 미루게 하였다. 밀무역선이 도착한 것이다. 해태발을 준비하는 시기를 놓치지 않고 장말과 쪽대를 산더미처럼 싣고 돌아온 것이다. 그 때문에 다른 영세한 상인들은 점점 밀려났다. 일제와 손잡고서 이익을 추구하는 상매에 발을 붙일 수가 없었다. 그리고 장말과 쪽대를 산더미처럼 쌓아올린 그 배 밑창에는 갖가지 물건들이 주인을 기다리고 있었다. 음마, 또 한 몫 챙기것는디. 조동은 잠시 감시의 눈초리를 접어두고 밀무역선으로 달려갔다. 언제부터인가 김도치를 외면하고 선장과 거래를 텄다. 선주인 김도치는 그 윗선인 주재소주임, 면장, 유지들과 상매를 저울질하여 모든 면에서 불편하였다. 비밀유지도 그랬고, 얕잡아 보는 듯한 얼굴빛도 마음에 들지 않았다. 그와는 달리 선장은 만만하였다. 서로가 서로의 마음을 헤아린다는 듯 시원시원한 가운데 자기 이익을 챙겼다.

"요다상, 이번에는 시일이 좀 더딘 것 같으요."

"여름 늦장마가 든 데다 태풍마저 불어쳐 발이 묶인 게요."

"주문한 물건은 착오 없지요?"

"말이라고 하시오. 누구의 부탁인데."

두 사람은 십년지기나 된 것처럼 두 손을 맞잡고 선실로 내려갔다. 진귀한 물품들이 빼곡히 들어차 있었다. 선장은 선미 후미진 선실로 안내하였다. 조동은 물목을 세세히 점검하고 나서 흐뭇한 표정을 지었다.

얼마의 이윤이 남는다? 벌써부터 머릿속으로 주판알을 튕겼다. 이층 선장실로 들어갔을 때, 김도치가 선장실을 나서고 있었다. 이상야릇한 향기가 몸에 배어 있었다.

"이건 뭔 냄새라요?"

"선주께서 천상을 오르내리는 담배연기를 몸에 발라서요."

"아편을 한단 말이요?"

"이러다가는 아편쟁이가 되지 싶소. 하지만 한편으로는 이해해야지요. 멀고 험난한 뱃길을 오고가자면 그만큼 좋은 약이 어디 또 있것소."

"노름과 아편은 살림 거덜 낸다고 했는디, 앞날이 훤히 보이는 듯 하요. 내, 조용한 밤에 오리다."

조동은 가벼운 마음으로 선장실을 나섰다. 휘파람이라도 불고 싶었다. 갑판에서는 하역작업이 한창이었다. 장말과 쪽대를 바다에 내리고 장정들은 자맥질을 하면서 바다에 떠다니는 장말과 쪽대를 모래밭 위로 끌어올렸다. 찬물에서 불알깨나 얼어붙것다. 조동은 그들을 일별하고 원뚝길을 걸었다.

"저 자석은 뭔 일로 행똥거리며 밀무역선을 기웃거리고 간다여?"

바닷물에서 첨벙거리며 장말을 끌어올리던 박경남이 눈을 외로 흘겼다.

"똥파리가 냄새나는 곳이면 어디든지 날아가지 않던가. 잇속 없어보소. 기웃거리겠는가."

"선장과 짜고서 밀무역선이 올 때마다 검은 잇속을 챙긴다지 않던가."

정병생의 말에 정덕채가 한술 더 떴다.

"우리가 나서서 그러헌 상매행위를 바로 잡아야 하지 않것는가?"

"맞는 말이네. 이건 분명 폭리이고 독과점식 강매일 수 있네. 그리고 이중으로 이윤을 챙기지 않는가. 이걸 외상으로 먹었다가 해태로 그 값을 대신해 받아 챙기고, 그것도 모자라 해태를 외상으로 거두어 가지 않는가."

"이번에는 철저하게 의혹을 규명하세. 일제와 결탁한 밀매행위를 근절시켜야 하네."

그들은 단단히 벼렸다. 그들의 모의를 아는지 모르는지 김도치는 아직도 아편에서 깨어나지 못한 가느스름한 눈으로 모래밭에 쌓아올린 장말과 쪽대를 만족스러운 얼굴로 바라보았다. 늦장마와 태풍으로 애를 먹던 끝에 무사히 실어온 돈더미였다.

"한점 착오 없이 서류를 잘 챙기거라이."

김도치는 귀청이에게 이르고 집으로 향하였다. 그 뒷모습을 지켜보던 아낙네들이 부지런히 굴을 따면서 입방아를 찧었다.

"배멀미 때문인가, 눈꼬리가 게게풀리고 걸음걸이가 요상한디."

"배멀미는 아닌 성싶네."

"마작을 즐겨 한다고 하던디, 몇 날 밤샘을 해서인가?"

"오살할작자, 마작으로 탕진하는 돈, 가난한 사람들 옷이나 한 벌씩 사다 선물할 것이제."

"그런 속창아리가 있는 사람 같으면 헛배를 키우것는가."

"그 아들놈은 한술 더 뜨지 않는감. 하여지간 이놈의 시상을 하루 빨리 때려 엎어야 하는디……."

"누가, 무슨녀러 힘으로? 그나저나 저 사람들 불알 올라붙것네."

"자네, 가장네 밑자리 잘 주물러 주게. 씨알을 보자면 잘 간수해야 하네."

"이 풍진시상에 내질러 놓은 자식새끼들도 귀찮을 지경이네."

"그래싸도 홍두깨 맛이 제일이느니."

아낙네들은 갯벌이 드러나자 치마를 걷어 올리고 초라니게들이 방정을 떠는 갯벌을 뒤집어썼다.

4

밀무역선이 떠나자 조동은 다시금 제 본분으로 돌아왔다. 하루도 쉬지 않고 관산재를 오르내리며 야학당을 감시하였다. 수업이 끝날 때마다 어김없이 노동가를 불렀다. 빌어 묵을, 저것이 의식화 아니고 뭐겠어. 일본어, 산술시간은 몰라도 조선어, 역사시간에는 불온한 사상을 불어넣고는 하였다. 이런 잡것들이 범 무서운 줄 모르고 까놓고 의식화 교육이구만. 조동은 나까무라 순사의 성화가 아니더라도 마른침을 삼키며 점점 혐의를 짙게 가졌다. 잘하면 한건 올릴 수 있을 듯하였다. 암만해도 저것들이 누군가의 사주 아니면 정신적으로다 지도를 받거나 영향을 받는 게 틀림없어. 그게 누구일까? 아니, 어떤 지하단체일까? 조동은 야학당 밑에 깔려있는 빙산의 존재를 캐기 위해 더욱 집요하게 감시망을 펼쳤다.

정후균은 조동의 독기 품은 감시의 눈초리를 전혀 의식하지 못하였다. 전남운동협의회재건위원회의 조직을 확대하고 운동의 범위를 넓혀나가기 위해 박차를 가하는 한편 실천운동을 전개하였다. 제일착으로 해태양식지 분급요원을 농민반원들에게 돌아가게끔 작년에 이어 올해도 공작하였다. 해태양식지 분급요원은 다름 아니라, 해태양식이 점점 그 수요가 늘어나면서 자리매김이 필요하였다. 각 마을마다 해태양식지를 구획 지었고, 각 부락은 자신들의 해역 안에서 갑, 을, 병, 정으로 구획정리를 한 다음 제비뽑기를 하여 개개인에게 할당하였다. 그 전에야 드넓은 바다에 굳이 그럴 이유가 없었다. 수요와 공급의 절실함을 느끼지 않았고, 그 만큼 밀식할 필요도 없었다. 그런데 언제까지 그와 같은 낭만적인 양식에 기댈 수는 없었다. 대일무역으로 수요와 공급이 늘어나면서 너도나도 욕심껏 바다에 투자하였고, 그러다보니 밀식하기에 이르렀으며, 서로 물살 드센 물목 좋은 자리를 차지하기 위해 머리를 들이밀었다. 자연 이웃지간에 갈등과 반목이 생겨나고, 마을의 기득권자들이 독점하는 사례가 늘어났다. 가난하고 여력이 닿지 않는 사람들은 뒤로 밀려날 수밖에 없었고, 불만이 컸다. 그래서 부락회의를 거듭한 끝에 양식지의 등급을 매겼고, 제비뽑기를 하여 공평하게 분배하였다. 그러한 해태양식지 등급분할에 있어 그 전에는 마을의 지배 권력층들이 교묘한 수법으로 부정행위를 저질러 자신들의 이익을 챙겼다. 그 같은 부정행위를 뿌리 뽑기 위해 분급요원을 선출하였고, 조직원들은 자신들의 기득권을 행사한 것이다. 그들은 공평한 권리를 나누어 가짐으로서 마을사람들의 전폭적인 신임을 받았다.

"가을걷이와 보리갈이도 끝났으니 회합을 가져야 되지 않것는가."

방죽재 너머에서 한대진네가 시향을 지내던 날 해태양식지를 돌아보고 오는 정병생이 말문을 열었다.

"다음 활동을 위해서도 모임을 가져야제. 날씨가 맵싸하게 구시월 도지바람이 몰려온다고 했더니 오늘이 한장서네 시향날이구랴."

"뱃속도 출출하고 시향음식이나 얻어묵세."

그들은 시향이 끝나기를 기다리며 한쪽에서 모닥불을 지피고 있는 박천세와 정덕채 곁에 둘러앉았다. 박천세는 비록 조직원에서 이탈하였지만 아직도 변함없이 행동을 같이 하였다. 그 점에 있어서는 정병래와 이영직도 마찬가지였다.

"추운 날씨에 고생들이 많네."

박천세가 모닥불을 일으켜 세웠다. 이번 해태양식지 분급요원 선출에 있어 박천세의 발언권이 크게 작용하였다.

"우리의 임무 아닌감. 정부균이 돌아왔다고 하는디, 소식 들어 봤는가?"

"난 모르고 있었네. 부균이 돌아왔다면 많은 힘이 되것네만, 정태선과의 싸움사건은 유야무야로 해결을 봤는감."

"정태선 쪽에서 상해죄로 고발한 것을 취하했다고 하데. 이웃지간에 술좌석에서 사소한 입씨름 끝에 주먹질이 오간 것을 언제까지 철천지 원수맨치로 지낼 수야 있것는가."

"암만, 그래야제. 부균이 그 친구 한번 만나봐야것는디."

"자네도 이 시점에서 다시 들어와. 지금이 무엇보다 중요한 시기란 말시. 정병래나 이영직도 그래야 하고."

"언제라도 마음은 변함없응께 염려놓게. 정후균도 몇 번 찾아와 간곡히 말하데. 우리가 누구인가? 이영직이나 정병래나 내가 전위그룹 아닌가. 조율이 이루어지면 내일이라도 합류할 걸세."

"정문두도 자신의 과오를 많이 반성하고 있네. 곧 회합이 있을텐께 그때 얼굴을 내비치소."

"어이, 알았네. 전국적으로 활동의 범위를 넓혀가자면 한 사람이라도 동참하여 일치단결해야것제."

박천세는 이미 정후균과 입을 맞춘 터였다. 따지고 보면 정문두와의 개인적인 감정 때문에 조직을 잠시 떠났지, 조직 자체를 부정하거나 외면한 것은 아니었다. 이영직이나 정병래도 마찬가지였다.

"자네들 많이 지둘렸제."

박 서방은 술과 음식을 가슴에 잔뜩 안아들고 그들 곁으로 다가왔다.

"자네는 처갓집 시향에도 참석하고, 복은 닷 말로 받것네."

"닷 말로 끝나서야 되것는가. 덕분에 아들 딸 꾹꾹 낳지 않는가. 어여, 음식 들게. 부족하면 얼마든지 가져다 줄텐께."

"자네도 이리 와 앉게. 뒷일은 배 서방이 알아서 할 것이고……."

"그려. 자, 자, 들게."

박 서방은 술잔을 돌렸다. 박 서방도 어느 사이 그들과 행동을 같이 하였다. 추위와 배고픔에 시달렸는지라 그들은 한동안 말없이 먹고 마시는데 열중하였다. 한대진이 이쪽으로 왔다.

"많이들 드시게. 자네들이 해태양식지를 맡아 감시하니께 잡음이 없네."

"우리들의 생존권이 달린 일 아닙니까요."

"앞으로 부락사 뿐만 아니라 면내의 질서를 바로잡을 필요가 있네. 그러자면 자네들의 젊은 용기가 절실하네. 내 더 이상은 말하지 않겠네."

한대진은 배 서방과 차실을 앞세우고 방죽재를 넘어갔다. 상정예문 산까지 가자면 서둘러야 했다. 짱바뚱 임자 없는 조상님께 특히 정성을 들여야 한다이? 그 조상님께서 자손들을 내려주었응께. 대감할미의 말이 아니더라도 임자 없는 조상님의 자손들과는 사촌지간이나 다를 바 없는데, 그들 자손들이 뭍으로 건너간 뒤로는 소식이 끊겨 대신 정성을 모두어 시향을 함께 지냈다.

시향음식을 푸짐하게 먹은 그들은 방죽재를 넘기가 바쁘게 회합 날짜와 장소를 통고 받았다. 이심전심이라고나 할까. 각개 점조직으로 비밀리에 전해지는 사발통문은 조직원이 튼실한 만큼 신속하였다. 장소는 날씨를 감안하여 바닷가나 배를 띄워 바다로 나가는 것보다 아늑한 곳이 좋을 성싶어 서당골로 정하였다.

회합날은 비교적 날씨가 좋았다. 시간이 되자 회원들이 모여들었다.

특별한 사정이 있는 회원을 제외하고도 육칠십 명 남짓 되었다. 대단한 결속력이었다. 그 속에는 한동안 모습을 감추었던 정부균과 조직에서 이탈한 전위그룹인 이영직, 정병래, 박천세도 합류하였다. 세 사람은 정후균의 끈질긴 설득에 의해 다시금 결속을 다진 것이다. 정문두와는 사적인 응어리를 털어냈다. 정부균, 박천세, 이영직, 정병래는 결의에 찬 회원들의 숫자에 적이 놀랐다. 이렇게까지 진일보할 줄 몰랐다. 정문두가 개회를 알렸다. 정문두는 인사말에서 일본과 독일, 이탈리아가 방공협정을 체결한 바 이는 자국 내의 무산계급을 잠재우고 침략행위를 더욱 가속화하려는 것이니, 우리는 그들의 독재침략자본주의 장치와 속내를 폭로하고 가일층 단결하여 독재식민자본주의제도를 타도하자고 분위기를 띄웠다. 이어서 정후균이 자리에서 일어났다.

"여러분, 오늘은 특별한 날이오. 조직에서 이탈한 동지들이 다시 돌아오고, 조직이 한층 발전한 가운데 결속을 다졌소. 우리의 밀알과도 같은 오늘의 결의는 전국적으로 이어질 것이오. 망루에서 봉홧불을 올리듯 횃불을 밝히는 그날 장렬한 우국충정의 정신으로 민족해방의 기쁨을 맛볼 것이오."

정후균은 어느 때보다 열정적이었다. 다분히 군중을 의식한 흥분 때문만은 아니었다. 무언가 결실을 보고야 말겠다는 강한 의지로 불타올랐다. 회원들도 고조된 분위기 속에서 마음을 굳게 다졌다. 일제와 맞서 싸워야 한다는 사명의식이 가슴을 짓눌렀다.

"아니, 저곳 보소. 저 곳이 어디인가. 야밤에 뭔 불빛이랑가."

박천세 집에서 해태발장을 짜던 마을 아낙네 하나가 측간을 다녀오며 서당골을 가리켰다. 아낙네들은 밤이면 집집을 돌아가면서 모여 앉아 발장을 쳤다. 혼자 무료하게 짜는 것보다 여럿이 모여 앉아 일을 하게 되면 경쟁의식도 생기고 추렴도 할 수 있었다. 오늘은 박천세가 밤에 나가고 없어 모인 것이다. 박천세 마누라는 이제 돌이 지난 아이에게 한쪽에 돌아앉아 젖을 물리고 있었다.

"금메. 도채비불도 아니고, 산불이 난 것도 아니고, 이상야릇하네."

"도채비불 같음사 불꽃이 파랗제. 저건 사람 불이여. 헌디, 이 깊은 밤 누가 저기까지 올라가 불을 피울게?"

"누가 알것는가. 아들 하나 점지해 달라고 빌 것 같으면 앞산 큰 굴이나 작은 굴에서 치성을 드리는디, 어떤 미친놈들이 닭서리나 하는지 몰것네."

"맷도야지라도 잡는 게 아니고?"

"어따, 씨뱅. 엊그저께 한장서네 시향날 음식 장만해 줌시롬 돼지괴기를 엔간히 훔쳐묵든마는 그새 또 돼지괴기 타령이여?

똘이네가 김두문의 마누라를 향하여 또르르 눈을 흘겼다.

"괴기도 묵어본 사람이 더 잘 묵느니."

"가까우면 우리도 한몫 낄 것인디."

"아서, 닭서리를 하는지, 멧돼지를 잡는지, 우리가 상관할 바 아니네. 발장이나 부지런히 치세. 저 여편네는 또 잠이 퍼붓는 모양이시."

아낙네들은 부지런히 손을 놀렸다. 실을 풀어 내리는 공이 앞뒤로 넘나드는 소리가 다듬이 소리처럼 한밤을 울렸다. 서당골의 불빛은 아낙네들만 본 것은 아니었다. 새끼를 꼬는 머슴방에서도 목격하였고, 바튼 기침소리를 내뱉으며 곰방대를 빠끔거리는 노인네들도 무슨 불빛인가 하였다. 나까무라 순사도 술집에서 나오다 목격하였다.

"서당골이란 곳을 알지?"

"서당골은 또 왜요?"

조동은 느닷없는 나까무라 순사의 물음에 뜨악한 얼굴로 반문하였다. 심심하다 싶으면 뜬금없는 말로 사람을 곤혹스럽게 하였다.

"간밤에 불빛을 보지 못했나?"

"불빛이요? 거기가 어딘디 불빛이라요. 도깨비불이면 모를까……."

조동은 어젯밤에도 관산재를 넘어 야학당을 밤늦게 엿보느라 불빛을 보지 못하였다.

"도깨비불인지 아닌지 가서 확인해 봐야겠다. 앞장서라."

나까무라 순사는 명령조로 조동을 앞장서게 하였다. 조동은 불만을 누지르며 서당골을 올랐다. 귓불이 얼얼하였다. 바다가 한눈에 보이는 등성이를 넘어서자 아늑한 분지가 나타났다. 조동은 어렸을 때 딱 한번 서당골을 와봤다. 굳이 올 이유가 없었다. 옛날 서당이 있었다고는 하나 집터만 남아있어 특별히 구경거리가 될 만한 장소가 아니었다. 날씨 때문인지 주위가 을씨년스러웠다. 그런데 나까무라 순사가 말한 대로 분지 한가운데 돌무더기가 쌓여있고 불을 핀 흔적이 남아 있었다. 나까무라 순사는 돌무더기를 들쑤시며 냄새를 맡기 시작하였다.

"닭서리라도 했는감. 정말로 불을 피웠구만요."

"이건 말이다. 흔히 말하는 닭서리 따위를 하자고 피운 모닥불이 아니다. 다져진 주위의 땅도 그렇고, 한 두 사람 앉은 밑자리가 아니다. 여러 사람이 모인 게 틀림없다."

"그렇기도 하네요. 누가 밤중에 모였을까요?"

"그걸 파헤치는 게 우리의 임무야. 감시의 대상자들을 철저히 조사해봐야겠다. 무언가 냄새가 난단 말이야."

조동은 나까무라 순사의 말에서 긴장감을 느꼈다. 서당골을 내려오면서 감시의 대상자들을 헤아려 보았다. 아무래도 정후균의 행적을 집중적으로 추적하는 게 급선무일 것 같았다. 그러나 정후균은 전혀 이렇다 할 낌새를 보이지 않았다. 시침 뚝 딴 듯 집에서 칩거 아니면 바다에 나가 김발을 돌보았다. 조동은 그래도 집요하고 끈질기게 야학당과 정후균의 집을 오가며 동정을 살폈다.

정후균은 서당골에서 불빛이 새어나왔다는 정문두의 보고를 듣고 잠시 활동을 자제하기로 하였다. 회원들에게도 그와 같은 사발통문을 보냈다. 감시의 눈초리를 잠재워야만 하였다.

"이것들이 도무지 움직이지를 않으니 꼬리가 안 보이는구만."

나까무라 순사는 쓴 입맛을 다셨다. 괜스레 조동에게 신경질을 내고는 하였다. 조동은 그럴 때마다 분풀이의 대상을 찾고자 하였다.

"아무나 붙잡아다 족치면 안 될까요?"

"주민들의 원성을 사지 않겠나. 영산댁 죽음도 수수께끼로 남아있고. 이거 원, 체면이 말이 아니다."

"가만있으시오. 내가 꼬랑지를 붙잡아 드릴 텐께. 반드시 꼬랑지를 드러낼 것이오."

조동은 영산댁 말이 나오자 찔끔 바싹 정신을 가다듬었다. 그렇지 않아도 해괴한 소문들이 은밀히 나돌며 자신에게 손가락질을 하지 않는가. 조동은 미동도 하지 않는 정후균보다 야학당을 주목하였다. 노동가를 비롯하여 의식화교육 자체가 단순한 교화가 아니라는 것을 굳게 믿는 터였다.

그러던 어느 날, 조동은 곽사길의 행동을 포착하였다. 인내하며 기다린 보람이 있었다. 곽사길은 야학이 끝나자 다른 날과는 달리 최선일과 최윤경을 먼저 보내고 관산재를 넘었다. 그리고 곧장 정후균을 찾았다. 옳지. 그러면 그렇제. 이것들이 정후균과 내통을 하고 있었구나. 조동은 가만가만 뒤뜰 죽창문에 달라붙어 방안의 대화를 엿들었다.

"요즘 통 출입이 없다싶어 궁금함을 이기지 못해 찾아왔소."

"공기가 별로 좋지 않네. 지난번 회합 이후로 행동을 자제하고 있네."

"저도 그 소식은 들었소만, 별일이야 있을라고요."

"아닐세. 바늘구멍에서 황소바람이 들이치고, 호미로 막을디 삽으로 막으랬다고, 조그마한 빌미로 미래를 단절시켜서는 안 되네."

"그야, 그렇소만 실천운동은 잘 되어갑니까?"

"계획대로 나아가네. 공기가 누그러지면 전국적인 대동단결을 위해 순회를 해야겠네."

"상당히 고무적이군요."

"자네들도 당분간 근신하듯 조심허게. 노동가가 널리 알려진 뒤로부터 저들의 눈초리가 곱지 않다고 들었네."

"조동이란 작자가 아이들에게 뭔가를 캐묻고 다닌다는 소리를 들었소."

"죽일놈. 민족해방이 되면 그놈부터 민족의 이름으로 처단해야 해."

뭐, 뭐라고? 민족해방? 나를 제일 먼저 처단한다? 이런 쌍녀러 인간들이 있나. 내가 먼저 느그놈들을 처단할란다. 조동은 귀를 기울이며 두 손을 말아 쥐었다.

"어쨌거나, 돌아가는 길로 오늘의 공기를 말하고 최선일과 최경윤에게 자제하라고 하게."

"그래야것소. 기회 봐서 한 번 더 찾아오든지 할라요."

"내가 찾도록 하겠네."

정후균은 사립 밖까지 곽사길을 배웅하였다. 이제야 잡았다! 드디어 꼬리를 잡은 거라고. 조동은 곽사길의 뒤를 미행하고 돌아서면서 쾌재를 불렀다. 곽사길과 최선일, 최경윤의 모임자리를 급습하여 잡아다 족 치면 바다 속에 잠긴 빙산의 전모가 들러날 것이었다. 조동은 머뭇거리지 않고 나까무라 순사에게 귓속말로 보고를 하였다.

"뭐시야? 그렇게 연결되어 있어? 서당골 모임도 예사 모임이 아니라?"

나까무라 순사는 긴장하였다. 그 실체가 무엇인지 아직은 잘 모르겠으나, 이건 확실히 대어였다. 혁명이니 항일운동이니 지껄이고 다니는 놈들을 싸그리 일망타진할 절호의 기회였다.

"어떻고름 할까요?"

"좋다. 행동을 개시한다. 다만 물증을 잡아야 하기 때문에 그들이 야학을 끝내고 회합을 가질 때 급습한다. 예의주시하고 만반의 준비를 할 것."

"넷. 알았스므이다."

조동은 차렷 자세를 취하며 자신도 모르게 나까무라 순사의 발음을 흉내 냈다. 다음 날 조동은 야학이 끝나기를 기다렸다. 시간이 흐르자 아이들을 집으로 보낸 세 사람은 곽사길의 집 골방에서 모였다.

"어제 밤 정후균을 따로 만났네. 공기가 심상치 않다고 하더군."

"그래서 출입을 자제하는가 보지?"

"머지않아 거국적인 대동단결을 꾀할 모양이더군. 그때까지 우리도 행동을 조심하라고 하였네."

"그렇잖아도 노동가가 다소 문제가 된 것 같네. 무슨 빌미를 줄지 모르니까 교화는 당분간 쉬었으면 좋것네."

"동감이네. 우리야 정후균의 조직과는 별개지만 그 영향을 받지 않는가."

그 말이 끝나기가 무섭게 조동과 나까무라 순사는 문을 박차고 뛰어들었다. 그리고 불문곡직 세 사람에게 수갑을 채웠다.

"이게 무슨 짓이오?"

"말이 많다. 너희들의 밀담을 빠짐없이 수첩에 기록하였다. 반항해도 빠져나갈 구멍이 없을 것이다."

나까무라 순사는 세 사람을 앞세웠다. 주재소에 끌려온 세 사람은 밤 새워 주리를 틀 듯 하는 고문 속에 심문을 받았다. 이를 악물고 버티었으나 시간이 흐를수록 인내의 한계를 드러내기 시작하였다.

"느이놈들이 아무리 이를 악물어 봤자 증거물이 있는 한 별 도리가 없을 것이다. 정후균과의 연결고리도 곽사길 네놈이 스스로 찾아가 밝힌 거나 다름없어."

나까무라 순사의 집요한 고문과 취조는 결국 세 사람을 굴복시켰다. 그동안 조동이 취합한 물증을 뒤엎을만한 반박논리가 궁색하였을 뿐만 아니라, 매에는 장사가 따로 없다는 옛말을 실감나게 하였다. 드디어 정후균이 체포되고, 압수수색이 진행되고, 전남운동협의회재건위원회의 전모가 드러났다.

"이런 불순한 자들이 있나. 여기에 연루된 자들은 한 사람도 남김없이 잡아들일 것."

주재소주임의 보고를 받고 달려온 읍내의 형사대들은 집집마다 수색을 하며 조직원들을 잡아들였다. 전광석화와도 같은 체포 작전이었다.

"뭐야? 연루된 사람이 백여 명이 넘는다고? 그 많은 사람들이 다 잡혀들어 갔단 말이냐?"

한대진은 배 서방으로부터 사건의 전말을 전해 듣고 아연 실색을 하였다.

"몇 몇 사람은 상가마니 큰 굴과 상여바우로 피신했다는구만요."

"큰일 났다. 가만히 있을 수 없구나."

한대진은 나들이옷으로 갈아입고 황급히 대문을 나섰다. 앞산의 큰 굴에서 애기장수의 처절한 비명소리가 들리는 듯하였다. 겨드랑 밑에 돋은 날개를 펼쳐보지도 못하고 죽임을 당한 날개 달린 애기장수. 한대진은 김고운을 찾았다.

"자네를 기다리고 있었네. 한시바삐 구명운동을 해야겠네."

"듣자허니 박채복의 맏아들도 혐의가 짙다고 하던데 그 녀석도 붙잡혔는가 모르것네."

"그곳은 아무래도 거리가 있지 않은가. 박채복이 서둘러 일본으로 유학 보내기 위해 밀항시켰다고 하데."

"신 생원과 차헌도도 함께 나서기로 하세. 차헌도의 아들 차태희는 무사한 지 모르겠네."

"그 애라고 온전하겠는가."

한대진과 김고운은 주재소로 향하였다. 주재소는 체포되어 온 사람들로 미어터져 핵심주동자 외에는 학교 교실 하나를 빌어 그곳에 따로 수감하였다. 저들도 그 많은 사람들을 읍내로 압송할 수 없어 즉결처분을 하듯 경중을 따져 죄과를 가렸다. 한대진, 김고운, 박채복, 신 생원, 차헌도를 비롯하여 면장, 학교장 등이 일일이 보증을 섰다. 그렇게 가려진 뒤에 검찰에 구속 송치된 사람은 정후균, 정문두, 김경태, 정병생, 박천세, 이영직, 정병래, 정부명, 정석추, 정탁균, 박만세, 김영진, 김윤석, 권동규, 곽사길, 최선일이었다. 이들 가운데 곽사길과 최선일 외에는 모두 전위그룹인 청년반이었다. 기소면제를 받은 사람들은 최경윤을 비롯하여 농민반, 소년반들이었다. 그리고 정후균과 연결고리를 맺었던 고금도, 금당도, 소안도, 완도, 해남, 강진, 장흥의 연루자들은 끝까지 입을 다물어 구속대상이 되지 않았다. 따라서 김옥도, 옹기장이, 마선 등은 가까스로 화를 면하였다. 구속 기소된 이들은 1941년 8월 광주지방법원에서 정후균과 정문두는 징역 4년, 김경태는 징역 3년 6개월, 정병래, 정병생은 각각 징역 3년, 박천세는 징역 2년 6개월, 곽사길은 징역 1년 6개월을 선고받고 복역하였다. 최선일은 징역 1년 6개월에 집행유예 3년을 선고받고 석방되었고, 나머지 사람들은 집행유예로 풀려 나왔다.

"감옥살이 할 사람들은 어쩔 수 없다 치고, 이 정도로 마무리된 게 천만다행히네."

"어르신들의 구명운동의 힘이 컸습니다요."

"하지만, 자네들의 실천운동 정신은 아직 항구에 도착하지도, 닻을 내리지도 않았네. 언젠가는 다시금 뱃고동을 울릴 것이네."

재판과정을 끝까지 지켜본 한대진, 김고운, 신 생원, 박채복, 차헌도는 집행유예로 풀려난 젊은이들을 가슴으로 안았다.

-2권에 계속

남도 1 붉은 수탉

초판 1쇄 발행 2002년 6월 25일
개정판 1쇄 발행 2016년 11월 25일

지은이 정형남
펴낸이 이범상
펴낸곳 (주)비전비엔피 · 애플북스

기획 편집 이경원 박월 김승희 강찬양 배윤주
디자인 김혜림 이미숙 김희연
마케팅 한상철 이재필 반지현
전자책 김성화 김희정
관리 이성호 이다정

주소 우) 04034 서울시 마포구 잔다리로7길 12 (서교동)
전화 02)338-2411 | **팩스** 02)338-2413
홈페이지 www.visionbp.co.kr
이메일 visioncorea@naver.com
원고투고 editor@visionbp.co.kr

등록번호 제313-2007-000012호

ISBN 979-11-86639-36-8 04810
       979-11-86639-35-1 04810 (세트)

이 도서의 국립중앙도서관 출판예정도서목록(CIP)은 서지정보유통지원시스템 홈페이지(http://seoji.nl.go.kr)와 국가자료공동목록시스템(http://www.nl.go.kr/kolisnet)에서 이용하실 수 있습니다. (CIP제어번호 : CIP2016025454)